CEO's Secret Baby

Jacy Crown

Lektorat: Ruben Herzhoff
Coverfoto: ID #188126579 - Fotolia by Adobe.
Herausgeber:
Ruben Herzhoff
Mozartstr. 6
47239 Duisburg

Für kostenlose Bücher und weitere Informationen zu Jacy Crown besuche meine Homepage. Hier wartet nach Anmeldung im Newsletter mein Gratis-Liebesroman **Love the Bad Boss** auf Dich!

http://www.jacycrown.com/newsletter-de/

Jacy auf Facebook:

https://www.facebook.com/Jacy-Crown-1827154510735854

Kapitel 1 | Emma

„Mami?" Die neugierige kleine Kinderstimme, hell und ein wenig undeutlich, reißt mich aus meinen Gedanken und erinnert mich an die Anwesenheit meiner Tochter. Sie sitzt auf einer gelben abgenutzten Couch und schaut auf den Fernseher, der zu nah vor ihr steht. Wir haben jedoch keine andere Wahl. Bei nur vierzig Quadratmeter Fläche in der gesamten Wohnung ist das der größte Abstand, den wir zwischen Fernseher und Couch schaffen können, selbst wenn beide gegen gegenüberliegende Wände geschoben werden.

„Ja, Schatz", antworte ich zerstreut auf den Ruf meiner Tochter und wende mich wieder dem Brief in meinen Händen zu.

"Wo ist mein Papa?"

Jetzt hat sie meine ungeteilte Aufmerksamkeit.

Sofort schaue ich hoch und erhasche ihren Blick; ihre Augen sind weit aufgerissen und grün wie ein Smaragd. Der Zeichentrickfilm, mit dem sie sich zuvor beschäftigt hat, läuft weiter im Fernsehen, mit bunten Kröten, die ein Kinderlied singen, wobei der Text auf dem Bildschirm zu sehen ist. Ich höre es kaum und nehme es auch nur am Rande wahr. Meine Ohren klingeln von der Frage meiner Tochter und mein Herz beginnt langsam und gleichmäßig zu pochen.

"Was?"

Sie blinzelt mich an und wiederholt die Frage. „Wo ist mein Papa?"

„Das weiß ich nicht ..." Ich verstehe nicht, woher die Frage auf einmal kommt. Ich werfe einen Blick auf den Fernseher, als ob er eine Antwort für mich hätte, aber die Kröten tanzen und singen einfach weiter über Weihnachten, obwohl es erst August ist. Eine von ihnen verschwindet hinter einem Kratzer in der Ecke des Fernsehers, die von einem Sturz des Geräts auf den Boden während eines Sturms stammt. Seitdem ist etwa ein Viertel des Bildschirms beschädigt und der Fernseher selbst schaltet sich manchmal ohne Vorwarnung aus.

Warum fragt sie jetzt nach ihrem Vater?

Ich schüttle den Kopf, um meine panischen Gedanken zu vertreiben und versuche, so zu tun, als würde ich innerlich nicht ausflippen. „Warum fragst du, Süße?"

Megan zeigt auf den Fernseher. „In Toad Tales hat jeder einen Papa. Und alle meine Freunde in der Kindertagesstätte haben auch einen. Prissy Moon hat mich nach meinem gefragt und ich habe ihr gesagt, dass ich keinen habe und da hat sie gesagt, dass ich aber einen haben muss, weil alle einen haben. Und, habe ich einen?"

"Ähm ..." Mir fällt nichts ein, was ich sagen könnte, während Panik meinen Verstand überflutet. Was soll ich jetzt tun? Soll ich lügen und ihr sagen, dass sie keinen Papa hat? Wie soll ich ihr erklären, warum nicht?

Oder vielleicht könnte ich ihr sagen, dass er auf einer Reise ist? Aber das wäre nur ein Aufschieben auf später. Irgendwann wird sie mich fragen, wann er von der Reise zurückkommt und dann werden wir wieder dieses Gespräch führen. Ich werde sie wieder anlügen müssen.

Das ist alles Prissy Moons Schuld.

Aber es ist unvernünftig, einer Zweijährigen die Schuld für meine Probleme zu geben, also verdränge ich den Gedanken wieder. Nicht zum ersten Mal bereue ich, Megan in diese Kindertagesstätte gegeben zu haben. Selbst ohne den einmonatigen Rabatt, den ich erhalten hatte, war es verdammt teuer und ich wurde das Gefühl nicht los, dass meine Tochter und ich nicht die Art von Klientel waren, die sie dort gewöhnt waren.

Obwohl Rumi's Day Care in Pleasant Cove liegt, einem Viertel der Mittelschicht, grenzt es direkt an Pleasantville, das ausschließlich der oberen Mittelschicht vorbehalten ist. Als ich Megan das erste Mal dorthin brachte, war der Parkplatz voller Mercedes-Benz und nagelneuer SUVs und die Mütter lieferten ihre Kinder in pinkfarbenen Pilates-Outfits ab.

Ich kam in einem verbeulten Toyota und einem abgetragenen Kostüm an und fragte nach dem Rabatt, den ich online gesehen hatte. Die Angestellten am Empfang schauten etwas verwirrt und wussten offensichtlich nicht, was sie mit mir anfangen sollten. Ich bemerkte die subtil gerümpften Nasen und die prüfenden Blicke sofort. Aber sie konnten mir auch den Service nicht verweigern, da der Online-Gutschein technisch gesehen noch gültig war.

Ich überlegte, ob ich einfach wieder gehen sollte, aber ich hatte keine Wahl. Meine Arbeitszeiten hatten sich erheblich verlängert und es war einfach nicht machbar, für all diese Stunden einen Babysitter zu bekommen. Also übergab ich meine Tochter zögerlich der falsch lächelnden Angestellten und vergewisserte mich, dass Megan alles hatte, was sie brauchte und ich meine Kontaktdaten für Notfälle hinterlegt hatte.

Aber vielleicht müssten wir dieses Gespräch jetzt nicht führen, wenn ich auf mein Bauchgefühl gehört und sie nicht in die Kindertagesstätte gebracht hätte.

Obwohl mir natürlich klar war, dass es irgendwann zur Sprache kommen würde. Seit der Geburt meines kleinen Engels fürchte ich mich vor diesem Gespräch, aber ich wusste, dass ich irgendwann mit ihr über ihren Vater sprechen muss. Ich dachte nur, ich hätte noch Zeit.

Das ist nichts, was ich einem fast dreijährigen Kind erklären könnte.

Aber sie schaut mich weiterhin an, blinzelt und wartet auf eine Antwort.

Ich gerate ein wenig in Panik und suche nach etwas, das ich sagen kann, um sie abzulenken.

„Was hältst du von Makkaroni mit Käse zum Abendessen?"

"Yay, Makka!" Auf ihren Wangen bilden sich winzige Grübchen, als sie lächelt und die Hände in die Luft wirft. „Kann ich Karotten dazu haben, Mami?"

"Ja, das darfst du", sage ich. "Und wir können es auch mit Nuggets essen, wenn du willst."

Sie stellt sich auf die Couch und nickt begeistert.

In Gedanken berechne ich bereits die Kosten für die Nuggets, die wir eigentlich morgen Abend essen wollten. Dann muss ich mir für morgen eben etwas anderes für das Abendessen ausdenken.

Aber zumindest ist meine Tochter heute glücklich und abgelenkt und darauf kommt es an.

Allerdings wird sie das vielleicht nicht mehr lange sein.

Während sie ihre Aufmerksamkeit wieder dem Fernseher zuwendet, kehre ich zu dem Brief zurück, den ich gerade gelesen habe. Eine weitere Rechnung von einem weiteren Inkassounternehmen. Es scheint so viele davon zu geben, dass sie sich auf meinem Küchentisch zu einem regelrechten Berg aufgetürmt haben. Dann ist da noch die Miete. Eine überfällige Kabelrechnung. Studienkredite. Ganz zu schweigen von den endlosen Anrufen der Kreditkartenunternehmen.

Ich kann ihnen nicht einmal Vorwürfe machen. Das ist alles meine Schuld. Ich habe mir mehr geliehen, als ich mir leisten kann und leider kommen sie jetzt alle auf einmal, um ihr Geld einzutreiben.

Und das ist der Grund, warum ich mich in diesem Moment nicht bemitleiden darf. Ja, mein Leben ist beschissen, aber das ist teilweise meine Schuld. Ich habe uns in diese missliche Lage gebracht, weil ich zu selbstsicher war. Ich habe auf einen süßen Teufel gehört, der mir einflüsterte, dass ich das Talent und alles andere hätte, ein Unternehmen zu gründen. Dann habe ich einen Haufen Kredite aufgenommen, um mit meiner besten Freundin diese Firma zu gründen und war mir sicher, dass wir schnell Gewinne machen oder zumindest bald schwarze Zahlen schreiben würden.

Und jetzt sind wir hier.

Wenn ich nur nicht so dumm gewesen wäre.

Wenn ich nur auf meine instinktive Vorsicht gehört hätte.

Aber dieser Mistkerl hat mich davon überzeugt, dass meine Vorsicht nichts als Angst ist. Er hat mich davon überzeugt, dass ich, wenn ich nicht alles in dieses Geschäft investiere, genauso gut zugeben könnte, keinerlei Vertrauen in mich selbst und meine Fähigkeiten zu haben.

Er war Buchhalter und versprach mir, dass er sich um die gesamte Finanzverwaltung kümmern würde.

Er versprach mir, dass es funktionieren würde und ich endlich in der Lage wäre, meiner Tochter das Leben zu ermöglichen, das sie verdient.

Dumme Emma. Naive, dumme kleine Emma.

Ich seufze, lege den Brief auf den Tisch und reibe mir die Stirn. Ich spüre, wie sich an meiner Schläfe Kopfschmerzen ankündigen, aber ich ignoriere sie, denn ich neige zu Migräne und diese ist noch nicht schlimm genug, um ein Schmerzmittel zu benötigen. Außerdem bin ich kein Fan von Medikamenten, selbst wenn es nur Advil ist, also warte ich normalerweise, bis ich es kaum noch aushalte.

Trotzdem reibe ich mir die Schläfen und wünschte, ich könnte mich einfach ins Bett fallen lassen und für eine lange, lange Zeit schlafen.

Die Kopfschmerzen werden wahrscheinlich den ganzen Tag anhalten. Ich bin mir nicht sicher, ob sie durch Stress oder durch Mangel an Nahrung und Wasser verursacht werden. Wahrscheinlich durch alles zusammen.

Und Megans Frage hat sicherlich auch dazu beigetragen.

Jetzt, wo sie ihn erwähnt hat, muss ich an das letzte Mal denken, als ich ihren Vater gesehen habe. Das war vor zwei Jahren in einer schicken Sky-Bar auf einer Insel. Er hatte das gesamte Restaurant gemietet, nur um mich zu einem Date dorthin auszuführen. Während des ganzen Abendessens konnte ich nicht anders, als zu bewundern, wie er unter den goldenen Kronleuchtern aussah; wie sie seine breite Gestalt zur Geltung brachten. Sie hoben auch die kastanienbraunen Töne in seinem braunen Haar hervor. Seine stechenden grünen Augen sahen so klug aus wie immer. Und seine haifischartigen Zähne blitzten vor Vergnügen auf, sobald er mich angrinste. Es war dasselbe Grinsen, das er mir schenkte, wenn wir zusammen im Bett waren, kurz bevor er mich verschlingen würde.

Der Verlust schmerzt in meiner Brust.

An diesem Tag wusste ich bereits, dass ich ihn verlassen musste und seitdem tut es weh.

Manchmal vermisse ich ihn so sehr, dass es mir das Herz zerreißt. Manchmal kostet es mich alles, nicht zum Telefon zu greifen und ihn anzurufen, aber ich weiß, dass er nichts von mir hören will, jetzt nicht mehr. Nicht nach dem, was ich getan habe.

Und das ist es, was diese ganze Sache so beschissen macht. Denn ich habe getan, was ich tun musste, um ihn und meine Tochter zu schützen, aber ich bezweifle, dass er das auch so sieht.

Ein besonders schmerzhafter Stich in meiner rechten Schläfe reißt mich aus meinen Gedanken.

Ich seufze erneut und presse meine Finger auf meine Stirn. Es hat keinen Sinn, an ihn zu denken. Wahrscheinlich erinnert er sich kaum noch an mich. Erst letzte Woche habe ich sein Gesicht in einer Boulevardzeitung gesehen und er stand neben einer schönen, sehr eleganten Frau. Sie war wahrscheinlich Schauspielerin oder so etwas in der Art. Und er sah glücklich aus, während er sie anlächelte.

Man kann mit Sicherheit sagen, dass er weitergezogen und vielleicht sogar in sie verliebt ist. Das ist die Art von Frau, mit der er zusammen sein sollte. Nicht jemand, der so viel Ballast mit sich herumschleppt wie ich.

Eine sanfte Hand berührt meine Wade und ich blicke nach unten zu meiner Tochter, die in ihrem knallgelben Kleid direkt neben mir steht. Ihre treue Stoffpuppe hält sie in einer Hand, während sie zu mir aufblickt.

„Geht es dir gut, Mama?“, fragt sie und hüpft auf den Fußballen von einem Bein aufs andere.

„Alles in Ordnung, Schatz“, beruhige ich sie. „Ich bin nur ein bisschen müde.“

“Machst du ein Nickerchen?"

Ich schüttle den Kopf. „Jetzt nicht.“ Ich kann kein Nickerchen machen, solange meine Tochter wach ist, weil ich sie im Auge behalten muss. Sie ist zwar ein ziemlich pflegeleichtes Kind, aber immer noch ein Kind.

Außerdem kann ich mir ein Nickerchen nicht leisten. Ich sollte mich auf mehr Stellen bewerben, denn bisher haben sich alle hundert oder so, auf die ich mich in der letzten Woche beworben habe, nicht zurückgemeldet. Jeden Tag sage ich mir, dass ich die Hoffnung nicht aufgeben darf; dass mich irgendjemand rechtzeitig einstellen wird, damit wir unsere Wohnung behalten können. Der Vermieter hat uns nur noch einen Monat Zeit gegeben, um die Mietschulden zu bezahlen und meine Ersparnisse sind so gut wie aufgebraucht. Ich müsste mir also längst einen Job besorgt haben. Mir ist natürlich klar, dass Bewerbungen reine Glückssache sind und sich irgendwann jemand melden wird, aber es fällt mir schwer, noch darauf zu vertrauen, dass es rechtzeitig geschieht. Bisher sieht es nicht gut aus.

Mein Handy klingelt und ich nehme es vom Tisch.

„Hallo?"

„Emma." Die panische Stimme meiner besten Freundin dringt deutlich aus den Lautsprechern. „Du musst herkommen. Es ist furchtbar."

Mein Puls beschleunigt sich erneut und ein Hammer schlägt gegen meinen Schädel. „Wohin kommen?"

„Zum Lagerhaus."

Oh nein. Mein Herz bleibt stehen. Der Tisch knarrt, als ich mich auf die Beine zwinge und den Schmerz in meinem Kopf ignoriere. Ich halte mich an der Tischkante fest, um nicht umzukippen, während mich das Grauen überkommt. „Was ist passiert?"

„Das wissen wir nicht", stammelt sie. „Aber das Lagerhaus ist irgendwie in Brand geraten und unser gesamter Bestand steht in Flammen."

Feuer. Oh Gott, nein.

Meine Gedanken überschlagen sich und ich muss mich fester an die Tischkante krallen.

"Was?" Meine Stimme entgleitet mir in einem entsetzten Flüstern.

„Ich weiß es nicht, Schatz, ich bin gerade erst angekommen", sagt sie. „Ich habe einen Anruf vom Nachbarn neben dem Lagerhaus erhalten. Er hat den Rauch zuerst gesehen und die Feuerwehr gerufen, bevor er mich angerufen hat. Sie versuchen gerade, es zu löschen und ich warte auf die Polizei."

“Ich bin auf dem Weg“, verkünde ich und lege auf.

Ich werfe meiner Tochter einen Blick zu, die mich neugierig ansieht.

Hastig nehme ich sie auf den Arm. „Meg, Baby, du bleibst ein paar Stunden bei Tante Ruthie, bis Mami wieder da ist, okay?“

„Okay“, sagt sie und schlingt ihre Hände um meinen Hals, völlig unbeeindruckt von dieser plötzlichen Veränderung. Ich schnappe mir ihre Jacke und ihr Tablet vom Sofa und mache mich sofort auf den Weg, wobei ich kaum daran denke, hinter mir abzuschließen.

Dann klopfe ich an die Tür meiner Nachbarin.

Ruth öffnet nach dem zweiten Klopfen, ihr Haar in einer Haube und ihr faltiges Gesicht verärgert. „Was wollen Sie?“

„Können Sie bitte eine Stunde auf sie aufpassen?“, stammele ich. „Ich schwöre, es wird nicht länger dauern. Ich muss nur etwas in meinem Lager überprüfen und bin gleich wieder da.“

Ruth seufzt schwer, offensichtlich nicht begeistert davon, aber sie streckt die Hand aus, als ich Megan übergebe. Ich wusste, dass sie nicht nein sagen würde. Sie liebt das kleine Mädchen. Mich mag sie nicht so sehr.

„Danke.“ Ich kann gerade noch schnell zurückweichen, bevor mir die Tür vor der Nase zugeschlagen wird.

Ich springe in mein Auto und fahre zum Lagerhaus, wobei ich bete, dass mein Tankinhalt für Hin- und Rückfahrt reicht. Zehn Minuten später dringt der Geruch von Rauch durch mein Autofenster, als ich den Einsatzort erreiche.

Es herrscht Chaos.

Etwa ein halbes Dutzend Männer rennen in das zweistöckige Lagergebäude hinein und wieder hinaus. Ich sehe keine Feuer, aber der Rauch schlängelt sich in den Sonnenuntergang und hüllt das gesamte Gebiet in dichten Nebel, der mich husten lässt, als ich meinen Wagen in den Parkmodus schalte.

Ich steige aus und sehe sofort Jeannie, die bei einigen der Feuerwehrmänner steht.

„Jeannie", rufe ich, als ich näher komme.

Sie dreht sich um und kommt mir entgegen.

„Es tut mir so leid, Schatz", sagt sie mit einem mitleidigen Blick. „Sie konnten das Feuer zwar stoppen, aber es war zu spät. Der Großteil unserer Waren ist verloren."

Schmerz durchzuckt meine Brust und lässt meine Knie schwach werden. „Oh."

Jeannie sieht mich an. „Alles okay?"

Ich öffne den Mund, um ihr eine oberflächliche Antwort zu geben. *Es ist okay. Ich komme schon klar.* Aber die Worte bleiben mir im Hals stecken.

Und dann sinke ich auf die Knie und weine.

Kapitel 2 | Dillon

Das schwere Atmen am anderen Ende der Leitung beginnt mich zu nerven.

Ich wusste schon immer, dass Peter Marchant – der CEO des milliardenschweren Hundefutterunternehmens Quibbles – ein theatralischer Typ ist, aber ich habe heute keine Zeit, mich auf seine Dramatik einzulassen. Es steht noch so viel an und mir wäre es lieber, er würde den Notruf wählen, wenn er hyperventiliert.

Aber er hat nun einmal mich angerufen und er ist ein zu wichtiger Kunde, als dass ich ihn an einen meiner Kollegen weiterleiten könnte.

„Peter", sage ich mit ruhiger Stimme. „Sind Sie noch da?"

„Ich weiß nicht, wie das passiert ist", japst er mit schneller werdender Atmung und jetzt mache ich mir Sorgen, dass er eine Panikattacke hat. "Keine Ahnung, wie sie davon erfahren haben, aber das ist schrecklich. Einfach schrecklich."

Ich reibe mir die Augen und versuche, ihn zu beruhigen: „Wie ich schon sagte, Peter, Sie hatten nur eine Affäre. Sie haben niemanden umgebracht. Zeigen Sie mir einen Milliardär, der keine Affäre hat und ich zeige Ihnen einen Goldesel."

"Ja, aber sie haben Bilder, Dillon. Eine der Boulevardzeitungen hat sogar ein Video von uns, wie wir auf der Playboy-Party rummachen. Es läuft immer wieder in den E-News."

„Ja. Zu Ihrem Pech war Ihre Affäre zufällig eine hochkarätige Schauspielerin. Wenn Sie das alles wirklich geheim halten wollten, hätten Sie sich jemand weniger Bekanntes suchen sollen. Aber in gewisser Weise ist es auch gut so. Wenn wir ehrlich sind, ist sie der einzige Grund, warum das überhaupt eine Nachricht wert ist und sie bekommt die Hauptlast der Schuld. Die Presse ist zu sehr damit beschäftigt, sie zu zerreißen, um Ihnen noch Aufmerksamkeit zu schenken."

So unfair es auch ist, diese Art von Skandalen scheint immer ein härteres Urteil für die beteiligten Frauen nach sich zu ziehen, was es besonders ärgerlich macht, dass Peter derjenige ist, der deswegen eine ganze Mitleidsladung einfordert. Ich schaue nicht viel Fernsehen, aber in den wenigen Nachrichtenlinks, die er mir geschickt hat, wurde sein Name kaum erwähnt.

„Ja, aber meine Frau sieht es sich an und weint ständig", sagt er. „Sie spricht davon, sich von mir scheiden zu lassen und mir meine Kinder zu nehmen. Und die Hälfte meines Anteils an Quibbles. Wie kann sie mir das antun?'

Daran hättest du denken sollen, bevor du eine Affäre begonnen hast.

"Peter, auch auf die Gefahr hin, hart zu sein, ich bin kein Eheberater. Ich habe nichts mit Ihrer Ehe zu tun oder damit, ob sie auseinanderbricht. Zurück zum Skandal: Für uns ist das kein Thema. Seien Sie versichert, dass nicht so viele Leute darüber reden, wie Sie befürchten. Und die Leute, die darüber reden, wissen nicht einmal, wer Sie sind."

“Doch, das tun sie.“ Er klingt leicht beleidigt über meine Vermutung und ich widerstehe dem Drang, mit den Augen zu rollen.

„Ihre Aktien sind stabil“, erkläre ich ihm. “Das Unternehmen wird davon nicht beeinträchtigt. Lassen Sie uns das so beibehalten. Sprechen Sie mit niemandem von der Presse. Tatsächlich sollten Sie überhaupt mit niemandem darüber reden, nicht einmal mit der Schauspielerin. Konzentrieren Sie sich einfach auf unsere Neulancierung der Mini-Kekse und wie wir diese weltweit vermarkten können. Verstanden?“

Es herrscht eine Sekunde lang Stille, bevor er antwortet, was mich vermuten lässt, dass ein Teil von ihm enttäuscht ist. Vielleicht war er tief im Inneren von all dem Medienrummel um den Skandal begeistert und wollte, dass es eine noch größere Sache wird.

Ich hätte es wissen müssen. Bei allem Gejammer kann jemand, der knallbunte Seidenhemden trägt, nicht so abgeneigt sein, Aufmerksamkeit zu erregen.

„Na gut“, brummt er schließlich. „Aber was mache ich mit meiner Frau?“

Was zum Teufel hat das mit mir zu tun? „Engagieren Sie einen guten Anwalt“, antworte ich und lege auf.

Ich wechsle sofort zu dem anderen Anruf in der Warteschleife und sage: „Entschuldigung, dass es so lange gedauert hat. Wie sieht es mit der Ratte aus?“

„Er hält uns immer noch hin“, erwidert James, einer meiner leitenden Agenten und klingt dabei genauso genervt wie ich. Er ist derzeit in Texas unterwegs, um einen ehemaligen Mitarbeiter von Maxie Parts, einem führenden

Kfz-Serviceunternehmen, aufzuspüren. Dieser Mitarbeiter hat bei einer Nachrichtenagentur angerufen und angeblich Beweise dafür, dass der CEO von Maxipart dabei erwischt wurde, wie er Gelder seines Unternehmens veruntreut und Steuern hinterzogen hat.

Mein Kontakt bei dieser Nachrichtenagentur rief mich dann an, um mich vorzuwarnen. MaxiParts ist eines unserer bekanntesten Unternehmen, was bedeutete, dass wir, sobald ich vom CEO bestätigt bekommen hatte, dass die Nachricht tatsächlich wahr war, schnell handeln mussten, um sicherzustellen, dass sie nie an die Öffentlichkeit gelangte.

James gelang es, den Mitarbeiter ausfindig zu machen und seine Mission bestand darin, den Mann davon zu überzeugen, die Informationen, über die er verfügte, nicht zu veröffentlichen. Aber bisher erweist sich der Mann als stur, selbst gegen James' beträchtlichen Charme.

Ich beiße mir auf die Zunge.

„Wie wäre es, wenn wir unserem Whistleblower eine höhere finanzielle Entschädigung anbieten würden?“, schlägt James vor. „Ich denke, die richtige Summe könnte ihn dazu ermutigen, sich von seinen moralischen Grundsätzen zu trennen. Er lebt in einer Bruchbude.“

„Darauf wird er nicht eingehen“, antworte ich. Geld war das Erste, was der CEO von MaxiParts angeboten hat und zwar keine unbedeutende Summe. Der Mitarbeiter weigerte sich, sich dafür auch nur mit ihm zu treffen. Es wäre viel einfacher, wenn er finanziell motiviert wäre, aber das ist er nicht. Laut MaxiParts wurde dem Whistleblower vor seinem Ausscheiden sogar eine Beförderung angeboten, die ihm fast siebenstellige Beträge pro Jahr eingebracht hätte. Wenn es ihm ums Geld ginge, hätte er das Unternehmen gar nicht erst verlassen.

Andererseits hätte er, wenn ihm Gerechtigkeit wirklich am Herzen läge, die Beweise bereits der Polizei oder der Presse übergeben.

Es gibt noch etwas anderes, das er will, etwas, auf das er besteht.

Die Frage ist nur, was?

„Denkst du nicht, dass zehn Millionen seine Ansichten ein wenig lockern würden?“, fragt James. „Glaubst du, dass seine Prinzipien so stark sind?“

„Ich hoffe nicht.“ Das schlimmste Szenario wäre, dass er wirklich so moralisch ist oder einfach nur den Helden spielen will. Das würde das Unternehmen zerstören und Tausende von Menschen ohne Arbeit zurücklassen.

Ich bin weder ein guter Mensch noch völlig ohne Moral. Ich betrachte gerne den Nutzen der Vielen gegenüber den Wenigen. Die Veruntreuung liegt lange zurück und meiner Meinung nach waren die einzigen Opfer des Verbrechens von MaxiPart MaxiPart selbst, ein paar wohlhabende Investoren und die US-Regierung. Normale Zivilisten sollten dafür nicht leiden müssen.

„Rede weiter mit ihm“, entscheide ich. „Versuche, herauszufinden, was er will.“

“Okay, aber ich sage dir, dass das ein bisschen schwierig werden kann, Boss“, erwidert James. “Er hat mich praktisch aus dem Haus geworfen und jetzt beobachtet er mich durch das Fenster, während wir telefonieren. Ich bin mir ziemlich sicher, dass er jeden Moment die Polizei rufen wird, wenn ich noch länger auf seinem Parkplatz herumlungere.“

„Du bist doch ein ziemlich kluger Mann. Überlege dir, wie du wieder reinkommst und halte ihn dann so lange im Gespräch, bis du herausgefunden hast, was er will."

Mein Telefon summt erneut und als ich auf die Anrufer-ID schaue, beiße ich mir auf die Zunge. Ein weiterer Anruf, den ich mir nicht entgehen lassen kann. Ich lege James wieder in die Warteschlange, um zu antworten.

"Dillon! Ich habe schon öfter versucht, Sie zu erreichen. Steht das Golfen am Wochenende noch?"

„Das weiß ich noch nicht", erkläre ich Alex Weinberger, dem CFO von Mirage Enterprises. „Ich bin gerade sehr mit Arbeit eingedeckt. Geht es um etwas Bestimmtes?"

Mein knapper Tonfall muss ihn auf meine Stimmung aufmerksam gemacht haben, denn er schweigt ein paar Sekunden lang und als er das nächste Mal spricht, ist alle Heiterkeit aus seinem Tonfall verschwunden. „Es gibt etwas, worüber ich mit Ihnen sprechen muss. Etwas sehr Heikles."

"In Ordnung, sagen Sie es mir."

Bevor er dazu kommt, klopft es an meiner Tür. Ich schalte den Anruf stumm und rufe: „Herein."

„Ähm, Entschuldigung", stammelt meine Aushilfssekretärin, mit zerzausten Locken und einem Hauch von Hysterie in den Augen. Sie hat das Telefon in der Hand und hält den Lautsprecher zu. „Ein Mann namens David Carter möchte mit Ihnen sprechen. Er sagt, es sei von unmittelbarer Wichtigkeit."

Ich ziehe die Augenbrauen hoch. David Carter ist der neue Käufer einer kleinen Lebensmittelkette, die Schwierigkeiten hat, Kunden zu akquirieren. Er möchte schon seit Monaten ein Treffen mit uns, aber unseren

Recherchen zufolge kann er sich unsere Dienste noch nicht leisten. Zu seinem Pech haben wir nicht die Zeit, uns mit jedem zu treffen, der unsere Dienstleistungen in Anspruch nehmen will. Wir müssen Entscheidungen auf Führungsebene treffen und David Carter hat es nicht in die engere Auswahl geschafft.

Aber er akzeptiert kein Nein als Antwort.

Ich weiß zwar nicht, wie er an die Nummer meiner Sekretärin gelangt ist, aber so einfach kommt niemand an den CEO heran.

„Sagen Sie ihm, er soll sich verpissen", brumme ich.

„Das akzeptiert er nicht", antwortet sie fast verzweifelt. „Er ruft immer wieder an und beim letzten Mal hat er mich sogar beschimpft."

„Dann sperren Sie die Nummer." Ich schaue sie ungläubig an. Braucht sie wirklich meine Hilfe, um das zu regeln?

"Oh", sie schluckt und nickt, bevor sie wieder hinausrennt und die Tür hinter sich schließt.

Was auch immer er zu ihr gesagt hat, muss sie verletzt haben, denn sie schien den Tränen nahe zu sein. Ich seufze tief bedauernd.

Meine frühere Sekretärin Casey hätte nicht einmal mit der Wimper gezuckt, selbst wenn er ihre Mutter eine Hure genannt hätte. Sie hätte nur geschmunzelt und dann David in ihrem professionellsten Ton gesagt, er solle sich zum Teufel scheren.

Aber Casey ist nicht mehr bei uns, weshalb wir gerade Aushilfen einer Eliteagentur testen. Bisher ist Aushilfe Nummer fünf genauso enttäuschend wie alle anderen.

Warum musste Casey verdammt noch mal ausgerechnet jetzt heiraten? Sie verschwendet ihr Talent, indem sie zu Hause bei den Kindern bleibt.

„Sind Sie noch dran?", fragt Alex.

Ich hebe die Stummschaltung auf. „Ja, bin ich. Was haben Sie noch mal gesagt?"

"Ich sagte, dass ich das wirklich nicht am Telefon besprechen kann. Ich würde Sie gerne persönlich treffen."

„Mein Terminkalender ist diese Woche randvoll." Zumindest nehme ich das an. Die Aushilfe kann die verschiedenen Termine in meinem Kalender nicht gut koordinieren und ich stelle fest, dass ich die weniger wichtigen Besprechungen an andere Mitarbeiter delegieren muss, damit ich mich auf die wichtigen konzentrieren kann.

Ich muss Aushilfskraft Nummer 5 immer daran erinnern, dass nicht jeder, der ein Treffen mit mir will, auch eines bekommt. Wenn ich jedem entgegenkäme, der sich mit Dillon White treffen wollte, hätte ich keine Zeit mehr, mich um die wichtigen Dinge zu kümmern. Sie müsste das selbst herausfinden, ohne dass ich es ihr sage.

Casey war intuitiv. Sie hat das alles alleine geregelt. Gott, ich vermisse sie.

Vielleicht könnte ich sie mit einer Verdoppelung ihres Gehalts dazu bringen, zurückzukommen. Sie verdiente sowieso fast eine halbe Million, aber ich könnte es mir leisten, sie auf eine Million Dollar pro Jahr hochzusetzen. Verdammt, ich könnte sogar davon das Doppelte zahlen.

Oder ich könnte ihre Beziehung zu ihrem neuen Ehemann ruinieren, aber das schien mir selbst für mich zu weit zu gehen.

Ich erinnerte mich an das Gespräch mit Alex.

„Erzählen Sie mir den Kontext Ihres Problems und ich werde sehen, was ich tun kann."

"Das kann ich nicht. Ich habe Angst, dass dieser Anruf abgehört wird."

Ich verdrehe die Augen. Noch ein dramatischer Klient.

"Okay, Vorschlag, ich komme morgen in Ihr Büro. Oder wir können uns zum Mittagessen treffen."

"Ich habe morgen bereits drei Mittagessen", erkläre ich ihm. „Aber ich kann Ihnen fünf Minuten beim Abendessen geben."

"Abgemacht."

Nachdem ich aufgelegt habe, lehne ich mich zurück und atme tief durch, bevor es wieder an meiner Tür klopft.

Sollte das erneut die Aushilfe sein, werde ich schreien. „Herein."

Die Tür öffnet sich und sie ist es zum Glück nicht. Stattdessen steht mein COO George vor mir und grinst mich an.

„Du siehst schrecklich aus", bemerkt er.

„Und du siehst viel zu glücklich aus, um so beschäftigt zu sein, wie du sein solltest", entgegne ich. „Was willst du?"

"Wir führen gerade die zweite Runde von Vorstellungsgesprächen für die Einstellung deiner persönlichen Assistentin durch. Ich wollte wissen, ob du Zeit hast, dich mit den Kandidatinnen zu treffen."

"George, ich habe morgens kaum Zeit, um zu scheißen. Und ich habe dir gesagt, dass ich mich nicht darum kümmern will."

„Ja, aber vielleicht solltest du dich damit befassen. Verdammt, dir hat bisher noch niemand gefallen, den wir vorgeschlagen haben und wir haben unser Bestes getan, um die richtige Kandidatin auszuwählen."

"Keine von ihnen war auch nur halb so gut wie Casey."

George rollt mit den Augen. "Casey ist nicht mehr hier. Komm drüber hinweg."

„Erinnere mich bloß nicht daran." Ich werfe einen Blick aus dem Fenster auf die untergehende Sonne. Sieht aus, als würde es wieder eine lange Nacht werden.

"Du siehst übrigens beschissen aus", wiederholt er. „Wann hast du das letzte Mal geschlafen? Oder Sex gehabt?"

Ich lache leise. Schlaf wird immer mehr zu einem Luxus und Sex ... daran kann ich mich nicht einmal mehr erinnern.

„Was ist eigentlich mit dem Model passiert?" George zieht vielsagend eine Augenbraue hoch und ich werfe ihm ein zerknülltes Stück Papier an den Kopf.

Anya und ich haben uns vor Wochen getrennt, wenn man das so nennen kann. Unsere Beziehung war kaum als solche zu bezeichnen, aber sie war gut für die körperliche Erleichterung.

Abgesehen davon war sie nicht die erste, an die ich dachte, als das Thema Sex aufkam.

Stattdessen stellte ich mir blonde Haare und hübsche grüne Augen vor, die mich anblinzelten. Ich stellte mir vor, wie ich ihre schönen Lippen küsse, um ihr anschließend den Ärger aus dem Gesicht zu streicheln.

Aber ich verdränge den Gedanken, bevor er Wurzeln schlagen kann.

„Ich kümmere mich dieses Wochenende drum", antworte ich mit aller Begeisterung, die ich aufbringen kann.

Kapitel 3 | Emma

„Oh, das sieht vielversprechend aus."

„Was denn?", frage ich mit einem Mund voller Eiscreme. Der Becher vor mir ist halb leer und obwohl sich mein Magen unangenehm zusammenzieht, bin ich fest entschlossen, alles aufzuessen. Wahrscheinlich wird mir morgen schlecht, aber das ist das Einzige, was mich in der Zwischenzeit etwas aufmuntern kann.

Das ist Jeannies und mein kleiner Trick. Immer, wenn das Leben aus den Fugen gerät, verbringen wir einen Mädelsabend damit, unsere Gefühle auszuleben. Nachdem wir uns also mit dem Polizeibericht über den Brand befasst und ihnen alles gesagt hatten, was wir wissen, nämlich nichts, kamen wir zu mir nach Hause, um die Tradition fortzusetzen. Glücklicherweise schlief Megan bereits, als ich sie von unserer Nachbarin abholte, so dass ich sie nur noch ins Bett bringen musste, bevor wir loslegen konnten.

Ich wollte nicht, dass sie ihre Mutter so sieht: ein einziges Durcheinander.

Sie hat später noch genug Zeit, um herauszufinden, was für eine Chaosqueen ich wirklich bin, denke ich ironisch.

Ich hoffe nur, ich tue nichts, wofür sie eine langjährige Therapie braucht.

„Dieser Job." Jeannie beendet schließlich ihren Gedanken und reißt mich damit aus meinem heraus. Sie legt ihr Handy auf den Tisch und schiebt es zu mir rüber, dann greift sie nach dem Eisbecher und zieht ihn zu sich heran. „Sieh dir das an."

Ich hebe das Telefon hoch und schaue darauf. Während wir gegessen haben, hat Jeannie beschlossen, dass wir Multitasking betreiben und uns auch Job-Apps ansehen könnten. Keine von uns beiden hatte bisher viel Glück, etwas zu finden, obwohl wir uns schon seit Wochen bewerben.

„Schau dir mal die Anforderungen an", fordert Jeannie. „Klingt genau nach deinem Geschmack. Und die Bezahlung ist auch nicht schlecht."

Ich nicke abwesend, während ich langsam die Punkte durchgehe. Es sind die typischen Aufgaben einer persönlichen Assistentin: Anrufe entgegennehmen, Tabellenkalkulationen organisieren. Man muss in der Lage sein, jederzeit reisen zu können. Das würde mit Megan schwierig werden, aber alles andere entsprach meiner früheren Tätigkeit als persönliche Assistentin für Jetts.

Dabei handelte es sich um ein neu gegründetes Marketingunternehmen, das in der Zeit, in der ich dort arbeitete, schnell an Popularität gewann. Meine Arbeit weitete sich rasch aus, von der persönlichen Assistentin zur Marketing-Agentin, manchmal zur Beraterin und gelegentlich zum Life-Coach meines Chefs, Peter Jetts. Es gab viele Zwölf-Stunden-Tage und all das tat ich, während ich nebenbei mein eigenes Unternehmen gründete. Selbst jetzt bin ich mir nicht sicher, wie ich das geschafft habe. Es erforderte wahnsinnig viel Multitasking, um alles zu organisieren und vorausschauendes Denken, denn Peter konnte ziemlich launisch und wenig hilfreich kritisch sein, wenn es darum ging, was er wollte. Dennoch lernte ich, seine Stimmungen und Vorlieben zu antizipieren, was mir ein glänzendes Empfehlungsschreiben von ihm einbrachte, als ich schließlich ging, um mein eigenes Ding zu machen.

Ich hörte vor allem deshalb auf, weil es unmöglich oder zumindest extrem ungesund gewesen wäre, diese Art von Arbeit aufrechtzuerhalten, während ich schwanger war oder ein Kleinkind großzog. Und obwohl ich gut war in dem, was ich tat und stolz auf das bin, was ich bei Jetts erreichen konnte, war es nicht unbedingt etwas, das ich wieder tun wollte.

Aber hier sind wir nun.

In der Woche, nachdem alles in die Luft geflogen war, habe ich versucht, meinen alten Job zurückzubekommen, obwohl ich etwa ein Jahr zu spät dran war.

„Wir haben bereits jemanden für die Stelle gefunden", erklärte mir Peter damals. „Er ist nicht so gut wie Sie. Aber er ist auch nicht schlecht und ich gehe davon aus, dass er sich mit dem Unternehmen weiterentwickeln wird. Es ist nicht fair, ihn zu feuern, wenn er erst seit ein paar Monaten hier ist."

„Ich verstehe", sagte ich, obwohl mich die Enttäuschung übermannte.

„Ich werde Sie weiterempfehlen, falls noch jemand eine persönliche Assistentin sucht."

„In Ordnung. Danke", murmelte ich und legte auf.

Peter hat sich seither nicht mehr bei mir gemeldet, also nahm ich an, dass sich nichts ergeben hatte.

Das ergab auch Sinn, denn überall scheint es bereits mehr Bewerber zu geben als Stellen zu besetzen sind. Ich habe mich auf vielleicht hundert Jobangebote beworben und nichts als automatische, vom Computer generierte Absagen erhalten.

Ich habe auch wenig Hoffnung, diese Stelle zu bekommen, aber ich kann es ja mal versuchen. Die Bewerbung besteht aus einem einfachen Fragebogen und der Möglichkeit, einen Lebenslauf hinzuzufügen. Das kostet nicht viel Mühe.

„Sieh dir das Gehalt an“, bemerkt Jeannie und mein Blick schweift über die Gehaltsliste. Mir fallen fast die Augen aus dem Kopf, als ich es sehe.

„Ist es das, was ich glaube, was da steht?“

„Jep.“

Aber das kann nicht sein. Fast eine Viertelmillion Dollar für eine Stelle als persönliche Assistentin. Selbst einige der Senior Agents bei Jetts verdienten nicht so viel, von den PAs ganz zu schweigen.

„Das muss ein Fehler sein“, murmle ich und schaue mir das Blatt genauer an, als ob sich die Zahlen ändern würden, je öfter ich hinsehe. „Der Personalchef hat sie wahrscheinlich falsch eingegeben.“

„Vielleicht“, grinst Jeannie. „Aber was, wenn nicht?“

„Dann glaube ich nicht, dass ich für die Stelle qualifiziert genug bin. Bei dem Gehalt suchen die bestimmt jemanden, der außergewöhnlich ist. Jemanden, der mehrere Sprachen spricht oder so.“

„Du bist außergewöhnlich“, widerspricht sie und grinst noch breiter. „Und du sprichst fließend Englisch und was auch immer Megan spricht.“

Ich verdrehe bei ihrem kleinen Scherz die Augen, lächle aber trotzdem über das Kompliment. „Aber im Ernst. Das ist eine Menge Geld. Und die Anforderungen scheinen sehr einfach zu sein. Das ist seltsam. Irgendetwas daran ist zu schön, um wahr zu sein."

„Ich habe nie verstanden, warum die Leute das immer sagen", erwidert Jeannie stirnrunzelnd und tippt sich ans Kinn. „Weil wir ja auch nie sagen, dass die Dinge zu schlecht sind, um wahr zu sein, sondern nur, dass sie zu gut sind. Es ist, als ob wir Negatives in unserem Leben erwarten, aber niemals Positives."

„Nun, wenn man es erwartet, kann man nicht davon überrascht werden", kommentiere ich ironisch. „Ich meine, sieh dir nur an, was heute Abend passiert ist."

Ihr Blick wird mitfühlend. Auf dem Rückweg vom Lagerhaus erzählte mir Jeannie, dass sie das Gefühl hatte, dass heute etwas Schlimmes passieren würde und sie wusste, dass es mit dem Lagerhaus zu tun hatte. Sie hat manchmal so ein Bauchgefühl und ich dachte bisher, es sei Aberglaube, aber heute Abend hat es einfach gestimmt.

Natürlich hatte sie nicht gedacht, dass es so schlimm sein würde und gleich das ganze Lagerhaus Feuer fängt.

Sie war genauso geschockt wie alle anderen, als sie den Anruf erhielt. Laut der Feuerwehr wissen wir immer noch nicht, woher das Feuer kam, aber sie untersuchen es und wir sollten bis Ende der Woche Bescheid bekommen.

Das war's also. Wir stehen wieder am Anfang. Ich ertrinke in Schulden und habe keine Aktien, die ich verkaufen könnte, um die Schulden zu begleichen.

Auf dem Rückweg hatte ich keine Tränen mehr, die ich noch weinen konnte. Ich stand wahrscheinlich kurz vor einem Nervenzusammenbruch, aber zwei Dinge hielten mich zusammen. Erstens meine stets positiv denkende Freundin, die trotz der schrecklichen Nacht, die wir erlebten, sagte: „Hey, es hätte auch schlimmer sein können. Keiner wurde verletzt. Und wir haben eine Versicherung für die Teile."

„Richtig", antwortete ich, wohl wissend, dass die Versicherung alles daran setzen würde, keinen einzigen Cent zu zahlen.

Was mich jedoch nicht losließ, war der Gedanke, dass ich das irgendwie erwartet hatte. Das ist die Geschichte meines Lebens.

Seit ich geboren wurde, habe ich extremes Pech gehabt. Immer, wenn es mir zu gut geht, muss irgendetwas passieren, um alles zu verderben.

Im letzten Jahr hatte ich eine extreme Glückssträhne, von der Gründung meines Unternehmens bis hin zu einer Reihe von Verkäufen in den ersten Wochen. Alles schien vielversprechend, aber im Hinterkopf wusste ich, dass es nur eine Frage der Zeit war, bis sich mein Glück wieder wenden würde.

Jetzt, wo die Katastrophe eingetreten ist, war es fast eine Erleichterung. Wenigstens brauchte ich nicht mehr darauf zu warten.

Eine Hand berührt meine und ich blicke auf, um zu sehen, dass meine beste Freundin zu mir herübergerutscht ist und mich mit ihren klaren Augen mustert.

„Hör zu, ich weiß, dass es gerade wirklich schlimm ist", sagt sie leise. „Aber wir müssen wenigstens versuchen, die positive Seite zu sehen. Sonst verlieren wir noch den Verstand."

„Ich glaube, wir werden trotzdem den Verstand verlieren", entgegne ich. „Ich habe heute erst nachgerechnet. Ich habe achtzigtausend Dollar Schulden. Weißt du, wie viel Geld das ist? Eine verdammte Menge."

„Ich weiß. Aber am Ende des Tages hast du ein Dach über dem Kopf und eine schöne, gesunde Tochter. Es könnte schlimmer sein."

Ich widerstehe dem Drang, bitter aufzulachen. Ihre Worte trösten mich nicht gerade. Ich bin mit der Miete im Rückstand und weiß nicht, wie lange ich dieses Dach über dem Kopf noch haben werde. Und meine wunderbare Tochter ist eine weitere Sache, die mich belastet, weil ich ihr so verzweifelt das Leben bieten möchte, das sie verdient. Ich will nicht, dass sie so aufwächst wie ich. Ich kann nicht zulassen, dass sie obdachlos wird und jedes Mal, wenn ich an das Ultimatum meines Vermieters denke, schnürt mir die Angst die Kehle zu.

Diese Angst ist fast so groß, dass ich in Erwägung ziehe, Dillon noch einmal anzurufen, aber ich verzichte darauf. Er hat deutlich gemacht, dass er kein Kind will. Wenn ich jetzt auftauche, gibt es keine Garantie, dass er sich um sie kümmert, selbst wenn er mir glaubt, dass sie von ihm ist.

Ich könnte natürlich jederzeit versuchen, ihn zu erpressen, aber allein der Gedanke daran macht mich krank. So war unsere Beziehung einfach nicht. Außerdem habe ich immer gewusst, dass Dillon, obwohl er so sanft zu mir war, ein rücksichtsloser Mann sein kann. Er ist niemand, den ich erpressen oder gegen den ich in irgendeiner Weise vorgehen möchte.

Ich möchte auch nicht, dass meine Tochter dieser Art von toxischer Umgebung ausgesetzt wird.

Aber so sehr mich der Gedanke auch anwidert, weiß ich doch, dass ich ihn noch nicht ganz von der Liste der möglichen Wege gestrichen habe, die ich einschlagen könnte. Ich würde einfach alles tun, wenn es bedeutet, dass ich mich um meine Tochter kümmern kann und wir nicht obdachlos werden müssen.

Selbst wenn es mich selbst zerstören würde.

Jeannie sieht langsam richtig besorgt aus, also verdränge ich den Gedanken und setze ein Lächeln auf. „Und außerdem habe ich eine tolle beste Freundin."

„Das auf jeden Fall", sagt sie. „Und deine tolle beste Freundin findet, dass du dich für diesen Job bewerben solltest."

Ich beiße mir auf die Lippe und zucke mit den Schultern. Es ist einen Versuch wert.

Ich hätte allerdings nie im Leben damit gerechnet, dass ich gleich am nächsten Morgen einen Anruf erhalten würde.

„Hallo?" Ich gehe an die unbekannte Nummer, während ich das Frühstück vorbereite.

„Hi. Ist da Emma Walsh?"

„Ja."

„Ich rufe von Geheimnis Inc. an. Sie haben sich für eine Stelle als Assistentin beworben?"

„Ja." Meine Stimme ist ein bisschen zu laut, denn die Aufregung pulsiert in mir. Ich lasse den Pfannenwender auf den Tresen fallen und lege meine Hand auf die Brust, als wolle ich mein rasendes Herz zum Stillstand bringen. „Ja, das habe ich."

„Toll. Nun, ich rufe an, um Sie zu einem Vorstellungsgespräch einzuladen. Leider haben wir es ein bisschen eilig, die Stelle zu besetzen und das Vorstellungsgespräch findet bereits morgen statt. Glauben Sie, dass Sie das einrichten können?"

Ich verschlucke mich fast. So ein Mist. Jeannie fängt morgen ihren Teilzeitjob im Lebensmittelladen an und Ruth kommt überhaupt nicht in Frage. Ich werde einen Babysitter engagieren müssen, aber einen in letzter Minute zu bestellen, wird mich teuer zu stehen kommen.

Andererseits, wenn ich diesen Job bekomme, muss ich mir darüber keine Gedanken mehr machen.

„Ja", sage ich fest. „Das kann ich."

Kapitel 4 | Dillon

Am nächsten Tag erwartet mich frühmorgens eine weitere Runde Chaos. Nichts Neues.

So ist das nun mal, wenn man die beste Unternehmensberatung für Krisenmanagement im Land leitet

Als ich dieses Unternehmen gründete, hatte ich zunächst keine Ahnung, dass es so groß werden oder soweit kommen würde. Ich hatte meine Marketingfirma bereits auf den Höhepunkt ihres Status gebracht und sie zu einem Unternehmen mit einem Umsatz von mehreren Millionen Dollar gemacht. White and Associates wurde groß genug, um seine direkten Konkurrenten zu übernehmen und somit zum bedeutendsten Marketing-Konglomerat des Landes. Ich habe alles richtig gemacht und die entsprechenden Leute eingestellt, bis das Unternehmen sich praktisch selbst verwalten konnte, was für mich hieß, dass ich die meiste Zeit damit verbringen konnte, zu tun, was auch immer ich verdammt noch mal wollte.

Zuerst bedeutete das, Urlaub zu machen und eine Menge Blödsinn anzustellen, zu dem ich einfach nicht gekommen war, als ich noch jünger war.

Doch das alles wurde mir schnell langweilig.

Also habe ich Genesis als kleines Nebenprojekt gestartet. Es begann mit einem unserer Marketing-Kunden, Roderick Bane. Er stand kurz vor dem Zusammenbruch, weil sein virales Unternehmen beschuldigt wurde, die Designs eines anderen Unternehmens gestohlen zu haben und er war kurz davor, in einen riesigen Skandal verwickelt zu werden. Der Skandal hätte unsere Marketingbemühungen völlig nutzlos gemacht, daher war es nur logisch, dass ich mich einmischte. Wir legten alles, was wir wussten, auf den Tisch, stellten fest, dass die Beweise nicht ausreichten und planten und führten dann eine Reihe von Schritten aus, um sowohl die Geschichte zu begraben als auch sicherzustellen, dass sie nirgendwohin führte. Es waren drei brutale Wochen, aber es hat funktioniert.

Krisenmanagement hat nichts mit Marketing zu tun. Während Marketing organisiert und vorhersehbar war, war dies hier chaotisch und kam dem Glücksspiel von allem, das ich je erlebt habe, am nächsten.

Es war aber auch völlig berauschend.

Warum also nicht Karriere damit machen?

Und so wurde Genesis geboren.

Roderick empfahl uns einigen seiner Freunde und ehe ich mich versah, hatten wir einen festen Kundenstamm, der Krisenmanagementdienste in Anspruch nahm. Manche hielten uns für alle Fälle auf Abruf und obwohl ich nicht gerne mit ihnen zusammenarbeite, haben wir sogar ein paar Politiker als Klienten.

Genesis ist um Längen kleiner als meine Marketingagentur und hat nur eine Handvoll Mitarbeiter. Aber es hat sich zu einem erfolgreichen Unternehmen entwickelt, weil wir insgeheim dafür verantwortlich sind, den Ruf so vieler mächtiger Männer und Frauen in diesem Land zu retten

Und darauf bin ich verdammt stolz.

So sehr ich mich auch über die Arbeit beschwere, bin ich froh, beschäftigt zu sein. Es lenkt mich von Dingen ab, an die ich lieber nicht denken möchte, wie die quälende Langeweile und Leere, die in mir brodelt, wenn ich zu viel Zeit habe.

„Dillon."

George, mein Einsatzleiter, kommt mir vom anderen Ende des Flurs entgegen, als ich auf dem Weg in mein Büro bin. Er stapft auf mich zu, in der einen Hand eine Tasse Kaffee und in der anderen einige Akten.

Wie ich hat er die meiste Zeit der vergangenen Nacht an irgendwelchen Fällen gearbeitet, aber man würde es ihm nie ansehen. Sein schwarzes Haar ist perfekt nach hinten gekämmt, sein Anzug sitzt mit jedem Knopf und jeder Falte am richtigen Platz. So ist George nun mal, er sieht selbst unter unvorstellbarem Druck immer cool aus wie ein Filmstar. Deshalb habe ich ihn als meinen COO ausgewählt. Er ist fast so verrückt wie ich, wenn es um die Arbeit geht.

„Der Fall Rutherford ist beigelegt. Die Akte liegt auf deinem Schreibtisch. Sie wollen mit dem Präsidenten sprechen, aber ich habe ihnen gesagt, dass das nicht nötig ist."

"Gut." Ich nicke. "Und die Carters?"

„Wir arbeiten noch daran. Übrigens führen wir heute ein paar Vorstellungsgespräche für die Position der PA. Ich weiß, dass du gesagt hast, du willst dich nicht damit befassen, aber ich habe dir ein paar ihrer Lebensläufe auf den Schreibtisch gelegt, damit du die durchstreichen kannst, die deiner Meinung nach nicht gut passen würden und uns so Zeit sparen kannst."

Ich stöhne. “Das ist genau die Art von Arbeit, die sonst Casey machen würde.“

„Ja, aber wie wir bereits festgestellt haben, ist Casey nicht hier.“ Ich höre die Belustigung in seiner Stimme. “Und ich glaube auch nicht, dass du sie zurückholen kannst, also denk nicht einmal darüber nach. Sie ist sehr glücklich mit ihrem neuen Leben. Sie hat in den sozialen Medien ein Bild von ihrem Garten gepostet und wie sie jetzt dort Salat anbaut. Und auch Kompostierung betreibt.“

„Ein Garten?“ Ich kann den Ekel in meiner Stimme nicht unterdrücken. “Sie hat es aufgegeben, eine der besten PAs der Welt zu sein, um im Garten zu arbeiten?“

Er lacht. „Nicht jeder will das tun, was wir tun, Dillon. Ja, wir machen wichtige Sachen, aber wir verbringen auch viel Zeit damit, das Leben anderer Leute durcheinanderzubringen. Ganz zu schweigen von den schrecklichen Stunden, die wir damit verbringen, Kaffee zu trinken und darauf zu warten, dass das Telefon klingelt oder ein Herzinfarkt eintritt. Man muss schon ein bisschen verrückt sein, um diesen Lebensstil zu genießen.“

„Aber du tust es.“ Oder zumindest hoffe ich das. Er ist mein zweitbester Problemlöser. Ich weiß nicht, was ich ohne ihn machen würde.

Er nickt zustimmend. „Wie ich schon sagte: eine besondere Art von Verrücktheit.“ Sein Telefon beginnt zu klingeln und er zuckt zusammen, als er die Anrufer-ID sieht. “Scheiße. Das ist der Präsident, der wahrscheinlich ein Update haben will.“

„Viel Glück“, wünsche ich ihm, nehme ihm die Tasse Kaffee aus der Hand und gehe in mein Büro.

Als ich meine Suite betrete, sehe ich, dass die Aushilfe am Empfang ihr Make-up auffrischt. Sie schaut zur Tür und als sie mich bemerkt, erschrickt sie und springt auf.

“Mr. White.“

„Dillon.“ Ich kann den Ärger in meinem Ton nicht unterdrücken. Warum zum Teufel muss sie so schreckhaft sein? Sie gibt mir das Gefühl, ich sei ein Arschloch, das Frauen schlägt oder ähnliches, obwohl ich noch nicht einmal meine Stimme gegen sie erhoben habe. „Irgendwelche Termine heute?“

“Ähm ... sicher ... lassen Sie mich nur kurz im Kalender nachsehen.“

Ich atme tief durch, während sie sich vorbeugt und anfängt, auf die Computertastatur zu tippen. Casey hätte alle meine Termine für den Tag aus dem Stegreif gewusst. Verdammt, sie hätte wahrscheinlich sogar meine Monatsplanung im Schlaf aufsagen können, wenn ich sie darum gebeten hätte.

„Schicken Sie es mir einfach per E-Mail.“ Ich bin es leid zu warten, gehe an ihr vorbei in mein Büro und schließe die Tür, bevor sie antworten kann. Ich setze mich hinter meinen Schreibtisch, blättere hastig durch die dort liegenden Lebensläufe und überfliege jedes Dokument nach Schlüsselwörtern. Die Kandidaten sind alle Variationen derselben Sache. Gute Hochschulausbildung. Mindestens fünf Jahre Erfahrung. Ein Bewerber war ein Navy SEAL, was zwar schön ist, aber bei dieser Art von Arbeit nicht besonders hilfreich, außer dass er mit Situationen unter hohem Druck umgehen kann. Und ich muss wahrscheinlich nicht auf meinen Ton achten, wenn ich ihm Anweisungen gebe, was ein Plus ist.

Trotzdem bin ich von keinem der Kandidaten begeistert. Ihre Lebensläufe sagen mir nichts darüber, wie gut sie in dieser Position sein werden. Seit Casey gegangen ist, haben wir bereits drei PAs ausprobiert, die großartige Lebensläufe hatten, aber unter dem Druck, hier zu arbeiten, völlig zusammengebrochen sind. Ganz zu schweigen von all den „Elite"-Aushilfen.

Ich ärgere mich, dass George vielleicht Recht hat und ich die Kandidaten tatsächlich selbst interviewen sollte, um ein Gefühl für sie zu bekommen. Es wäre ideal, sie auf diese Weise auszuwählen, aber dafür habe ich keine Zeit.

Ich höre ein Klappern draußen und ein leises „Entschuldigung", das mir sagt, dass die Aushilfe wahrscheinlich etwas fallen gelassen hat. Ein weiteres tiefes Seufzen.

Vielleicht muss ich mir aber doch die Zeit nehmen.

Ich blättere noch einmal durch die Unterlagen, diesmal mit einem Blick auf Namen, Alter und andere Details, die wichtig sein könnten.

Ich blättere so schnell durch, dass ich es fast nicht mitbekomme. Es huscht durch mein peripheres Sehen, aber ich halte inne und muss zwei Lebensläufe zurückgehen, bevor ich den Namen oben auf der Seite entdecke.

Emma Walsh.

Der erste Eindruck, den dieser Name bei mir hinterlässt, ist ein Schock. Das kann sie nicht sein ... oder doch?

Nein. Emma ist ein sehr häufiger Vorname und Walsh ein ebenso häufiger Nachname. Mehrere Personen können diese Namenskombination haben.

Aber wie hoch ist die Wahrscheinlichkeit, eine weitere Emma Walsh in derselben Stadt wie die erste zu finden, die zufällig auch ungefähr im gleichen Alter ist?

Ein Gefühl überkommt mich, ein Kribbeln, das sich zu einem unruhigen Drang entwickelt, während ich den Rest ihres Lebenslaufs durchlese. Sie hat hervorragende Referenzen und fünf Jahre Erfahrung in einer Marketingagentur. Verdammt, das sagt mir nicht, ob sie es ist. Aber andererseits wusste ich sehr wenig über sie. Ich wusste nicht, wo sie wohnte, was sie beruflich machte oder verdammt noch mal nicht einmal ihre Lieblingsfarbe.

Dafür wusste ich andere Dinge. Ich wusste, wie ihre sanften braunen Augen im Dunkeln leuchteten. Ich wusste, wie ihre Lippen schmeckten, süßer als ihr Kaugummiglanz, wenn sie nach Minze roch. Ich wusste, wie sie mit Grübchen auf der Wange lächelte.

Und Gott, wie sie da unten schmeckte ...

Ich schließe jetzt die Augen und erinnere mich daran. Ein Hotel in Brüssel. Ihr Lachen, als wir, wahrscheinlich stockbesoffen, zum Hotelzimmer stolperten. Dann fallen wir zusammen aufs Bett. Ich sage ihr, wie schön sie aussieht und sie lächelt und verdreht die Augen, weil sie ein verdammtes Kompliment nie einfach so annehmen kann. Und dann küsse ich sie, um es zu beweisen, sauge an diesen prallen Unterlippen, meine Zunge gleitet in ihren Mund. Ihre Arme legen sich um meinen Hals und sie stöhnt auf. Meine Hand wandert ihre Seite hinunter und formt sich über ihrer Brust, ich ergötze mich an den weichen Kurven ihres Körpers.

Scheiße, ich kriege schon einen Steifen, wenn ich nur daran denke.

Die Szene geht weiter, während der Kuss immer heißer wird. Meine Hände suchen verzweifelt nach mehr und zerreißen dabei ihren Seidenrock. Sie trägt keine Unterwäsche und ein Teil von mir möchte wie ein Höhlenmensch knurren, aber ich stöhne nur. Ihre Schamlippen sind bereits feucht von ihrem heißen Inneren und mich juckt es in den Fingern, ihre kleine Knospe in den Mund zu nehmen und daran zu knabbern.

Während ich ihre Beine hinunterküsse und ihren Duft einatme, bin ich bereits verrückt vor Verlangen.

Die Tür wird aufgerissen und ich fahre hoch.

Die Aushilfskraft steht vor mir.

„Entschuldigung, Sir", stammelt sie und zuckt zusammen. „Ich hätte klopfen sollen."

„Ja, das hätten Sie." Ich sehe das Tablet in ihren Händen mit dem zerbrochenen Bildschirm und vermute, dass sie gekommen ist, um sich zu erklären. „Legen Sie es einfach hin und gehen Sie."

Sie legt das Tablet auf den Tisch und nickt dann, während sie davon huscht.

Nachdem sie gegangen ist, rufe ich George an. „Du führst heute die Vorstellungsgespräche, oder?"

„Ja. Warum?"

„Emma Walsh. Wann kommt sie?"

"Wahrscheinlich in einer Stunde, zusammen mit vier anderen Kandidaten. Nochmal, warum fragst du? Gab es etwas in ihrem Lebenslauf, das dich interessiert hat?"

„Nein." Aber ich muss sie sehen. Ich muss wissen, ob es dieselbe Frau ist, an die ich mich erinnere, die vor all den Jahren spurlos aus meinem Leben verschwunden ist. "Sag mir einfach Bescheid, wenn sie da ist."

„Ähm ... okay." An Georges Stimme merke ich, dass das eine seltsame Bitte von mir ist, aber er wird nichts dagegen sagen.

Ich muss es wissen.

Nachdem ich aufgelegt habe, erhebe ich mich von meinem Stuhl und laufe unruhig auf und ab bis zum anderen Ende meines Büros. Ich öffne die Glasschiebetüren, die zu meiner privaten Terrasse führen. Eine leichte Brise weht mir entgegen, als ich nach draußen gehe.

Mein Blick schweift über die Stadt Chicago. Ich kann die Piers und den Lake Michigan sehen, das Licht, das die anderen Wolkenkratzer in der Innenstadt von Chicago erhellt. Wir hätten wirklich kein so großes Gebäude für unseren kleinen Betrieb gebraucht, aber mir gefällt es hier. Allein für diese Aussicht hätte ich dieses Gebäude gekauft.

Auf einem Balkon wie diesem habe ich sie gefickt, mit einer ähnlichen Aussicht. Ich hatte sie gegen das Geländer gepresst und stand hinter ihr und es war eine der wildesten Sachen, an die ich mich erinnern kann.

Nach einer kurzen Verschnaufpause gehe ich wieder hinein. Meine Erregung hat nicht nachgelassen, nicht einmal ein bisschen, aber ich muss trotzdem arbeiten. So viele Dinge, die heute zu tun sind, so wenig Zeit.

Ich brauche doppelt so lange, um meine Arbeit zu erledigen, weil ich abgelenkt bin. Als Georges Anruf schließlich kommt, stehe ich von meinem Platz auf und gehe sofort in den Wartebereich.

Ich bleibe im Flur stehen, direkt vor dem Eingang.

Sie ist es.

Sie sieht anders aus. Ihr Haar ist kürzer und sie scheint abgenommen zu haben. Sie blickt nervös umher und hat jetzt Falten in den Augenwinkeln, die vorher nicht da waren. Auch ihr früherer Glanz ist ihr ein wenig abhandengekommen. Dennoch ist sie es zweifellos.

Emma Walsh ist zurück.

Kapitel 5 | Emma

Dieser Ort ist irgendwie seltsam.

Mein Bein wippt auf und ab, während ich den Empfangsbereich mustere. Es ist ein großer Raum, spärlich eingerichtet, mit einem polierten hölzernen Empfangstresen, ein paar Blumenvasen an der Seite und einem Aquarium in der Mitte. Die Wände sind weiß, mit sanften goldenen Strudeln, die zum klassischen Design der über uns hängenden Kronleuchter passen. Aber neben dem klassischen Design, als ob es ein nachträglicher Einfall wäre, sind Holzskulpturen in die Wände geschnitzt, die verschiedenen Tieren wie Vögeln und Pferden ähneln. Alles in allem verleiht dies dem Raum ein seltsames Ambiente.

Als gehöre er einem Prinzen, der auch ein Cowboy ist.

So wie jemandem, den ich kenne

Hör auf damit, ermahne ich mich. Ich habe den ganzen Morgen über Dillon nachgedacht, wahrscheinlich ausgelöst durch die Fragen meiner Tochter gestern. Es war schwer, ihn in den letzten zwei Jahren zu vergessen und gerade als ich das Gefühl hatte, weiterzukommen, musste meine Tochter ihn wieder in mein Gedächtnis zurückholen. Und jetzt taucht er ständig in meinem Kopf auf, zu den unmöglichsten Zeiten.

Ich werde es nicht zulassen. Ich werde es nicht zulassen, dass ich auch nur an ihn denke und das muss ich auch nicht länger, wenn ich diesen Job bekomme.

Nein, nicht wenn. Ich habe jetzt keine andere Wahl mehr.

Ich werde diesen Job bekommen.

Entschlossenheit macht sich in meiner Brust breit. Ich muss sichergehen, dass ich dieses Vorstellungsgespräch zumindest meiner Tochter zuliebe mit Bravour meistere. Ich schaue mich weiter um, auf der Suche nach Hinweisen, die mir dabei helfen könnten.

Mir fällt auf, dass die Einrichtung nicht das Einzige ist, was an diesem Gebäude seltsam ist. Auf der Bewerbung war die Firma als Geheimnis Inc. eingetragen, aber auf der glatten Wand des Eingangs ist in goldenen Lettern das Wort „Genesis“ eingeprägt.

Nichts sonst.

Nur Genesis.

Es wird nicht angegeben, um welche Art von Agentur es sich handelt oder was sie machen. Ich weiß auch nicht genau, warum sie mich ausgewählt haben, denn alle anderen vier Gesprächspartner, die im Empfangsbereich sitzen, sind tadellos gekleidet, die Anzüge wurden ihnen auf den Leib geschneidert. Sie sehen so stilvoll aus, als ob sie hierher gehören würden.

Ich hingegen trage dasselbe Kostüm, das ich seit dem College bei jedem Vorstellungsgespräch getragen habe. Ein Kostüm, das ich bei Marshall's gekauft habe.

Das macht nichts, sage ich mir immer wieder. Du bist klug genug und du wirst alles tun, um die Stelle zu bekommen. Beobachte weiter.

Das Dritte, was mir auffällt, ist, dass trotz der großen Bürofläche kaum jemand hier zu arbeiten scheint. Es gibt genau eine Empfangsdame an der Rezeption und ihre Finger scheinen über die Tastatur zu fliegen, ihre Augen kleben am Monitor, während sie wie eine Maschine arbeitet. Ab und zu, wenn ein Anruf eingeht oder jemand ein Dokument bringt, das ihre Aufmerksamkeit erfordert, erledigen ihre Hände die Aufgabe automatisch, ohne dass sie den Blick vom Bildschirm abwendet.

Ich beobachte sie eine Weile und bin beeindruckt. Ich wünschte, ich wäre auch so gut im Multitasking. Sie scheint in der Lage zu sein, eine Milliarde Dinge gleichzeitig zu erledigen, aber sie schafft es auch ziemlich gut, uns zu ignorieren. Vor ein paar Minuten wollte einer der Bewerber nach Wasser fragen und sie wies ihn einfach den Gang hinunter, ohne sich weiter um ihn zu kümmern.

Sie ist aber nicht die Einzige, die so beschäftigt ist.

Jede einzelne Person, die hier vorbeikommt, scheint zu telefonieren oder es eilig zu haben. Sie ignorieren sich gegenseitig, also nehme ich an, dass das für sie ganz normal ist.

„Ms. Walsh?"

Ich bin so sehr damit beschäftigt, die Empfangsdame zu beobachten, dass ich kaum bemerke, wie sich ein älterer Mann mit pechschwarzem Haar und sanften braunen Augen nähert, die in den Augenwinkeln Fältchen bilden, als er mir ein höfliches Lächeln schenkt.

Ich erhebe mich, als er zu mir kommt und nicke den anderen Gesprächspartnern kurz zu.

„Ich bin George Roberts, der Leiter des operativen Geschäfts hier bei Genesis. Ich bin auch für die Einstellung von Mitarbeitern zuständig. Freut mich, Sie kennenzulernen." Er streckt seine Hand aus.

„Gleichfalls." Ich schüttle seine Hand und er gibt mir ein Zeichen, ihm zu folgen, wobei er zügig einen Flur entlanggeht. Für jeden Schritt, den seine langen Beine zurücklegen, muss ich zwei Schritte machen.

„Sie sind die erste Gesprächspartnerin für heute“, bemerkt er.

„Oh“, antworte ich. Ich bin mir nicht sicher, ob das etwas Gutes oder etwas Schlechtes ist, also sage ich nichts dazu. Stattdessen spreche ich die Sache an, die mich schon seit meiner Ankunft hier beschäftigt. „Ich habe eine Frage, nur um sicherzugehen, dass ich nicht etwas falsch verstanden habe. In der Bewerbung stand, dass die Firma Geheimnis Inc. heißt, aber am Eingang steht Genesis.“

„Ja.“ Er lächelt verschmitzt. „Gutes Auge. Wir schirmen unseren Namen online ab, um unseren Einstellungsprozess geheim zu halten. Wir wollen nicht die falschen Talente anziehen. Wenn die Leute wüssten, wer wir sind, müssten wir viel mehr Müll durchsieben und das ist einfach nicht zeitsparend.“

„Oh, ok.“ Das würde bedeuten, dass das Unternehmen aus irgendeinem Grund bekannt ist. Aber ich habe buchstäblich noch nie von ihm gehört. Ich beschließe, es zu riskieren und frage: „Auch auf die Gefahr hin, dumm zu klingen, was macht Ihre Firma eigentlich? Weil es nirgendwo einen Hinweis darauf gibt.“

Er zwinkert amüsiert. „Wir machen von allem ein bisschen. Ich erkläre Ihnen mehr, wenn wir entschieden haben, ob Sie zu uns passen.“

„Okay.“ Noch mehr Unklarheit. Ich frage mich, auf was ich mich da eingelassen habe, aber ich folge ihm trotzdem.

Die Flure sind mit spiralförmigem goldenen Design und noch mehr Holzarbeiten an den Ecken ausgestattet. Die

Inneneinrichtung deutet auf einen so speziellen Geschmack hin, dass sie mich immer stärker an Dillon erinnert. Ich weiß noch, wie ich ihn das erste Mal sah, als er mit einem Taschenmesser und einem Stück Holz am Strand wie besessen ein Pferd schnitzte.

„Was machst du da?", fragte ich damals und runzelte die Stirn, als ich auf ihn zuging.

Er warf mir einen Blick zu und lächelte dann anzüglich. „Ich denke nach."

„Nachdenken?"

„Ja. Die Holzarbeit hilft mir dabei, mich zu konzentrieren."

„Ah." Das ergab Sinn. In den paar Wochen, die wir in seiner Inselvilla verbrachten, sah ich überall Holzskulpturen herumstehen, Pferde, Autos und dergleichen. Es war ein bisschen seltsam, aber es hat mich nicht gestört. Eigentlich war es sogar ganz reizvoll, all das zu sehen. Ich war zwar nicht künstlerisch veranlagt, aber ich wusste das Talent derer zu schätzen, die weitaus geschickter waren, als ich es je sein könnte.

Und dann, eines Nachts, wachte ich auf und sah ihn neben dem Bett schnitzen, während er mir aufmerksam ins Gesicht starrte. Er schaute mich sekundenlang an und hackte dann wieder wie ein Verrückter mit dem Messer auf dem Holz herum.

„Was schnitzt du jetzt?", fragte ich ihn dann.

„Dich. Ich will mich an dich erinnern", erwiderte er. „Genau so."

Das war das erste Mal, dass mein Herz zitterte und ich wusste, dass ich in Schwierigkeiten steckte. Denn während des gesamten Urlaubs hatten wir eine zwanglose sexuelle Beziehung aufrecht erhalten. Wir stellten keine Fragen über das Privatleben des anderen oder darüber, was wir tun wollten, wenn wir hier fertig waren. Wir ritten einfach auf der Welle der wahnsinnigen sexuellen Chemie, die wir teilten. Und wir wussten, dass wir uns, wenn der Urlaub vorbei war, wahrscheinlich nie wieder sehen würden. Und ich dachte wirklich, dass das für mich in Ordnung wäre.

Aber in dieser Nacht sagte mir mein Herz etwas anderes und das war die erste Warnung, dass ich mich langsam in ihn verliebte.

Ein paar Tage später lief ich weg.

„Ms. Walsh."

Ich blinzle zurück in die Realität, um zu erkennen, dass George mich anstarrt. Ich erröte. Hat er die ganze Zeit mit mir geredet, während ich weggetreten war? So hinterlässt man einen schlechten ersten Eindruck, Emma.

„Ja, entschuldigen Sie bitte", sage ich und räuspere mich, "es ist nur so, dass Ihre Einrichtung hier so ... interessant ist. Die Holzteile und das klassische Design. Sehr eklektisch."

Wieder lächelt er verschmitzt. „Ja, der Chef ist da ein bisschen eigen. Man gewöhnt sich daran."

„Nein, ich finde es schön." Kam das so rüber, als würde ich das Design kritisieren? Ich hoffte nicht. „Ich finde es wirklich gut."

Er legt den Kopf schief und wirft mir einen seltsamen Blick zu, als wäre er sich nicht ganz sicher, ob er mir glauben soll oder nicht. „Sie meinen das ernst, oder?"

Ich nicke. „Es erinnert mich an einen alten Freund von mir."

„Ah." Er starrt mich noch ein paar Sekunden lang an, bis ich mich leicht unwohl fühle und dann öffnet er endlich die Tür, neben der wir stehen. „Wir sind in meinem Büro. Hier werden wir das Gespräch führen."

„Oh." Ich nicke erneut. Er bedeutet mir mit einer Handbewegung, ihm zu folgen. Es ist ein eher unscheinbares Büro, mit einem Mahagonischreibtisch und einem luxuriösen Lederdrehstuhl. Allerdings fällt mir eine Dartscheibe in der Ecke auf, neben einem Schrank. Der größte Teil des Raumes wird von einer Couch eingenommen, zu der er uns führt. Er nimmt auf der einen Seite Platz, während ich auf der anderen sitze.

„Bevor wir anfangen", sagt er dann, erhebt er sich wieder und geht zu einem Schrank in der Ecke. Er öffnet ihn und ich sehe ein Sammelsurium verschiedenfarbiger Flaschen.

„Möchten Sie etwas trinken? Whiskey? Brandy? Bier?"

„Nein." Ist das ein Test oder ist das hier die Art von Job, bei der man während der Arbeit trinken kann?

„Es ist kein Test." Er wirft mir ein amüsiertes Lächeln zu, als könnte er meine Gedanken lesen. „Sie können wirklich etwas trinken, wenn Sie wollen. Glauben Sie mir. Das könnten Sie bei der Arbeit hier brauchen."

„Nein, ich möchte nichts." Irgendetwas sagt mir, dass sich hinter seiner einladenden Fassade ein sehr gewiefter Mann verbirgt. Ich glaube, das Vorstellungsgespräch hat schon in dem Moment begonnen, als wir uns kennenlernten. Auch wenn er nicht so aussieht, beobachtet George jede meiner Bewegungen und jede meiner Reaktionen genau. Alles, was ich tue, zählt.

Und ich werde einen klaren Verstand brauchen, um das zu überleben.

Er schenkt sich ein Glas ein, kehrt dann zu mir zurück und nimmt Platz.

„Also gut. Erzählen Sie mir ein wenig von sich."

Ich nicke. Mit dieser Frage habe ich gerechnet. „Nun, wie Sie wissen, ist mein Name Emma Walsh. Ich habe mein Studium an der University of Chicago mit Auszeichnung abgeschlossen und anschließend ein Praktikum bei ..."

„Nein." Er unterbricht mich mit einer Handbewegung. „Das muss ich alles nicht wissen, das kann ich in Ihrem Lebenslauf nachlesen. Erzählen Sie mir etwas, das ich noch nicht weiß, etwas, von dem Sie glauben, dass es Sie für diese Stelle qualifiziert."

Guter Mann, ich weiß nicht einmal, was das für ein Job ist.

Aber anstatt so zu antworten, starre ich ihm in die scharfsinnigen Augen und atme tief durch. „Ich trinke nicht."

Er mustert mich. „Niemals?"

Ich schüttle den Kopf und überlege, wie weit ich gehen soll. Ich muss mich interessant genug machen, um seine Aufmerksamkeit zu erregen und fähig genug wirken, um sie zu behalten. Wenn ich mit einer allgemeinen Antwort fortfahre, werde ich es nicht weit bringen. Also beschließe ich, einen Hauch von Ehrlichkeit zu zeigen.

„Niemals", bestätige ich. „Meine Mutter war Alkoholikerin, nicht dass ich sie gekannt hätte, aber ich habe es von ein paar Leuten gehört. Also habe ich mir geschworen, niemals Alkohol zu trinken. Und das tue ich auch nicht. Ich habe mir auch geschworen, dass ich auf die Universität von Chicago gehen würde, obwohl ich Legasthenikerin bin und ADHS bei mir diagnostiziert wurde. Und das habe ich getan. Alles, was ich mir jemals vorgenommen habe, habe ich auch geschafft, egal, was mir im Weg stand. Ich bin ein Mädchen, das mit dem ganzen Herzen bei der Sache ist. So bin ich nun mal."

George neigt den Kopf zur anderen Seite, sein Blick glänzt interessiert, aber bevor er noch etwas sagen kann, öffnet sich die Tür hinter uns.

Ich drehe mich um. Und blinzle.

Im ersten Moment frage ich mich, ob ich halluziniere. Vielleicht hat der Gedanke an ihn es geschafft, sein Bild in meinen Kopf zu zaubern.

Aber er sieht so real aus; die Intensität in diesen Augen ist so stark.

Und dann entdeckt ihn auch mein Begleiter.

George lächelt: „Dillon. Ich habe mich schon gefragt, wo du bleibst."

Da bleibt mein Herz stehen. Es hört einfach für einige Sekunden auf zu schlagen, während wir uns gegenseitig anstarren.

Er ist keine Erscheinung.

Dillon ist wirklich hier.

Kapitel 6 | Dillon

Emmas Gesichtsausdruck scheint eine Million verschiedene Dinge auszudrücken, bevor sie sich wieder fängt. Ihr Mund bleibt stumm vor Schreck offen stehen und tausend andere subtile Reaktionen überschlagen sich in ihren Zügen.

Das bleibt einige Sekunden so, bis sie mit gedämpftem Tonfall sagt, als hätte die Realität sie gerade im Solarplexus getroffen: „Du."

Du? Das ist alles, was sie sagen konnte, nach drei Jahren?

„Ja", antworte ich. „Ich."

„Ihr kennt euch?", fragt George und erinnert mich daran, dass er noch im Raum ist. Um ehrlich zu sein, habe ich völlig vergessen, dass wir Publikum haben und schaue George jetzt nicht einmal an, weil ich zu sehr damit beschäftigt bin, Emma zu beobachten. Ich kann nicht anders, als diese wunderschönen Augen zu bewundern, in denen so viele Emotionen aufblitzen; die pralle Unterlippe, die darum bettelt, angeknabbert zu werden. Sie hat etwas abgenommen und ihre Wangen sind nicht mehr so voll, wie ich sie in Erinnerung habe, aber ich erinnere mich noch gut daran, wie gerne ich auch an ihnen geknabbert habe.

Auf ihrer Stirn bildet sich eine Falte und sie presst die Lippen zusammen.

„Ja", antworte ich auf Georges Frage. Emma scheint ihn gar nicht zu hören und wendet ihren Blick nicht von mir ab. Nicht, dass ich das wollte. „Wir haben uns vorhin in einem Café getroffen."

„Wirklich?“ George hört sich nicht so an, als würde er das glauben, aber es ist mir egal. Seitdem Emma dieses Gebäude betreten hat, ist mir alles andere egal.

Und außerdem haben wir uns vor all den Jahren tatsächlich in einem Café kennengelernt. Das war der Beginn einer kurzen glühenden Affäre, die sich bis heute in mein Gehirn eingebrannt hat.

„Welches Café denn?“, bohrt George mit einem Hauch von Belustigung in seinem Tonfall nach.

„Du würdest es nicht kennen“, antworte ich sanft und lenke meinen Blick schließlich von Emma ab, um ihn kurz zu fixieren. „Kannst du uns einen Moment allein lassen, George? Ich kann den Rest des Interviews alleine führen.“

Goerges Lächeln verschwindet und er hebt die Augenbrauen. „Bist du dir da sicher?“

„Ich dachte nicht, dass ich deine Erlaubnis brauche.“

Er hebt abwehrend die Hände und steht auf. „Das Büro gehört dir. Ich werde eine weitere Bewerberin befragen.“

„Tu das.“ Ich bemerke kaum, wie er geht, während ich seinen Platz einnehme und Emma im Auge behalte. Ich kann sehen, wie sich die Räder in ihrem Kopf drehen; sie scheint die ganze Situation langsam zu begreifen.

Nachdem ich mich gesetzt habe, erkundigt sie sich: „Moment, du arbeitest hier?“

Ich nicke. Ich halte es nicht für angebracht, zu erwähnen, dass mir die Firma gehört. Das kann später kommen. „Das tue ich. Und du bist eine Bewerberin für die Stelle als Assistentin, richtig?“

„Ja, aber ich wusste nicht ...“ Sie bricht ab.

„Du wusstest nicht, dass ich hier arbeite?“, hake ich nach. „Woher auch, da du vor drei Jahren verschwunden bist und nicht einmal auf meine Anrufe reagiert hast?“ Ich versuche, meine Stimme so wenig anklagend wie möglich zu halten, aber etwas von der Anspannung liegt immer noch in meinem Tonfall. Ich beschwichtige sie jedoch mit einem schiefen Grinsen.

Trotzdem färben sich ihre Wangen rot und Ärger macht sich auf ihren Zügen breit.

„Ich dachte nicht, dass wir danach in Kontakt bleiben wollten“, antwortet sie abwehrend.

„Ja, aber wir wollten uns auch nicht aus dem Weg gehen“, entgegne ich und ein Rest des Schmerzes, den ich dabei empfunden habe, dringt in meine Stimme.

Wahrscheinlich ist es lächerlich, sich durch etwas verletzt zu fühlen, das im Grunde nur eine flüchtige Affäre war. Emma und ich waren wochenlang zusammen, nicht monatelang, und keiner von uns beiden hatte die Illusion, dass es für immer sein würde.

Aber ich hätte auch nicht gedacht, dass sie einfach so abhauen würde, ohne sich zu verabschieden.

„Lass mich raten, ich wette, wenn du gewusst hättest, dass ich hier arbeite, dann hättest du dich gar nicht erst beworben. Richtig?“

Ihre Lippen werden noch schmaler und ihre Augen lösen sich von meinen, aber sie leugnet es nicht.

Verdammt. Das tut auch weh, aber ich überspiele es mit einem leichten Grinsen.

„Du gehst mir also aus dem Weg. Autsch. Was habe ich dir eigentlich getan?“

„Du hast gar nichts getan“, sagt sie sofort und ihre Augen schrecken hoch, um meine zu treffen. Ich bin überrascht von der unerwarteten Intensität ihrer Tiefe, von der Art, wie sie fast außer sich zu sein scheint, um zu erklären. „Ich war es. Ich habe einfach ... erkannt, dass das, was wir taten, nicht das war, womit ich meine Zeit verbringen wollte. Es hat mich von wichtigeren Dingen abgehalten. Außerdem gab es zu dieser Zeit einige persönliche Dinge in meinem Leben ...“

„Was für Dinge?“

Sie schüttelt den Kopf. „Ich möchte nicht darüber sprechen.“

Aber was auch immer es war, es muss monumental gewesen sein, denn schon die bloße Erwähnung dieses Ereignisses lässt ihre Augen glänzen. Diese Andeutung von Emotionen vertreibt einen Teil meiner Empörung. Stattdessen erfüllt mich ein höllisches Bedürfnis zu erfahren, was es ist.

„Wenn du ein Problem hast, kann ich dir dabei helfen“, dränge ich, aber kaum ist das letzte Wort aus meinem Mund, schüttelt sie wieder den Kopf.

„Das ist nichts, wobei du mir helfen kannst“, sagt sie.

„Das weißt du nicht.“ Es gibt nur sehr wenige Dinge, bei denen ich nicht helfen kann.

„Ich weiß es“, beharrt sie.

Ich presse die Lippen zusammen. Ich würde sie am liebsten weiter bedrängen, aber wenn ich eines über Emma weiß, dann, dass sie durch und durch stur ist, vor allem, wenn es darum geht, ihre Geheimnisse zu schützen. Sie umgibt sich mit Mauern, die so hoch sind wie die in China. Je mehr ich sie dränge, desto stärker wird sie sich wie ein Tresor verschließen und vielleicht sogar wieder weglaufen. Das will ich nicht.

Anstatt mich mit dem Bulldozer durchzukämpfen, muss ich sanft vorgehen, damit sie mich hereinlässt. Ich muss sie erst beruhigen und ihr so die Informationen entlocken.

„In Ordnung", räume ich ein. „Ich wollte nicht neugierig sein, sondern nur sichergehen, dass ich nichts getan habe, was dich erschreckt oder verärgert hat."

„Natürlich nicht." Schließlich schenkt sie mir ein schwaches Lächeln. „Du warst perfekt. Es lag nur an mir. Ich war das Problem."

Was hat sie damit gemeint?

Frag noch nicht.

„Ich verstehe", nicke ich. „Jetzt, wo wir das geklärt haben, möchte ich nur noch sagen, dass es schön ist, dich wiederzusehen."

Ihr Lächeln wird ein wenig breiter, ihre Augen ein bisschen milder. „Es ist auch schön, dich zu sehen."

Ihr schüchterner Tonfall weckt mein Verlangen, aber ich unterdrücke es erst einmal. „Na gut. Dann lass uns mit dem Interview weitermachen."

„Warte", unterbricht sie mich und schürzt ihre Unterlippe. „Ich weiß nicht, ob ich das durchziehen kann."

Ich ziehe meine Augenbrauen hoch. „Warum? Weil ich hier arbeite? Komm schon Emma. Wir sind erwachsen und haben eine Vergangenheit. Das ist doch keine große Sache. Ich bin mir sicher, wir können in der Nähe des anderen arbeiten, ohne dass es unangenehm wird."

„Nein, es ist nicht nur das, es ist auch …" Sie schaut sich um und beugt sich dann vor, wobei ihre Stimme zu einem verschwörerischen Flüstern sinkt. „Ich habe keine Ahnung, was sie hier tun und niemand will mir etwas darüber sagen. Es kommt mir ein wenig zwielichtig vor und die Bezahlung ist viel zu hoch für eine einfache persönliche Assistentin."

„Oh." Ich muss fast lachen über den wirklich besorgten Ausdruck auf ihrem Gesicht. Es überrascht mich, dass George ihr die Firma noch nicht erklärt hat, aber wahrscheinlich möchte er, dass wir so geheimnisvoll wie möglich bleiben. Es ist Georges Steckenpferd, es so aussehen zu lassen, als würden wir heimlich ein Drogenkartell leiten oder ähnliches. „Wenn das so ist, kannst du dich entspannen. Ich werde es dir erklären. Wir sind im Grunde ..." Ich suche nach einem passenden Wort dafür. „Problemlöser."

„Problemlöser?"

„Ja. Bei unserer Arbeit geht es hauptsächlich um Imageberatung und Schadensbegrenzung und das bedeutet, dass wir hochrangigen Kunden dabei helfen, ihren Ruf zu verbessern und zu verhindern, dass sie von Skandalen eingeholt werden. Aufgrund der Art unserer Arbeit versuchen wir, das Unternehmen so unauffällig wie möglich zu halten, so dass wir diese Informationen nur weitergeben, wenn es nötig ist und alle unsere Kunden werden durch Mundpropaganda gewonnen. Das ist wahrscheinlich der Grund, warum George so geheimnisvoll war."

„Ah, ich verstehe." Sie nickt. Sie scheint nicht ganz zu verstehen, aber zumindest ist der unruhige Blick aus ihren Augen gewichen. „Nun, er hat mir gesagt, er würde mir erst etwas verraten, wenn ich den Job bekomme."

„Ja, das liegt daran, dass wir dich normalerweise eine Verschwiegenheitsklausel unterschreiben lassen, bevor wir es dir sagen“, grinse ich. „Aber ich sage es dir schon jetzt, weil ich dir vertraue.“

Ihre Augen weiten sich. „Wirklich?“

„Ja.“ Ich bin schockiert, als ich feststelle, dass ich es auch so meine, denn ich bin kein Mann, der leicht Vertrauen fasst. Aber bei Emma ... sie hat einfach etwas an sich. Ich habe das Gefühl, dass ich ihr fast instinktiv vertrauen kann. „Ich glaube nicht, dass du zur Presse gehst und dort etwas ausplauderst, oder?“

„Natürlich nicht.“ Schon bei dem Gedanken daran wirkt sie beleidigt. Andererseits war Emma schon immer ein sehr verschlossener Mensch. Wenn wir in der Öffentlichkeit unterwegs waren, hat sie auffällige Bereiche gemieden und bei den wenigen Malen, die ich fotografiert wurde, ist sie erstarrt und fast ausgeflippt.

Sie zieht sich zurück und behält ihre Geheimnisse für sich. Es ist meine Aufgabe, sie zu lüften.

„Das dachte ich mir schon“, sage ich. „Das ist einer der Gründe, warum ich denke, dass du gut für die Stelle geeignet bist.“

Sie legt den Kopf schief. „Aber du hast mich doch noch gar nicht befragt?“

„Dazu kommen wir gleich. Zunächst einmal möchte ich dir erklären, wofür du dich eigentlich bewirbst. Du wirst die persönliche Assistentin des Chefs sein, alle seine administrativen Aufgaben erledigen, Besprechungen vorbereiten und gelegentlich an seiner Stelle daran teilnehmen. Außerdem musst du in den meisten Fällen proaktiv sein, denn der Chef ist ein viel beschäftigter Mann und er wird keine Zeit haben, um dich an die Hand zu nehmen. Es ist eine steile Lernkurve, aber sobald du den Dreh erst einmal raus hast, sollte es dir leicht von der Hand gehen."

Sie nickt. „Das kriege ich hin. Aber der Chef … wie ist er denn so?"

Ich denke ein paar Sekunden darüber nach und frage mich, wie meine Angestellten mich beschreiben würden. „Er kann schwierig sein. Wankelmütig. Er arbeitet lange und erwartet wahrscheinlich, dass du das Gleiche tust. Sein Zeitplan kann schwanken und manchmal verlangt er, dass du sofort losfliegst. Er besitzt eine geringe Toleranz für Inkompetenz und wird nicht zögern, dir eine Abreibung zu verpassen, wenn du etwas vermasselst. Aber er belohnt auch gute Arbeit. Ich denke, dass er fair ist. Und er zahlt gut. Allerdings ist er ein ziemlicher Griesgram."

„Oh." Sie schenkt mir ein Lächeln. „Meiner Erfahrung nach sind die meisten erfolgreichen Männer totale Griesgrame. Aber ich denke, damit kann ich umgehen."

„Gut. Erzähl mir ein wenig von deiner Berufserfahrung."

„Ja, klar. Ich habe früher für eine Firma namens Jett's Consultancy gearbeitet", beginnt sie ohne zu zögern. „Das war eine Firma für digitales Marketing, die sich auf SaaS und B2B spezialisiert hat. Als ich dazukam, war es noch ein Start-up, ein kleines Unternehmen, aber wir konnten in nur wenigen Jahren gewaltig wachsen und ich glaube, dass meine Rolle bei diesem Wachstum sehr hilfreich war."

Sie fährt fort, über ihre Arbeit im Unternehmen zu sprechen und obwohl ich das meiste davon mitbekomme, wird mir auch klar, wie viel ich vor drei Jahren nicht über sie wusste. Ich wusste nicht einmal wirklich, was sie beruflich macht.

Einerseits ist es logisch, dass sie im Marketing arbeitet, denn wir trafen uns in einem Café gegenüber dem Veranstaltungsort einer Marketingkonferenz, an der ich teilnahm. Unser erstes Treffen war interessant - sie verschüttete Kaffee auf mich und schimpfte mich aus, ich solle aufpassen, wo ich hinlaufe. Das war eine noch nie dagewesene Reaktion für mich. Ich war es gewohnt, dass mir die Leute in den Arsch kriechen, sobald sie mich zum ersten Mal treffen und wissen, wer ich bin. Das kenne ich so, seit ich alt genug war, um es zu bemerken.

Aber dann wurde schnell klar, dass diese Frau keine Ahnung hatte, wer ich war und es sie auch nicht interessierte.

Auf der Konferenz fiel sie mir wieder auf und während meines Vortrags blieb mein Blick an ihr haften. Ich sah sie mit dem alten Mann, von dem ich annahm, dass er ihr Chef war und sie flüsterte ihm manchmal etwas ins Ohr, woraufhin er nickte und es aufschrieb. In den beiden Fällen, in denen er intelligente Antworten auf meine Fragen gab, flüsterte sie ihm auch vorher etwas zu, was wahrscheinlich seine Entscheidung, sich zu melden, beeinflusste.

Manchmal redete er auf sie ein und ich konnte das drohende Augenrollen erkennen, auch wenn sie ihn dann oberflächlich anlächelte. Ich kannte dieses Lächeln. Casey schenkte es mir immer dann, wenn sie mich für einen Idioten hielt, weil ich nicht ihrer Art und Weise folgte, die Dinge zu erledigen.

Häufig hatte Casey recht.

Ich frage mich, ob Emma und ihr früherer Chef die gleiche Art von Beziehung hatten wie Casey und ich. Auf der Konferenz schien sie zu versuchen, sich so weit wie möglich im Hintergrund zu halten, aber sie bewegte sich mit einem Selbstbewusstsein, das nur von Kompetenz getragen werden kann.

Und je mehr sie jetzt über ihre Rolle im Unternehmen spricht, desto stärker bin ich davon überzeugt.

Ich weiß bereits, dass ich sie einstellen werde, aber ich lasse sie trotzdem weiterreden und bewundere die Art und Weise, wie sich ihr Mund bewegt und ihre Augen die meinen genau treffen. Das war eine weitere Sache, die ich immer an ihr mochte. Sie schien nie im Geringsten von mir eingeschüchtert zu sein, obwohl ich sie um mindestens zwanzig Zentimeter überrage und mein Standardgesichtsausdruck ein finsterer Blick ist. Sie hat mir von Anfang an ihre Meinung gesagt und hatte auch kein Problem damit, mir zu sagen, was sie fühlte.

Nachdem sie also fertig ist, nicke ich, obwohl ich nur die Hälfte von dem gehört habe, was sie erzählt hat. „Na gut. Du hast mich überzeugt. Du bist eingestellt"

Sie hebt die Augenbrauen. „Einfach so?"

„Ja. Das hast du gut gemacht."

Sie lächelt nachsichtig. „Danke, aber ich glaube nicht, dass es so funktioniert."

„Doch, so funktioniert es, wenn man das Sagen hat."

Sie runzelt verwirrt die Stirn und ich grinse sie an. „Oder habe ich vergessen zu erwähnen, dass ich der Chef bin?"

Kapitel 7 | Emma

Ich blinzle Dillon ein paar Sekunden lang geschockt an und frage mich, wie viele Kinnhaken ich noch verkraften kann. Es war schon überraschend genug, ihn hier reinkommen zu sehen. Mir blieb fast das Herz stehen.

Herauszufinden, dass ihm die Firma gehört? Dass er der Chef ist?

Oh, mein Gott!

Warum hat er mir das nicht von Anfang an gesagt?

Wahrscheinlich, weil er sehen wollte, wie ich ihn wie eine Idiotin anstarre.

Er bestätigt es, indem er mich auf diese wölfische schiefe Art angrinst, die seine Augen zum Glitzern und meinen Magen zum Flattern bringt.

Gott, er ist so umwerfend gut aussehend wie damals.

Als ich Dillon das erste Mal sah, dachte ich, er sei ein Filmstar. Das war nur logisch. Ein paar von uns aus der Firma waren in L.A. auf einer Marketingkonferenz und ich hatte offenbar schon einige Filmstars gesehen, ohne es zu wissen. Meine Freundin und Leiterin der Personalabteilung, Anna, mit der ich die meiste Zeit der Reise zusammen war, wies mich immer wieder auf sie hin und war frustriert, wenn ich keine Ahnung hatte, wer sie waren.

„Das ist Mickey O'Roarke", sagte sie und wenn ich sie ausdruckslos anstarrte, rollte sie mit den Augen und rief. „Ach komm schon. Mickey O'Roarke? Schloss der Schmerzen? Du kannst mir nicht erzählen, dass du nicht weißt, wer das ist?"

Ich zuckte mit den Schultern. „Tut mir leid." Der Name kam mir nicht bekannt vor.

Sie stieß einen frustrierten Atemzug aus. „Wirklich? Hast du als Kind überhaupt kein Fernsehen geschaut?"

„Nicht sehr viel", antwortete ich. Ich erzählte ihr nicht, dass ich als Kind keinen Fernseher besaß, weil wir zu arm waren, um uns einen zu leisten. Ich habe ihr auch nicht gesagt, dass manche Teenager ihre Zeit in den sozialen Medien damit verbringen, von Prominenten besessen zu sein, während ich die meiste Zeit meiner Teenagerjahre damit beschäftigt war, mehrere Jobs zu machen, für die ich sicherlich zu jung war und das ließ nicht viel Raum, um von irgendwelchen Herzensbrechern zu schwärmen. Meine Kindheit war generell nicht dazu angetan, jugendliche Verehrung für Prominente zu entwickeln, so dass es schwierig war, sich jetzt für sie zu interessieren.

Als ich später mit Dillon zusammenstieß und mich dabei ertappte, wie ich auf eine der markantesten Kieferpartien starrte, die ich je in meinem Leben gesehen hatte, nahm ich an, dass er einer der vielen Berühmtheiten war, die die Gegend bevölkerten, vor allem, weil er mich praktisch von oben herab behandelte, obwohl eigentlich er derjenige war, der mit mir zusammengestoßen war.

„Toll", murmelte ich und ärgerte mich darüber, dass mein Zehn-Dollar-Becher mit normalem amerikanischem Kaffee nun auf seinem Hemd verschwendet wurde. Ich blickte wieder zu ihm hoch. „Du weißt schon, nur weil du die Nase nach oben trägst, heißt das nicht, dass du nicht ab und zu mal runterschauen solltest."

Er zog die Augenbrauen hoch. „Wie bitte?"

„Du hast mich verstanden. Du magst verdammt groß sein, aber uns Normalsterblichen zuliebe, die wir in Bodennähe leben müssen, solltest du aufpassen, wo du hintrittst, nur für den Fall, dass du in einen von uns hineinläufst."

Sein Blick wurde belustigt, so als wüsste er nicht, ob er lachen oder mich verfluchen sollte. Aber ich war noch nicht fertig. Es war ein frustrierender Morgen gewesen und dies war eine gute Gelegenheit, meinen Ärger loszuwerden.

Ich gestikulierte mit meinem Kaffeebecher. „Du weißt, dass die hier zehn Dollar kosten, oder? Ihr Leute seid lächerlich. Bei uns zu Hause kann ich eine Tasse für zwei Dollar bekommen, aber weil ihr Palmen habt und euren Bohnen ausgefallene Namen gebt, kostet ein normaler Americano jetzt zehn Dollar. Das ist wie eine ganze Pizza an manchen Orten. Oder zwei Burgergerichte für einen einzigen Kaffee. Wahnsinn. Ich hätte mir gar keinen zulegen sollen, aber manchmal ist er das Einzige, was mich durch den Tag bringt. Und jetzt kann ich ihn nicht mal mehr trinken, weil du ihn verschüttet hast."

Schließlich zuckten seine Mundwinkel und er sagte: „Du kannst dir jederzeit einen neuen holen."

Ich höhnte. „Und zwanzig Dollar für eine Tasse Kaffee ausgeben? Ja, das geht leider nicht. Die zehn Dollar waren genug. Ich habe meine Dummheitsgrenze für diesen Monat erreicht."

Das Lippenzucken weitete sich zu einem Lächeln aus. „Keine Sorge. Ich werde dir eine neue Tasse besorgen."

Das wäre nett, dachte ich, aber mein Stolz ließ es nicht zu, vor allem, nachdem ich gerade auf ihn losgegangen war.

Ich atmete tief durch und der größte Teil meiner Anspannung verflog dadurch. „Schon in Ordnung. Pass nur auf, wo du das nächste Mal hintrittst." Ich versuchte, ihm auszuweichen, aber er packte mich am Ellbogen und hielt mich auf der Stelle fest. Ich fuhr herum, um ihn anzustarren und als seine Augen an meinen hängen blieben, begann mein Herz sofort zu rasen.

Oh Gott.

Dieser dunkle Blick war definitiv stark. Mein Körper reagierte auf alle möglichen peinlichen Arten, Röte bahnte sich ihren Weg meinen Hals hinauf, während Hitze und Verlangen auf der Oberfläche meiner Haut kribbelten.

Da verstand ich, warum all die Mädchen in der Nähe von Filmstars immer kreischten und sich verkrampften. Wegen Menschen wie ihm. Die anderen Berühmtheiten, die ich sah, berührten mich nicht im Geringsten, aber dieser Mann mit seinem großen Körper und seinem intensiven Blick machte mich ein wenig schwindlig und schwach, nur weil er mich ansah. Er hatte einfach etwas an sich, eine starke Männlichkeit, die die in mir schlummernde Weiblichkeit zum Vorschein brachte.

Zum ersten Mal seit langer Zeit wollte ich kokett sein, meine Haare zwirbeln und mich einem Mann gegenüber völlig albern verhalten.

„Wie heißt du?", fragte er und ich konnte dem Drang, zu zittern, kaum widerstehen. Seine Stimme war so tief, dass er ein großartiger Blue's-Sänger hätte sein können. *Vielleicht war er das. Vielleicht ist er ja dafür berühmt.*

Gibt es Blues überhaupt noch?

Je länger ich schwieg, desto breiter wurde sein Lächeln, bis ich merkte, dass ich ihn ganz unverhohlen musterte. Und er hat es eindeutig bemerkt. *Shit.*

Ich schaffte es, meine Sinne wiederzuerlangen und seine Frage zu beantworten.

„Das geht dich nichts an“, blaffte ich.

„Ich mache es zu meiner Angelegenheit“, antwortete er fast sofort.

„Ach, wirklich? Und wie willst du das anstellen? Willst du mich zwingen, dir meinen Namen zu sagen? Werden mich ein Haufen schreiender Fans angreifen, wenn ich es nicht tue?“

„Fans?“

„Ja. Ich nehme an, die sind nicht allzu weit weg. Sie könnten mir etwas antun, wenn sie sehen, dass du mich anfasst.“

„Glaub mir, niemand wird dir etwas antun. Nicht unter meiner Aufsicht.“ Er schenkte mir wieder dieses schiefe Grinsen, während seine Augen meinen Körper abtasteten. „Niemand außer mir berührt deinen Körper.“

In seinem Blick flackert Verlangen auf und mein Herz setzt einen Schlag aus. Gott, ich habe noch nie so schnell auf jemanden reagiert, aber ich konnte nicht anders. Der Mann strahlte Dominanz und Sexappeal aus.

Auch ich fühlte mich zu ihm hingezogen und eine Sekunde lang ließ ich mich davon anstecken, indem ich seinen Körper genauso musterte wie er meinen. Starke muskulöse Arme, kräftige Oberschenkel und eine breite Brust. Shit, er war wirklich wie ein Gott gebaut.

Aber jetzt war nicht der richtige Zeitpunkt, um mich von einem gut aussehenden Adonis ablenken zu lassen. Ich hatte zu arbeiten und hoffentlich würde ich in den nächsten Monaten sehr beschäftigt sein. Es gab so viel zu tun in meinem Leben und eine Beziehung stand nicht auf meiner To-do-Liste.

„Daraus wird nichts, Adonis." Ich löste meine Hand aus seinem Griff und ging weg, wobei ich mir bewusst war, dass sich seine Augen in meinen Rücken bohrten.

Natürlich konnte das nicht unser letztes Treffen gewesen sein, denn das Schicksal spielt mir immer wieder einen Streich. Und unser zweites Treffen ließ das erste, bei dem wir uns praktisch gegenseitig einen Augenfick verpasst haben, zahm erscheinen.

Vielleicht dachte ich mir deshalb nichts dabei, mit einem Mann in den Urlaub zu fahren, den ich nicht kannte.

Weil er ein unglaublich sexy Mann war.

Ein Mann, der bald mein neuer Chef sein wird.

„Ich habe diese Firma vor ein paar Jahren gegründet", erklärt er mir. „Es ist also noch nicht allgemein bekannt, dass ich sie leite. Aber ich bin hier der Geschäftsführer. Und du bist dabei, meine neue persönliche Assistentin zu werden."

"Nein." Das Wort verlässt meinen Mund, bevor ich überhaupt darüber nachdenken kann.

„Nein?"

Ich schüttele den Kopf. „Ich glaube nicht, dass ich das kann." Selbst als ich dachte, dass er nur hier arbeitet, hatte ich Zweifel, ob ich den Job annehmen sollte. Aber ich rechtfertigte es mit dem Gedanken, dass ich es vielleicht tolerieren könnte. Er arbeitete wahrscheinlich in einer anderen Abteilung und wir würden uns nicht allzu oft sehen.

Aber direkt mit ihm arbeiten? Ihn jeden Tag sehen?

Das war ein Garant für eine Katastrophe.

Sogar jetzt ist die unbestreitbare Chemie zwischen uns noch da, es brodelt. Das Verlangen liegt immer noch in seinen Augen, sobald er mich ansieht und ich spüre die gleiche Leidenschaft in meiner Brust.

Diesem Verlangen nachzugeben, wäre für uns beide ein Fehler.

„Ich kann den Job nicht annehmen. Ich glaube nicht, dass ich dafür geeignet bin."

Er runzelte die Stirn. „Ich dachte, du hast dich beworben, weil du dafür geeignet bist."

„Ja, aber ..."

„Brauchst du den Job nicht mehr?"

„Doch. Natürlich brauche ich ihn, aber ..."

„Ist die Bezahlung nicht ausreichend?"

„Es ist mehr als genug. Das wäre eine lebensverändernde Menge Geld für mich und würde mir sehr helfen, mich über Wasser zu halten, aber ..."

„Wie meinst du das?", hakt er nach. „Hast du Schulden? Brauchst du Geld?"

So ein Mist.

Warum habe ich das gesagt?

Ich habe angefangen zu schwafeln, weil mir keine gute Antwort auf seine Frage eingefallen ist und jetzt habe ich meinen erniedrigenden finanziellen Status offenbart.

Hat sich das angehört, als würde ich betteln? Wie peinlich.

„Oder ist da etwas anderes, worüber du lieber nicht sprechen möchtest?“, folgert Dillon und macht mich noch verlegener.

Wieder steigt mir die Hitze ins Gesicht, denn die Dringlichkeit verlangt, dass ich sofort von hier verschwinde. Ich muss weg, denn der Boden weigert sich, sich zu öffnen und mich zu verschlucken.

Ich kann nicht glauben, dass ich tatsächlich dachte, ich könnte Dillon um Geld bitten, wenn ich verzweifelt genug wäre. Ich dachte sogar, ich könnte ihn erpressen.

Und jetzt bietet er mir seine Hilfe an und ich kann ihm nicht einmal ins Gesicht sehen.

Ich verdiene seine Hilfe nicht. Nicht nach dem, was ich ihm angetan habe oder vorhatte, ihm anzutun. Ich glaube, ich bin ein von Grund auf schlechter Mensch, meine Erziehung macht mich von Natur aus egoistisch.

„Ich denke nicht, dass es eine gute Idee ist, wenn wir zusammenarbeiten“, ende ich schließlich und hoffe, dass er das andere Thema fallen lässt.

„Und du hast immer noch nicht erklärt, warum.“

Weil ich mich immer noch zu dir hingezogen fühle, Dummkopf. Und ich will nichts tun, von dem ich weiß, dass ich es bereuen werde.

„Hat es etwas damit zu tun, warum du mich verlassen hast?“, fragt er.

„Das habe ich dir doch schon erklärt.“

„Nicht wirklich.“

Okay, das war's. Ich stehe auf und sage: „Ich denke, es ist Zeit zu gehen.“

Ich drehe mich um und höre, wie er sich hinter mir aus seinem Sitz erhebt, während ich zur Tür eile. Gerade will ich die Tür öffnen und hinausgehen, aber seine Hände drücken gegen die hölzerne Oberfläche und halten sie geschlossen.

Ich wage es nicht, mich umzudrehen. Ich spüre ihn in meinem Rücken, seine Hitze fährt durch mich hindurch. Sein Duft umgibt mich, weckt das Verlangen, schürt es.

Ich weiß, wenn ich mich jetzt umdrehe, dann nur, um in diese grimmigen Augen zu sehen. Und diese Lippen ...

Ich werde nicht in der Lage sein, das zu verhindern, was als nächstes passiert.

Schon jetzt zittert mein Körper vor Verlangen, mich ihm hinzugeben, als er knurrt: „Dreh dich um."

Die infernalische Lust, das *Verlangen*, fleht mich an, ihm zu gehorchen, aber ich halte still. Ich bleibe mit dem Gesicht zur Tür, obwohl ich mich unbedingt umdrehen möchte.

Und dann spüre ich sie, die Berührung seiner Lippen an meinem Hals.

Ich kann nicht anders, als zu stöhnen und zittere, als der Hunger mich fast überwältigt. Er küsst die Verbindung zwischen meinem Hals und meiner Schulter und leckt dann langsam über die Stelle, von der er weiß, dass ich es liebe.

Oh Gott. Ich muss der Sache ein Ende setzen, bevor sie außer Kontrolle gerät

„Hör auf", keuche ich.

„Bist du sicher?", flüstert er gegen meinen Hals und löst damit eine weitere Gänsehaut aus

„Ja", antworte ich.

Er weicht zurück und ich drehe mich zu ihm um. Seine Hände stecken in den Hosentaschen, als ob er sie dort festhalten müsste und sein Kiefer spannt sich an, als er erneut fordert: „Arbeite für mich."

„I ..." Ich will nicht riskieren, dass er mich wieder zurückhält und mich küsst, um mich zu überzeugen. Ich weiß nicht, ob ich widerstehen kann.

„Du hast vierundzwanzig Stunden Zeit, darüber nachzudenken und dich zu entscheiden", fährt er fort. Er holt eine Karte aus seiner Tasche und reicht sie mir. „Lass es mich wissen, wie du dich entscheidest."

Ich kann nicht sprechen. Ich nehme die Karte, nicke und stürme aus dem Raum.

Auf dem Heimweg versuche ich, nicht an die Erektion zu denken, die sich vorne in seiner Hose abgezeichnet hat.

***

"Mami!", höre ich in der Sekunde, in der ich meine Wohnung betrete.

Ich schließe die Tür hinter mir und nehme meine Tochter in die Arme, die auf mich zustürmt. Jeannie, die auf der Couch gelegen hat, setzt sich auf und lächelt.

„Ich war früher fertig mit der Arbeit", erklärt sie mir. „Also habe ich der Babysitterin gesagt, dass sie gehen kann. Auf diese Weise sparst du Geld."

„Danke", sage ich, schwinge Megan auf meine Hüfte und gehe auf sie zu.

„Also", sie hüpft förmlich auf der Couch herum, als ich mich setze, mit einem besorgten Lächeln auf den Lippen. „Wie ist es gelaufen?"

Ich weiß nicht, was ich ihr antworten soll. Bei diesem Treffen ist so viel passiert, dass ich gar nicht weiß, womit ich anfangen könnte. Ich schüttle einfach den Kopf und ihr Gesicht verzieht sich zu einer Grimasse.

„Oh“, murmelt sie und seufzt dann. „Ist schon gut. Wir werden es weiter versuchen.“

Ich sehe die Müdigkeit in ihrem Gesicht und schlechtes Gewissen überkommt mich. Sie denkt, ich hätte den Job nicht bekommen und versucht, mich zu trösten. Sie weiß nicht, dass ich ihn abgelehnt habe.

Ich bin so eine schlechte Freundin.

„Nun, ich glaube, ich kann meinen Onkel um einen weiteren Kredit bitten“, überlegt sie. „Ich glaube, er hat eine zweite Hypothek aufgenommen und ich bin mir sicher, wenn ich ihn frage ...“

„Stopp“, sage ich, während die Schuldgefühle mich aufzufressen drohen. „Ich habe den Job bekommen.“

„Hast du?“ Ihre Augen werden zu Untertassen.

Ich nicke.

Sie quiekt und springt auf, um mich zu umarmen, was Megan zum Kichern bringt. Dann schlägt sie mir auf den Arm. „Du Arschloch! Warum hast du mich glauben lassen, du hättest ihn nicht?“

„Sprache“, warne ich und lächle. „Und es ist, weil ... ich weiß nicht, ob ich ihn annehmen will.“

„Warum nicht?“

Mein Ex, der zufällig auch der Vater meiner Tochter ist, arbeitet dort.

„Ich weiß es nicht. Es ist einfach eine seltsame Umgebung. Ein bisschen dubios.“

„Illegal?“

„Nein, nur merkwürdig.“

„Na ja“, zuckt sie mit den Schultern. „Kannst du nicht wenigstens für ein paar Monate dort arbeiten, bis du genug Geld verdient hast, um deine Schulden zu begleichen?“

Ich überlege es mir. „Ich denke, das kann ich tun.“ Schließlich ist es das, was wichtig ist, für meine Lieben und mich selbst sorgen zu können. Und vor allem, meine Tochter nicht obdachlos werden zu lassen.

Und was Dillon angeht …

Ich werde ihm doch ein paar Monate lang widerstehen können. Oder?

Kapitel 8 | Dillon

Ungeduldig trommle ich mit den Fingern auf den Tisch und lasse zu, dass mich der Lärm ablenkt. Ich sitze gerade in einer Teambesprechung mit einigen der leitenden Angestellten, um Strategien für ein paar neue Kunden zu entwickeln, die wir im letzten Monat gewonnen haben. Zumindest sollten wir das besprechen. Ich habe allerdings keine Ahnung, ob sie das auch wirklich tun. Ich habe vor ein paar Minuten den Ton abgestellt, es könnte also auch sein, dass sie über das Reiten von Einhörnern reden oder ähnliches.

Emma hat nicht angerufen. Seit ihrem Vorstellungsgespräch sind fast vierundzwanzig Stunden vergangen und ich weiß das, weil ich jede einzelne davon zu zählen scheine und bei jeder Gelegenheit auf mein Telefon schaue, um darauf zu warten, dass es klingelt. Und es hat geklingelt, mehrere Male.

Aber kein Anruf kam von ihr.

Und jetzt sieht es so aus, als würde sie auch nicht mehr anrufen.

Frustration durchströmt mich und ich trommele noch schneller mit den Fingern. Ich begreife es nicht. Ich dachte, ich hätte mich gestern klar genug ausgedrückt und ihre Körpersprache gut gelesen. Es war klar, dass sie sich in einer finanziellen Notlage befand. Ihre Reaktion verriet mir das; ihr ganzes Gesicht erhitzte sich, als ich meine Vermutung äußerte und ihre Schultern versteiften sich abwehrend. Vielleicht war es ihr peinlich, es zuzugeben, aber das sollte es nicht sein, zumindest nicht mir gegenüber. Klar, ich bin wohlhabend, aber nicht so überheblich, auf sie herabzusehen, nur, weil sie Geldprobleme hat.

Außerdem gab mir das einen weiteren Grund, ihr den Job anzubieten.

Die Stelle war gut genug bezahlt und wenn sie mehr Geld brauchte, konnte ich es ihr vorstrecken. Wenn sie gefragt hätte, hätte ich ihr natürlich trotzdem geholfen, aber ich wusste, dass es ihr wahrscheinlich lieber wäre, finanzielle Hilfe durch den Job anzunehmen, als dass ich ihr direkt Geld gebe.

Hätte sie mich um eine Million Dollar gebeten, hätte ich sie ihr gegeben, ohne Fragen zu stellen.

Aber nein. Stattdessen ist sie einfach gegangen.

Aber warum?

Ich frage mich, ob sie Angst vor der Anziehungskraft zwischen uns hatte. Sie wollte mich immer noch, das habe ich sofort gespürt. Als ich mit meinen Lippen über ihren Hals fuhr, konnte ich hören, wie ihr Atem schneller ging. Und als sie sich umdrehte, waren ihre Augen dunkel vor Verlangen und ihr Gesicht gerötet. Ihr Blick wanderte ein paar Mal hinunter zu meinen Lippen, ein klares Zeichen dafür, dass sie darüber nachdachte, mich genauso zu küssen, wie ich sie küssen wollte.

Gott, da hätte ich fast die Kontrolle verloren und sie gepackt. Es war, als würden wir von einer unsichtbaren Schnur zueinander hingezogen und sie war so straff geworden, dass ich mich mit aller Kraft dagegen wehren musste, um sie nicht zu küssen. Und jetzt bereue ich diese Zurückhaltung, denn es sieht so aus, als würde ich nie wieder die Gelegenheit dazu bekommen.

Verdammt, ich werde sie vielleicht nie wieder sehen.

Aber ich könnte jederzeit herausfinden, wo sie wohnt. Ihre Adresse steht wahrscheinlich auf dem Bewerbungsformular, das sie ausgefüllt hat und ich bin mir sicher, dass George sie mir zuschicken kann.

Und was dann? Wirst du ihr nachstellen wie ein Stalker? Mach dich nicht lächerlich.

Ich lasse einen Seufzer los und lehne meinen Kopf zurück.

Nun, was soll ich jetzt mit dir machen, Emma?

Die Frau ist mir ein Rätsel. Ich habe das Gefühl, immer wenn ich kurz davor bin, sie zu verstehen, wirft sie mir einen neuen Stein in den Weg und ich stehe wieder am Anfang. Ich verstehe überhaupt nichts mehr.

Das ist verdammt frustrierend, aber vielleicht genießt ein Teil von mir auch die Herausforderung.

Es dauert ein paar Sekunden, bis ich merke, dass der Lärm verstummt ist. Ich schalte zurück und stelle fest, dass das halbe Dutzend Leute, die um den ovalen Konferenzraumtisch sitzen, mich jetzt mit unterschiedlichen Gesichtsausdrücken anstarren.

„Was?“, frage ich.

Die meisten der Seniorpartner schauen sofort weg, aber George antwortet mir: „Du hast gerade zum dritten Mal in zwei Minuten geseufzt. Und keine der Fragen beantwortet, die wir dir gestellt haben.“

Verdammt! War ich so offensichtlich weggetreten? „Und?“

„Und ich frage mich, wie viel Aufmerksamkeit du diesem Treffen überhaupt schenkst.“

Meine Aufmerksamkeit ist absolut gleich Null, aber das müssen sie ja nicht wissen. „Brauchst du die ganze Zeit meine Hilfe? Kommst du ohne mich nicht zurecht?"

George sieht verblüfft aus. „Ich meine ja nur..."

„Das ist doch der Sinn deines Jobs, oder?", fahre ich fort. „Wofür bezahle ich dich, wenn ich jeden einzelnen Fall für dich kommentieren muss?"

George verzieht ein wenig das Gesicht, überrascht von meiner Vehemenz. „Ja, aber ..."

„So ist es wohl." Ich erhebe ich mich und schaue mich im Raum um. „Ich glaube, ich habe euch vielleicht zu sehr verhätschelt. Ab jetzt werde ich es euch überlassen, euch selbst um diesen Fall zu kümmern. Kommt nachher zu mir und erklärt mir die Strategien."

Als ich das tue, steht auch die Aushilfe auf, aber ich schüttle den Kopf, woraufhin sie errötet und sich wieder hinsetzt. Ich brauche sie im Moment nicht.

Und hoffentlich werde ich sie auch nicht mehr lange brauchen.

Als ich gehe, fühle ich mich ein wenig schlecht, weil ich meine Angestellten unfair behandelt habe, aber nicht schlecht genug, um zurückzugehen. Um ehrlich zu sein, werde ich ihnen in dieser Besprechung sowieso nicht sehr nützlich sein. Es ist besser, wenn sie das meiste selbst in die Hand nehmen und mir später erzählen, was sie nicht herausfinden konnten. Dann werde ich aktiv.

Sobald ich mein Büro betrete, gehe ich direkt auf die Terrasse, lehne mich an das Geländer und schaue auf die Stadt hinunter.

In diesem Moment klingelt mein Telefon.

Mein Herz macht sofort einen Sprung, aber ich zwinge es, sich zu beruhigen. Es dauert ein paar Sekunden, bevor ich das Telefon aus der Tasche ziehe und versuche, mir keine Hoffnungen zu machen. Wahrscheinlich ist sie es nicht. Selbst als ich sehe, dass die Nummer unbekannt ist, will ich nicht glauben, dass sie es ist. Ich kenne so ziemlich jeden, der mich anruft. Nur wenige Leute hatten meine Privatnummer und die meisten waren VIP-Kunden. Jeder andere, der mich anrufen könnte, hat seine Nummer bereits vorausgeschickt.

Es ist also höchst unwahrscheinlich, dass mich jemand anderes anruft.

Trotzdem kann ich es nicht glauben.

Erst als ich mir den Hörer ans Ohr halte und Emmas zaghaftes „Hallo?" höre.

Plötzlich fängt mein Herz wieder an zu rasen, egal wie sehr ich mich bemühe. „Emma."

Das Wort verlässt mich in einem Atemzug und mit einem stotternden Seufzer am Ende. „Dillon."

Das Schweigen, das folgt, ist aufgeladen mit all den Worten, die wir nicht sagen, nicht sagen können.

Wie kann man verbal das tiefe Verlangen ausdrücken, das ich in ihrer Stimme höre, die Lust, die mit nur einem Wort aus mir herausbricht? Diese Verbindung, die wir spüren, selbst bei einem Telefonanruf.

Mein Schwanz reagiert auf jeden Hauch ihres Tonfalls und ich werde sofort daran erinnert, wie ich mit ihr im Bett liege, wie sie keucht, wenn ich in sie stoße, wie ihre Augen zurückrollen, meine Hand in ihrem Haar, ihre Beine um meine Taille, wie sie mich tiefer in sich vergräbt.

Ich liebe es, ihr in die Augen zu sehen, während ich sie nehme, ihren Gesichtsausdruck zu beobachten, wenn sich mein Schwanz noch mehr anspannt und uns auf den Gipfel der Lust treibt ...

„Schön, von dir zu hören“, sage ich und meine Stimme ist fast zu einem Knurren geworden.

„Ähm, gleichfalls.“ Ihr Tonfall ist noch atemloser, was meine Fantasie noch mehr anregt. „Ich habe nur angerufen, um dir mitzuteilen, dass ich ... um ... ich wollte dir sagen, dass ich das Jobangebot annehmen möchte. Wenn es noch gilt, meine ich.“

Meine Seele erhebt sich, aber ich halte meine Stimme ruhig, als ich erwidere: „Natürlich gilt es noch. Ich habe dir doch vierundzwanzig Stunden gegeben, oder?“ Und obwohl die Zeit technisch gesehen bereits verstrichen ist, werde ich es nicht darauf ankommen lassen. Wahrscheinlich hätte ich ihr sogar noch einen Tag mehr gegeben, um sich zu entscheiden, wenn es sein musste.

„Aber ich habe eine Bedingung“, sagt sie.

„Nenne sie.“ Ich bin kurz davor, ihr die Welt zu versprechen.

Sie holt tief Luft. „Ich weiß, wir hatten in der Vergangenheit etwas miteinander ... Aber wenn ich den Job annehme, darf so etwas zwischen uns nicht wieder vorkommen. Wir müssen unsere Beziehung strikt professionell halten.“

Natürlich ist das eine adäquate Forderung, aber mein Instinkt kämpft dagegen an. Das klingt nur vernünftig für zwei Menschen, die einander nicht so sehr wollen wie wir uns.

„Und warum nicht?“, erkundige ich mich. „Bist du mit jemandem zusammen?“

„Nein“, sagt sie und die Freude ist wieder da. *Doch auch wenn sie sich mit jemandem getroffen hätte, hätte ich nichts dagegen gehabt, sie zu verführen.* „Aber du wärst mein Chef und ich denke, dass eine sexuelle Beziehung da wahrscheinlich höchst unangebracht ist.“

„Eigentlich nicht. Es gibt keine Vorschrift, die es verbietet, dass sich Angestellte hier miteinander verabreden. Ich bin nicht so ein harter Hund. Solange der Job erledigt wird, können sie von morgens bis abends ficken, wenn sie wollen.“

„Dillon ... ich bin im Moment mental nicht in der Lage, irgendetwas in Erwägung zu ziehen. Nicht einmal zwanglos. So verlockend es auch ist, ich kann nicht für dich arbeiten, wenn ich nicht sichergehen kann, dass wir in der Lage sein werden, uns voneinander fernzuhalten.“

„Ah, du findest mich also verlockend, ja?“

Ich höre die Verlegenheit in ihrem scharfen Einatmen, lache aber, bevor sie eine Erklärung herausstolpern kann. „Ist schon gut. Das muss dir nicht peinlich sein. Du bist auch verdammt verlockend für mich.“ So sehr, dass ich schon allein durch das Gespräch mit ihr einen Steifen bekomme.

„Ja“, murmelt sie und räuspert sich dann. „Aber wie ich schon sagte, das muss eine rein professionelle Beziehung sein.“

„Verstanden“, antworte ich. So sehr ich sie auch will, ich habe noch nie eine Frau gezwungen, mit mir zusammen zu sein und ich habe nicht vor, jetzt damit anzufangen.

Das heißt aber nicht, dass ich nicht alles tun werde, um sie zu dieser Idee zu verführen.

„Also gut", stimmt sie schließlich zu und ein triumphierendes Lächeln umspielt meine Lippen.

„Willkommen an Bord", sage ich. „Du kannst heute Abend vorbeikommen und den Papierkram unterschreiben, damit wir morgen loslegen können."

„Oh." Sie zögert. „Kann ich das nicht morgen früh erledigen?"

„Nein, das geht nicht", beharre ich. „Morgen müssen wir sofort anfangen, da haben wir keine Zeit dafür. Es ist besser, es heute Abend zu erledigen. Mach dir keine Sorgen, es wird nicht lange dauern."

„In Ordnung", sagt sie zögernd.

„Gut", antworte ich. „Wir sehen uns dann später."

Nachdem ich aufgelegt habe, drehe ich mich um und stelle fest, dass George hinter mir in meinem Büro steht und mich seltsam anstarrt. Ich winke ab.

„Was gibt es?"

„Ich wollte dir eine Zusammenfassung der Sitzung geben." Er legt den Kopf schief. „War das Ms. Walsh am Telefon?"

„Warum willst du das wissen?"

„Weil du dich seltsam benimmst und das fing an, nachdem du sie getroffen hast." Er kommt zu mir auf die Veranda und mustert mich aufmerksam. „Was ist das eigentlich mit dir und diesem Mädchen? Zuerst dachte ich, sie sei nur jemand aus deiner Vergangenheit, den du wieder ficken willst, aber ich habe das Gefühl, dass es tiefer geht. Habe ich recht?"

Jetzt bin ich an der Reihe und werfe ihm einen herausfordernden Blick zu. „Und was geht dich das an?"

Er zuckt mit den Schultern. „Nichts. Ich hoffe nur, dass dein Schwanz nicht unsere Arbeit beeinträchtigt. Wir brauchen eine Assistentin, die wirklich kompetent ist und nicht eine, die du nur ficken willst."

„Ach, komm runter von deinem hohen Ross, George. Wann habe ich jemals unser Geschäft gefährdet, um mir einen runterzuholen? Du weißt, dass du mich nicht einmal darauf ansprechen solltest."

George besitzt den Anstand, betreten dreinzuschauen. „Tut mir leid. Es ist nur so, dass ich dich noch nie so gesehen habe."

Ich bin immer noch verärgert, aber die sofortige Entschuldigung dämpft meine Wut. Ich atme tief durch. Vielleicht muss ich doch eine Erklärung abgeben, damit er meine Beweggründe für die Einstellung von Emma nicht missversteht. „Ja, Emma ist jemand, den ich aus der Vergangenheit kenne. Sie ist wichtig für mich. Aber ich denke auch, dass sie für diese Stelle hervorragend geeignet ist. Sie ist aufmerksam, intelligent und, was am wichtigsten ist, diskret. Mit diesen Kriterien wird sie hier gut zurechtkommen."

„Ich verstehe", sagt George. „Es tut mir leid, dass ich dich in Frage gestellt habe."

Ich nicke als Antwort. Ich verstehe ja auch, warum George ängstlich ist. Er hat eine sehr lukrative Position in einem Fortune-100-Unternehmen aufgegeben, in dem er jahrzehntelang tätig war, um für mich zu arbeiten und alles für den Erfolg unserer Firma gegeben, genau wie ich.

„Schon in Ordnung“, beruhige ich ihn. „Schnee von gestern. Schick mir einfach die Einstellungsunterlagen hoch. Sie kommt später vorbei, um zu unterschreiben.“

„Okay“, erwidert er und lässt mich dann allein, um darüber nachzudenken, was ich gerade gesagt habe. Und was er gesagt hat.

Ich hoffe nur, dass ich nicht derjenige bin, der sich irrt.

Kapitel 9 | Emma

Ich streiche meinen Rock glatt und werfe einen letzten Blick in den Spiegel. Mein Herz schlägt etwas schneller, wahrscheinlich wegen all der Kleidung, die ich in der letzten Stunde anprobiert habe. Irgendwie bin ich deswegen nervöser als wegen des Vorstellungsgesprächs.

Ein Klopfen an der Tür kündigt Jeannies Ankunft an. Sie soll auf Megan aufpassen, während ich ins Büro fahre.

„Komm rein", antworte ich, ohne mich umzudrehen. „Die Tür ist offen."

Eine halbe Sekunde später dreht sich der Knauf und sie kommt herein.

„Hallo, Tante Jeannie!", ruft Megan von ihrem Platz vor dem Fernseher.

„Hallo, Megs!", antwortet Jeanie mit deutlich liebevollem Tonfall. Ich höre, wie sie hinter mir innehält und dann fügt sie hinzu: „Willst du das wirklich anziehen?"

Sofort drehe ich mich zu ihr um und mein Herz rast in meiner Brust. „Warum? Sieht es so schlimm aus?" Ich habe diesen Rockanzug damals in der Highschool gekauft und obwohl er etwas eng ist, ist er einer der besten, die ich besitze. Der Stoff fusselt nicht und ist nicht verblasst und die Naht an den Taschen lässt ihn ein wenig edel aussehen. Ich dachte, dass ich damit besser gekleidet wäre als mit dem, was ich letztes Mal getragen habe. Alle bei Genesis waren super schick gekleidet und ich wollte nicht etwas anziehen, das mich wie einen Fremdkörper wirken lässt.

Auch wenn der Anzug an der Taille kneift und der Rock am Po etwas eng ist, dachte ich, dass es die beste Option ist. Aber jetzt bringt mich Jeannies Kommentar dazu, alles noch einmal zu überdenken.

„Sieht es zu eng aus?", frage ich. „Scheiße, ich habe keine Zeit, mich nochmal umzuziehen. Oder irgendetwas, das ich sonst anziehen könnte. Ich könnte ..."

"Entspann dich", lacht Jeannie. „Ich habe dich nur aufgezogen. Du siehst gut aus."

Erleichtert atme ich auf und sage: „Tu mir das jetzt nicht an. Ich bin schon nervös genug."

"Warum bist du nervös? Du hast den Job doch schon."

Ja, aber ich bin nervös, weil ich Dillon wiedersehen werde und er sieht genauso gut aus, wenn nicht sogar besser als vor Jahren.

Aber das kann ich Jeannie nicht sagen, also erkläre ich ihr: „Ja, aber die Stelle zu bekommen, ist nur der erste Teil. Nach dem, was beim Vorstellungsgespräch gesagt wurde, wird die Arbeit mörderisch sein und ich muss mich in den ersten Wochen beweisen. Außerdem trägt jeder dort Designeranzüge und ich möchte nicht billig aussehen."

„Ah." Jeannie mustert mich noch einmal und nickt dann. „Nun, du siehst nicht billig aus. Ich finde, du siehst gut aus."

"Das hoffe ich. Das ist mein einziger schöner Anzug."

Sie zuckt mit den Schultern. "Das ist sowieso egal. Mit dem fetten Gehaltsscheck, den du am Ende des Monats bekommst, kannst du dir einen Haufen besserer Anzüge kaufen."

Der Gedanke, so viel Geld zu verdienen, lässt mich vor Aufregung zittern. „Ja, aber ich kann das Geld noch nicht für Kleidung ausgeben. Ich brauche diesen Gehaltsscheck, um unsere Schulden zu begleichen und Megs Kita zu bezahlen, ganz zu schweigen von der Miete." Tatsächlich wird nach meinen Berechnungen der größte Teil meines Gehalts in dieser Phase wahrscheinlich für die Miete draufgehen.

„Okay, doch das wird sich alles von selbst regeln und irgendwann wirst du in Louis Vuitton herumlaufen." Jeannie nickt entschieden. „Das Universum ist auf deiner Seite. Siehst du, wie sich das alles zusammenfügt? Ich hatte so ein Gefühl."

"Du und deine Gefühle." Ich erlaube mir ein Lächeln und drehe mich um, um sie zu umarmen. "Danke. Für alles."

Sie umarmt mich, während ich sie festhalte. Jeannie und ich sind seit ein paar Jahren befreundet, aber es fühlt sich an, als würde ich sie schon ewig kennen. Damals, als wir nur Nachbarn waren, hätte ich nie gedacht, dass wir uns einmal so nahe kommen würden. Ich neige dazu, Menschen instinktiv auf Distanz zu halten, aber irgendwie hat Jeannie meine Abwehr durchbrochen. Irgendetwas an ihrer unbeschwerten fröhlichen Art wirkte wie Kryptonit auf meine Gereiztheit. Immer wenn ich sie von mir stieß, kam sie sofort zurück und versuchte es weiter, egal was passierte. Sie war einfach nicht zu ignorieren und ehe ich mich versah, waren wir beste Freundinnen.

„Okay, ich muss jetzt gehen." Ich löse mich von ihr und gehe zu Megan, die vor dem Fernseher sitzt. Ich hocke mich hin und küsse sie auf die Wange. „Okay, Baby. Mami geht jetzt. Bist du lieb zu deiner Tante Jeannie, okay?"

“Okay“, sagt Megan und lutscht an ihrer Lippe. Ich grinse, als ich meine rechte Wange vor ihren Mund halte, damit sie mich auch küssen kann.

Dann wende ich mich wieder Jeannie zu. „Vielen Dank, dass du auf Megan aufpasst.“

„Natürlich“, sagt sie. „Denk nur daran, dass ich heute die Abendschicht habe und um neun da sein sollte.“

„Ich bin vorher zurück“, versichere ich ihr. Dillon sagte, wir würden nur Papierkram erledigen, also bezweifle ich, dass ich so lange weg sein werde.

Nachdem ich mich noch einmal von den beiden verabschiedet habe, trete ich in die frische Luft hinaus und ziehe den Mantel enger um mich. Der Sommer neigt sich dem Ende zu und die Herbstbrise wird immer schärfer. Megan wird bald einen neuen Mantel brauchen und dieses Mal kann ich es mir wahrscheinlich leisten, ihr etwas Schöneres und Wärmeres zu kaufen. Und vielleicht kann ich es mir auch leisten, meinen eigenen abgetragenen Mantel zu ersetzen.

Und eine Heizung für die Wohnung besorgen.

Allein der Gedanke, dem Winter ohne ständige Kälte in den Knochen entgegenzutreten, hebt meine Stimmung. Ich gehe zur Bushaltestelle, denke darüber nach und erinnere mich auch an mein letztes Gespräch mit Dillon, in dem er mir versprochen hat, unsere Beziehung rein platonisch zu gestalten. Ich frage mich, ob er sich daran halten wird. Ich frage mich, ob *ich* mich daran halten werde.

Wir müssen. Ich habe nicht vor, mein Leben noch komplizierter zu machen.

Die Busfahrt zu seinem Büro dauert eine Stunde und dann sind es noch einmal dreißig Minuten zu Fuß, bis ich vor der Eingangstür ankomme. Die Sonne war schon lange am Horizont untergegangen, aber man merkte nicht, dass es spät war, sobald man den Ort betrat. Hier geht es genauso geschäftig zu wie am Morgen, als ich zum Vorstellungsgespräch kam.

„Entschuldigung." Ich nähere mich derselben Empfangsdame wie beim letzten Mal. „Ich bin Emma. Ich soll Mr. White treffen, um meine Einstellungsunterlagen mit ihm durchzugehen."

"Dritter Stock, am Ende des Flurs", sagt sie, ohne von ihrem Laptop aufzublicken.

„Danke", erwidere ich. Sie nickt und tippt weiter, während ich zum Aufzug gehe. Als sich die Tür öffnet, sind bereits ein paar Männer darin, von denen einer mich neugierig ansieht. Ich lächle ihn höflich an und stelle mich an das andere Ende. Die meisten Männer sind mir etwas unangenehm. Nicht wegen irgendetwas, was sie getan haben, sondern wegen meiner Vergangenheit mit dem anderen Geschlecht.

Außer Dillon. Dillon hat in mir nie etwas anderes als Begierde ausgelöst.

Das ist seltsam, denn er ist größer als selbst mein Vater und sieht einschüchternder aus als jeder andere, den ich je getroffen habe. Aber sein Blick und sein Auftreten beruhigen mich irgendwie. Und dafür bin ich ihm immer noch dankbar.

Schließlich kommen wir im dritten Stock an und ich nehme mir einen Moment Zeit, um die Einrichtung zu bewundern, während ich zum Ende des Flurs gehe. Die Wände sind eine Kombination aus Glas und Holz, die kunstvoll ineinander übergehen. Der Flur führt zu einem großen offenen Raum mit scharlachroten italienischen Ledersesseln auf der einen Seite und einem breiten weißen Schreibtisch davor. Auf der anderen Seite befindet sich eine große Tür, neben der in Gold die Worte „CEO-Suite" eingeprägt sind. Ich klopfe an die polierte Mahagonitür.

„Herein", ruft Dillon.

Schon allein beim Hören seiner Stimme schlägt mein Herz wieder schneller, aber ich schlucke meine Panik hinunter und drücke die Tür auf. „Hey."

„Hey." Er grinst, erhebt sich hinter seinem Schreibtisch und winkt mich zu sich. „Komm rein."

Ich trete vorsichtig ein und schaue mich um. Sein Büro ist geräumig und schlicht eingerichtet, aber dennoch luxuriös, mit eleganten schwarzen Möbeln. Es ist im gleichen Holz- und Glasdesign wie die Flure gestaltet, wobei mundgeblasene Glasfiguren und seine Holzschnitzereien den Raum akzentuieren. Ich kann mir ein Lächeln nicht verkneifen, als ich eines der Pferde auf seinem Schreibtisch entdecke.

„Ich kann nicht glauben, dass du die immer noch herstellst", schmunzle ich.

Er folgt meinem Blick, nimmt das Pferd und analysiert es. „Natürlich. Dieses hier wirkt allerdings etwas unbeholfen. Ich war nicht in bester Stimmung, als ich es gemacht habe." Er beobachtet mich unter seinen schweren Lidern. „Frustration kommt in unserem Beruf häufig vor.

Daran gewöhnt man sich und wahrscheinlich muss man einen Weg finden, um Dampf abzulassen."

Ich nicke. Gestern Abend habe ich ein wenig recherchiert, was er macht: Krisenmanagement. Ich konnte nicht viel finden, aber ich kann mir vorstellen, dass es sich um ein Tätigkeitsfeld mit hohen Einsätzen und großem Stress handelt.

Dillon deutet auf den Platz gegenüber dem Schreibtisch und ich nehme ihn ein, während ich feststelle, dass in der anderen Ecke seines Büros eine Ledersitzgruppe steht, die wahrscheinlich für große Besprechungen genutzt wird.

Dillon schiebt mir einige Dokumente über den Schreibtisch und sagt: „Hier. Das sind die Geheimhaltungsvereinbarung und der Einstellungsvertrag. Lies sie sorgfältig durch, bevor du unterschreibst."

Ich nicke und ziehe die Dokumente näher heran. Er hätte mich nicht warnen müssen, sie sorgfältig zu lesen, denn das hatte ich sowieso vor. Nach dem Desaster mit Dave, meinem früheren Geschäftspartner, habe ich gelernt, nie etwas zu unterschreiben, ohne es gründlich zu prüfen, obwohl ich nicht glaube, dass mich das damals gerettet hätte. Daves Vertrag enthielt viele Wiederholungen und verwirrende juristische Formulierungen. Er wusste, dass ich mir wahrscheinlich keinen Anwalt leisten konnte, der sich den Vertrag für mich ansah, also musste ich seiner Erklärung der Vertragsbedingungen vertrauen. Das war einer der Gründe, warum er mich so leicht manipulieren konnte.

Das und die Tatsache, dass ich ihm vertraute. Ein großer Fehler.

Dieses Mal werde ich nicht denselben Fehler machen. Ich bitte Dillon nicht, mir etwas zu erklären, sondern lese Zeile für Zeile und verarbeite jedes Wort. Glücklicherweise ist dieser Vertrag nicht in verwirrender Sprache verfasst und alles scheint eindeutig zu sein. Trotzdem suche ich nach versteckten Klauseln, die ich möglicherweise nicht verstehe.

Als ob man überhaupt wüsste, was zu tun ist, wenn man sie findet.

Die innere spöttische Stimme hat recht, denn wenn Dillon mich täuschen wollte, könnte ich wahrscheinlich nichts dagegen tun. Aber da ich mir immer noch keinen Anwalt leisten kann, ist das das Beste, was ich machen kann. Der Vertrag ist nur ein paar Seiten lang und die meisten Bedingungen beziehen sich auf Vertraulichkeit und die Gehaltsstruktur. Bisher scheint nichts Ungewöhnliches dabei zu sein.

Während ich lese, spüre ich die ganze Zeit Dillons Blick auf mir. Dieses Bewusstsein huscht über meine Haut, aber ich weigere mich, aufzublicken und ihn wahrzunehmen. Wenn ich in diese dunklen Augen schaue, wird mein Herz wieder verrücktspielen und dann wird mein Verstand ins Chaos stürzen. Das kann ich mir nicht leisten.

Dennoch beginnt mein Herz langsam und gleichmäßig zu pochen, während ich jede seiner Bewegungen genauer wahrnehme. Dillon trommelt leise auf den Tisch und lässt sich nicht anmerken, dass er mich die ganze Zeit beobachtet. Der Duft seines Rasierwassers umgibt mich, nicht aufdringlich, sondern fast so, als würde er mich sanft dazu auffordern, näher zu kommen, damit ich meinen Kopf an seinen Hals schmiegen und ihn einatmen kann. Und dann könnte er mich vielleicht einfach nur festhalten. Es ist so lange her, dass ich in den Armen gehalten wurde. Vielleicht könnte ich mich endlich einmal entspannen und ihm erlauben, mir für eine Sekunde meine Last abzunehmen. Vielleicht könnte ich nur einmal spüren, wie es ist, umsorgt zu werden.

Sei nicht albern, sage ich mir. Wenn mich das Leben eines gelehrt hat, dann, dass ich mich nur auf mich selbst verlassen kann. Jeannie ist eine großartige Freundin, aber ich möchte mich nicht zu sehr auf sie verlassen und bei Dillon werde ich es auch nicht tun.

Die Tür hinter uns öffnet sich und durchbricht die Stille und ich schaue gerade noch rechtzeitig auf, um den anderen Mann hereinkommen zu sehen, den, der mich zuerst interviewt hat.

Sein Blick huscht zu mir und nimmt einen seltsamen Ausdruck an, bevor er zur Begrüßung nickt.

Ich nicke zurück, aber er schaut fast sofort wieder Dillon an und sagt: „James hat versucht, dich zu erreichen. Er sagte, dein Handy sei ausgeschaltet."

Dillon zieht das Handy aus der Tasche und runzelt die Stirn, als er den schwarzen Bildschirm sieht. „Ich schätze, das ist es. Warum, was ist los?"

"Der Informant bewegt sich nicht vom Fleck. Er hat die Polizei wegen James gerufen, der in diesem Moment mit ihnen spricht."

Dillon seufzt. „Sieht so aus, als müsste ich selbst mal hinfahren."

„Ich könnte Lila schicken."

„Nein. Dieser Typ will etwas und ich denke, ich bin die beste Option, um herauszufinden, was es ist."

Der andere Mann nickt und wendet sich dann wieder mir zu. In seinen Augen steht eine Frage, aber bevor er sie aussprechen kann, sagt Dillon: „Du kannst jetzt gehen, George."

Georges Gesicht verzieht sich unmerklich, aber er geht ohne ein weiteres Wort und schließt die Tür leise hinter sich.

Dillon und mich wieder allein lassend.

An diesem Punkt nutzt mein Magen die Gelegenheit, sich bemerkbar zu machen und stöhnt laut auf.

Scheiße.

Ich bete, dass Dillon es nicht gehört hat oder, falls doch, es einfach ignorieren würde. Aber so viel Glück habe ich nicht.

„Hast du Hunger?" In seinem Ton schwingt ein Hauch von Belustigung mit, aber nicht auf spöttische Weise.

"Ein bisschen," antworte ich ehrlich. „Aber schon in Ordnung. Ich bin fast fertig."

"Hmm." Er überlegt. „Ich habe auch den ganzen Tag noch nichts gegessen. Da können wir auch zusammen essen, wenn du schon mal da bist." Er greift nach seinem Festnetztelefon und drückt eine Taste, bevor er es an sein Ohr hält.

„Nein, ich sollte wirklich nicht ..."

Aber er ist bereits am Telefon. „Hey. Können Sie etwas zu essen hochbringen? Wir verhungern."

Ich öffne meinen Mund, um erneut zu protestieren, aber mein Magen knurrt schon wieder.

“Das Essen wird bald da sein“, sagt Dillon, nachdem er aufgelegt hat.

“Ich kann wirklich nicht lange bleiben.“

„Musst du auch nicht“, sagt er. „Das Essen wird hier sein, bevor du das zu Ende gelesen hast. Wir werden etwas essen. Und dann kannst du nach Hause fahren. So einfach ist das.“

Ich zögere. Es klingt tatsächlich einfach, wenn er es so ausdrückt.

Aber ich hätte wissen müssen, dass die Dinge bei Dillon nie so einfach sind, wie sie scheinen.

Kapitel 10 | Dillon

Ein paar Minuten später sehe ich, wie sich Emmas Augen weiten, als zwei Kellner Tabletts in den Raum bringen. Die beiden sehen mir nur kurz in die Augen, bevor sie anfangen, das Essen auf dem Tisch in der Mitte der Sitzecke zu arrangieren, wobei die kuppelförmigen Abdeckungen den Inhalt jedes Tellers verbergen. Aber ich weiß, was darunter ist. Ein Teller mit Knoblauch-Confit-Butterhummerschwanz ist das Hauptereignis, dazu gibt es Spargel und Bratkartoffeln. Außerdem noch Calamari mit etwas Kaviar, eine zartschmelzende Schokoladenmousse, große fette Lammkoteletts und ein Steak, das auf den Punkt gegart ist. Dazu gibt es Ravioli, Knoblauchbrotstangen und natürlich eine gute Flasche Wein. Es ist eine vielseitige Auswahl, aber das liegt daran, dass es alles ihre Lieblingsspeisen sind.

Die Kellner gehen hinaus und ich erhebe mich von meinem Sitz. „Komm schon. Lass uns essen."

„Wie haben die das so schnell geschafft?", fragt Emma, als sie mir folgt.

Ich zucke mit den Schultern. „Die müssen sehr effizient sein." Ich sage ihr nicht, dass ich das Abendessen bereits organisiert hatte, bevor sie überhaupt hier war. Ich habe es vor Stunden in einigen mit Michelin-Sternen ausgezeichneten Restaurants bestellt und in der Bürokantine aufbewahrt, bis sie hier ankam. Das war einfach das Vernünftigste. Ich durfte sie an diesem Abend nicht einladen und wollte sie trotzdem verköstigen.

„Setz dich“, sage ich und deute auf den Sessel, der den Tabletts am nächsten ist. Sie gehorcht und dann nehme ich neben ihr Platzt und beobachte, wie sie sich vorsichtig von mir wegbewegt. Ich muss fast lächeln. Als ob die paar Meter Luft, die uns trennen, irgendetwas daran ändern würden, dass ich sie spüre. Mein Körper ist angespannt und bereit, seit sie in diesem Kostüm hier hereinspaziert ist, das sich an jede ihrer Kurven anzupassen schien und ihren köstlichen Hintern zur Schau stellte. Ich weiß nicht, ob sie das für mich getan hat, aber das ist mir egal. Das wäre auch gar nicht nötig gewesen. Es braucht nicht viel, um mich in Fahrt zu bringen.

Schon allein ihr beim Lesen des Vertrags zuzusehen, hat gereicht. Die Konzentration in ihrem Gesicht, während ihre Augen die Worte verfolgten, ließ mich daran denken, diese Konzentration auf intimere Weise auf mich zu lenken.

Ja, ich bekam einen Ständer, als ich ihr beim Lesen zusah.

Verdammt, sie konnte einfach niesen und ich würde einen Ständer bekommen.

Aber ich ließ sie in dem Glauben, sie in Ruhe zu lassen, als ich mich vorbeugte und den Deckel von der mittleren Platte abhob.

Ich spüre, wie ihr Atem stockt, anstatt es zu hören.

„Ist das Hummer?“, fragt sie ungläubig.

„Ja“, antworte ich beiläufig. „Ich hatte Lust darauf.“ Ich nehme eine Gabel und ein Messer, um das größte Stück Hummerschwanz auf einen leeren Teller zu heben und es dann vor sie zu stellen. „Bitte sehr. Das kannst du haben.“

“Ich ... ich habe schon eine Weile keinen Hummer mehr gegessen.“ Ihre Augen blinzeln vor Schock und dann vor

Verlangen, während sie den Hummer mit einer fast animalischen Leidenschaft anstarrt. *Verdammt ja.* Ich war schon mit vielen Frauen zusammen, die es vermieden haben, vor mir zu essen oder einfach einen Salat bestellt haben. Mit Emma zu essen war immer eine aufregende Erfahrung. Ich liebe es, diesen Ausdruck auf ihrem Gesicht zu sehen, sobald ein köstliches Essen vor ihr steht. Und wenn sie isst, kostet sie jeden Bissen auf nahezu erotische Weise aus. Ich genoss es mehr, ihr beim Essen zuzusehen, als selbst zu essen.

Deshalb fand ich es besorgniserregend, dass sie so viel Gewicht verloren hatte. Ich bezweifle, dass es sich um eine Diät handelte und befürchtete, es hing eher mit ihren finanziellen Schwierigkeiten zusammen. Verdammt, allein der Gedanke, dass Emma hungern musste, machte mich wütend.

Sie nimmt jetzt die Gabel und beißt fast stöhnend in den Hummer, während ihre Augen sich schließen. Fuck, das Geräusch geht direkt in meinen Schwanz, der als Reaktion darauf zuckt. Das war echt sexy.

„Entschuldigung“, murmelt sie und errötet, als sie die Augen wieder öffnet. „Das war unhöflich von mir.“

“Überhaupt nicht.“ Meine Stimme ist zu einem regelrechten Knurren geworden, in meinem Kopf läuft ihr Stöhnen noch einmal ab. „Hier, dazu gibt es Bratkartoffeln.“

Ich schaufele sie auf ihren Teller und sie nickt, während sie sich mit der Gabel etwas davon in den Mund schiebt.

“Oh wow“, schwärmt sie. “Die sind auch fantastisch.“

„Das freut mich.“ Die Kartoffeln stammen aus einem meiner Lieblingsrestaurants, die ich mir für Abende aufspare, an denen ich zu lange arbeite.

“Willst du nichts essen?“, fragt sie, nachdem sie ihren zweiten Bissen Hummer genommen hat.

“Doch, klar“, versichere ich ihr und lege einen Hummerschwanz auf meinen Teller. Während ich esse, schmecke ich ihn kaum. Obwohl ich mir sicher bin, dass er köstlich ist, verlangt mein Hunger nicht nach Essen, sondern nach etwas ganz anderem.

Ich beobachte Emma beim Essen und beginne, die restlichen Tabletts aufzudecken. Ihre Augen werden beim Anblick des Steaks groß. Bei den Lammkeulen stöhnt sie auf und ihr Blick wird bei der Mousse fast glasig.

„Hier.“ Ich nehme einen Löffel Mousse und halte ihn ihr hin. „Probier mal.“

Es gibt einen Moment des Zögerns, bevor sie sich vorbeugt und ihre Lippen meinen Löffel umschließen. Ihre Augen treffen gleichzeitig auf meine und ein unbändiges Verlangen springt zwischen uns hin und her. Der Hunger, der in mir brodelte, strömt über den Rand, als ihre Augen dunkler werden, ihr Gesicht sich rötet und ihr Blick auf meine Lippen fällt und dort einige Sekunden verweilt.

Sie zieht ihren Mund zurück und schluckt, aber ein wenig Mousse bleibt an ihren Lippen kleben. Ich beuge mich vor und wische es mit meinem Finger ab, stecke ihn in meinen Mund.

„Köstlich“, sage ich, obwohl ich kaum etwas schmecke. Es ist der Geschmack ihrer Haut, nach dem ich mich sehne.

Ihre Lippen öffnen sich und ihr Atem geht noch schneller.

“Hast du das geplant?“, fragt sie.

“Was geplant?“, frage ich unschuldig zurück. Es ist schwer zu denken, während die Erregung durch mich hindurchströmt und mein ganzer Körper angespannt ist wie eine Angelschnur.

“Dieses Abendessen“, fährt sie fort.

„Wie kommst du darauf?“ Ich kann nicht anders, als mich ihr zu nähern und freue mich, weil sie nicht zurückweicht.

“Weil hier eine Menge Essen steht und du es kaum angerührt hast“, erklärt sie. „Außerdem gibt es Meeresfrüchte. Du magst doch gar keine Meeresfrüchte.“

Ich grinse. „Ich kann nicht glauben, dass du dich daran erinnerst.“

„Ich erinnere mich an alles.“ Die Aussage hat so viel Bedeutung, dass sie sich in der Luft um uns herum auszudehnen scheint.

Und dann reißt die Angelschnur.

Meine Beherrschung schwindet. Ich lege meine Hand um ihren Hals und ziehe sie nach vorne, um endlich ihre Lippen zu schmecken, wie ich es mir schon so lange gewünscht habe.

Gott.

Sie schmeckt genauso gut, wie ich es in Erinnerung habe. Weich und süß, mit einem Hauch von ihrem Kaugummi-Lipgloss; der Geschmack überraschend mädchenhaft für eine so unerschütterliche Frau. Sie leistet meinem Kuss keinen Widerstand, stöhnt und schmiegt sich an mich, während ich ihren Körper noch näher zu mir ziehe. Ich vergrabe meine Hand in ihrem Haar und sauge an ihren Lippen, suche ihre Zunge und überrede sie, mich hereinzulassen. Selbst als mein Schwanz bis zur Schmerzgrenze hart wird und an meiner Hose reibt, ermahne ich mich, langsam vorzugehen und das hier zu genießen. Ich möchte jede einzelne Erinnerung, die wir in diesem Kuss wiederfinden, noch einmal erleben und mich in einige der schönsten Tage meines Lebens zurückversetzen.

Aber als sich ihr Mund öffnet, um mich einzulassen, fallen meine besten Vorsätze ins Wasser.

Ihre Zunge kommt kühn heraus, um meine zu treffen, leckt und verheddert sich mit ihr. Sie stöhnt in meinen Mund, rückt näher und plötzlich schaltet alles in einen höheren Gang. Die Hand, die sich um ihren Nacken gelegt hat, wandert stattdessen zu ihrem Hals. Ich übernehme sofort die Führung bei dem Kuss, sauge an ihrer Zunge, bevor ich meine in ihren Mund drücke, schlucke all ihre kleinen schmutzigen Schreie und spüre, wie jeder einzelne durch mich hindurchwandert. Ihre Hand streift meine und allein diese leichte Berührung auf meiner erhitzten Haut lässt mich aufstöhnen.

Ich ziehe sie sofort näher zu mir und rutsche hoch, bis sie unter mir liegt und reiße ihr hastig die Bluse aus dem Rock. Ob Sie es glauben oder nicht, ich hatte heute nicht vor, Sex mit ihr zu haben. Ich wollte sie verführen, aber ich wusste, dass zu schnelles Vorgehen sie abschrecken könnte.

Aber ich kann hier nicht weg, ohne sie gekostet zu haben. Das ist einfach unmöglich.

Ich muss wissen, ob die Ambrosia zwischen ihren Beinen noch genauso gut ist, wie ich es in Erinnerung habe.

Ich ziehe meine Lippen von ihren weg und hinunter zu ihrem Hals, sauge an der Stelle, von der ich weiß, dass sie ihren Körper zum Beben bringt. Als sie zittert, bewege ich mich tiefer, küsse über ihre Brust, knabbere und suche. Schließlich finde ich sie, die leichte Erhebung, die sich gegen den Stoff ihrer Bluse drückt. Zuerst streife ich mit meiner Zunge darüber, dann mit meinem Mund, bis die Stelle größer wird und sich grob gegen den weißen Stoff abzeichnet.

Dann sauge ich daran.

Emma keucht und wölbt sich auf dem Sitz.

Ich möchte ihr die Kleider vom Leib reißen und ihre Haut schmecken, aber ich beruhige den pochenden Drang in mir und befehle mir, mich zu entspannen. Ihr Gesicht erschlafft, ihre Augen werden trüb, während ich sie weiter necke, indem ich mit meinen Lippen erneut über die Stelle fahre, sie kaum berühre und dann wieder daran sauge, wenn sie es am wenigsten erwartet. Irgendwann breche ich ab und sie windet sich und stöhnt unter mir.

Ich merke, dass die Unvorhersehbarkeit meiner Berührungen sie langsam verrückt macht. Eine ihrer Hände greift nach meinem Haar und die andere bewegt sich zurück zum Sessel, um sich daran festzuhalten.

„Bitte“, keucht sie, aber ich weiß nicht, ob sie mich anfleht aufzuhören oder weiterzumachen.

Aber nur, bis sie sich unter mir bewegt und ihr Bein meinen Schwanz berührt.

Das Verlangen peitscht mich so sehr, dass ich fast die Kontrolle verliere.

Kapitel 11 | Emma

Ich sollte das nicht tun.

Der verirrte Gedanke hallt in meinem Kopf nach, selbst als meine Finger Dillons Haare ergreifen, um ihn näher zu mir zu ziehen. Seine Zunge bewegt sich so gekonnt in mir, dass sich mein ganzer Körper wie eine einzige große erogene Zone anfühlt. Ich erzittere, als seine Zunge über meinen Kitzler streicht und zucke zusammen, sobald ich den Hauch seines Fingers an meinem Eingang spüre, während er darüber streicht.

Gott, es ist erbärmlich, wie schnell meine Vorbehalte verschwunden sind und wie leicht er mich in eine flehende Masse aus Lust verwandelt hat, die nach mehr von ihm lechzt. Und er gluckst in mich hinein, der Klang hallt durch meinen ganzen Körper

„Ich *bete* dich dafür *an*", sagt er. „Wie du nach mir lechzt. So bereit für mich. Gott, ich habe fast vergessen, wie feucht du wirst, wie empfänglich du für die kleinste Berührung bist."

Er unterstreicht seine Aussage, indem er seinen Zeigefinger bis zum ersten Knöchel in mich hineinschiebt und ich lehne mich keuchend gegen den Sessel vor schmerzhafter Lust, die meinen Körper anspannt, besonders als er gleichzeitig meine Klitoris leckt.

„Weißt du noch, wie viel Spaß wir früher hatten? Wie ich dich zum Betteln gebracht habe ... und dann hast du mich zum Betteln gebracht."

Er leckt meinen Schlitz von unten nach oben. Mein Atem kommt stoßweise, Punkte fliegen in meinem Blickfeld herum, während sich meine Brust zusammenzieht. Ich kann es nicht länger ertragen. Wenn er will, dass ich bettle, dann werde ich betteln.

„Bitte." Das Wort kommt erstickt aus meiner Kehle. „Bitte."

Dillon stößt ein hitziges Glucksen aus. „Was du nicht weißt, ist, dass ich auch betteln möchte, wenn ich dich betteln höre. Es ist die beste Art der Folter, dich so zu sehen. Mein Schwanz ist so verdammt hart, dass es schon weh tut." Er liebkost mich langsam weiter und ich schluchze fast vor lauter Verlangen. Ich bin so nah dran. Nur noch ein bisschen mehr Druck, ein bisschen mehr Bewegung und ich explodiere in sein Gesicht.

„Aber es ist schon zu lange her", fährt er fort und seine Stimme klingt, als käme sie gleichzeitig aus der Ferne und aus meinem Körper. „Ich sehne mich zu verzweifelt nach dir. Und ich schätze, du dich auch nach mir, nicht wahr?"

Und damit stößt er seinen Finger bis zum Anschlag in meine Muschi, während er gleichzeitig meinen Kitzler in seinen Mund saugt. Mein Rücken fliegt vom Sessel und ich habe das Gefühl, dass mein ganzer Körper in den Himmel aufsteigt. Die Realität hört auf zu existieren.

Ich weiß erst, was wirklich passiert, als Dillon stöhnt: „So ist es richtig, Baby. Komm über mein ganzes Gesicht."

Ich bin hilflos und muss gehorchen. Der Strom schießt um mich herum und durch mich hindurch, jeder Funke springt bis in die Zehenspitzen. Ich kann den Schrei in meiner Kehle nicht zurückhalten, als der Druck durch mich hindurchbricht und mein Körper den besten Orgasmus seit langem erlebt.

Den *ersten* Orgasmus seit langem.

Als ich schließlich nach Luft ringend unter ihm zusammenbreche, spüre ich, wie sein Finger mich endlich verlässt. Ich reiße die Augen auf, die ich unbewusst geschlossen hatte, um zu sehen, wie Dillon den Finger in seinen Mund steckt und stöhnt, während er ihn sauber leckt.

Mein Innerstes krampft sich wieder zusammen bei dieser unverhohlen aufreizenden Bewegung.

Er bemerkt, dass ich ihn beobachte und grinst.

„Tut mir leid“, sagt er mit dem am wenigsten entschuldigenden Blick, den man sich vorstellen kann. „Ich konnte nicht widerstehen, eine letzte Kostprobe zu bekommen.“

Das Verlangen pocht erneut in mir, aber leider kehrt mein gesunder Menschenverstand schnell zurück und mit ihm die Erkenntnis, was wir gerade getan haben.

Ich habe einen Fehler gemacht.

Schnell springe ich auf, oder zumindest versuche ich es. Ich bewege mich unbeholfen, da mein Rock immer noch hochgeschoben und mein Körper von dem Orgasmus erschöpft ist. Ich ordne meine Kleidung und schiebe meinen Rock nach unten, während ich versuche, aufzustehen, aber ich falle vor lauter Eile fast zurück in den Sitz.

„Langsam.“ Dillon packt mich an der Taille, bevor ich falle. Ich lege meine Hand auf seine Brust und versuche, ihn wegzuschieben.

„Lass mich los“, dränge ich, aber er tut es nicht.

„Wenn ich dich loslasse, fällst du vielleicht hin.“

„Das werde ich nicht“, versichere ich ihm. „Aber ich muss gehen. Jetzt gleich.“

Er schüttelt den Kopf. „Du hast kaum etwas gegessen. Und du bist mit dem Vertrag noch nicht fertig.“

Verdammt noch mal. „Bring ihn her, ich unterschreibe ihn.“

Er grinst und schüttelt erneut den Kopf. „Ich kann dich nicht unterschreiben lassen, ohne dass du ihn gründlich gelesen hast. Ich will sicher sein, dass du mit allen Bedingungen im Vertrag einverstanden bist.“

Ich kneife meine Augen zusammen. Geht es ihm wirklich darum, oder will er nur, dass ich länger hier bleibe? Er scheint mit dem, was gerade passiert ist, sehr zufrieden zu sein. Obwohl er nicht wirklich einen Orgasmus hatte, strahlen seine Augen.

„Du hast das geplant, nicht wahr?“

Dillons Augen weiten sich mit zu viel Nachdruck, um ehrlich zu sein. „Geplant, was?“

„Das hier.“ Ich zeige auf das Tablett mit dem Essen. „Mich für den Abend einzuladen. Alle meine Lieblingsspeisen zusammenstellen. Mich zu locken, damit du ...“

„Damit ich was?“ Er kommt nahe genug heran, um zu flüstern. „Damit du auf mein Gesicht kommst?“

Oh, ich möchte ihn ohrfeigen. Wut mischt sich mit Begierde und ich lasse alles in meine Stimme einfließen, als ich sage: „Lass mich los.“

Dillon willigt schließlich ein, lässt die Arme sinken und steckt seine Hände in die Hosentaschen. Die Bewegung lenkt meine Aufmerksamkeit auf seine untere Hälfte und ich stelle fest, dass sein Schwanz immer noch steinhart ist.

Und er ist genauso groß wie in meiner Erinnerung.

Mein Innerstes krampft sich vor Verlangen zusammen, aber ich unterdrücke es und schaue wieder zu ihm hoch. Er hat immer noch dieses nervige Grinsen im Gesicht, als ob er genau wüsste, woran ich denke.

„Ich dachte, ich hätte mich klar ausgedrückt, dass das nur funktionieren würde, wenn wir eine professionelle Beziehung zwischen uns aufrechterhalten."

Er zuckt mit den Schultern. „Und ich habe deutlich gemacht, dass ich kein Problem damit habe. Ich brauche eine Assistentin sowieso viel dringender als eine Fickpartnerin."

Das Wort 'Fick-Partnerin' sticht mir ins Herz und erinnert mich daran, was wir immer waren. Das ist alles, was ich je für ihn gewesen bin. Selbst damals, als ich glaubte, Gefühle für ihn zu entwickeln oder bei den wenigen Malen, als ich kurz davor war, ihm meine Seele zu offenbaren, hat er mich immer nur als einen guten Fick gesehen.

Und deshalb musste ich gehen.

Aber ich kann jetzt nicht gehen. Denn ich brauche diesen Job. Ich brauche ihn, um zu überleben, also muss ich ihm klar machen, dass ich ihm nicht länger zu seinem Vergnügen zur Verfügung stehen werde.

„Dann steh zu deinem Wort", sage ich fest. „Das darf nicht noch einmal vorkommen, verstanden? Ich brauche diesen Job wirklich, aber ich kann hier nicht bleiben, wenn wir weiter Sex haben. Dann bin ich gezwungen zu kündigen." Ich würde es wirklich hassen, wenn es so weit käme. Aber das ist die Wahrheit.

Dillon sieht mich an und das Lächeln verschwindet endlich aus seinem Gesicht. „Was habe ich denn getan?", fragt er.

„Das fragst du mich wirklich? Nachdem du diese ganze Sache eingefädelt hast?"

„Nein, ich meine nicht jetzt. Ich spreche von der Vergangenheit." Seine scharfsinnigen Augen mustern mein Gesicht. „Du hast gesagt, dass dein Weggang nichts mit mir zu tun hatte. Aber jetzt scheint es persönlich zu werden. Du scheinst wütend auf mich zu sein."

„Ich bin nicht wütend auf dich wegen etwas, was in der Vergangenheit passiert ist, Dillon. Ich bin wütend auf dich wegen dem hier."

Er schüttelt den Kopf. „Nein. Diese Wut scheint tiefer zu sitzen. Ich habe etwas falsch gemacht, nicht wahr?"

„Nein!", schreie ich frustriert auf. Aber meine Wut wird sofort schwächer, als die Schuldgefühle, die ich empfunden habe, mit voller Wucht zurückkehren.

Welches Recht habe ich, ihm für seine Intrigen böse zu sein, wenn ich doch die viel größere Intrigantin von uns beiden bin?

Ganz zu schweigen von dem großen Geheimnis, das ich vor ihm verberge ...

Ich atme tief durch.

„Du hast nichts falsch gemacht." Mein Ton ist jetzt sanfter. „Ich möchte nur nicht, dass es irgendwelche Missverständnisse gibt, während ich hier arbeite. Ich weiß, dass dein COO bereits misstrauisch ist, weil du mich so schnell eingestellt hast.'"

„George? Nein, der guckt immer so."

Ich werfe ihm einen genervten Blick zu. „Er wäre verrückt, wenn er nicht misstrauisch wäre. So wie du reingekommen bist, mein Vorstellungsgespräch übernommen und mich auf der Stelle eingestellt hast. Meine Qualifikationen sind großartig, aber ich bezweifle, dass sie ausreichen, um das zu rechtfertigen."

„Genau da liegst du falsch." Er verschränkt die Arme vor der Brust. „Wie ich schon sagte, brauche ich jemanden, der im Grunde unabhängig von mir arbeiten kann, der die Dinge leitet, wenn ich nicht da bin. Jemanden mit bewährter Initiative. Ich habe in Echtzeit erlebt, dass du das kannst und während die anderen Bewerber nur auf dem Papier gut aussehen, kann ich das von dir nicht gerade behaupten."

Ich schaue ihn zweifelnd an, aber ich kann nichts sagen, um seine Worte zu widerlegen. Trotz meiner Vorbehalte ergibt seine Erklärung Sinn. „Gut. Dann verstehst du ja, warum es so wichtig für mich ist, dass wir nur Kollegen bleiben."

„Ich verstehe, aber das heißt nicht, dass ich es akzeptieren muss." Er zuckt mit den Schultern. „Aber für den Moment werde ich es so stehen lassen. Ich werde dich nicht wieder anfassen."

„Du wirst mich nicht anfassen?" Ich wundere mich über die alberne Enttäuschung, die in mir aufwallt.

Er grinst. „Nur, wenn du mich darum bittest." Er tritt näher, seine Augen verdunkeln sich verführerisch. „Und eines Tages, Emma, merk dir meine Worte, wirst du es tun."

***

Ich fühle mich erschöpft, als ich nach Hause komme. Es ist fast so, als wäre ein ganzer Tag vergangen, obwohl ich nur ein paar Stunden unterwegs war. Sobald ich die Wohnung betrete, entdecke ich Megan, die sich an Jeannie gekuschelt hat und fest eingeschlafen ist. Sie liegen beide auf der Couch und sind mit einer Decke zugedeckt.

„Hey“, murmelt Jeannie in gedämpftem Ton, als ich ins Wohnzimmer komme und mich ihr gegenüber auf die Couch fallen lasse. „Du bist wieder da.“

„Ja“, flüstere ich. Ich atme tief durch, schließe die Augen und lehne meinen Kopf gegen die Couch.

„Alles okay bei dir?“

Ich schüttele den Kopf. Ich will nicht darüber reden, was passiert ist, aber dann habe ich das Gefühl, dass sich all diese Geheimnisse immer weiter wie ein Druck in mir aufstauen und ich explodiere, wenn ich ihn nicht rauslasse.

Wenn ich nicht mit Jeannie darüber reden kann, mit wem dann?

„Ich habe mit ihm geschlafen“, gebe ich schließlich zu.

Das Schweigen hallt laut in dem kleinen Raum wider.

„Du hast mit wem geschlafen?“, hakt Jeannie schließlich nach.

„Mit Dillon, meinem Chef.“

„Warte, warte mal.“ Ich höre ein Schlurfen und öffne die Augen, um zu sehen, wie Jeannie Megan auf der Couch arrangiert, sich aufrichtet und mich ungläubig anstarrt. „Du hast was mit wem gemacht?“

Ich kichere, aber in meinem Lachen liegt kein Humor. Nur Selbstironie. „Mein neuer Chef ist mein Ex. Oder, nicht wirklich mein Ex. Nur ein Mann, mit dem ich früher mal eine Affäre hatte. Kannst du das glauben? Wie wahrscheinlich ist das denn?"

„Oh mein Gott." Jeannie schlägt sich die Hand vor den Mund. „Ich habe geahnt, dass so etwas passieren würde. Wie in meinen Träumen. Keine Ahnung, warum. Ich habe dich einfach gesehen und die Empfindung von ungelösten Gefühlen und alten Feuern, die wieder aufflammen, gehabt." Sie schüttelt ungläubig den Kopf. „Und du hast mit ihm geschlafen?"

„Nein, aber fast. Ich sollte eigentlich nur ein paar Papiere unterschreiben. Als ich dort ankam, besorgte er uns köstliches Essen. Er saß neben mir. Ich habe ihn gerochen." Ich schließe die Augen und erinnere mich an diesen männlichen Duft, der mich umgab. „Ich hatte keine Chance, ihm zu widerstehen."

„Oh mein Gott. Du mochtest diesen Kerl wirklich, oder?"

Ich nicke. Ich könnte es vor allen anderen und sogar vor mir selbst leugnen, aber vor Jeannie kann ich es nicht.

„Und was ist passiert? Warum hat es damals nicht geklappt?"

„Er hat nicht dasselbe empfunden", gestehe ich ihr. „Er dachte, alles zwischen uns sei nur ein Spiel und wir hätten einfach Spaß, während ich mein Herz an ihn verlor." Ich seufze und setze mich auf. „Und er denkt immer noch genauso. Und jetzt muss ich mit ihm arbeiten."

„Das ist verrückt", sagt Jeannie. „Was willst du denn jetzt machen? Du kannst nicht kündigen."

„Das weiß ich. Es ist nur … Mensch, warum musste es ausgerechnet er sein? Warum musste das alles ausgerechnet jetzt passieren, wo ich am Tiefpunkt bin?"

„Vielleicht gibt es einen Grund dafür", antwortet sie leise. „Vielleicht hat er sich verändert."

„Hat er nicht. Er ist immer noch derselbe aalglatte Mistkerl wie damals." Ich schaue sie an und lasse die letzte Bombe platzen. „Ach ja, und habe ich schon erwähnt, dass er der Vater meiner Tochter ist?"

Kapitel 12 | Dillon

Ich kann sie immer noch an mir riechen.

Seit einer Viertelstunde sitze ich in meinem Bürostuhl, die Augen geschlossen und das Gesicht zum Himmel gerichtet. Ihr Duft ist überall um mich herum. Die subtilen würzigen Noten ihres Parfums. Die Süße ihres Shampoos. Der Geruch ihrer Muschi, der sich an meinen Fingern festsetzt. Das alles verbindet sich zu einem starken Duft, von dem ich langsam high zu werden glaube, weil ich schon Gott weiß wie lange hier sitze und ihn einfach einatme.

Gott, sie ist berauschend.

Ein Teil von mir dachte, ich hätte mir vielleicht nur eingebildet, wie gut es mit ihr war. Vielleicht habe ich in Gedanken übertrieben, weil ich im Urlaub war und mich zum ersten Mal so richtig gehen lassen konnte. Oder die romantische Inselatmosphäre hat dazu beigetragen, uns in eine sofortige und unerschütterliche Verbindung zu locken.

Aber nein.

Sie wieder unter meiner Zunge zu spüren, bewies mir, dass ich es mir nicht eingebildet hatte. Ich berauschte mich an ihrem Geschmack, sehnte mich nach ihren flachen Atemzügen und den lustvollen Geräuschen, die sie von sich gab. Ich spürte jeden einzelnen ihrer Schauer in meinen Knochen und jedes Stöhnen lief direkt zu meinem Schwanz. Ich wollte noch mehr aus ihr herausholen, wollte, dass sie sich windet und vor Verlangen schreit, so wie sie es früher getan hatte, als sie das ganze Haus niederschrie, wenn ich endlich in sie eindrang. Emma war eine laute lustvolle

Partnerin und ich liebte es, derjenige zu sein, der ihr diese Reaktionen entlockte.

Aber irgendwo in meinem Hinterkopf wusste ich auch, dass wir im Büro waren und wenn jemand sie hörte, würde sie sich gedemütigt fühlen. Zu gedemütigt, um hier zu arbeiten. Also zog ich mich im letzten Moment zurück und ließ sie kommen, um dann ihren Mund zu bedecken, bevor sie schreien konnte. Egal wie verzweifelt ich ihren Schrei hören wollte, ich begnügte mich mit dem Echo in meiner Handfläche.

Und jetzt spiele ich es in meinem Kopf immer wieder ab: den Ausdruck auf ihrem Gesicht, die Art, wie sie zuckte und sich gegen mich bewegte und lustvoll nach ihrer Brust griff, obwohl sie sich dessen nicht einmal bewusst zu sein schien. So verdammt sexy.

Das darf nicht wieder vorkommen, verstanden?

Ich lächle grimmig. Ich verstand, aber ich war nicht bereit, sie so einfach aufzugeben. Dennoch wusste ich, dass sie, wenn ich sie zu einer weiteren sexuellen Begegnung drängte oder provozierte, gezwungen sein würde, ihr Wort zu halten und zu kündigen.

Das durfte ich nicht zulassen.

Der nächste Schritt muss von ihr kommen. Wenn wir uns das nächste Mal treffen, muss sie das Gefühl haben, dass sie die Kontrolle hat; dass sie diejenige ist, die mich dazu drängt.

Ich muss sie dazu bringen, mich so sehr zu wollen, dass sie mich anfleht, sie zu ficken. Ich werde es nicht tun, bevor sie nicht praktisch darum bettelt.

Bitte.

Ihr Betteln ist nach wie vor unwiderstehlich.

Die Tür öffnet sich und das reißt mich aus meinen lustvollen Fantasien. George streckt seinen Kopf mit hochgezogenen Augenbrauen herein.

„Ist Ms. Walsh schon weg?"

„Offensichtlich."

Er kommt herein und ich bemerke, wie er einen Blick auf den Tisch wirft, auf dem noch Reste des Essens stehen. Emma hat nichts davon aufgegessen, aber ich hatte endlich das Vergnügen, ihr wieder beim Essen zuschauen zu dürfen.

Sie ist immer noch zu dünn, viel dünner als in meiner Erinnerung. Das beunruhigt mich. Vergisst sie etwa zu essen? Ich muss daran denken, jeden Tag etwas liefern zu lassen, nur für den Fall.

Georges Gesicht verzieht sich und ich warte darauf, dass er irgendeine Bemerkung macht, die ihm auf der Zunge liegt. Wahrscheinlich kann er spüren, was hier passiert ist. Das Büro riecht für mich immer noch nach Sex, aber das mag daran liegen, dass ich sie noch nicht von meinen Fingern abgewaschen habe und sie mir routinemäßig unter die Nase halte, wenn ich einen weiteren Zug von ihr brauche. Aber ob er es merkt oder nicht, George ist klug genug, seine Gedanken für sich zu behalten; er steckt nur seine Hände in die Hosentaschen, während er mich ansieht.

„James sagt, du hättest ihn immer noch nicht zurückgerufen", sagt er.

„Stimmt." Das hatte ich völlig vergessen, denn das Zusammensein mit Emma hat alles andere aus meinem Kopf verdrängt. „Das werde ich jetzt tun."

George nickt und wendet sich zum Gehen.

„George."

Er hält inne.

„Emma fängt morgen früh hier an und ich weiß, dass du dich um ihre Einarbeitung kümmern wirst", sage ich. Normalerweise würde sich ein jüngerer Mitarbeiter darum kümmern, aber mir ist klar, dass George zu neugierig ist, um das dieses Mal zuzulassen. „Ich erwarte, dass du sie mit Respekt behandelst und es ihr nicht schwerer machst, als es sein müsste. Verstanden?"

Er blickt zurück. „Habe ich den Eindruck erweckt, dass ich das tun würde?"

„Ich weiß es nicht, ich wollte es nur klar und deutlich sagen."

Er nickt. „Zur Kenntnis genommen."

Als er geht, erinnere ich mich an Emmas frustrierten Gesichtsausdruck, als sie mein Büro verließ. Trotz meiner tiefen Begierde nach ihr kann ich ihre schwierige Lage nachvollziehen. Sie begehrt mich, aber niemand will als die Frau bekannt sein, die mit ihrem Chef schläft.

Wenn ich nicht so ein Arschloch wäre, würde ich sie in Ruhe lassen. Aber das kann ich nicht. Nicht einmal um ihrer selbst willen.

Ich bin so egoistisch wie kein anderer und das werde ich wahrscheinlich immer sein.

Nachdem George gegangen ist, telefoniere ich endlich mit James.

„Dillon", meldet er sich.

„Du hast versucht, mich zu erreichen."

„Ja", sagt er. „Ich denke, du solltest hierher kommen. Es wird langsam unheimlich."

Ich seufze. „Das denke ich auch. Ich fliege morgen früh."

Nachdem ich aufgelegt habe, wird mir klar, dass Emmas erster Tag damit beginnen wird, direkt den Wölfen zum Fraß vorgeworfen zu werden.

***

Stunden später betrete ich ein fast leeres exklusives Fitnessstudio.

Natürlich, es ist gleich Mitternacht, also logisch, dass nicht viele Leute hier sind, abgesehen von einer Handvoll Nachzügler, die sich um die verschiedenen Geräte tummeln. Selbst im ersten Stock des Fitnessstudios ist so viel Platz, dass ich sie kaum wahrnehme.

Der Duft von Eukalyptus und Reinigungsmitteln verdrängt erfolgreich den Schweißgeruch und jede einzelne Maschine wurde gesäubert, bis sie glänzt. Ich gehe auf die Boxhalle zu, die durch Glasscheiben vom Rest des Raumes abgetrennt ist und einen Blick auf den großen Wasserbrunnen auf der Terrasse draußen bietet. Neben dem Boxring befindet sich eine Tür, die einen Gang hinunter zu den verschiedenen Saunen und Dampfbädern des Fitnessstudios führt. Darüber hinaus gibt es einen Innenpool und einen Lounge-Bereich.

Alles, damit wir uns wie zu Hause fühlen. Für den exorbitanten Preis, den sie verlangen, sollte das auch so sein.

„Dillon?" Die Stimme kommt von hinten. Ich drehe mich um und sehe die freundlichen grünen Augen eines schlanken Mannes, der auf mich zueilt. Er hat kein Hemd an, trägt nur Boxershorts und seine Fäuste sind mit

Bandagen umwickelt. Ein leichtes Lächeln breitet sich auf seinem Gesicht aus. „Täuschen mich meine Augen oder bist du es wirklich?"

„Ich weiß es nicht. Das hängt davon ab, was du in letzter Zeit so geraucht hast." Ich begrüße ihn mit einem Händedruck und ziehe ihn in eine kurze Umarmung. „Wie ist es dir ergangen, Paul?"

„Nun, seit du weg bist, hat mir schon Monate lang niemand mehr im Ring in den Arsch getreten, also eigentlich ganz gut." Paul ist mein persönlicher Trainer und häufiger Boxpartner. Wir kennen uns schon lange, fast seit meiner Collegezeit, deshalb spielt er manchmal auch gerne die Rolle meines Therapeuten, weshalb er sofort hinzufügt: „Du wirkst gestresst."

„Nun, ich bin der CEO von zwei sehr erfolgreichen Unternehmen", sage ich. „Es wäre seltsam, wenn ich nicht gestresst wäre."

„Deshalb hast du es nicht geschafft, hierher zu kommen? Du weißt, wie wichtig in unserem Alter regelmäßige Bewegung ist. Du kannst es dir nicht leisten, dem Training zu lange fernzubleiben."

„Ist das deine Art, mich einen alten Mann zu nennen?"

„Es ist meine Art, dir zu sagen, dass du auf dich aufpassen sollst", erklärt er. „Ich mache mir Sorgen um dich."

„Wie süß, aber du solltest dir Sorgen um dein nicht vorhandenes Sexleben machen. Du siehst aus, als hättest du seit Monaten keinen mehr weggesteckt."

Ich sage das nur, um ihn auf die Palme zu bringen, aber ich bereue die Worte sofort, als sich Pauls Gesicht verfinstert.

Mist.

Ich hatte völlig vergessen, dass Paul, als wir das letzte Mal miteinander sprachen, eine harte Scheidung durchmachte, die ihm fast das Mark aus den Knochen saugte. Er war bis über beide Ohren in seine Ex-Frau verliebt, aber sie hatte sich schon vor einiger Zeit von ihm getrennt.

Ich hätte es nicht erwähnen sollen, nicht einmal im Scherz.

Die Scheidung war schwer für ihn, auch wenn er es nicht zeigte und ich wollte keine schlimmen Erinnerungen wecken.

„Es tut mir leid", entschuldige ich mich, bevor er etwas sagen kann. „Das war unbedacht von mir."

„Ach was, mach dir nichts draus." Paul winkt ab und setzt ein breites falsches Lächeln auf. Dann wechselt er sofort das Thema. „Aber ich meine es ernst. Du könntest es vertragen, etwas weniger zu arbeiten. Du hast bereits genug Geld, um drei Leben lang damit auszukommen. Und wir vermissen dich hier wirklich."

Ich ziehe die Augenbrauen hoch. „Ihr vermisst mich? Gibt es etwas, das du mir sagen willst, Paul, mein Freund?"

Paul versteht und verdreht die Augen. „Nein, Blödmann. Nur weil ich mir meiner Männlichkeit sicher genug bin, um zuzugeben, was ich empfinde, heißt das nicht, dass ich irgendwelche tief sitzenden Gefühle für dich hege."

„Ja, nur winzige, anhaltende." Ich zwinkere. „Tu nicht so, als wärst du nicht schon seit dem College in mich verliebt."

„Du bist widerlich." Paul verzieht das Gesicht und klopft mir auf die Schulter. „Und außerdem bist du überhaupt nicht mein Typ."

„Quatsch, ich bin jedermanns Typ." Ich zeige ihm den Mittelfinger und er grinst.

„Also," ich lasse meine Sporttasche auf den Boden fallen und ziehe meine Boxhandschuhe heraus, bevor ich zum Ring deute. „Legen wir los oder was?" Ich hatte vor, meinen Stress an ein paar der Dummys auszulassen, aber ich bin froh, dass Paul hier ist. Er ist ein viel besseres bewegliches Ziel.

„Deine Beerdigung", sagt Paul und ballt die Fäuste.

Nachdem ich meine Handschuhe umgeschnallt habe, steigen wir in den Ring und ich beginne mit Dehnübungen.

„Du wirst mich in nächster Zeit wahrscheinlich wieder öfter sehen", erwähne ich, während ich mir den Nacken massiere. „Ich habe eine neue persönliche Assistentin."

„Hast du endlich jemanden, der so gut ist wie Casey?"

Der Verlust von Casey treibt mir immer noch die Zornesröte ins Gesicht, aber sie scheint nicht mehr so übermäßig zu sein. Schließlich ist Caseys Weggang einer der Gründe, warum ich Emma wiedergefunden habe. „Das wird sich erst noch zeigen, aber ich glaube, sie könnte die Richtige sein."

„Interessant", bemerkt Paul und sieht mich aus den Augenwinkeln an.

„Was ist interessant?"

„Die Art und Weise, wie du das gerade gesagt hast ... es fühlte sich an, als würdest du über etwas anderes reden und nicht über deine Sekretärin."

„Worüber sollte ich denn sonst reden?"

Er zuckt mit den Schultern und dieses geheimnisvolle Lächeln umspielt seine Mundwinkel. „Das hört sich an, als würdest du sagen, dass sie diejenige ist, die du heiraten und mit der du Kinder haben wirst."

Ich werfe ihm einen Blick zu, als hätte er gerade seinen Verstand verloren. „Das hast du alles aus sechs Worten herausgehört?"

„Was soll ich sagen? Ich bin eben sehr intuitiv."

Wenn du so intuitiv wärst, hättest du die Scheidung kommen sehen. Nein, für diesen Witz ist es noch viel zu früh.

„Naja", sage ich stattdessen. „Erinnerst du dich an die Reise, die ich vor drei Jahren gemacht habe?"

„Du meinst, als du für eine Woche von der Bildfläche verschwunden warst und niemand dich erreichen konnte und die Leute dachten, du wärst tot? Sag mir nicht, dass du so etwas noch einmal vorhast. Du hast mir fast einen Herzinfarkt beschert."

„Nein, das habe ich nicht gemeint", entgegne ich. „Das Mädchen, das ich damals mit auf die Reise genommen habe, ist diejenige, die ich jetzt als Caseys Nachfolgerin eingestellt habe."

Paul ist eine Sekunde lang fassungslos, dann schmunzelt er. „Verdammt. Die Welt ist klein. Ich dachte, du hättest nie wieder etwas von ihr gehört. Warst du deshalb nicht so mies gelaunt, als du zurückkamst?"

„War ich nicht." Ich schaue ihn böse an.

„Doch, warst du. Du bist monatelang herumgelaufen wie ein Bär mit einer wunden Pfote. Ich habe noch nie jemanden gesehen, der sich so sehr über seine Rückkehr aus dem Urlaub gefreut hat."

Jetzt, wo er es erwähnt, erinnere ich mich an dieses juckende irritierende Gefühl. Obwohl wir uns darauf geeinigt hatten, die Dinge zwanglos zu halten, fühlte es sich an, als hätte ich einen Schorf in der Brust, den ich nicht abkratzen konnte, als ich die Insel ohne Emma verließ. Ich habe es gehasst.

„Nun, jetzt ist sie wieder da“, erwidere ich und grinse. „Und diesmal lasse ich sie nicht wieder so einfach abhauen.“

Kapitel 13 | Emma

Am nächsten Tag bereite ich mich auf die Arbeit vor, mit einem Mantra im Kopf, das sich wiederholt.

Du kannst das schaffen. Du kannst den Tag überstehen, ohne an Dillon zu denken und daran, wie sexy er ist und wie sehr du dir eine Wiederholung von gestern wünschst.

Das wird schwierig, denn ich habe die ganze letzte Nacht von seinen Küssen geträumt, von seinen Berührungen und davon, wie er mich mühelos auf den Gipfel der Lust getrieben hat und über den Rand hinaus. Und als ich heute Morgen aufwachte, war ich bereits erhitzt, voller Begierde und frustriert, weil ich wusste, dass ich den ganzen Tag gegen mein Verlangen ankämpfen musste.

Und ich kann mir auch nicht vorstellen, dass Dillon es mir leichter machen wird.

"Nur, wenn du mich darum bittest. Und eines Tages, Emma, merk dir meine Worte, wirst du es tun."

Seine Worte geben mir keineswegs die Gewissheit, dass Dillon sich an unsere Abmachung halten wird. Sie versichern mir gar nichts, außer der Tatsache, dass Dillon diese ganze Sache eindeutig als Spiel betrachtet, als eine Mutprobe, die er unbedingt gewinnen wollte. Ich war immer nur ein Spielzeug für ihn gewesen. Und so sehr ich mir auch einreden möchte, dass ich das nicht länger zulassen würde, weiß ich doch, dass Dillon eine großer Schwachpunkt von mir ist. Die Art von sexuellem Vergnügen, die er mir bietet, ist anders als alles, was ich je erlebt habe. Es ist ein Vergnügen, von dem ich weiß, dass manche Frauen ihr ganzes Leben ohne es auskommen und andere würden ihre Seele dafür geben. Und ich bin auch nicht besser.

Aber ich muss stark bleiben, deshalb wiederhole ich das Mantra vor dem Spiegel. Durch die dünnen Wände hindurch höre ich oben Bewegungen, wahrscheinlich von der Babysitterin, die heute Morgen pünktlich aufgetaucht ist. Megan schläft noch, aber ich muss früh los, um den ersten Bus zu erwischen, damit ich pünktlich zur Arbeit komme.

Die Arbeit bei Genesis beginnt früh, um 7:00 Uhr. Das macht mir nichts aus. Ich war schon immer eine Frühaufsteherin und wenn ich meine Arbeit pünktlich erledige, kann ich vielleicht früher nach Hause kommen.

Keine Chance, denn ich weiß, dass die Arbeitszeiten brutal sein werden, aber trotzdem. Ein Mädchen muss hoffen dürfen.

Ihre Schritte hallen auf jeder Stufe, als Carly, die Babysitterin, herunterkommt und um die Ecke biegt; ihr rotes Haar schwingt bei jedem Schritt mit. Sie fängt meinen Blick im Spiegel auf und schenkt mir ein beruhigendes Lächeln. „Machen Sie sich keine Sorgen. Sie sehen toll aus."

Schwach grinse ich sie an. „Danke." Aber anders als gestern geht es hier nicht darum, gut auszusehen.

Es geht darum, kompetent zu wirken.

Auf dem Heimweg gestern habe ich mir diesen schwarzen Rock aus dem Ausverkaufsregal bei Marshall's geschnappt und ihn mit meiner letzten aktiven Kreditkarte bezahlt. Er hat nur zwanzig Dollar gekostet, aber er war neu und hatte keine Flecken. Ich habe vor, ihn für den Rest der Woche abwechselnd mit dem Anzug zu tragen, den ich gestern anhatte, weil ich nichts anderes habe, das gut genug für diesen Job ist.

Irgendwann muss ich mir neue Klamotten kaufen, aber für den Moment muss das hier genügen. Und der Anzug ist perfekt, denn er ist völlig unauffällig und sieht aus wie fast jeder andere Anzug auch. Niemand würde merken, dass ich jeden zweiten Tag die gleichen Sachen trage.

Außerdem verdeckt er viel mehr als mein anderer Anzug.

Ich möchte nicht Dillons erhitzten Blicken ausgesetzt sein, wenn sie meinen Körper abtasten, wie sie es gestern getan haben.

„Ich muss jetzt gehen", sage ich und drehe mich um. „Die Kindertagesstätte öffnet um 9:00 Uhr, also sehen Sie zu, dass Sie mit Megan pünktlich dort sind. Ich habe ihr Frühstück und ihr Mittagessen in den Kühlschrank gestellt, mit einem Etikett versehen. Zum Abendessen sollte ich zurück sein. Sie haben ja meine Nummer, falls etwas passiert, oder?"

Sie nickt fröhlich. „Jep."

„Gut. Rufen Sie bitte an, wenn etwas ist. Und wenn sie aufwacht, geben Sie meinem kleinen Mädchen einen Riesenkuss von mir." Ich würde es selbst tun, aber ich will sie nicht wecken und Megan hat einen leichten Schlaf.

„Wird gemacht."

„Danke", nicke ich und gehe dann zur Tür.

„Sie werden das schon hinkriegen, Ms. Walsh."

Ich schenke ihr ein weiteres Lächeln. „Danke. Ich hoffe es."

Während ich zur Bushaltestelle gehe, bewundere ich die Morgendämmerung. Die Vögel zwitschern und eine leichte

Brise lässt alles taufrisch und neu riechen. Ich habe den frühen Morgen schon immer gemocht, auch deshalb macht es mir nichts aus, vor Tagesanbruch aufzustehen. So kann ich wenigstens diese schöne Aussicht allein bewundern, ohne das geschäftige Treiben der Innenstadt von Chicago um mich herum.

Der Bus ist bereits an der Haltestelle, als ich ankomme. Ich nicke dem Busfahrer zu, während ich meine Karte scanne und einsteige. Ich bin die Einzige, die so früh im Bus sitzt, was ich ebenfalls genieße. Ich nehme den Fensterplatz ganz vorne, damit ich genügend Beinfreiheit habe. Auch wenn ich sie jetzt nicht brauche, könnte es eng werden, wenn mehr Leute einsteigen und dann werde ich dafür dankbar sein.

Mit meinem neuen Gehalt kann ich mir vielleicht schon bald ein Auto leisten, aber erst einmal möchte ich meine Schulden begleichen, angefangen bei der Miete. Ich habe gestern Abend den Vermieter angerufen und ihm gesagt, dass ich sein Geld bis Ende des Monats haben werde. Gott sei Dank hat er mir den Aufschub gewährt. Im Gegensatz zu Mrs. Ruth gibt Mr. Farley mir nicht die Schuld an den verschiedenen Missgeschicken, die den Gebäudekomplex befallen haben. Bevor meine Firma in Konkurs ging, habe ich immer pünktlich gezahlt, also hat er mir einen Vertrauensvorschuss gegeben und dafür bin ich ihm dankbar.

Als ich im Bus sitze, wandern meine Gedanken jedoch unweigerlich zu Dillon zurück. Ich mache mich auf das gefasst, was mich im Büro erwarten wird. Wird er wieder seinen Charme spielen lassen, wenn ich dort ankomme oder wird er sich in den Albtraum eines Chefs verwandeln? Mit dem Anzug, der ihm auf den Leib geschneidert ist und seinem neckischen Blick kann ich ihn mir durchaus als knallharten Diktator vorstellen, aber der Gedanke erregt mich mehr, als dass er mich ängstigt.

Herrgott, reiß dich zusammen.

Ich sollte jetzt nicht einmal daran denken, aber andererseits, wenn ich genug darüber nachdenke und analysiere, warum ich ihn so attraktiv finde, kann ich vielleicht herausfinden, wie ich ihm widerstehen kann. So wie man sich manchmal während einer Diät einen Schokoladenkuchen so sehr vorstellt, dass der Geschmack der Vorstellung nicht mehr gerecht wird und man von der Realität enttäuscht ist. Ich kannte auch ein Mädchen, das immer an Schokoriegeln schnupperte, während sie ihren Grünkohlsalat aß, um ihre Diät nicht zu brechen.

Ich schmunzle. Dillon ist mein Schokoriegel, nehme ich an.

Eine Stunde später ist die Busfahrt zu Ende und ich verabschiede mich von dem Fahrer. Auf dem kurzen Weg zum Bürogebäude denke ich noch intensiver an Dylan – an seine blauen Augen und die sanfte Art, wie er mit mir sprach, im Gegensatz zu dem anderen Mann, der mich anfangs interviewt hat. Dillon sagte, sein Name sei George und ich bemerkte, dass Dillon etwas kurz angebunden war.

Ich weiß nicht, ob Dillon mit all seinen Angestellten so spricht wie mit George, aber ich muss ihn wissen lassen, dass ich keine Sonderbehandlung wünsche. Keine teuren Abendessen oder sanften Worte mehr. Wenn er zu allen ein harter Hund ist, muss er auch zu mir einer sein.

Wenn die anderen merken, dass er mich besonders behandelt, würden sie annehmen, dass ich mich hochgeschlafen habe und ich wäre beschämt.

Auch wenn du es irgendwie getan hast.

Ich werde rot und schüttle den Kopf. Nein, ich habe nicht mit ihm geschlafen, um die Stelle zu bekommen. Ich habe mit ihm geschlafen, nachdem ich sie bereits hatte, obwohl das fast genauso schlimm ist. Wie auch immer, ich würde mir das nicht durch unangebrachte Schuldgefühle nehmen lassen. Ich wurde zu dem Vorstellungsgespräch eingeladen, weil ich hart gearbeitet hatte. Und ich würde noch härter arbeiten, um mich zu beweisen.

Als das hohe gläserne Bürogebäude in Sichtweite kommt, wiederhole ich das Mantra ein weiteres Mal für mich.

Du wirst dich professionell verhalten. Lass dich nicht auf sein Spiel ein. Egal, wie viele Luxusdinner er dir spendiert. Oder wie viele neckische Bemerkungen er macht. Egal, dass seine Augen dich jedes Mal dahinschmelzen lassen.

Gib nicht nach.

Im ersten Stock des Genesis-Gebäudes herrscht bereits reges Treiben, sobald ich dort ankomme: Menschen laufen herum, telefonieren oder sind in Aktenordner vertieft. Als ich eintrete, bleibe ich kurz stehen. Ich bin mir nicht sicher, was ich jetzt tun soll, denn ich weiß nicht, ob ich zu Dillon gehen oder mich an den Empfang wenden soll, um weitere Anweisungen zu erhalten.

Zum Glück muss ich nicht lange nachdenken, denn als ich dort stehe, klingelt der Aufzug und der Mann von gestern, George, kommt heraus und nickt mir zu.

„Gut“, sagt er. „Sie sind da. Ich möchte, dass Sie sofort anfangen.“

Ich nicke. „Ja, Sir. Was soll ich tun?“

Er reicht mir einen Stapel Akten. „Vergleichen Sie diese mit den Zusammenfassungen, die wir in der Cloud haben und stellen Sie sicher, dass sie übereinstimmen. Ordnen Sie sie außerdem in der von Ihnen gewünschten Reihenfolge. Und wenn Sie schon dabei sind, lesen Sie sich unsere früheren Akten durch, damit Sie wissen, wie wir hier arbeiten.“

Das klingt nach viel auf einmal, aber ich sage nur: „In Ordnung. Und wo kann ich mich einrichten?“

„Sie können sich am Schreibtisch vor dem Büro des Geschäftsführers einrichten. Es gibt bereits einen Benutzernamen und ein Passwort und alle Anweisungen stehen auf dem Zettel neben dem Computer. Folgen Sie mir.“

Ich gehorche, während er zurück zum Aufzug geht und den Knopf drückt, der uns in Dillons Stockwerk bringt. Als sich die Fahrstuhltüren schließen und der Aufzug sich zu heben beginnt, versinken wir in ein peinliches Schweigen. Ich spüre seinen Blick auf mir und plötzlich habe ich das dringende Bedürfnis, mich zu erklären.

„Ich kannte Dillon in der Vergangenheit“, beginne ich unaufgefordert und begegne seinem überraschten Blick. „Aber das hat nichts damit zu tun, warum ich diesen Job bekommen habe. Und ich versichere Ihnen, dass ich nicht zulassen werde, dass meine Professionalität durch irgendetwas in Frage gestellt wird.“

George sieht mich einige Sekunden lang einfach nur an.

Und als er dann spricht, sagt er: „Wenn Sie ihn wirklich kennen würden, dann wüssten Sie, wie er Frauen behandelt: wie gebrauchte Handtücher. Mit einem Fingerschnippen ist er über sie hinweg und nimmt sich ein neues. Ich weiß, es mag sich jetzt so anfühlen, als wäre er von Ihnen fasziniert und seine ganze Aufmerksamkeit zu bekommen, fühlt sich sicher berauschend an. Aber das wird nicht von Dauer sein. Ich hoffe, Sie sind darauf vorbereitet."

Ich nicke. Es ist nicht nötig, dass er mir das alles erzählt, vor allem, weil ich es selbst schon weiß. „Ich habe nicht vor, eine sexuelle oder romantische Beziehung mit Dillon zu führen, also je schneller seine Aufmerksamkeit nachlässt, desto besser."

George presst die Lippen aufeinander. Obwohl sein Gesicht ausdruckslos bleibt, fühlen sich seine Augen an, als würden sie direkt in mich hineinsehen. Und dann wendet er den Blick ab und beendet somit das Gespräch.

Ironischerweise sehe ich Dillon den ganzen Tag über kaum. Er kommt an diesem Morgen nicht ins Büro und ich verbringe einen Großteil des Tages an meinem Schreibtisch und versuche, all die Arbeit aufzuholen, die ich zu erledigen habe. Es ist wirklich eine Menge. Derjenige, der die Akten sortiert hat, besitzt das verrückteste Ordnungssystem aller Zeiten, nämlich nach der alphabetischen Reihenfolge des ersten Wortes auf jedem Dokument und nicht nach der Fallart.

Außerdem haben sich bei der Zusammenfassung der einzelnen Dokumente ein paar Fehler eingeschlichen.

Irgendwann wird es draußen dunkler und ich gerate in Panik, weil ich noch lange nicht mit den Dokumenten fertig bin und noch nicht einmal angefangen habe, die Fallakten zu lesen.

Ich seufze tief.

„Was ist los?"

Ich schrecke auf und sehe Dillon in der Tür stehen. Mein Herz klopft mir bis zum Hals.

„Wie lange stehst du schon da?"

„Lange genug." Er hat einen seltsamen Ausdruck in den Augen, als er auf meinen Aktenstapel deutet.

„Erledigt?"

„Nicht wirklich. Aber ich komme ganz gut voran." Ich erhebe mich von meinem Schreibtisch.

„Das musst du erst einmal auf Eis legen. Wir müssen nach Texas fliegen."

Meine Augen werden groß. „Jetzt sofort?"

„Ja. Ich habe dir doch gesagt, dass diese Stelle mit Reisen verbunden ist, oder?"

„Ja, aber ..." Ich kann nicht einfach so wegfliegen. Ich habe ein Kind. Ich muss Megan nachts ins Bett bringen. Aber die Worte bleiben mir in der Kehle stecken.

Ich kann ihm das nicht sagen.

Er hat mich schließlich vorgewarnt, dass ich jederzeit reisebereit sein muss. Und wenn das etwas ist, womit alle seine Assistenten zu tun haben, kann ich nicht um eine Sonderbehandlung bitten.

Außerdem, wie soll ich ihm erklären, warum ich nicht mitkommen kann? Ich kann ihm ja nicht sagen, dass ich ein Kind habe.

„In Ordnung", stammle ich. „Gib mir nur eine Sekunde."

Er nickt und geht in sein Büro.

Kaum ist die Tür zu, rufe ich Jeannie an. „Hey, musst du heute Abend arbeiten?"

„Nein, wieso?"

Ich atme erleichtert auf. „Meinst du, du könntest zu mir nach Hause fahren und die Babysitterin ablösen? Ich bezahle sie, wenn ich wieder da bin, aber ich werde erst sehr spät nach Hause kommen."

„Warum?"

„Der Chef will, dass ich mit ihm nach Texas fliege."

„Jetzt sofort?" Jeannie klingt genauso schockiert wie ich.

„Ja."

„Oh je." Jeannie seufzt. „Na gut, kein Problem. Ich kümmere mich um Megan."

„Ich danke dir. Du bist meine Lebensretterin."

„Das weißt du doch."

Nachdem sie aufgelegt hat, atme ich tief durch.

Du schaffst das schon. Alles ist in Ordnung.

Aber Stunden später, als ich in seinem Privatjet sitze, bin ich mir da nicht mehr so sicher.

Kapitel 14 | Dillon

Ich beobachte, wie Emma den Privatjet bestaunt und versuche, mir mein Grinsen zu verkneifen.

Den hatte ich beim letzten Mal noch nicht und so flogen wir mit einem Linienflugzeug auf die Insel, natürlich erster Klasse. Normalerweise miete ich einen Privatjet nur für dringende Geschäftsreisen, aber jetzt frage ich mich, ob ich nicht einfach einen kaufen sollte. Emma gefällt es sichtlich, vor allem, weil ich mir die Zeit genommen habe, einen Jet mit geschmackvoll und luxuriös eingerichteten Innenräumen auszuwählen. Ganz zu schweigen von den bequemen Ledersitzen und dem großzügigen Platzangebot.

Emmas Augen erfassen jedes einzelne Detail, ihre Zunge fährt über ihre Lippen, was meinen Schwanz zum Zucken bringt.

„Gefällt es dir?“, frage ich, als der Jet sich in Bewegung setzt.

„Hä?“ Sie dreht sich zu mir um.

„Gefällt es dir?“

„Ähm ... sicher, es ist schön.“ Sie zuckt unverbindlich mit den Schultern, aber ich kann die Wahrheit in ihren Augen sehen. In ihrem Blick liegt ein kindliches Staunen.

Ich nehme mir vor, sie auf weitere Reisen mitzunehmen, da sie das Fliegen im Privatjet so sehr mag.

„Was genau werden wir in Texas machen?“, will sie wissen.

Nachdenklich trommle ich auf den Tisch vor mir. „Ich bin mir noch nicht ganz sicher.“

Sie runzelt die Stirn und ich grinse.

„Unser Team arbeitet, wie ich dir bereits erklärt habe, mit vielen hochkarätigen Persönlichkeiten zusammen, die in Skandale verwickelt sind oder kurz davor stehen, in Skandale verwickelt zu werden. Glücklicherweise konnten wir diesen hier im Keim ersticken. Einer meiner Kontakte bei einem großen neuen Sender hat mir erzählt, dass sie einen Hinweis erhalten haben, wonach ein ehemaliger Mitarbeiter unseren Kunden jetzt der Veruntreuung und Geldwäsche beschuldigt."

"Hat er es getan?", fragt sie.

„Das spielt keine Rolle", kommentiere ich und belehre sie. „Wir sind wie Anwälte. Unsere Aufgabe ist es nicht, zu wissen, ob etwas passiert ist oder nicht, sondern genau herauszufinden, was dieser Mitarbeiter weiß und dann zu klären, wie wir die Gefahr für den Ruf unseres Kunden beseitigen oder mindern können."

Emma zögert und beißt sich auf die Lippe.

Ich ziehe die Augenbrauen hoch. "Was, hast du jetzt moralische Bedenken?"

„Nicht unbedingt", sagt sie. "Es gibt nur wenige Dinge, bei denen ich wirklich einen strengen Moralkodex habe, aber meistens bin ich moralisch flexibel. Ich dachte nur, es wäre besser für uns, die Stichhaltigkeit der Anschuldigung zu kennen. Denn wenn nicht, verschwenden wir vielleicht grundlos unsere Zeit."

Ich grinse. Sie schaut mir in die Augen, während sie spricht und man sieht ihr unbedingte Ehrlichkeit an. Das ist einer der Gründe, warum ich sie so mag: Sie hat einen eisernen Kern und scheut sich nicht, sich einer hässlichen

Wahrheit über sich selbst oder andere zu stellen. Mir gefällt auch, dass sie moralisch flexibel ist und sich nicht allzu viele Gedanken über richtig oder falsch macht, sondern nur darüber, was getan werden muss.

In dieser Hinsicht sind wir uns ähnlich.

Mein moralischer Kompass gibt in der Regel dem Wohl vieler den Vorzug vor dem Wohl einzelner. In bestimmten Fällen ist das Wohl vieler jedoch keinen Pfifferling wert. Aber in Fällen wie diesem, in denen der potenzielle Schaden Millionen von Menschen ohne Arbeit bedeutet, nur damit ein Mann den Helden spielen kann, ist es gerechtfertigt.

Dennoch habe ich das Bedürfnis, es ihr zu erklären. „Die Veruntreuung liegt Jahre zurück, als mein Mandant sein Unternehmen gründete. Die Opfer gehören zur Elite, die es sich leisten können, Geld zu verlieren und sind selbst nicht gerade unbescholtene Bürger. Der Mandant ist bereit, zurückzutreten, wenn die Nachricht bekannt wird, aber ein solcher Skandal würde den familienfreundlichen Ruf seines Unternehmens zerstören."

„Ich verstehe", nickt sie. „Was machen wir also, wenn wir in Texas ankommen?"

"Das weiß ich noch nicht genau", antworte ich. "Ich muss diesen Typen noch länger beobachten, bevor wir sicher wissen, wie wir ihn beeinflussen können. Wir haben Notizen über seine Vorlieben und Abneigungen, aber ich glaube nicht, dass sie so genau sind, wie wir dachten, da James ihn mit nichts davon überzeugen konnte."

„Vielleicht lässt sich der Whistleblower gar nicht überzeugen", überlegt sie. „Vielleicht glaubt er wirklich, dass er das Richtige tut."

Ich schnaube. „Wenn er das glauben würde, hätte er die Informationen, die er hat, bereits an die Presse weitergegeben."

"Du hast Kontakte zur Presse. Vielleicht hat er Angst, dass du die Geschichte begraben wirst."

„Dann würde er es über das Internet durchsickern lassen. Es ist viel schwieriger für uns, die Dinge zu kontrollieren, sobald sie im Internet auftauchen." Ich reibe mir nachdenklich das Kinn. "Ich habe das deutliche Gefühl, dass er nichts davon der Gerechtigkeit wegen tut. Er will etwas oder er wartet darauf, dass etwas passiert. Und wir müssen herausfinden, was sein Plan ist. Das bedeutet, dass wir ihn vorerst einfach beobachten müssen."

„Also werden wir ihn ausspionieren?"

"So in etwa. James hat bei seinem letzten Besuch bei ihm etwas herausgefunden. Er hatte eine Einladung zu Bernsteins Party in Houston. Diese Einladung ist nicht leicht zu bekommen. Die Bernsteins laden nur Leute ein, die sie kennen oder andere VIPs. Der Whistleblower ist nur ein Rädchen im Getriebe, daher ist es seltsam, dass er eingeladen wurde."

"Ah. Ich verstehe."

„Genau. Wir werden auch an dieser Veranstaltung teilnehmen", fahre ich fort. „Ich konnte heute Morgen eine Einladung ergattern. Noch weiß niemand, dass mir Genesis gehört und als VIP wird meine Anwesenheit nicht verdächtig sein. Vielleicht versuche ich, während der Veranstaltung mit dem Whistleblower zu sprechen, um zu erfahren, was er weiß." Ich schaue sie an. "Mich in die Köpfe der Leute hineinzuversetzen, ist mein Talent."

„Das glaube ich sofort“, höre ich sie murmeln und muss schmunzeln.

“Wenn du möchtest, kannst du noch ein wenig schlafen“, schlage ich vor. „Denn sobald wir ankommen, müssen wir gleich loslegen.“

Sie nickt, schaut dann aber wieder auf ihr firmeneigenes iPad und zieht die Ordner, die sie von der Arbeit mitgebracht hat, näher zu sich heran.

Den Rest des Fluges verbringt sie damit, zwischen dem iPad und den Papieren in der Mappe hin und her zu schauen. Ich versichere ihr, dass das bis nach unserer Rückkehr warten kann, aber sie schüttelt den Kopf.

„Ich bin mit meiner Arbeit jetzt schon im Rückstand und möchte lieber keinen noch riesigeren Stapel vorfinden, wenn wir zurückkommen.“

Ich grinse. „Wer hätte gedacht, dass du so fleißig bist?“

"Du weißt nicht viel über mich.“

„Nein, aber das würde ich gerne.“

Sie wirft mir einen Blick zu, schüttelt den Kopf und widmet sich dann wieder ihren Unterlagen.

Stunden später landen wir auf dem Flughafen in Houston und werden auf dem Rollfeld von der von mir bestellten Limousine erwartet.

Als wir aus dem Flugzeug steigen, zögert Emma beim Anblick der Limousine.

Ich gehe voran und öffne ihr die Tür.

“Ladies first“, sage ich.

Sie schluckt, bevor sie mir folgt, um mir den Gefallen zu tun. Dieses Mal vermeidet sie es demonstrativ, sich im

Inneren unseres Gefährts umzusehen. Stattdessen macht sie sich sofort wieder an die Ordner.

„Was genau machst du da eigentlich?", frage ich.

„Ich vergleiche die Dokumente mit den Zusammenfassungen, die abgetippt und in die Cloud hochgeladen wurden", antwortet sie, ohne aufzublicken. „Ich habe bereits ein paar Unregelmäßigkeiten bemerkt. Wer auch immer das hier eingestellt hat, hat keine besonders gute Arbeit geleistet."

Ich stöhne auf. „Erinnere mich bloß nicht daran." Die letzte Aushilfe war ein einziges Desaster. "Wie auch immer, ich bin froh, dass du jetzt hier bist."

Sie kichert und macht sich dann wieder an die Arbeit. Sie ist so konzentriert, dass sie nicht einmal bemerkt, wo wir vorfahren, bis wir dort sind.

Als die Limousine schließlich anhält, schaut sie auf.

„Findet hier die Party statt?", fragt sie und mustert das hohe Gebäude vor uns.

„Nein. Das ist der Ort vor der Party." Ich steige aus und bevor sie sich bewegen kann, eile ich zu ihrer Seite, um ihr die Tür zu öffnen. „Es ist Teil eines Einkaufszentrums."

Sie mustert das Gebäude erneut, nimmt dann meine Hand und steigt aus.

Selbst diese winzige Berührung weckt mein Verlangen, aber ich unterdrücke es und lasse sie los. *Überstürze nichts. Lass sie auf dich zukommen.*

„Lass das iPad und die Unterlagen im Wagen. Wir kümmern uns später darum."

Emma gehorcht und als sie sich aufrichtet, bemerkt sie endlich die großen schwarzen Buchstaben, die auf die hohen Glasfenster geprägt sind.

“Das ist ein Dior-Geschäft?“

“Ja“, sage ich. “Für zukünftige Veranstaltungen würde ich wahrscheinlich etwas Maßgeschneidertes für dich wollen, aber das ist alles, was wir so kurzfristig bekommen können.“

„Ich verstehe nicht.“ Ihr Gesichtsausdruck ist verwirrt.

„Wir gehen auf eine Party“, erinnere ich sie. „Natürlich brauchst du etwas zum Anziehen. Für mich habe ich einen Anzug dabei.“

“Okay, aber warum muss mein Kleid von Dior sein?"

Ich seufze. “Ich weiß. Normalerweise bin ich selbst kein Markenfetischist und hätte lieber etwas Exklusiveres für dich, aber so kurzfristig müssen wir uns damit zufriedengeben.“

„Moment, du verstehst mich nicht.“ Sie hält mich mit einer Hand auf meinem Ellbogen davon ab, weiterzugehen. Ich beobachte den Kampf in ihrem Gesicht und die Spur von Verletzlichkeit in ihren Augen. „Weißt du, ich kann nicht ... Ich habe diesen Job gerade erst bekommen und kann mir das alles noch nicht leisten.“

Ich blinzele sie an. „Wer zum Teufel verlangt denn von dir, das zu bezahlen? Du kaufst es doch gar nicht.“

“Tue ich nicht?“

„Nein, sondern ich.“ Es war ein wenig beleidigend, dass sie anders dachte. Ich habe noch nie in meinem Leben eine Frau bezahlen lassen, während sie Zeit mit mir verbracht hat. „Und bevor du dich darüber aufregst, das sind Spesen.

Du musst dich auf dieser Party anpassen und ein Anzug von Marshalls wird das nicht schaffen."

Sie runzelt die Stirn. "Woher weißt du, woher ich meinen Anzug habe?"

Ich zwinkere ihr zu. „Ich erinnere mich an die Dinge, die du mir erzählst." Und ich erinnere mich daran, dass sie mir auf der Insel eine Reihe von Tipps zum Thema Secondhand-Kleidung gegeben hat, unter anderem, wie sie Sonderverkäufe bei Marshall's vorhersagen kann und wie sie dann losstürmen und alle ihre Kleidungsstücke dort kaufen würde.

Ich hörte ihr die ganze Zeit zu, fasziniert von ihrer Kreativität und ihrem Einfallsreichtum. Sie wiederum war fasziniert von der Tatsache, dass ich noch nie in einem Secondhand-Laden gewesen war. Ich bin wohlhabend aufgewachsen und hatte so ziemlich alles zur Verfügung.

Alles außer elterlicher Zuneigung, aber das ist eine andere Geschichte.

„Komm, lass uns reingehen." Ich lege meine Hand auf ihren Rücken, nur leicht, gerade so, dass sie weiß, ich bin bei ihr. Ich gebe dem fast überwältigenden Drang nicht nach, meine Hand um ihre Taille zu schlingen und sie näher zu mir zu ziehen. Ich versuche auch nicht, an ihren Haaren zu schnuppern, obwohl ich sie für einen kurzen Moment einatme und der Duft mich verzaubert.

Als wir den Laden betreten, der nach purem Luxus riecht, sehe ich, wie sie zögert und die Hände um ihre Tasche klammert. Die Verkäuferinnen, die sofort den Geruch von Geld an uns wahrnehmen, kommen mit einem höflichen Lächeln auf den Lippen näher.

„Hallo." Eine von ihnen, eine Blondine, erreicht uns zuerst. Sie wirft mir einen anerkennenden Blick zu. „Womit können wir Ihnen heute helfen, Sir?"

Mir gefällt nicht, wie sie mich ansieht, während Emma direkt neben mir steht, also trete ich näher an Emma heran, nur für den Fall, dass es zu Missverständnissen kommt. „Meine Frau braucht ein Kleid. Etwas Klassisches, das zur Jahreszeit und gut zu Stilettos passt."

Das Lächeln der Blondine wird nur geringfügig schwächer. „Natürlich."

Emma ist zu sehr damit beschäftigt, sich umzusehen, um überhaupt zu bemerken, dass ich sie als meine Frau vorgestellt habe. Ich stupse sie an und als sie sich umdreht, zeige ich auf eines der Kleider auf einer Schaufensterpuppe. „Probier das mal an. Es sieht gut aus." Das Kleid hat einen tiefen Rückenausschnitt, der an der Taille endet.

Ich kann mir Emma darin fast vorstellen, den Rücken frei und ihre Beine durch die Seitennaht blitzend. Gott sei ihr gnädig. Andererseits wäre es vielleicht keine so gute Idee, sie das anziehen zu lassen. Es fällt mir schon so schwer genug, meine Hände von ihr zu lassen.

Aber die Verkäuferin nimmt das Kleid vom Ständer und kommt zu uns zurück. „Natürlich. Möchten Sie es anprobieren, Ma'am?"

„Ähm, sicher", murmelt sie und die Verkäuferin führt sie zu den Umkleidekabinen im hinteren Teil des Ladens. Während ich warte, schaue ich mich im Geschäft um und nehme Schmuck in die Hand, der mir ins Auge fällt. Ein Diamantohrring hier, ein Armband dort, ein paar Halsketten. Nichts Verrücktes.

Einiges davon würde ich sogar für Casey kaufen, wenn wir noch zusammenarbeiten würden, nur um meine Wertschätzung für ihre harte Arbeit zu zeigen.

Obwohl ich mir bei Casey nie vorgestellt habe, dass sie nichts als die Halskette trägt, während sie meinen ganzen Körper berührt.

Schritte hinter mir kündigen Emmas Rückkehr an.

„Wie ist das?", höre ich sie fragen und drehe mich um …

Und verschlucke fast meine Zunge.

Denn das Kleid sieht an ihr noch besser aus als an der Schaufensterpuppe. Es umspielt ihre schöne Figur und gleitet an ihr hinab wie eine Liebkosung.

Gott.

Es wird nicht nur schwierig werden, meine Hände von ihr zu lassen. Es wird unmöglich sein.

Kapitel 15 | Emma

Der Blick in Dillons Augen lässt fieberhafte Hitze durch meinen Körper strömen.

Ich fühle mich plötzlich sehr nackt, als wäre ich völlig entblößt und das könnte genauso gut der Fall sein. Der Seidenstoff bedeckt die meisten wichtigen Körperteile, aber ich spüre Luft auf meinem Rücken und kann keinen BH darunter tragen. Das bedeutet, dass meine sich kräuselnden Brustwarzen gerade seinem Blick ausgesetzt sind.

Und nach einem kurzen, aber gezielten Blick nach unten bemerkt er es.

Ich beobachte, wie Dillons Kehle sich beim Schlucken hebt, bevor er auf mich zukommt. Mein eigenes Herz pocht so stark in meiner Brust, dass ich es hören kann. Als er vor mir stehen bleibt, balle ich meine Fäuste und presse meine Schenkel zusammen, aber nichts kann das Verlangen bekämpfen, das in mir aufsteigt.

„Gefällt es Ihnen?“ Die Stimme der Verkäuferin ist aufdringlich genug, um mich aus meinen Gedanken zu reißen und ich schaue zu ihr hinüber. Ich hatte völlig vergessen, dass außer uns beiden noch jemand in diesem Raum war.

“Ähm, ja“, versichere ich ihr. “Es ist wirklich schön.“

„Es ist wunderschön“, sagt Dillon mit belegter Stimme. Er hat ihr nicht einmal einen Blick geschenkt, als er sprach, seine Augen blieben auf mich gerichtet. Ich habe das Gefühl, dass sein Blick mir tausend verschiedene Dinge sagt.

Mein Hals ist plötzlich trocken.

“Wann beginnt denn die Party?“, frage ich, hauptsächlich, weil ich etwas sagen muss, um das Klopfen meines Herzens zu übertönen.

“In ein paar Minuten“, antwortet er.

„Dann müssen wir jetzt gehen, oder?“

Er nickt.

“Ich kümmere mich um die Rechnung“, erklärt die Angestellte und eilt davon, bevor einer von uns noch etwas sagen kann. Wir sind alleine.

Der hitzige Blick in Dillons Augen hat nicht nachgelassen. Er kommt einen Schritt näher auf mich zu und mir rutscht das Herz in die Kniekehle. Er streckt eine Hand aus, doch ich rühre mich nicht. Ich frage mich, ob er mich hier vor allen küssen wird. Ich frage mich, ob ich es zulassen werde.

Nein. Du hast geschworen, dass du das nicht tun würdest.

Aber wenn er sein Versprechen bricht, kann ich das vielleicht auch. Ich will diesen Kuss so sehr.

Statt meine Wange zu berühren, greift Dillons Hand in mein Haar und bündelt es zu einem Zopf. Ich unterdrücke den Drang, bei dem Kribbeln auf meiner Kopfhaut aufzustöhnen. Dann hebt er seine Hand ein wenig an, sodass mein Haar nicht länger meine Schultern berührt.

„Du solltest es hochstecken.“ Seine Stimme dröhnt aus seiner Brust. „Das würde besser zum Kleid passen.“

Seine Hände in meinem Haar lösen angenehme Empfindungen aus, die von meiner Kopfhaut bis in meinen Rücken ausstrahlen. Ich schlucke und nicke.

“Okay“, bringe ich hervor.

Dann tritt Dillon einen Schritt zurück und geht schnurstracks zur Theke. Ich bemerke, wie er seine Hände in die Taschen steckt und sie dann zu Fäusten ballt. Das macht er immer, wenn er sich sehr bemüht, sich zurückzuhalten und im Moment weiß ich, dass er mit sich kämpft.

Ich sollte mich freuen, dass er sein Versprechen gehalten hat, aber ich bin nur höllisch frustriert.

Ein paar Minuten später verlassen wir den Laden mit dem Kleid und Schuhen, die er ausgesucht hat und die in einem Karton verpackt sind. Ich bemerke, dass er eine weitere kleinere Tasche in der Hand hält.

„Was ist das?", frage ich.

„Das wirst du schon sehen", erwidert er kryptisch. Er hält mir die Tür der Limousine auf, Gentleman, der er ist. Ich begrüße kurz den Fahrer, während ich mich setze und versuche, nicht aufzustöhnen, weil die Sitze so bequem sind.

Es ist fast schon sündhaft entspannend, hier zu sein. Und diese Beinfreiheit. Ich habe mich an die engen harten Sitze im Bus gewöhnt, wodurch mein Hintern nach einer gewissen Strecke manchmal taub wird. Ich hatte vergessen, wie sich ein richtiger Autositz anfühlen sollte.

Und das hier war sogar noch besser. Diese Sitze waren zum Schlafen gemacht.

Oder zum Vögeln.

Nope. Ich verfolge diesen Gedanken nicht weiter. Nicht einmal ein bisschen.

„Hier", sagt Dillon und holt ein Paar High Heels aus der Schachtel. „Zieh die an."

“Oh, sie sind ...“ Wunderschön. Ein 15-cm-Absatz mit geschwungener Ferse und etwas, das wie Kristalle aussieht, die an der Seite verteilt sind.

Er greift hinunter und ich erschaudere, als seine Hand meinen Knöchel berührt. Er zieht meine bequemen Halbschuhe aus, dann meine Socken, bevor er meinen Fuß in den Absatz schiebt und ihn dann vorsichtig zuschnürt.

Mein Herz bleibt die ganze Zeit in meiner Kehle stecken und hindert mich am Sprechen.

Er widmet sich meinem zweiten Fuß und aus irgendeinem Grund lässt die meisterhafte und doch sanfte Art, mit der er mir beim Anziehen meiner Schuhe hilft, erneut Verlangen in mir aufsteigen.

Gott, wem mache ich hier etwas vor? Alles, was er tut, lässt das Verlangen in mir aufsteigen.

Besonders, wenn er mit diesem dunklen Blick aufschaut, als würde er genau wissen, was ich denke.

Ich starre ihn hilflos an.

Die Stille wird durchbrochen, als mein launischer Magen knurrt. Scheiße. Ich hatte vergessen, dass ich den ganzen Tag noch nichts gegessen habe.

Dillons Lippen verziehen sich vor Missmut, aber dann bedeutet er dem Fahrer. „Halten Sie kurz beim The Heritage an, okay?“

„Müssen wir nicht zur Party?“, frage ich.

„Das kann warten, bis wir etwas gegessen haben“, antwortet er. „Ich lasse mir meine Kleidung aus dem Hotel bringen und kann mich dort umziehen.“

“Ich kann mir auch danach etwas zu essen holen“, entgegne ich ihm. „Es ist wichtiger, dass wir den

Whistleblower nicht verpassen, also sollten wir wahrscheinlich so früh wie möglich dort auftauchen."

Aber Dillon denkt nicht einmal darüber nach, bevor er den Kopf schüttelt. "Nein. Dein Essen ist wichtiger."

Bei diesen Worten wird mir ganz warm ums Herz. Ich komme mir wie eine Diva vor, weil er sich hier um mich kümmert, während ich einfach nur undankbar bin.

Trotzdem muss ich fragen.

„Machst du das bei all deinen persönlichen Assistenten so?"

Er grinst. „Was, dafür sorgen, dass sie essen? Nun, ich weiß nicht. Ich hatte noch nie einen persönlichen Assistenten, der so offensichtlich auf Essen verzichtet."

„Ich verzichte nicht auf Essen." Das war eine lächerliche Anschuldigung.

Er zieht eine Augenbraue hoch. „Du hast viel Gewicht verloren, seit wir uns das letzte Mal gesehen haben."

"Ja, aber das lag am Stress.„

"Was hat dich denn so gestresst?"

Mein Geschäft. Meine Tochter. Mein Leben.

Ich kann ihm nichts davon erzählen. Stattdessen schaue ich aus dem Fenster und betrachte die Lichter der Stadt, während wir durch die Innenstadt von Houston fahren. Es ist eine wunderschöne Stadt mit verschiedenen Wolkenkratzern und ein paar viktorianischen Gebäuden, die hier und da verstreut sind. Außerdem gibt es eine ganze Reihe atemberaubender Statuen, die mich zum Staunen bringen.

Aber alles Staunen der Welt reicht nicht aus, um mich von der Tatsache abzulenken, dass Dillon mich anstarrt und offensichtlich immer noch auf eine Antwort wartet.

Ich kann ihm keine geben.

Der Wagen hält vor einem mehrstöckigen weißen Gebäude aus italienischem Marmor, vor dem die Statue eines Mannes steht, der Geige spielt. Ich starre auf die Statue, während ich aus dem Auto steige und frage mich, wen sie darstellt.

Dillon hingegen wirft ihr kaum einen Blick zu, als er mich zum Empfangstresen vor einem Eingang mit goldenen Bögen führt, aus dem sanfte Jazzmusik dringt.

„Ein Tisch für zwei", sagt er und die Empfangsdame nickt uns zu, ihr zu folgen.

Beim Betreten des Restaurantbereichs fühlt man sich wie auf einer Seite in einem Geschichtsbuch. Alles, von den Tischen bis zur Architektur, ist viktorianisch und das Dach ist etwa neun Stockwerke entfernt, von dem eine riesige Leuchte herabhängt, die den Rest des Raumes in orangefarbenes Licht taucht. Tische und Stühle aus Samt und Leder bedecken den Boden und an den Wänden hängen Gemälde, die an etwas erinnern, das ich im French Quarter erwarten würde.

„Was ist das für ein Ort?", frage ich beeindruckt.

„Ein exklusiver Country Club", erklärt er. „Die haben gutes Seafood."

"Hast du mich deshalb hierher gebracht?"

"Nein, ich habe dich hierher gebracht, weil du jede Statue angestarrt hast, an der wir vorbeifuhren. Hier gibt es einen Haufen davon."

Er grinst und ich unterdrücke ein Lächeln, das meine Lippen übermannt. Die Empfangsdame führt uns zu einem Tisch im hinteren Bereich, von dem aus man eine weitere Statue im Hof sehen kann, eine Frau, die ihr Kind im Arm hält.

Diese Statue hat meine Aufmerksamkeit am längsten gefesselt.

Ich weiß nicht, ob es an Dillons Einfluss liegt, aber nachdem wir bestellt haben, kommt das Essen fast augenblicklich. Ich habe Ceviche bestellt und Dillon Steak mit einem Teller Kaviar. Beide Gerichte riechen gut und schmecken noch besser. Als die erste Gabel Ceviche auf meine Zunge trifft, stöhne ich auf. Ich warte nicht lange, bis ich den nächsten Bissen nehme und dann noch einen und versuche trotzdem, nicht zu schnell zu essen, damit ich die Süße des Ganzen genießen kann.

Nach ein paar Minuten schaue ich auf und bemerke, dass Dillon seinen Teller nicht angerührt hat und mich nur mit einem leichten Lächeln im Gesicht beobachtet.

„Was?", frage ich, plötzlich verlegen, weil ich so geschlungen habe.

Er schüttelt den Kopf. „Nichts. Ich schaue dir nur gerne beim Essen zu."

Ich schlucke. Ich weiß nicht, ob er das ironisch meint oder nicht, aber ich versuche, beim Rest des Essens zivilisierter zu sein. Als wir fertig sind, schiebt Dillon seine Karte über den Tisch, ohne auch nur auf die Rechnung zu schauen.

Dann winkt er einen anderen Kellner heran.

„Bringen Sie sie in die private Damentoilette“, sagt er. „Dort kannst du dich fertig machen.“

Ich nicke. Ich bin froh, denn ich möchte mein Make-up auffrischen und meine Haare hochstecken, bevor wir zur Party aufbrechen.

Ich folge dem Kellner einen Flur entlang, der wie aus einem Harry-Potter-Film wirkt und zu einem Gästebad führt, das wie das Boudoir einer Königin gestaltet ist, mit einem großen Spiegel, einem Marmorwaschbecken und einer Reihe von Parfüms und Cremes, die an der Seite aufgereiht sind.

Ich beeile mich, mein Make-up aufzufrischen, aber als ich zurückkomme, trägt Dillon bereits seinen maßgeschneiderten schwarzen Anzug. Das erkennt man sofort, weil er ihm perfekt passt, von seinen breiten Schultern bis zu seiner schmalen Taille, sogar an seinen Oberschenkeln.

Er trägt keine Krawatte und lässt die oberen beiden Knöpfe des Hemdes offen, um seine Goldkette zu zeigen.

Ich beiße mir auf die Lippe.

Er sieht kraftvoll und sexy zugleich aus.

„Los geht's“, drängt er und ich nicke.

Ich versuche, mich auf die Akten vor mir zu konzentrieren, um mich abzulenken und ihn nicht die ganze Zeit anzustarren, während wir zur Party fahren. Aber es nützt nichts. Ich bin mir seiner und der Tatsache, dass er mich immer noch anschaut, so bewusst, dass ich nicht einmal die Wörter auf der Seite lesen kann. Ich kann nicht leugnen, was sein Blick mit meinem Körper anstellt, aber ich bin entschlossen, den Rest dieser Nacht zu überstehen, ohne den Stimmen der Begierde nachzugeben, die in meinem Kopf dröhnen.

Ich bin nicht meine Lust oder irgendwelche höllischen Emotionen, die durch meinen Körper strömen. Ich bin erwachsen und kann das überwinden.

„Wir sind da", sagt Dillon, als die Limousine langsamer wird und dann anhält. Ich schaue endlich auf und folge seinem Blick aus dem Fenster. Wir halten vor einem hohen Hotelgebäude und wenn ich nach oben schaue, kann ich die Lichter im obersten Stockwerk blinken sehen. Ich vermute, dass dort die Party stattfindet.

Limousinen und Sportwagen werden am Straßenrand geparkt und von einem Parkservice übernommen. Exquisit gekleidete Personen steigen aus den Autos aus.

Einer der Parkservice-Mitarbeiter öffnet uns die Tür, aber bevor er meine Hand nehmen kann, starrt Dillon ihn so böse an, dass er zurückweicht. Dillon steigt dann aus und kommt zu mir herüber, um mir selbst aus dem Auto zu helfen.

„Das hätte ich fast vergessen", sagt er und greift zurück ins Auto, um eine Schachtel aus der kleineren Geschenktüte zu ziehen. Daraus holt er eine strahlend helle Diamantkette hervor und legt sie mir um den Hals.

Nachdem er sie befestigt hat, greift er erneut in die Tasche und holt eine weitere Schachtel mit einem dünnen goldenen Armband heraus. Er legt es mir ums Handgelenk.

Trotz seines filigranen Aussehens fühlt es sich schwer an, was bedeutet, dass es wahrscheinlich sehr teuer ist.

„Bevor du fragst, ja, ich habe schon einmal Schmuck für meine persönliche Assistentin gekauft“, murmelt er hinter mir.

Eine weitere Frage liegt mir auf der Zunge – *Hast du auch mit ihr geschlafen?* – aber ich stelle sie nicht. Es geht mich nichts an.

Ich drehe mich um und treffe seinen Blick. „Danke“, sage ich aufrichtig.

Er zwinkert als Antwort nur und schaut dann irgendwo hinter mich. Die Veränderung in seinem Gesichtsausdruck ist subtil, aber beunruhigend.

„Was?“, frage ich und versuche, seinem Blick zu folgen, aber er legt seine Hand unter mein Kinn und zieht meinen Blick wieder auf sich.

“Schau nicht hin“, erwidert er. „Aber ich habe ihn gerade gesehen.“

“Wen hast du gerade gesehen?"

Seine Augen treffen meine. “Den Informanten.“

Kapitel 16 | Dillon

Hector Diamante sieht so aus wie auf den Bildern, die ich von ihm kenne. Mittelgroß, leicht gebückt, mit dünnem brünetten Haar, das in der Mitte kahl wird und Ohren, die weit von seinem Kopf abstehen. Außerdem hat er einen verschlagenen Blick und mustert die kleine Gruppe vor ihm mehrmals, wobei seine Augen umherfliegen, als würde er versuchen, eine Bedrohung aufzuspüren, die noch nicht aufgetaucht ist. Ich bin mir nicht sicher, ob es einfach seine Natur ist oder ob er sich durch seine Kenntnisse daran gewöhnt hat, immer über seine Schulter zu schauen. Auf jeden Fall lenke ich meinen Blick von ihm ab, bevor er mich beim Starren erwischen kann und tue so, als würde ich den Rest der Menge absuchen.

„Was macht er denn?", fragt Emma und ich schaue zu ihr hinunter. Sie hat sich nicht umgedreht, um ihn zu beobachten, sondern lehnt sich lässig an mich, als würden wir ein intimes Gespräch führen.

Kluges Mädchen.

Es dauert etwas länger, bis ihre Worte mein Gehirn erreichen, denn in der Sekunde, in der meine Augen auf ihre treffen, bin ich sofort verzaubert.

Gott, sie sieht so schön aus.

Als sie mit diesem Kleid aus der Umkleidekabine kam, hätte ich fast meine Zunge verschluckt. Und jetzt bin ich kurz davor, die ganze Sache hier abzublasen und sie mit ins Hotel zu nehmen, die Tür zu verschließen und das Verlangen zu entfesseln, das langsam in mir aufsteigt.

Ich sehe es direkt vor mir.

Ich würde meine Zähne benutzen, um die Bänder zu öffnen, die das Kleid zusammenhalten und zusehen, wie es an ihrem Körper heruntergleitet und in Wellen zu ihren Füßen fällt. Dann trete ich einen Schritt zurück, um ihren nackten Körper zu bewundern; ihre geschwungene Taille, die erdbeerfarbenen Spitzen ihrer Brüste, kurz bevor ich sie in den Mund nehme, lecke, kräftig sauge ...

"Dillon? Hast du mich gehört?"

Ich blinzle, um den Kopf frei zu bekommen. Na toll, jetzt habe ich einen höllischen Ständer, mitten auf offener Straße, umgeben von hochkarätigen VIPs. Und die Nacht hat gerade erst begonnen.

Ich erinnere mich daran, dass ich mir geschworen habe, sie nicht anzufassen, es sei denn, sie bittet darum und unterdrücke alle meine Wünsche, um ihr ein einfaches Nicken zu schenken. „Ja. Er geht gerade die Treppe hoch." Aus dem Augenwinkel beobachte ich, wie Hector seine Einladung an den Türsteher weitergibt, der ihn mehr als einmal abtastet. Der Mann runzelt die Stirn über Hectors schlecht sitzenden Anzug und seine schäbigen Schuhe und sagt dann etwas zu ihm. Hector hebt protestierend die Hand, aber der Türsteher schüttelt den Kopf und gibt ihm die Einladung zurück.

Da kommt mir eine Idee.

„Das ist unser Stichwort", murmle ich, lege meine Hand um Emmas Taille und ziehe sie an mich, während wir gemeinsam die Treppe hinaufsteigen.

Als wir nah genug dran sind, hören wir, wie Hector den Türsteher mit hitziger Stimme belegt.

„Was meinen Sie mit 'woher ich die Einladung habe'? Offensichtlich habe ich sie von den Gastgebern bekommen."

„Natürlich." Der Türsteher rollt ungläubig mit den Augen. „Und diesen Anzug haben Sie von Anna Wintour persönlich bekommen. Hören Sie, ich stehe hier nicht zum Spaß und ich bin definitiv kein Idiot. Also hauen Sie ab, bevor ich die Polizei rufe."

„Gibt es hier ein Problem?"

Beide drehen sich um und starren mich an und der Türsteher richtet sich augenblicklich auf, wobei das spöttische Lächeln von seinen Lippen verschwindet. Er verschränkt die Arme vor der Brust, als er antwortet: „Nein, es gibt kein Problem, Sir. Wir schicken nur diesen ... Mann weg, der eine gefälschte Einladung mitgebracht hat. Bitte, lassen Sie sich von ihm nicht aufhalten." Er tritt zur Seite und bedeutet uns, hineinzugehen.

Aber ich rühre mich noch nicht, sondern fahre mit dem Zeigefinger kreisend über Emmas Taille.

Dann wende ich mich Hector zu, mein Blick gleitet hinunter zu der vergoldeten Karte in seiner Hand. „Sieht für mich wie eine legitime Einladung aus."

„Ja, aber ähm ..." Er räuspert sich. „Das gesamte Sicherheitspersonal wurde gebeten, nach eigenem Ermessen zu handeln, bevor es jemanden hereinlässt. Bei der letzten Party wurden einige Leute mit gefälschten Einladungen eingelassen und das hat den Gastgebern etliche Schwierigkeiten bereitet."

„Ich verstehe. Nun, es ist gut, dass Sie so sorgfältig sind ... obwohl mir aufgefallen ist, dass Sie mich reinlassen wollten, ohne auch nur einen Blick auf *meine* Einladung zu werfen."

Der Türsteher errötet und ich tue die Ermahnung mit einem neckischen Lächeln ab.

„Nun, ich weiß, wer Sie sind, Sir“, sagt er.

„Gut. Also lassen Sie mich für meinen Freund hier bürgen …“ Ich starre Hector an, bis er merkt, dass er sich vorstellen muss.

„Hector.“

„Ah ja. Lassen Sie mich für meinen Freund Hector hier bürgen. Wir gehen zusammen rein und wenn seine Einladung tatsächlich gefälscht ist, übernehme ich die Verantwortung. Ich werde auch die Gastgeber wissen lassen, wie bemüht Sie waren.“

„Ja, Sir. Ich danke Ihnen, Sir.“

Ich nicke und bemerke, dass die Augen des Türstehers für eine kurze Sekunde zu Emma wandern, als wir reingehen. Es macht mir nichts aus. Sie sieht wunderschön aus, also wird sie natürlich Aufmerksamkeit erregen und viele werden sich dazu hinreißen lassen, sie anzustarren. Das war ja auch zu erwarten.

Ich werfe Hector einen Blick zu, als wir durch die kunstvoll dekorierte große Eingangshalle mit den Glasarbeiten an der hohen Decke gehen. Hector nickt zum Dank, aber seine Augen weichen meinen fast instinktiv aus, noch bevor er zu Boden blickt. Die meiste Zeit des Weges sagt er nichts, aber als wir uns dem offenen Aufzug nähern, eröffne ich das Gespräch. „Es ist schrecklich, dass Sie das erleben mussten. Manchmal können die Angestellten größere Snobs sein als die Gastgeber selbst.“

„Wem sagen Sie das“, murmelt er, als wir den Aufzug betreten und ich den Knopf zum Penthouse drücke. „Daran sollte ich mich inzwischen gewöhnt haben. Ich habe jahrelang für einen Mann namens Arthur Coolidge gearbeitet."

Ich tue überrascht und sage: „Coolidge? Wie der von MaxiParts?"

„Ja, genau der."

„Interessant. Er ist einer der wenigen Männer, mit denen wir noch keine Geschäfte gemacht haben. Wie war das denn, für ihn zu arbeiten?"

Er seufzt grimmig. „Als würde man seine Seele an den Teufel verkaufen und nichts dafür bekommen."

Ich lege den Kopf schief, weil ich diese Antwort nicht erwartet habe.

Nach James' und Arthurs Angaben wurde Hector für seine Arbeit bei Maxi Parts sehr gut bezahlt.

Aber Hectors Worte und sein verärgerter Gesichtsausdruck sagen etwas anderes. Auch kleidete er sich nicht wie ein Mann, der sechsstellig im Jahr verdient. Sein Anzug war von der Stange und seine Schuhe sehen aus, als trüge er sie schon seit Jahren.

Wo ist das ganze Geld geblieben?

„Wie auch immer", winkt Hector ab. „Danke für Ihre Hilfe vorhin."

„Kein Problem. Ich bin sicher, einige meiner Angestellten würden mich auch als Teufel bezeichnen, aber ich versuche, so fair wie möglich zu sein."

Er nickt. Der Aufzug klingelt und gibt den Weg frei zu einem langen kunstvollen Flur, an dessen Ende sich eine goldumrandete Tür befindet, an der noch mehr Glasarbeiten in das klassische Dekor eingefügt sind. Davor stehen zwei Sicherheitsleute.

„Wen kennen Sie denn hier?“, frage ich, als wir aus dem Aufzug treten.

„Ich wurde von den Darlings eingeladen“, antwortet er.

„Ah.“ Die Darlings sind in der Geschäftswelt dafür bekannt, obszön reich zu sein und gute Beziehungen zu haben. Sie besitzen eine Spirituosen-Dynastie und eine Kette von Lebensmittelgeschäften und der derzeitige Patriarch ist entfernt mit Roosevelt verwandt. Ich war mit ihrem Enkel Theodore Darling bekannt. Wir gingen auf dasselbe Schweizer Internat, aber wir standen uns nie nahe.

Aber ich kenne ihn gut genug, um zu wissen, dass er, wie der Rest der Darlings, sehr elitär veranlagt ist. Keiner von ihnen würde jemanden wie Hector ohne einen guten Grund hierher einladen.

„Theodore Darling und ich waren zusammen auf dem Internat“, erzähle ich ihm. „Er war in Ordnung, aber ich warne Sie, wenn Sie mit ihm Geschäfte machen, kann er ... schwierig zu handhaben sein.“

Hector sieht mich an und nickt unverbindlich, er zeigt keinerlei Interesse an dem, was ich gesagt habe, was bedeutet, dass er wahrscheinlich nicht hier ist, um Theo zu sehen. Bleibt noch der Rest des Darling-Clans. Ich versuche, ihn mit dem, was ich weiß, einzugrenzen. Eröffnet jemand von ihnen ein neues Geschäft und will Hector vielleicht einstellen?

Ich dachte, ich hätte in einer Zeitschrift etwas über ein Darling-Geschäft gelesen, auf einer Seite über Theos prominente Schwester.

„Hat Cece Darling Sie eingeladen?“, versuche ich es erneut.

Aber Hector schüttelt wieder den Kopf. „Nein. Jedenfalls danke für die Hilfe, wir sehen uns."'

„Natürlich.“

Er geht durch die offene Tür und nickt den Sicherheitsleuten zu, die ihn neugierig mustern. Emma und ich bleiben zögernd im Flur stehen und sehen ihm hinterher.

„Und?“, fragt sie leise. „Hast du etwas Nützliches erfahren?“

„Eine ganze Menge.“ Er ist knapp bei Kasse, aber er ist nicht unbedingt dadurch motiviert, sonst hätte er das Bestechungsgeld angenommen, das Arthur ihm angeboten hat. Er hasste es, für Arthur zu arbeiten und hält ihn für Satan.

Vielleicht war das alles etwas Persönliches für ihn.

Außerdem ist er von Natur aus sehr diskret und misstrauisch, so dass es nicht leicht sein wird, ihm ein Bein zu stellen.

Und das war das schlimmste Szenario für uns, denn es bedeutet, dass Hector die Sache nicht auf sich beruhen lassen wird und er könnte klug genug sein, um jede emotionale Manipulation zu durchschauen, die wir versuchen würden.

Das würde bedeuten, dass wir die, wie ich es nenne, nukleare Option anwenden müssten.

Ich wende sie jedoch nur als letzten Ausweg an, weil es dem Eingestehen einer Niederlage zu nahe kommt und ich mich dabei nicht besonders gut fühle.

Vielleicht können wir immer noch an Hector herankommen; vielleicht gibt es doch etwas, das ihm wichtiger ist als Rache. Ich muss die Situation besser verstehen und vor allem muss ich wissen, mit wem er sich heute hier trifft.

Und Arthur Coolidge hat definitiv ein paar Fragen zu beantworten.

Emma nickt. „Alles klar? Was jetzt?"

„Jetzt", sage ich ihr, „mischen wir uns unters Volk."

Sie scheint zu verstehen, was das bedeutet, denn sie strafft die Schultern und konzentriert sich, während ich sie durch den Eingang führe.

Der oberste Stock ist etwa dreitausend Quadratmeter pure Opulenz: Kristalllüster, vergoldete Möbel, cremefarbene Akzente, der Boden mit Kaschmirteppichen ausgelegt.

Wir ziehen Blicke auf uns, sobald wir den Raum betreten. In diesem Raum isst jeder beiläufig ein paar Häppchen und mustert den anderen, um zu sehen, wie wichtig er ist oder ob er ihn von oben herab betrachten kann. Jemand wie Emma wäre bei solchen Anlässen normalerweise ein Hauptziel, aber niemand wird etwas über sie sagen können, solange sie an meiner Seite ist.

„Evan", rufe ich einem Mann in einem weißen Anzug zu, den ich vage erkenne. Er grinst, unterbricht sofort sein Gespräch mit einem halben Dutzend Leuten und kommt auf mich zu.

„Dillon! Ich habe Sie seit dem Börsencrash nicht mehr gesehen. Wie ist es Ihnen ergangen?"

„Arbeiten. Feiern. Immer das Gleiche."

Er seufzt. „Nun, in meinem Alter kann ich das leider nicht mehr." Seine Augen triefen vor Neugierde, als er sich Emma zuwendet. „Und wer ist die Schönheit an Ihrer Seite?"

Ich ertappe mich dabei, dass ich sie nicht vorstellen will, aber ich zwinge mich, es trotzdem zu tun: „Das ist Emma, mein Date für heute Abend."

„Ah, wie angenehm. Ich dachte, Sie gehen normalerweise mit Casey zu diesen Veranstaltungen."

Ich spüre, wie sich Emmas Wirbelsäule seltsam versteift, als ich antworte. „Casey ist leider nicht mehr bei uns."

Evans Augen weiten sich dramatisch. „Sie ist gestorben?"

„Nein."

Bevor ich es ihm erklären kann, kommt ein weiteres Paar Füße in mein Blickfeld.

„Dillon White, wie er leibt und lebt."

„Jason", grüße ich. „Schön, Sie wiederzusehen."

„Eigentlich haben wir uns gerade unterhalten", sagt Evan zu dem Eindringling. „Es ist ein bisschen privat."

Der elegant gekleidete Mann mittleren Alters mit dem Filzhut neigt seinen Kopf. „Tut mir leid, aber ich habe dringende Geschäfte mit Mr. White zu besprechen und er ist bekanntermaßen schwer zu fassen."

Evan schenkt ihm ein knappes Lächeln. „Natürlich, aber ich sehe nicht ein, warum das mein Problem sein sollte."

Anstatt zu widersprechen, ignoriert Jason Evans Worte völlig und konzentriert sich stattdessen auf Emma.

„Hallo Darling." Er hält ihr die Hand hin und als sie sie ergreift, küsst er sie, während er sie weiter anstarrt. „Darf ich erwähnen, dass Sie eines der göttlichsten Geschöpfe sind, die ich je getroffen habe."

„Ich wette, das sagen Sie zu allen Frauen“, scherzt Emma trocken. „Vor allem, wenn Sie etwas von ihrem Date wollen.“

Jason grinst schamlos. „Wie scharfsinnig.“

Evan wird rot, weil er ignoriert wird und sieht so sauer aus, dass ich befürchte, er könnte den anderen Mann verprügeln. Das könnte zwar amüsant werden, aber ich möchte Emma nicht irgendwelcher Gewalt aussetzen.

Eine leise Jazzmelodie beginnt zu spielen.

Ich ziehe sie in meine Arme. „Ich werde jetzt etwas Zeit mit meinem Date verbringen. Keine Geschäftsgespräche heute Abend, meine Herren.“ Und damit weiche ich ihnen aus und bringe Emma in eine ruhigere Ecke.

„Sanfte Flucht“, flüstert sie.

„Mmm“, murmle ich und ziehe sie erneut an mich.

Ich wundere mich über das Verlangen, das in mir brodelt, sich anschleicht, sich überschlägt und mich alles andere vergessen zu lassen droht.

Ich will sie küssen.

Ich kann es tief in meinem Bauch spüren; die Hand auf ihrem Rücken, die sich danach sehnt, in ihre weichen Locken zu fahren. Ich will sie hier küssen und alle anderen im Raum vergessen und was auch immer wir sonst noch vorhatten an diesem Abend.

Ich will sie einfach nur küssen.

Dieses überwältigende Verlangen habe ich noch nie bei einer anderen Frau verspürt und vielleicht sollte mich das beunruhigen.

Das ist nur ein Spiel, sage ich mir. *Sie ist nur deine Lieblingsspielgefährtin und du willst wie immer nur gewinnen.*

Mehr ist da nicht.

Kapitel 17 | Emma

Die Sonne geht gerade auf, als ich in meine Wohnung zurückkrieche.

Das Zimmer ist noch dunkel, aber das zaghafte Licht der Morgendämmerung fällt bereits auf Jeannies Gestalt auf der Couch. Ein leises Schnarchen entweicht ihr, als sie sich tiefer unter die Decke kuschelt. Ich versuche, mich auf den Zehenspitzen heranzuschleichen, um sie nicht zu wecken.

Erschöpfung rinnt mir den Rücken hinunter, während ich zum Esstisch gehe. Ich habe in den letzten vierundzwanzig Stunden kein Auge zugetan, denn die Gala dauerte viel länger, als wir dachten. Fast alle Anwesenden wollten mit Dillon sprechen und wenn sie einmal angefangen hatten, hörten sie nicht mehr auf. Bei einigen von ihnen ging es ums Geschäft, aber andere schienen einfach Bekannte von ihm zu sein, die sich austauschen wollten. Dillon bemühte sich, zu lächeln und jedem seine Aufmerksamkeit zu schenken, aber ich konnte an seinem Gesichtsausdruck erkennen, dass er eine Rolle spielte und eine Maske trug. Er wollte genauso wenig wie ich dort sein, aber das merkte man ihm nicht an.

Und natürlich haben wir auch Hector den ganzen Abend über heimlich beobachtet. Er stand die meiste Zeit allein in einer Ecke, schaute auf die Uhr und aß Häppchen. Nach ein paar Stunden wurde er von einem großen schlaksigen Mann angesprochen. Die beiden gingen dann die Treppe hinauf, vermutlich in ein separates Zimmer. Trotz

Dillons offensichtlicher Bemühung, nicht hinzuschauen, sah ich, wie seine Augen einmal zu ihnen hinüberflackerten.

„Er ist mit Carl Darling weggegangen“, erzählte er mir später, als wir die Party schließlich verließen.

„Dem Schauspieler?“

„Ja“, nickte er. „Ich bin mir noch nicht sicher, warum, aber wir werden es herausfinden.“

Zum Glück sind wir bald danach abgereist, aber es war immer noch ein vierstündiger Rückflug, auf dem ich versuchte, die Dokumente abzuarbeiten, während Dillon telefonierte.

Als wir dann am Flughafen ankamen, besorgte Dillon einen Uber, um mich nach Hause zu bringen. Er sagte mir auch, ich solle mir den Vormittag frei nehmen, um Schlaf nachzuholen, aber das kann ich mir nicht leisten. Ich bin immer noch nicht mit der Arbeit fertig, die George mir aufgetragen hat und ich will ihn nicht enttäuschen. Ich kann einfach nicht vergessen, wie er mich während unseres Gesprächs im Aufzug angestarrt hat; wie seine wachsamen Augen mich praktisch verurteilt haben. Er wartet nur darauf, dass ich Mist baue, das weiß ich genau. Aber ich werde nicht zulassen, dass er Recht behält. Ich werde nicht zulassen, dass er weiterhin denkt, dass ich diesen Job nur bekommen habe, weil ich früher mit Dillon geschlafen habe.

Also schalte ich die kleine Tischlampe ein und hole meine Ordner und mein iPad aus meiner Tasche. Dann ziehe ich meine Anzugsjacke aus und mache den Reißverschluss des Rockes auf, damit ich es mir bequem machen kann.

Das Öffnen des Reißverschlusses erinnert mich an das Kleid, das ich vor Stunden getragen habe; an den weichen

Stoff, der meinen Körper umspielt hat. Ich habe mich wieder umgezogen, bevor wir zum Flughafen gefahren sind und das war auch gut so, denn jedes Mal, wenn Dillons Blick über meinen Körper glitt, krampfte das Verlangen meine Brust zusammen. Sein Blick war wie eine Berührung. Außerdem kann ich immer noch seine Hand auf meinem Rücken spüren, die mich näher zu ihm zieht, wenn er mit mir tanzte, seine Finger auf meiner nackten Haut ...

Gott, da wollte ich schon nachgeben, besonders als er andeutete, dass wir in einem Hotel übernachten und am nächsten Morgen zurückfliegen könnten. Ich musste mich zwingen, nein zu sagen. Die Versuchung war einfach zu groß und ich darf nicht zulassen, dass das noch einmal passiert.

Ich muss stärker sein als mein Verlangen.

Ich atme tief ein und aus, verdränge Dillon aus meinen Gedanken und mache mich an die Arbeit.

Stunden später, als die Sonne endlich am Himmel steht, höre ich Bewegungen auf der Couch und sehe, wie Jeannie sich aufrichtet und sich die Augen reibt. Sie entdeckt mich und setzt sich auf.

„Hey“, flüstert sie, die Stimme heiser vom Schlaf. „Seit wann bist du zurück?“

„Erst seit kurzem“, sage ich ihr. „Vielen Dank, dass du bei mir geschlafen und dich um Meg gekümmert hast. Du weißt gar nicht, wie viel mir das bedeutet.“

„Na klar. Wozu sind beste Freundinnen denn da?“ Sie hustet, um sich zu räuspern, steht auf und kommt auf mich zu. „Was machst du da?“

„Arbeiten“, erkläre ich.

„Immer noch? Du siehst aus, als hättest du überhaupt nicht geschlafen."

„Das liegt daran, dass ich tatsächlich nicht geschlafen habe." Selbst wenn ich nicht gearbeitet hätte, wäre ich auf dem Rückflug nicht in der Lage gewesen zu schlafen, solange Dillon mir gegenüber saß und das Verlangen aus seinen Augen strahlte, selbst als er telefonierte. „Ich werde versuchen, die Arbeit heute früher zu beenden, damit ich etwas Schlaf nachholen kann."

„Okay." Jeannie lässt sich auf den Hocker mir gegenüber fallen und mustert mich aufmerksam. „Und ... wie war's?"

Ich schenke ihr ein amüsiertes Grinsen. „Ich habe nicht wieder mit ihm geschlafen, falls du das wissen willst."

Sie lächelt ebenfalls, schief. „Nein, aber das ist gut. Ich meinte, wegen ... allem anderen so."

Ich zucke mit den Schultern. „Es war in Ordnung. Wir mussten nach Houston für ein paar ..." Ich halte inne, weil mir klar wird, dass es so viel über meine Arbeit gibt, das ich nicht sagen darf. „Für eine Marketing-Konferenz. Es war alles ziemlich kurzfristig, also mussten wir uns in aller Eile vorbereiten und dann waren wir stundenlang dort. Danach sind wir zurückgeflogen."

„Ich verstehe."

„Ja." Ich räuspere mich. „Das war alles, was es zu berichten gibt."

„Bist du dir da sicher?"

„Ja, ziemlich sicher."

„Warum schaust du mich dann nicht an?"

Erst in diesem Moment merke ich, dass ich ihrem Blick ausweiche und schaue schließlich auf, um sie grinsen zu sehen.

Ihre Belustigung erstirbt mit einem Seufzer, als sie sagt: „Du willst ihm also wirklich nicht sagen, dass er ein Kind hat?“

Ich schüttele den Kopf. „Es würde ihn nicht interessieren.“

„Das kannst du nicht wissen, wenn du es ihm nicht sagst.“

„Ich weiß, dass es so ist“, beharre ich. „Wir haben eine Woche zusammen verbracht und wie ich dir schon sagte, war es eine unverbindliche Sache. Er hat *sehr* deutlichgemacht, dass er keine Verpflichtungen möchte und zwar so deutlich, dass ich ein Dokument unterschreiben musste, um das ein für alle Mal klarzustellen. Und das war für ihn ganz normal.“ Offenbar war das etwas, was jeder in seiner Familie tat. Ich wusste nicht viel über sie, nur, dass es sich um eine alteingesessene Familie handelte und ich erinnere mich an einen Anruf seiner Mutter, als wir im Urlaub waren und sich sofort sein ganzes Verhalten änderte. Die ganze Anspannung sickerte plötzlich in seinen Körper zurück und sein spielerisches Verhalten verschwand, während er mit ihr sprach.

Das war der Moment, in dem ich unsere Beziehung als das verstand, was sie war: eine Ablenkung von seinem sonst so strukturierten Leben.

„Keine Beziehung zu wollen und nicht wissen zu wollen, dass man ein Kind hat, sind zwei verschiedene Dinge“, stellt Jeannie fest und trifft damit den Kern.

Verzweifelt breite ich meine Arme aus. „Und was soll ich dann tun, Jeannie? Ihm sagen, dass ich im Urlaub schwanger geworden bin und danach seine Tochter bekommen habe? Dass sie jetzt zwei Jahre alt ist?"

„Ich meine … ja, was kann es schaden? Ich verstehe immer noch nicht, warum du es ihm nicht von Anfang an gesagt hast."

Ich schließe die Augen. „Wenn ich es ihm gesagt hätte, dann hätte er mich dazu aufgefordert, die Schwangerschaft abzubrechen und mich aufgrund des Vertrags, den ich unterschrieben habe, vielleicht sogar dazu zwingen können. Und jetzt … was, wenn er mir nicht glaubt? Oder wenn doch und er nichts mehr mit mir zu tun haben will?" Ich atme tief durch. „Ich habe diesen Job gerade erst bekommen. Ich kann es mir nicht leisten, ihn gleich wieder zu verlieren."

Jeannies Hand legt sich sanft um meine. „Ich sage ja gar nicht, dass du jetzt etwas tun sollst. Und ich sage auch nicht, dass du es ihm sagen sollst. Aber überlege es dir gut. Ich weiß, dass du eine schwere Zeit hinter dir hast, aber es wäre unfair, dem Mann nicht wenigstens die Chance zu geben, sein Kind kennenzulernen, meinst du nicht?"

Ich schlucke.

Die Schuldgefühle, die mich schon vorher geplagt haben, sind jetzt umso heftiger und brennen in meiner Brust. Jeannie hat nicht Unrecht. Letzten Endes bin ich hier die Böse. Ich starre jeden Tag in Dillons Gesicht, während ich ein großes Geheimnis vor ihm bewahre.

„Ich werde darüber nachdenken", sage ich schließlich.

„Das ist alles, worum ich bitte." Sie streckt sich. „Wie auch immer, ich muss nach Hause und mich für die Arbeit fertig machen. Ich habe heute Frühschicht."

„In Ordnung. Und Jeannie ... danke. So sehr."

Sie streicht mir mit den Lippen über die Haare und geht dann zur Tür, wobei sie auf dem Weg dorthin ihren Rücken streckt und sich ihre Tasche und ihre Jacke vom Haken schnappt, bevor sie mir noch einmal zuwinkt.

Ich arbeite weiter, aber ihre Worte hören nicht auf, in meinem Kopf zu klingen.

***

"Hey." Etwa eine Minute, nachdem ich bei Genesis angekommen bin, klopfe ich an Georges offene Bürotür.

Er schaut von seinem Computer auf und bittet mich herein. Ich gehorche und lege den Stapel von Dokumenten auf seinen Schreibtisch. „Ich bin mit den Querverweisen fertig geworden. Ich musste ein paar Dinge in der Cloud ändern, weil einige Details falsch eingegeben worden waren und ich werde sie wahrscheinlich in ein paar Tagen noch einmal durchgehen, wenn meine Augen wieder frisch sind. Aber für den Moment sollte es gut so sein."

Er zieht die Dokumente näher zu sich heran und sieht mich an. „Ich dachte, Sie würden heute später anfangen."

„Oh." Ich nehme an, Dillon hat ihn aufgeklärt. „Das sollte ich eigentlich auch, aber ich wollte die Arbeit nicht liegenlassen." Außerdem hatte ich, nachdem ich mit den Dokumenten fertig war, plötzlich etwas Zeit für mich. Nicht genug, um richtig zu schlafen, aber genug, um zu duschen,

Megan in der Tagesstätte abzuliefern und mich darauf zu freuen, noch vor dem Mittag nach Hause zu kommen.

Ich dachte mir, ich könnte vielleicht früher Feierabend machen und meine Tochter abholen.

George wirft einen Blick auf meine Bluse und runzelt die Stirn. „Da ist etwas auf Ihrer Bluse."

Ich folge seinem Blick und fluche vor mich hin. „Scheiße." Das war Pudding. Megan war heute sehr aufgeregt und sie zu füttern war, als würde man einen wilden Stier zähmen.

„Haben Sie Kinder?"

Ich erstarre und sehe George mit großen Augen an. „Was?"

Er zieht die Augenbrauen hoch. „Das sieht aus wie Babynahrung."

„Oh ... nein, das ist nur ... ähm ... Milch", stammle ich.

Seine schlauen Augen analysieren die Stelle immer noch. Verdammt, ich hätte mir eine bessere Lüge einfallen lassen sollen als diese. Der Fleck sieht zu dick und gelb aus, um Milch zu sein.

Aber George geht nicht weiter auf das Thema ein.

„Wie Sie meinen", sagt er und fügt hinzu: "Danke für die Akten."

„Brauchen Sie mich noch für etwas anderes?"

„Haben Sie die Fallstudien fertig gelesen?"

Ich schüttele den Kopf. Ich habe nur eine von ihnen durchgelesen.

„Dann machen Sie damit weiter. Ansonsten müssen Sie Dillon um Ihren nächsten Auftrag bitten."

Ich nicke. „Verstanden. Danke."

Ich gehe zurück zu meinem Schreibtisch, hole mein iPad heraus und lese die Fallstudien, während ich darauf warte, dass Dillon zur Arbeit kommt. In der ersten Studie geht es um einen Skandal um einen Senator und seine Geliebte. Das Dokument beschreibt, wie Genesis die Geschichte vertuscht hat, indem es die jüngsten Spenden des Senators für wohltätige Zwecke und die trendigen sozialen Medien nutzte, während sich der Mann in aller Stille von seiner Frau scheiden ließ.

Die zweite Geschichte handelte von der Überdosis eines Geschäftsführers nach einer Glücksspiel-Affäre, bei der er erhebliche Anteile seines Unternehmens verspielte. Dies war ein komplizierterer Fall, aber bevor ich dazu kommen kann, wie er gelöst wurde, höre ich eine Stimme:

„Was machst du denn hier?“

Ich blicke auf und mein Herz beginnt zu rasen, noch bevor ich Dillons Blick begegne.

„Du solltest nicht so früh hier sein.“ Er trägt wieder einen komplett schwarzen Anzug, bei dem der oberste Knopf am Kragen offen ist. „Du solltest dich doch ausruhen.“

„Ich habe mich genug ausgeruht“, lüge ich. Ich weiß, wenn ich ihm sage, dass ich den ganzen Vormittag damit verbracht habe, Arbeit nachzuholen, wird er mir wahrscheinlich einen Vortrag halten. Lügen ist die einfachere Lösung. „Ich bin fit für den Tag.“

Er zögert, doch dann nickt er. „Hast du meinen Kalender schon durchgesehen?“

Ich schüttle den Kopf.

„Dann tu das bitte und ordne ihn nach Wichtigkeit. Delegiere alles weiter, was mich nicht braucht." Und damit geht er in sein Büro und schließt die Tür.

Ich rufe den Kalender auf dem Computer auf und lese mir eine kurze Beschreibung jedes Ereignisses sowie stichpunktartige Notizen durch, worum es sich dabei jeweils handelt. Ich nehme mir ein paar Minuten Zeit, um mich mit einigen der Begriffe vertraut zu machen und markiere dann diejenigen, die meiner Meinung nach an andere Mitarbeiter vergeben werden können. Dann ordne ich die verbleibenden in absteigender Reihenfolge ihrer Wichtigkeit nach.

Etwa dreißig Minuten später klopfe ich an Dillons Bürotür. Nachdem ich keine Antwort erhalte, öffne ich die Tür und sehe ihn hinter seinem Schreibtisch sitzen, den Kopf an den Sessel gelehnt und die Augen geschlossen.

Er ist eingeschlafen.

Ein Teil meines Herzens schmilzt. So sieht er fast wehrlos aus, so jungenhaft, mit den Haaren, die sich über seine Schläfe kräuseln. Ich möchte näher herangehen und sie zurückstreichen, aber ich bleibe standhaft.

Er braucht seinen Schlaf. Ich kann ihn später über alles informieren.

Ich schließe die Tür zu seinem Büro, kurz bevor ich Schritte auf dem Flur höre und eine tiefe Stimme, die ruft:

"Casey, können Sie mir eine Kopie von ..."

Der große Mann im hellbraunen Anzug erstarrt, als ich mich umdrehe.

„Sie sind nicht Casey", bemerkt er.

„Nein, bin ich nicht." Obwohl ich den Namen schon zum zweiten Mal höre. „Kann ich Ihnen helfen?"

Seine Augen kokettieren mit mir. „Nein, aber vielleicht kann ich Ihnen ja helfen."

Kapitel 18 | Dillon

Die Tür öffnet sich zaghaft und mein ganzer Körper spannt sich an.

Ich kann spüren, wer hereinkommt. Ich spüre es an dem zögerlichen Drücken und dem Knarren der Scharniere. Ich weiß, warum sie hier ist.

Trotzdem versuche ich mein Bestes, nicht zu lächeln und zu jubeln.

Obwohl mir klar ist, dass ich gewonnen habe, fühle ich mich durch diese Eroberung fast erschlagen. Ich kann nicht einmal arrogant sein, weil ich einfach so verdammt glücklich bin, dass sie hier ist. Ich war kurz davor, vor Hunger nach ihr zu sterben, vor dem schieren Bedürfnis, das mich plagt, seit sie wieder in mein Leben getreten ist. Letzte Nacht und heute Morgen habe ich nur an sie gedacht.

Als wir zurückflogen, stellte ich mir vor, wieder mit ihr zu tanzen.

Selbst als ich in dieser Nacht die Augen schloss, um zu schlafen, fiel sie in meine Träume ein, sie und ihr verdammtes Kleid.

Und jetzt ist sie endlich hier.

Ich öffne meine Augen rechtzeitig, um zu sehen, wie sie die Tür hinter sich schließt. Sie erschrickt ein wenig, als sie merkt, dass ich sie ansehe und schluckt schwer, sobald sie die Tür vollständig hinter sich geschlossen hat. Dann faltet sie die Hände vor der Brust und weicht meinem Blick aus.

„Hey", sage ich mit schlaftrunkener Stimme.

„Hey", antwortet sie flüsternd und streicht sich die Haare hinter die Ohren, eine heiße Röte färbt ihre Wangen. Es ist seltsam, sie so zu sehen. Normalerweise ist sie nicht der schüchterne Typ und ich liebe es, dass sie so mutig ist und mich in die Schranken weist.

Aber es hat auch etwas Liebenswertes, sie so zu erleben.

Sie scheint nicht zu wissen, was sie als Nächstes sagen soll, denn sie starrt auf die Wand hinter mir, anstatt meinen Blick zu erwidern.

„Komm her", sage ich und deute mit dem Finger auf sie.

Da sieht sie mir endlich in die Augen und zieht frech die Augenbrauen hoch. Ihr Blick scheint zu sagen: *Wie heißt das?*

„Bitte", füge ich hinzu und versuche, mein Lächeln zu verbergen. Das ist mein Mädchen. Sie war noch nie jemand, den man respektlos behandeln konnte oder der aufs Wort gehorchte. Aber das Bitte scheint sie zu besänftigen, denn sie kommt weiter auf mich zu.

Als sie nahe genug ist, nehme ich ihr Handgelenk und ziehe sie auf meinen Schoß. Mein Schwanz ist bereits hart und sie kann wahrscheinlich spüren, wie er unter ihren Schenkeln pocht, aber sie sagt nichts, sondern schaut nur zur Seite und wird rot. Wie ich vermutet habe, ist sie hierhergekommen, weil sie mich will, aber sie scheint noch nicht bereit zu sein, sich das einzugestehen.

Ich erinnere mich an das Versprechen, das ich ihr gegeben habe und ich werde mich daran halten. Sie muss deutlich sagen, dass sie diejenige ist, die es will. Ich möchte nicht, dass das später auf mich zurückfällt und mir in den Hintern beißt.

„Sag es“, dränge ich und drücke ihr einen Kuss auf den Hals. „Sag die Worte."

Ich spüre, wie ihr Puls flattert, ihre Hände wandern in meine Haare und streichen über meinen Kragen. „Bitte.“

Nicht genug. „Bitte was?“

Ich ziehe mich rechtzeitig zurück, um zu sehen, wie sich ihre Augen verdunkeln und ihre Zunge über ihre Lippen streicht. Es macht mich verrückt, vor allem, als sie hinzufügt: „Bitte schlaf mit mir.“

Die Worte lassen das Verlangen wie einen Blitz durch mich schießen und ich breche unter dem Druck zusammen. Wieder beginne ich mit sanften Küssen auf ihr Schlüsselbein. Ich fahre mit der Hand unter ihren Rock und spüre ihren Puls unter meinen Lippen, dankbar, dass ich sie endlich wieder so berühren kann.

Eine Sekunde lang habe ich befürchtet, dass sie sich stur stellt und eisern bleibt; dass sie sich von ihrem Stolz oder anderen Vorbehalten davon abhalten lässt, zuzugeben, dass sie mit mir genauso zusammen sein will wie ich mit ihr.

Aber jetzt ist sie hier.

Ihre Hände gleiten über meine Schultern und wandern höher, um in mein Haar zu greifen, während ich ihren Hals weiter küsse, bis ich ihre Lippen suche. Der Kuss beginnt sanft und langsam, aber ihre Lippen sind zu süß. Sie ist zu süß. Ich begehre sie schon so lange, dass ich darum kämpfen muss, sie nicht auf einmal zu verschlingen, aber ich zähme mein Verlangen und nippe und schlürfe langsam und sanft von ihren Lippen. Meine Hand schiebt sich höher auf ihrem Bein; ich spüre, wie es zittert, als sie die weichen Schenkel für mich spreizt.

Wunderschön.

Ich suche nach ihrer Mitte und finde sie bereits feucht für meinen Finger vor. Ich keuche, als sie in meinen Mund stöhnt und genieße die Geräusche ihres Verlangens. Ihre Schenkel beben, als ich ihre Klitoris sanft unter meinen Fingerspitzen rolle und ihre Zunge in meinen Mund ziehe, um daran zu saugen. Ich schlucke ihr Stöhnen und stöhne selbst, als sich ihr Duft in der Atmosphäre verdichtet und mein Schwanz so hart wird, dass er schmerzt.

Verdammt, das ist die beste und schlimmste Art der Folter.

„Es tut mir leid, Liebling“, murmle ich gegen ihre Lippen. „Ich wollte es langsam angehen lassen, aber ich glaube nicht, dass ich das noch lange aushalte.“

Ich hebe sie auf meinen Schoß, so dass sie rittlings auf mir sitzt. Dann ziehe ich ihr das Höschen aus und lächle über ihr Keuchen.

„Entschuldigung“, sage ich. Sie lächelt nicht zurück. Ihr Gesichtsausdruck ist benommen vor Lust, ihre Augen dunkel und ich bin mir nicht einmal sicher, ob sie gehört hat, was ich gesagt habe.

„Beeil dich“, flüstert sie und ich bestaune den Tropfen, der an ihrem Oberschenkel herunterläuft. Ich erstarre für eine Weile, mein Körper ist so angespannt vor Verlangen, dass es fast schmerzhaft ist.

Und dann, nach einer Reihe von hektischen, unbeholfenen Bewegungen, habe ich endlich ihre Muschi auf meinem Schwanz und versinke in ihr. Ich stöhne auf und werfe meinen Kopf zurück angesichts der schieren Lust, die mich durchströmt.

Es ist wie ein Wassertropfen in der Wüste, als würden sich die Muskeln endlich entspannen, nachdem sie so lange verkrampft waren.

Es ist, als bekäme ich plötzlich alles, was ich jemals in meinem Leben gebraucht habe.

Das Vergnügen wird noch intensiver, als Emma langsam anfängt zu wippen und mich so schmerzhaft langsam reitet, dass ich das Gefühl habe, ich verliere den Verstand.

Emma gibt verlangende Laute von sich und ihre Augen fallen zu, ihr Haar umspielt ihre Schultern, während sie sich an mir festhält.

„Oh mein Gott", keucht sie. „Ich glaube, ich bin fast soweit."

Gott sei Dank, denn ich weiß nicht, wie lange ich es noch aushalten kann. Mein Sperma sitzt bereits an der Spitze meines Schwanzes und wenn ich auch nur ein bisschen lockerlasse, werde ich explodieren.

Und dann, gerade als sie sich nach hinten wirft, lässt eine unbekannte Macht meine Augen aufspringen und zeigt mir eine andere Existenz, in der Emma nicht auf meinem Schoß sitzt.

In Wirklichkeit ist überhaupt niemand in meinem Büro

Und es ist meine eigene Hand, die meinen Schwanz drückt.

Ich sitze ein paar Sekunden lang da und habe Schmerzen vor lauter Frustration und unverbrauchter Energie, die durch mich hindurch schießt. Vorsichtig nehme ich meine Hand von meiner Erektion und verfluche mich. Ranken der Lust wickeln sich so fest um mich, dass ich knurre.

Verdammte Scheiße, wann hatte ich das letzte Mal einen so intensiven feuchten Traum?

Ich kann nicht glauben, dass ich während meines Nickerchens einen so ausgeklügelten Tagtraum hatte, in dem ich mir tatsächlich vorstellte, wie sie mich fickt.

Mist.

Zu meiner Verärgerung höre ich ein Kichern vor meiner Tür, gefolgt von einem vertrauten männlichen Timbre.

Bevor ich mich stoppen kann, bin ich schon aufgestanden und auf dem Weg nach draußen. Ich öffne meine Tür und sehe James, der sich über ihren Schreibtisch beugt, während Emma mit den Augen rollt. Selbst dann noch umspielt ein Lächeln ihre Lippen und meine Laune sinkt beträchtlich, als ich das sehe.

Ich räuspere mich und beide sehen mich an.

„Du bist wach", stellt Emma fest und ihre Augen weiten sich vor Überraschung.

„Ja." Ich frage mich kurz, ob sie in mein Büro gekommen ist, während ich geschlafen habe. Vielleicht ist ihr Duft in mein Unterbewusstsein eingedrungen und ich habe deshalb von ihr geträumt.

Ich wende meinen Blick von ihr ab und sage zu James: „Was willst du?"

Er wundert sich über meinen Tonfall. „Du hast mich hergebeten, um zu besprechen, wie es mit dem Coolidge-Fall weitergehen soll."

„Oh." Ich erinnere mich schwach daran, dass ich gestern Abend angerufen habe. „Richtig. Nun, dann komm rein." Ich trete zur Seite, damit er eintreten kann. Je schneller er sich von Emma entfernt, desto besser für meine Psyche.

„Wir sprechen uns später, Emma", sagt James und winkt mit der Hand.

Nicht, wenn ich es verhindern kann. Er ist ein notorischer Flirter und ging auch mit Casey so um, obwohl er wusste, dass sie verlobt war. Damals hat es mich nicht so sehr gestört, aber jetzt stört es mich definitiv.

Emma gehört mir.

James betritt das Büro und schließt die Tür hinter sich.

„Deine neue Sekretärin ist nett", bemerkt er und beobachtet mich aus den Augenwinkeln.

„Ich habe mich gestern mit Hector Diamante unterhalten", sage ich ungerührt. „Ich hatte Gelegenheit, auf der Party mit ihm zu sprechen."

Er nickt. „Und?"

„Und ... er plant einen persönlichen Rachefeldzug gegen unseren Klienten. Ich bin mir noch nicht sicher, was es ist. Aber er hat auch mit Carl Darling gesprochen. Ich möchte, dass du dich darauf konzentrierst, Carl und den Rest der Darlings zu überprüfen. Schau nach, ob es irgendeine Verbindung zu Arthur oder seiner Firma gibt."

„Wenn es eine Hardcore-Untersuchung wird, sollten wir dann nicht den Privatdetektiv dazuholen?"

Ich schüttle den Kopf.

„Fred wird mit einem anderen Kunden beschäftigt sein. Ich möchte, dass du dich hierauf konzentrierst. Wir haben alle Puzzleteile bekommen, aber wir müssen wissen, wie sie zusammenpassen."

„Gut. Ich werde heute Abend nach Houston zurückreisen, gleich nach meinem Date mit Emma."

Mein Kopf schnellt hoch und ich starre ihn so eindringend an, dass mein Nacken schmerzt.

„Gott, du solltest dein Gesicht sehen“, amüsiert er sich. „Du hast also doch etwas mit ihr am Laufen. Ich wusste es. Gott, ich wette, George bekommt bei dem Gedanken daran einen Verstopfungsanfall.“

Ich schüttle den Kopf. „Geh einfach an die Arbeit. Ich habe in ein paar Stunden ein Lunch-Meeting mit Coolidge.“ Ich drehe mich um und schaue auf meine Uhr. „Eigentlich in ein paar Minuten. Ich muss jetzt los.“

„Gut. Ich werde mich auf dem Weg nach draußen noch von *Emma* verabschieden.“

Ich werfe ihm einen warnenden Blick zu und er zwinkert belustigt, als er das Büro verlässt.

Ich nehme mir einen Moment Zeit, um mich zu sammeln, bevor ich ihm nach draußen folge.

„Zeit für unser Meeting?“ Emma erhebt sich von ihrem Schreibtisch. Sie muss sich den Terminplan angesehen haben.

„Ja“, antworte ich.

Sie nickt und nimmt das iPad in die Hand. „Ich gebe dir auf dem Weg dorthin einen Überblick über deine geänderte Agenda.“

„Großartig“, murmle ich.

Während der Autofahrt höre ich allerdings nur halb zu, als sie mir den Ablauf erklärt. Sogar während des Treffens mit Coolidge im Marriot schweifen meine Gedanken immer wieder zu meinem Traum zurück, während Emma unsere Fortschritte in seinem Fall zusammenfasst.

„Also“, endet sie. „Abschließend möchte ich die wichtigsten Punkte nennen. Erstens: Der Zielperson geht es um etwas Persönliches und sie hat vielleicht einen Rachefeldzug gegen Sie geplant. Haben Sie eine Ahnung, warum das so sein könnte?“

„Woher soll ich das wissen?“, grummelt Coolidge. „Hector war schon immer ein bisschen komisch. Wahrscheinlich hasst er mich einfach ohne Grund. Zum Teufel, er hasst wahrscheinlich jeden, dem es besser geht als ihm.“

Aber es liegt eine Spur von Unehrlichkeit in seinem Ton. Das und die Tatsache, dass er mit einem seiner Begleiter einen Blick tauscht, während er spricht, lässt mich misstrauisch werden.

Emma muss es auch bemerkt haben, denn sie schaut kurz in meine Richtung, bevor sie sich wieder an Coolidge wendet. „Mr. Coolidge, es würde uns wirklich sehr helfen, wenn wir die Quelle seiner Feindseligkeit eingrenzen könnten.“

Coolidge starrt Emma an. „Ich habe Ihnen bereits gesagt, dass ich nichts weiß, Sie verdammte Nervensäge.“

„Wenn Sie noch einmal so mit ihr sprechen, werde ich Ihnen Ihre verdammte Zunge herausreißen.“

Der ganze Raum scheint stillzustehen, als die Worte aus mir herauspoltern.

Jeder starrt mich an. Ich starre Coolidge an, die Hitze in meiner Brust steigt. Ich möchte dem Mann am liebsten ins Gesicht schlagen.

„Was war das?“ Coolidge blinzelt, eindeutig schockiert.

„Sie haben mich schon verstanden." Ich beuge mich auf dem Tisch vor. „Und wenn Sie nicht wollen, dass ich Ihren Fall wie eine heiße Kartoffel fallen lasse und Ihnen dabei in den Arsch trete, werden Sie sich entschuldigen. Jetzt sofort."

Coolidge starrt mich an und Hitze flammt in seinen Zügen auf.

Er blickt sich zu den beiden Männern um, die neben ihm sitzen.

Dann zieht er sich zurück und nickt. „Gut. Ich entschuldige mich."

„Nicht bei mir. Bei ihr."

Er dreht sich zu Emma um. „Tut mir leid. Diese ganze Sache ist einfach so verdammt frustrierend."

„Ich verstehe", lächelt Emma professionell. „Wir tun unser Bestes, das versichere ich Ihnen."

Er nickt und hat zumindest den Anstand, wegen seines Ausbruchs verlegen auszusehen. Das trägt aber nicht dazu bei, meinen Ärger zu zerstreuen.

Ich will ihm immer noch eine Lektion erteilen, aber die Sitzung ist danach schnell beendet und er stürmt mit seinen Begleitern praktisch aus dem Raum. Emma und ich gehen etwas langsamer hinaus und ich bemerke, dass sie einen seltsamen Gesichtsausdruck hat.

„Geht es dir gut?", frage ich.

Kapitel 19 | Emma

„Geht es dir gut?“, fragt Dillon, als wir auf die Straße hinaustreten.

Ich drehe mich um, blicke zu ihm auf und nicke. „Ja, ich habe nur, ich ...“ Ich bin mir nicht sicher, wie ich den Satz beenden soll.

„Mach dir keine Gedanken darüber“, beruhigt er mich. „Arthur kann ein Arschloch sein. Aber sei versichert, dass er nie wieder so mit dir reden wird.“ Etwas Grimmiges und Unversöhnliches tritt in seine Augen und die Haltung seines Kiefers erinnert mich an seine hitzigen Worte, in denen bei jeder Silbe eine Drohung mitschwang.

Wenn Sie noch einmal so mit ihr sprechen, werde ich Ihnen Ihre verdammte Zunge herausreißen.

Das war nicht das erste Mal, dass ich mit einem unhöflichen Kunden konfrontiert werde und in dieser Branche kommt das wahrscheinlich häufiger vor. Ich war also nicht unbedingt von Coolidges Ausbruch überrascht.

Es war Dillons Antwort, die mich schockierte.

Arthur Coolidge war der CEO eines der größten Unternehmen des Landes und seine Frau war mit der First Lady verwandt. Ein solcher Mann besaß ungeheuren Einfluss und war wahrscheinlich daran gewöhnt, die Welt in seinen Händen zu halten.

Und Dillon bedrohte ihn nur wegen mir.

Dillon ist auch ein mächtiger Mann, aber trotzdem. Coolidge könnte ihm Ärger machen, wenn er wollte.

Dillon muss die Sorge in meinem Gesicht falsch gedeutet haben, denn er wirft mir einen beruhigenden Blick zu. „Im Ernst. Ich verspreche, es wird nicht wieder vorkommen."

Ich schüttele den Kopf. „Ich mache mir keine Sorgen über Coolidges Verhalten, Dillon. Aber ich will nicht, dass du das noch einmal machst."

Er zieht die Augenbrauen hoch. „Du willst nicht, dass ich was tue? Dich verteidigen?"

Ich sehe ihm in die Augen und nicke. „Ich weiß zu schätzen, was du für mich getan hast, aber ich meinte es ernst, als ich dir sagte, dass ich keine Sonderbehandlung will. Ich bin nur deine Assistentin und du darfst mich nicht wie etwas anderes behandeln. Außerdem kann ich auf mich selbst aufpassen. Es würde deinem Geschäft nicht gut tun, wenn du dich ständig an Kunden vergreifst."

Dillon blinzelt einmal überrascht, bevor ein verwirrtes Lächeln seine Lippen umspielt.

„Ich weiß deine Sorge um mein Geschäft zu schätzen, Emma, aber du sollst wissen, dass ich ihm auch dann die Meinung gesagt hätte, wenn du es nicht gewesen wärst. Verdammt, Casey hätte ihm wahrscheinlich selbst gesagt, dass er sich verpissen soll, von wegen Geschäft."

Es ist jetzt das dritte Mal, dass jemand Casey erwähnt und die Neugierde übermannt mich. „Casey?"

„Meine ehemalige Assistentin." Der liebevolle Blick in seinen Augen verursacht ein unangenehmes Gefühl in meinem Magen. Es kann keine Eifersucht sein. Das kann es nicht sein, denn ich habe kein Recht, eifersüchtig zu sein, da ich diejenige bin, die von vornherein nichts mit Dillon anfangen wollte. Dennoch dreht sich mein Magen um, als er weiterspricht.

„Es ist eine Frage des Prinzips. Ich lasse es nicht zu, dass meine Kunden meine Angestellten nicht respektieren, denn indirekt respektieren sie dann auch mich nicht. Ich bin nicht so erpicht auf das Geschäft mit irgendjemandem, dass ich das tolerieren würde. Wir bekommen ohnehin viel mehr Anfragen, als wir annehmen können, also brauche ich mich in nächster Zeit nicht zu sorgen. Coolidge braucht uns mehr, als wir ihn." Dillon beugt sich nach vorne, seine Augen treffen meine und seine Stimme sinkt um eine Oktave. „Und selbst wenn das alles nicht wahr wäre, darf niemand so mit dir reden. Punkt."

Plötzlich schlägt mein Herz schneller und mein Magen dreht sich aus einem ganz anderen Grund um. Das Verlangen, das ich so hartnäckig zu unterdrücken versucht habe, schießt durch meinen Körper und mit ihm geht ein zärtliches Gefühl einher, das ich nicht zuordnen kann.

Und auch Schuldgefühle. So viel Schuld.

Es sind genau diese Schuldgefühle, die mich dazu bringen, den Kopf einzuziehen und seinem Blick auszuweichen, während ich verlegen huste.

„Okay, zur Kenntnis genommen", sage ich. „Und was machen wir jetzt?"

Dillon blickt in die Ferne, seine Stirn runzelt sich leicht.

„Coolidge hat definitiv etwas zu verbergen", überlegt er. „Und ich bin kurz davor, ihm zu sagen, dass er sich verpissen soll."

„Aber ..."

Er kratzt sich am Kinn. „Aber er hat auch mein Interesse geweckt. Der Fall scheint ein echtes Rätsel zu sein und ich mag Rätsel." Seine Augen glitzern. „Ich muss zugeben, ich hatte schon lange keinen Fall mehr, der mich so sehr interessiert hat."

In seinen Augen liegt eine fast jungenhafte Begeisterung, die mich an die Zeit erinnert, als er stundenlang Holz zu Gegenständen schnitzte.

Ich kann mir ein Lächeln nicht verkneifen.

Dillon fängt es auf, bevor ich es aus meinem Gesicht wischen kann und schüttelt den Kopf.

„Komm schon. Wir haben noch ein paar Besprechungen vor uns. Sieh zu, dass du bei jeder von ihnen gut aufpasst, denn wenn es richtig stressig wird, musst du an meiner Stelle an diesen Meetings teilnehmen."

Es ist also noch nicht richtig stressig?, frage ich mich mit wachsendem Entsetzen. Ich hatte gehofft, dass es viel zu tun gäbe, aber das war wohl nur Wunschdenken.

Ich folge ihm trotzdem.

Glücklicherweise sind die restlichen Sitzungen weniger chaotisch als die erste. In einer geht es um die Wiedereinführung eines zuvor zurückgerufenen Produkts und in der anderen besprachen wir die Überarbeitung einer Marketingkampagne, die zuvor durch Berichte über schreckliche Arbeitsbedingungen zunichte gemacht wurde.

Nichtsdestotrotz dauert jedes Meeting etwa eine Stunde und es ist früher Abend, als wir mit all dem fertig sind.

„Alles klar", sagt Dillon, als wir aus der letzten Sitzung auf die Straße treten. „Essenszeit?"

„Eigentlich", werfe ich ein, „würde ich viel lieber zu Hause zu Abend essen, wenn wir jetzt fertig sind." Ich habe Megans Abholung verpasst, aber wenn ich jetzt gehe, sollte ich noch mit ihr essen können, bevor sie ins Bett geht. Ich vermisse meine Tochter und habe nicht mehr viel Zeit mit ihr verbringen können, seit ich bei Genesis arbeite.

Dillon zieht auf meine Bitte hin die Augenbrauen hoch. „Warum? Hast du noch ein heißes Date?"

Ich schüttle den Kopf. „Nein, nur Hausarbeiten, die ich erledigen muss."

Er denkt darüber nach und nickt. „Na gut, dann kannst du morgen später ins Büro kommen. Aber ich lasse dich nicht weg, bevor wir etwas gegessen haben."

„Aber ...", beginne ich, doch Dillon lässt mich nicht ausreden und geht zum Auto. Ich habe keine andere Wahl, als ihm zu folgen, denn ich kann ihm nicht erklären, warum ich wirklich nach Hause will.

Auf der Fahrt unterhalten wir uns nur wenig. Dillon scheint tief in Gedanken versunken und trommelt mit dem Finger auf das Lenkrad, während wir fahren. Ich frage mich, ob er immer noch über den Coolidge-Fall nachdenkt oder ob seine Gedanken bei einem anderen Fall sind. Ein kurzer Überblick über seinen Terminkalender hat mir gezeigt, dass es im Moment etwa ein Dutzend aktiver Fälle gibt und er ist direkt oder indirekt an der Überwachung vieler von ihnen beteiligt, insbesondere an den sehr prominenten. Ich kann mir nicht vorstellen, wie viel Arbeit das sein muss, wie viel er täglich zu bewältigen hat.

Und er ist wahrscheinlich erschöpft, auch wenn er nicht so aussieht. Bestimmt ist er deshalb in seinem Büro eingeschlafen.

Deshalb bin ich hier.

Ich muss nicht nur seinen Zeitplan organisieren, sondern auch ein System finden, das ihm die Arbeit zumindest ein wenig erleichtert. Als wir im Restaurant ankommen, denke ich darüber nach, wie ich das anstellen könnte.

„Da sind wir", sagt er und biegt auf den Parkplatz ein.

Diesmal hat er mich zu einem Fischrestaurant am Pier geführt, an dessen Uferpromenade sich Gäste aus den verschiedensten Bereichen tummeln. Ich sehe alles, von fleckigen T-Shirts bis zu Armani-Anzügen. Anscheinend essen hier alle, vom Bauarbeiter bis zum Vorstandsvorsitzenden und ich kann verstehen, warum.

Zumindest einige von ihnen sind wahrscheinlich nur wegen der Landschaft hier, um dem beruhigenden Wasser zuzusehen, das auf das gegenüberliegende Ufer plätschert und zu einer Reihe von glitzernden Gebäuden führt, die sich in den Himmel erstrecken und einem Sonnenuntergang, der sie beleuchtet.

Die Luft riecht frisch und ich schließe die Augen und atme sie ein, als ich aus dem Auto steige.

„Die haben die beste Shrimp Carbonara, die ich je gegessen habe", schwärmt Dillon, während er mir die Hand auf den Rücken legt und mich hineinführt. „Ich habe auch gehört, dass ihre Muscheln wirklich gut sein sollen, obwohl ich sie noch nie probiert habe."

„Ich hätte nicht gedacht, dass du in solchen Lokalen isst“, staune ich, als wir durch die Holztür treten. Die Einrichtung ist rustikal und minimalistisch, eine Bar mit einer Vier-Personen-Küche dahinter, Tische und Hocker für die Gäste. Die meisten Tische sind voll besetzt, aber mir fällt auf, dass einer der hinteren Tische verdächtig leer ist, mit einem großen Zettel darauf.

„Was? Weil du dachtest, ich sei ein Snob?“

„Nicht unbedingt.“ Ich habe Dillon nie für einen Snob gehalten, obwohl er ein Mann ist, der an feinere Dinge gewöhnt ist. Ich habe ihn noch nie etwas tragen sehen, das nicht maßgeschneidert war oder ein Auto fahren sehen, das nicht purer Luxus war. Dennoch betrachtet er Reichtum als eine beiläufige Folge seiner Erziehung, als ein Werkzeug, das er zu seinem Glück besitzt. Er hat nie den Eindruck erweckt, dass er auf andere herabschaut, obwohl er schon ein wenig abgehoben ist. „Ich hätte nur nicht gedacht, dass du dich inzwischen so sehr für Meeresfrüchte interessierst.“

Er zuckt mit den Schultern. „Manchmal habe ich Lust darauf. James hat mich einmal hierher mitgenommen.“ Er denkt kurz nach. „Apropos James ...“

„Ja?“ Mir ist nicht entgangen, wie er den anderen Mann unverhohlen anschaute, als er uns miteinander reden sah. Ich versuche, über den Ton in seiner Stimme nicht zu lächeln.

„Du solltest wissen, dass er praktisch mit allem flirtet, was sich bewegt. Er ist eine männliche Hure. Du solltest nicht auf seinen Charme hereinfallen.“

„Das hatte ich auch nicht vor.“ Das Lächeln entweicht mir, als wir am Tisch ankommen. Ich bemerke, dass auf dem Zettel Dillons Name steht. Er holt einen Hocker für mich hervor und schiebt ihn nach vorne, nachdem ich mich gesetzt habe.

„Ich wusste nicht, dass man hier reservieren kann", bemerke ich.

„Das tun sie normalerweise auch nicht. Aber ich kann sehr überzeugend sein, wenn ich will."

„Darauf wette ich."

Er zwinkert. „Probier mal die Häppchen. Ganz im Ernst. Und der Barsch ist göttlich."

Eine halbe Stunde später stelle ich fest, dass Dillon recht hat. Das Essen ist großartig, besonders die Häppchen, die meine Kehle hinuntergleiten; der Geschmack ist mild, aber süß und saftig zugleich. Ich schließe die Augen und genieße jeden Bissen und als ich die Augen wieder öffne, starrt mich Dillon eindringlich an.

Es ist derselbe Blick, mit dem er mich ansah, als ich in seinem Büro aß. Dieser Blick hat mein Höschen durchnässt, bevor ich überhaupt wusste, was passiert ist.

Ich schlucke und reiße meine Augen von ihm los, aber es ist zu spät. Der Blick hat sich in mein Gedächtnis eingebrannt und ich spüre bereits, wie die Wirkung meinen Körper erweckt.

„Also", sagt Dillon. „Was hast du in all den Jahren gemacht?"

„Hm?"

„Nun, ich nehme an, du hast nicht nur gearbeitet. Außerdem gab es eine Lücke in deinem Lebenslauf, die mich neugierig gemacht hat."

„Ähm, richtig." Ich habe kurz vor der Geburt meines Kindes aufgehört, für Jetts zu arbeiten, um mich auf mein

Geschäft zu konzentrieren. Das habe ich aber nicht in meinen Lebenslauf aufgenommen, weil es für die Stelle nicht relevant war. Aber da wir gerade dabei sind, uns zu unterhalten, frage ich ihn: „Erinnerst du dich noch an die Sache, über die wir auf der Insel gesprochen haben?"

Er zieht die Augenbrauen hoch. „Welche Sache? Wir haben über viele Dinge gesprochen."

„Ja, aber ähm ..." Meine Güte, warum ist das so peinlich? „Als ich sagte, dass ich eine Handtaschenlinie gründen will?"

Wieder zieht er die Augenbrauen hoch und im ersten Moment denke ich, er hat keine Ahnung, wovon ich rede. Aber dann sagt er: „Oh, du meinst Regal?"

Meine Augäpfel fühlen sich an, als würden sie größer werden. „Du erinnerst dich noch an den Namen?"

„Aber natürlich." Er lächelt. „Ich erinnere mich an alles, was wir besprochen haben."

Wieder einmal rast mein Herz gefährlich in meiner Brust und warnt mich. *Versteh das nicht falsch. Er flirtet nur und albert herum.*

„Wie auch immer", schüttle ich den Kopf. „Ich habe es in die Wege geleitet. Wir bekamen einen Vertrag mit einem Hersteller und ein paar Läden, die uns beim Verkauf des Produkts helfen würden."

„Oh, herzlichen Glückwunsch. Wie ist es gelaufen?"

„Offensichtlich nicht so gut." Ich zucke mit den Schultern. „Wir mussten den Betrieb nach nur einem Jahr wieder einstellen." Ich begegne seinem Blick, obwohl ich das Mitleid darin nur ungern sehen möchte.

Zum Glück sehe ich es nicht. Stattdessen zuckt er ebenfalls mit den Schultern.

„Mein erstes Geschäft ist auch gescheitert."

„Wirklich?"

„Ja." Er lächelt. „Nach dem College eröffnete ich diese Firma, die die besten Partys im Dreiländereck planen sollte. Ein totales Desaster."

„Ja?"

„Ja. Gründe nie ein Unternehmen mit Verbindungsstudenten, auch wenn sie deine besten Freunde sind."

Ich kichere und er erzählt mir während des restlichen Abendessens alles darüber und die Zeit vergeht wie im Flug. Es wird gerade dunkel, als ich mich für den Heimweg fertig mache und er darauf besteht, mich zu fahren.

„Es ist spät", sagt er, obwohl es kaum sieben Uhr abends ist, "lass mich dich nach Hause bringen."

Ich überlege es mir. Es wäre schön, einmal nicht mit dem Bus fahren zu müssen.

„Okay", stimme ich zu. Er kann mich einfach vor meinem Wohnkomplex absetzen. Er muss nicht unbedingt wissen, wo ich wohne und er wird auch nicht herausfinden, dass ich eine Tochter habe.

Aber dann scheint das Universum einen verdrehten Sinn für Humor zu haben.

Als wir am Wohnkomplex ankommen und beide aus dem Mercedes aussteigen, um uns zu verabschieden, überquert Jeannie die Straße, winkt mir zu und ruft meinen Namen.

Mit Megan auf ihrem Arm.

Kapitel 20 | Dillon

Ich spüre die kurze Anspannung, die von Emma ausgeht, bevor sie ein breites, offensichtlich falsches Lächeln aufsetzt und der Frau auf der anderen Straßenseite zuwinkt.

„Hallo, Nachbarin", ruft Emma laut.

Der Blick der anderen Frau wandert von Emma zu mir und dann wieder zu Emma zurück. Ein verwirrtes Lächeln legt sich auf ihr Gesicht. „Hallo, *Nachbarin*." Sie setzt das Kind bequemer auf ihren Arm und das Mädchen gibt ein kleines Fiepen von sich, bevor es den Kopf dreht und dann weiterschläft.

„Du hast dein kleines Mädchen heute selbst abgeholt?", fährt Emma in demselben merkwürdigen Tonfall fort. „Was ist denn mit der Babysitterin passiert?"

„Oh, äh, sie hatte einen Notfall und konnte ... ähm ... den Ersatzbabysitter nicht erreichen, also hat sie stattdessen mich angerufen." Die dunklen Augen der Frau flackern kurz zu mir und ein Hauch von Wiedererkennen macht sich breit, bevor sie sich wieder Emma zuwendet. „Ja, ich habe *meine Tochter* von der Kita abgeholt und sie zu mir nach Hause gebracht und jetzt bin ich hier. Macht es dir etwas aus, die Nacht auf sie aufzupassen? Ich habe Nachtschicht."

„Natürlich, kein Problem!" Emmas Stimme ist viel zu enthusiastisch und ich schaue irritiert zwischen den beiden Frauen hin und her. Irgendetwas ist hier merkwürdig. Alles, was sie sagen, klingt auf den ersten Blick ganz normal, aber der Tonfall ihrer Worte lässt mich stutzig werden, vor allem, weil Emma so falsch lächelt.

„Willst du mir deine Freundin nicht vorstellen?", frage ich Emma, die heftig schluckt.

„Sicher", sagt sie, aber es klingt, als hätte sie es aus ihrer Kehle herauswürgen müssen. „Das ist Jeannie. Wir haben uns vor ein paar Jahren kennengelernt und sind dann Freundinnen geworden."

„Wir waren eigentlich Nachbarinnen", fügt Jeannie hinzu. „Bis ich umgezogen bin."

„Schön, Sie kennenzulernen, Jeannie." Emma erwähnte während der Inselreise nie irgendwelche Freunde und ich erinnere mich, wie sehr mich das störte. Ich wollte nicht daran denken, dass sie ganz allein auf der Welt ist, also war es schön zu wissen, dass sie doch jemanden hatte. „Ich bin Dillon. Emmas Chef."

„Ich weiß", antwortet Jeannie. „Ich meine, Em hat viel davon erzählt, dass Sie … ihr Chef sind, also habe ich angenommen … Sie wissen schon …" Sie lässt ihre Hand in der Luft hängen, als ob sie den Worten, die sie gesagt hat, eine Bedeutung verleihen wollte.

Das Kind murmelt etwas und kratzt sich an den Ohren, es scheint kurz davor zu sein, aufzuwachen. Emma stößt angespannt den Atem aus, was fast panisch klingt.

„Ich denke, du solltest sie schnell ins Haus bringen", sagt sie zu Jeannie. „Es ist kühl draußen und wir wollen doch nicht, dass sie sich erkältet."

„Natürlich." Jeannie hebt das Baby wieder hoch und schenkt mir ein letztes Lächeln. „Hat mich gefreut, Sie kennenzulernen, Dillon."

„Gleichfalls."

Jeannie huscht die Treppe hinauf und betritt den Wohnkomplex mit einem letzten Blick zurück. Als sich die Tür hinter ihr schließt, dreht sich Emma wieder zu mir um.

„Nun", erklärt sie. „Ich denke, ich sollte auch gehen."

„Stimmt", erwidere ich. „Bist du sicher, dass du mit dem Baby zurechtkommst?"

„Was?" Ihre Stimme klingt angestrengt.

„Ich meine, du solltest dich ausruhen und jetzt wirst du die ganze Nacht babysitten müssen."

„Oh." Ihr Lachen klingt selbst in meinen Ohren fast erleichtert. „Nein, ist schon in Ordnung. Megan ist ein leicht zu händelndes Baby. Sie schläft meistens die ganze Nacht durch und wacht nur einmal auf, um Pippi zu machen."

„Megan? Das ist ihr Name?"

„Ähm, ja." Ihre Finger verhaken sich ineinander und sie fängt an, mit jedem einzelnen zu zappeln. Dann scheint sie sich dabei zu ertappen und ballt eine Hand zur Faust, während sie mit der anderen in Richtung Tür gestikuliert. „Wie auch immer, ich muss jetzt rein. Ich bin mir sicher, Jeannie will bald los, weil ihre Schicht beginnt."

„Richtig." Ich spüre immer noch ein unbestimmtes Gefühl des Unbehagens in mir, aber ich nicke. „Wir sehen uns morgen bei der Arbeit, okay?"

„Ja, bis dann." Noch bevor ich das letzte Wort ausgesprochen habe, hat Emma sich bereits abgewandt und ist die Treppe hinaufgeeilt und durch die Türen, durch die Jeannie gerade gegangen ist.

Ich trete einen Schritt zurück und überblicke den Wohnkomplex mit einem tiefen Stirnrunzeln. Ich weiß nicht viel über Gebäude, aber dieses hier sieht alt und baufällig aus. Das Schloss der Eingangstür scheint auch kaputt zu sein, denn die Tür schwingt einfach auf und zu, ohne einzurasten. Das bedeutet, dass jeder ins Haus kann.

Das ist nicht sicher.

Und dass Emma hier wohnt, gefällt mir nicht, kein bisschen.

Als ich zu meinem Auto zurückkehre, überlege ich, wie ich sie in eine bessere Wohnsituation bringen kann. Ich bezweifle, dass sie einfach umziehen würde, wenn ich sie dazu auffordere, da sie so gerne stur und unabhängig ist. Vielleicht sollte ich ihr sagen, dass die Stelle als Assistentin mit einer Wohnung verbunden ist, aber das würde sie mir wohl nicht abkaufen, denn wenn es so wäre, hätte ich es wahrscheinlich schon erwähnt.

Aber ich könnte ihr sagen, dass dies eine neue Vergünstigung ist, die ich mir überlegt habe. Ich könnte ihr erklären, dass ich mich wohler fühlen würde, wenn sie näher bei mir wohnt, da wir wahrscheinlich oft die Nacht über durcharbeiten werden. Ich besitze ein Penthouse in River North und ich kann ihr dort eine Wohnung besorgen.

Oder sie könnte es sich einfach machen und bei mir einziehen.

Ich grinse und stelle mir ihre Reaktion darauf vor.

Ja, Emma würde das rundweg ablehnen, aber ich stelle mir trotzdem gerne vor, wie sie in meinem Bett aufwacht und sich auf das Frühstück freut. Wahrscheinlich würde sie vorher noch arbeiten wollen und ich würde mir anhören müssen, wie sie meinen Terminkalender herunterbetet, während sie auf meinem Schoß sitzt und meine Hände ihre Oberschenkel hinauffahren, um sie zu verwirren.

All das wird in nächster Zeit wahrscheinlich nicht passieren, aber ein Mann darf träumen.

Ich steige wieder in mein Auto, bereit, mich auf den Weg zu machen, als mein Telefon erneut klingelt. Frustriert seufze ich und ziehe es heraus, weil ich erwarte, dass es George oder einer meiner Kunden ist. Sollte Arthur anrufen, wird er wieder von mir zurechtgewiesen werden, denn ich bin immer noch verärgert über die Nummer, die er mit Emma abgezogen hat.

Aber es ist keiner von diesen Leuten. Es ist Paul.

Ich runzle die Stirn, als ich rangehe. „Paul?"

„Hey, Kumpel. Hättest du heute Zeit für mich?"

Besorgnis durchzieht seine Stimme und macht mich neugierig. „Ich habe nie Zeit, aber ich kann es einrichten. Was hast du auf dem Herzen?"

„Ich dachte, wir könnten zusammen essen gehen. Ich, ähm ... muss etwas mit dir besprechen."

„Okay, sicher. Ich habe schon gegessen, aber wir können uns bei McCoy auf einen Drink treffen."

„In Ordnung, klingt gut. Ich bin auf dem Weg."

Als ich auflege, plagt mich immer noch die Neugierde. Paul ist nicht der Typ, der mich willkürlich anruft. Abgesehen von unseren Treffen im Fitnessstudio waren wir beide in letzter Zeit zu beschäftigt, um uns zu melden oder uns zu treffen, wie wir es früher getan haben. Das hier scheint auch kein geselliger Abend zu werden, vor allem, wenn man die Spannung in seinem Tonfall bedenkt.

Fünfzehn Minuten später komme ich in der noblen Bar im West Loop an und trete ein. Er wartet bereits am Tresen und trinkt einen Scotch.

Ich gehe zu ihm und setze mich neben ihn. Er sieht nicht auf, obwohl ich weiß, dass er meine Anwesenheit spüren kann.

„Also", seufze ich und winke dem Barkeeper, der einen Finger hebt, um mir zu signalisieren, dass er einen Moment braucht. „Worum geht es hier?"

Paul schüttelt den Kopf, sein Kehlkopf bebt, als er schluckt.

„Ich weiß gar nicht, wie ich anfangen soll, Mann", sagt er und fährt sich mit der Hand über das Gesicht.

„Soll ich den Anfang erraten?"

Paul lacht nicht über meinen Witz, sondern schüttelt nur den Kopf, während er sich mit den Händen am Tresen festhält.

„Komm schon, Mann, was auch immer es ist, so schlimm kann es nicht sein. Hör zu, die Welt geht nicht unter, egal was du sagst, also kannst du es genauso gut ausspucken und …"

„Rachel wird heiraten."

Meine Augenbrauen fliegen nach oben. „So schnell?" Er und seine Ex-Frau sind erst seit ein paar Monaten geschieden.

Er nickt und ich halte inne und wäge meine Worte ab, bevor ich sie ausspreche. Ich bin kein sensibler Typ, aber diese Situation erfordert definitiv so viel Feingefühl, wie ich nur aufbringen kann. „Das tut mir wirklich leid, Mann."

„Das ist nicht das Schlimmste", fährt Paul fort. „Das Schlimmste ist, dass sie schwanger ist. Und ich bin mir nicht ganz sicher, ob das Baby nicht von mir ist."

„O ... kay." Wir scheinen von Null auf Hundert gegangen zu sein, also atme ich tief durch und sortiere meine Fragen nach ihrer Priorität. „Wie weit ist sie denn?"

„Ich weiß es nicht. Weit genug, um es zu sehen", seufzt er. „Ich habe ihre sozialen Medien schon eine Weile nicht mehr verfolgt. Ich habe sogar sehr gut daran getan, nicht von ihr besessen zu sein, bis meine Schwester mich darauf hinwies, dass sie ihr auf dem Bauernmarkt begegnete und schwanger aussah. Taylor schätzte auf etwa den fünften Monat."

„Und zu dieser Zeit wart ihr noch sexuell aktiv."

Er nickt. „Ich versuchte immer noch, meine Ehe in Ordnung zu bringen, um zu sehen, ob wir noch etwas retten konnten. Ich war auch noch in sie verliebt, aber ich glaube, sie hat es nur aus Schuldgefühlen getan. Wahrscheinlich hat sie mich seitdem mit einem anderen Mann betrogen."

„Dem Kerl, den sie heiraten will?"

„Ja, Ihr Verlobter. Sein Name ist Theodore Darling." Er grinst grimmig. „Kommt dir der Name bekannt vor?"

„Ja." Ich blinzle fassungslos. „Wow."

Das ist ein verrückter Zufall, vor allem, weil das genau jetzt passiert, wo ich gegen die Darlings ermittle. Ich bin nicht der Typ, der an das Schicksal glaubt, aber ich musste zugeben, dass dies eine verrückte Wendung der Ereignisse war.

„Ja. Sie ist dabei, in eine der angesehensten Familien Amerikas einzuheiraten", lächelt er verbittert. „Ich hätte es wissen müssen, denn sie war besessen von der Reality-Show seiner Schwester. Und einmal habe ich erwähnt, dass du mit ihm zur Schule gegangen bist und sie hat ganz böse geguckt. Sie hat es mir immer übel genommen, dass ich nicht so bin, nicht aus einer reichen Familie stamme und arbeiten musste, um dahin zu kommen, wo ich jetzt bin."

„Stimmt", murmle ich und suche noch einmal nach etwas Tröstlichem, das ich sagen kann. „Das ist scheiße, aber wenn du dich dadurch besser fühlst: Theo war ein Riesenarsch, als ich ihn kannte und ich glaube ehrlich gesagt nicht, dass er sich groß verändert hat."

„Deswegen habe ich dich nicht hergebeten." Paul klingt verärgert. „Ich habe dich angerufen, um herauszufinden, ob das Kind von mir ist."

„Was?"

„Wie ich schon sagte, haben wir uns noch einige Male getroffen, als sie schwanger wurde."

„Das ist nicht wirklich mein Fachgebiet, Paul." Ich seufze. „Hast du sie denn gefragt?"

Er zuckt mit den Schultern. „Was soll das bringen? Sie würde nur lügen."

„Warum bittest du sie nicht um einen DNA-Test?"

„Dem wird sie nicht zustimmen", erwidert Paul und fährt sich mit der Hand durch die Haare. „Hör zu, ich weiß, dass ich verrückt klinge und auch, dass ich viel von dir verlange, aber bitte. Du bist der Einzige, der mir helfen kann. Ich muss wissen, ob das Kind von mir ist."

Kapitel 21 | Emma

„Was zum Teufel war das?", zischt Jeannie, sobald ich den Raum betrete. Sie hält Megan nicht mehr im Arm, die jetzt friedlich auf der Couch schläft. Stattdessen hat sie die Hände vor der Brust verschränkt und sieht mich stirnrunzelnd an.

Ich seufze und hänge meine Tasche an den Haken. „Ich hätte mich nicht von ihm nach Hause fahren lassen sollen."

"Wirklich? Das ist der Teil, auf den du dich konzentrieren willst? Und nicht die Tatsache, dass du ausdrücklich gelogen und gesagt hast, Megan sei meine Tochter. Noch schlimmer ist, dass du mich dazu gebracht hast, deine Lüge zu unterstützen."

„Es tut mir leid." Ich will ihre Hand nehmen, um mich zu entschuldigen. Ich weiß, wie sehr Jeannie es hasst zu lügen und ich hätte sie nicht in diesen ganzen Schlamassel hineinziehen dürfen, indem ich ihr mein Geheimnis überhaupt erst anvertraute. "Ich bin in Panik geraten und wusste nicht, was ich sonst sagen sollte. Ich wollte nicht, dass er sie sieht und voreilige Schlüsse zieht."

„Du meinst, so voreilige Schlüsse wie die Wahrheit?", höhnt sie, reißt ihre Hände aus meinen und fährt mir mit einer durch die Haare. „Emma, das ist lächerlich. Du musst es ihm sagen."

"Ich habe dir bereits erklärt, warum ich das nicht kann."

"Und wie sieht dann der Plan aus? Soll ich einfach so tun, als wäre Megan meine Tochter, während du behauptest, du wärst ihre Babysitterin?"

„Nein." Ich schüttle den Kopf. "Du musst nicht weiterlügen. Heute war eine Ausnahme. Ich lasse mich nicht mehr von Dillon nach Hause fahren."

„Es geht nicht nur darum", sagt sie mit frustriertem Unterton. "Du arbeitest jetzt ständig und hast kaum Zeit, deine Tochter zu sehen. Du gehst, bevor sie aufwacht und wenn du zurückkommst, schläft sie bereits. So kann man kein Kind großziehen und ich weiß, dass Megan dich schrecklich vermisst. Wenn dein Chef wüsste, dass du ein Kind hast, würde er vielleicht nachsichtiger sein oder zumindest Zulagen gewähren, damit du nicht so viel verpasst."

Ich schüttle erneut den Kopf, trotz der Schuldgefühle, die noch eine weitere Schicht zu der bereits vorhandenen hinzufügen. Zusätzlich zu allem anderen scheine ich auch meine Tochter im Stich zu lassen.

Ich mache einfach nichts richtig.

"Dillon wird mir keine Zugeständnisse machen, selbst wenn er wüsste, dass ich ein Kind habe. Er hat vom ersten Tag an klargestellt, dass dies ein harter Job sein würde und dass er viele Arbeitsstunden und einige Reisen bedeutet. Wenn ich mich jetzt beschwere und ihm verrate, dass ich ein Kind habe, was ich im Vorstellungsgespräch nicht erwähnt hatte, dann wird er einfach denken, dass ich versucht habe, ihm Sand in die Augen zu streuen und mich dann feuern." Schon der Gedanke, gefeuert zu werden und wieder in dieses finanzielle Loch zu fallen, lässt mein Herz schneller schlagen. Wir standen kurz vor der Obdachlosigkeit. Ich kann nicht dorthin zurück.

“Schau, das ist nur vorübergehend“, versichere ich Jeannie. “Okay? Ich habe nicht vor, diesen Job langfristig zu behalten. Nur bis ich alle unsere Schulden beglichen und uns genug Polster verschafft habe, um unsere Firma wieder aufzubauen.“

“Du willst Regal wieder aufbauen?"

Ihre Augen weiten sich vor Überraschung, was ich hätte erwarten sollen. Ich habe nie einen Hinweis darauf gegeben, wohin das mit Regal führen würde, vor allem, weil ich mich so besiegt fühlte, als alles den Bach runterging und mich so sehr auf das Überleben meiner Tochter konzentrierte.

Aber jetzt kann ich nicht anders, als an das zu denken, was Dillon gesagt hat: dass er bei seinem ersten Job auch kläglich gescheitert ist und es nur darauf ankommt, weiterzumachen. Regal war eine Zeit lang erfolgreich, bevor dieses Buchhalterarschloch uns betrogen hat. Es kann wieder erfolgreich werden.

Außerdem weiß ich, welches Leben ich meiner Tochter bieten möchte und das wäre schwierig, solange ich für jemand anderen arbeite. Ich möchte ihr eine Firma hinterlassen, die Generationen überdauert.

Ich nicke. „Ich denke schon. Aber selbst wenn nicht, brauche ich zumindest genug Geld, um uns über Wasser zu halten, bis ich einen vernünftigeren Job gefunden habe. So oder so, es wird nicht lange dauern. Ein paar Monate bis ein halbes Jahr. Versprochen.“

Jeannie schaut zur Decke und schließt die Augen. Ich sehe den Kampf auf ihren Zügen.

„Es ist nur ... ich habe mich nicht wohl dabei gefühlt, den Mann wegen seines Kindes anzulügen“, beharrt sie. „Ich wünschte, du würdest es ihm einfach sagen. Er scheint kein schlechter Mensch zu sein."

"Du hast ihn ganze zwei Sekunden lang getroffen."

"Schon klar, aber du weißt, dass ich Auren lesen kann. Ich konnte seine spüren und es schien nicht so, als wäre er der Bösewicht, zu dem du ihn gemacht hast."

Sie reißt die Augen auf und wirft mir einen vorwurfsvollen Blick zu. Ich öffne den Mund, schließe ihn dann aber wieder und unterdrücke den unmittelbaren Drang, mich zu verteidigen.

Jeannie hat wahrscheinlich recht. Dillon ist bei weitem nicht so schlimm, wie ich ihn mir in meinem Kopf ausgemalt habe.

Selbst in unseren härtesten Zeiten hat er mir gegenüber nie etwas ausgesprochen Schurkenhaftes oder auch nur Unfaires getan. Ein schlechter Mensch hätte mich nicht gegen seinen VIP-Kunden verteidigt und es wäre ihm egal gewesen, ob ich Hunger hatte oder nicht. Er hätte mich nicht nach meinen Zielen gefragt und aufmerksam zugehört. Er hätte mir nicht den Morgen freigegeben, weil er dachte, ich wäre vielleicht noch müde.

Vielleicht lassen ihn sein Job und sein Lebensstil moralisch grau wirken, aber im Grunde scheint er zu unerwarteter Freundlichkeit fähig zu sein. Und er scheint nicht einmal zu bemerken, dass er so ist. Er betrachtet es als ganz normal.

Oder vielleicht ist er nur freundlich, weil er dich ficken will, flüstert die grausame Stimme tief in mir. *Männer machen das ständig. Dein Vater war auch nett, wenn er etwas von dir wollte.*

„Er ist wirklich kein schlechter Mensch“, gebe ich zu. Wenn ich an meinen Vater denke, bekomme ich zweifellos wieder schlechte Laune, also vermeide ich es so gut wie möglich. „Und es tut mir leid, wenn ich diesen Eindruck erweckt habe.“

“Es muss dir nicht leid tun. Ich will nur nicht, dass du etwas tust, was du bereuen wirst.“

„Ich habe schon viele Dinge getan, die ich bereue.“ Ich lächle sie traurig an. “Alles, was ich jetzt machen kann, ist zu versuchen, den Schaden zu mildern, den es für mich und meine Lieben verursachen wird. Im Moment besitzt Megan für mich oberste Priorität. Ob du es glaubst oder nicht; alles, was ich mache, mache ich für sie. Und selbst wenn ich dadurch zu einem schlechten Menschen werde, kann ich nicht zulassen, dass sie durch meine Handlungen verletzt wird. Das würde ich mir nie verzeihen.“

Meine letzten Worte sind von Emotionen geprägt und die Wut verschwindet vollständig aus Jeannies Gesichtsausdruck. Sie nimmt meine Hände wieder und drückt sie.

"Es tut mir leid. Ich wollte dich nicht so hart verurteilen, es war nur ... die ganze Situation scheint ein Garant für eine Katastrophe zu sein und ich möchte nicht, dass du dich verbrennst. Du hast in deinem Leben schon genug durchgemacht. Aber ich verstehe, dass es auch für dich schwierig ist.“

Ich nicke. „Ich werde darüber nachdenken, was du gesagt hast ... darüber, es ihm zu erzählen.“ Ich erinnere mich nicht genau, was damals in dem Vertrag stand, aber ich werde versuchen herauszufinden, ob ich wegen

Vertragsbruch verklagt werden kann. Oder noch schlimmer, ob er dadurch irgendwelche väterlichen Rechte für mein Kind erhält, wenn ich es ihm sage.

Ich kann ihm keinen Zugang zu ihr gewähren, bis ich herausgefunden habe, was für ein Vater er sein wird.

Und ich werde meine Tochter nicht traumatisieren, indem ich ihr einen Vater zumute, der ihr immer wieder das Herz bricht, so wie es mein Vater bei mir getan hat.

„Aber versuche auch, ihm eine Chance zu geben", fährt Jeannie fort, als könne sie meine Gedanken lesen. „Denn Menschen sind nicht immer so, wie sie scheinen. Und manchmal weiß man eben nicht, was für ein Vater jemand sein wird, bevor er tatsächlich den verdammten Job macht." Ein kleines Lächeln erscheint in ihren Mundwinkeln. „Mein Vater war ein richtiger Aufreißer, als er sich mit meiner Mutter einließ. Er hatte keinen Job, keine Ziele und lebte wie ein Penner, bis er herausfand, dass meine Mutter mit mir schwanger war. Aber in dem Moment ging er auf die Knie und machte ihr einen Antrag. Er bekam seinen Scheiß auf die Reihe, wurde sesshaft und der beste Vater, den ich mir wünschen konnte."

„Glück gehabt", lächle ich, obwohl ein großer Teil von mir eifersüchtig ist. Ich habe Jeannies Vater kennengelernt und es fällt mir schwer, ihn mir so vorzustellen, wie sie ihn beschreibt. Obwohl er immer noch diesen verspielten Glanz in den Augen hat, besonders wenn er ihre Mutter neckt, steht außer Frage, wie sehr er sich seiner Familie widmet. Er arbeitet in mehreren Jobs, um für sie zu sorgen, hat jahrelang gespart, um sie auf das College ihrer Träume zu schicken und hat Jeannie sogar unterstützt, als sie das College abbrechen und mit mir ein Unternehmen gründen wollte.

Er war ihr größter Fan und sie musste wieder bei ihren Eltern einziehen, weil er sie so sehr vermisste. Jeannie sagt, dass er jedes Mal weint, wenn sie auch nur davon spricht, auszuziehen.

Andererseits wollte mein Vater nie Kinder. Er sah mich als etwas, das sein Leben aus der Bahn warf und ließ mich dafür bezahlen. Als ich gerade alt genug war, fand er Möglichkeiten, mit mir Geld zu verdienen. Ich habe mit elf Jahren angefangen zu arbeiten und seitdem nicht mehr aufgehört.

Jeannie wirft einen Blick auf Megan, die überraschenderweise bei all dem Gerede nicht aufgewacht ist. „Sie sieht aus wie er."

„Ich weiß." Besonders ihre Augen und ihre Lippen, die beim Lächeln die gleiche Krümmung haben wie seine.

Deshalb wollte ich Jeannie und Megan unbedingt von Dillon fernhalten, bevor Megan aufwachte. Wenn sie ihre Augen öffnete, hätte er zweifellos die Ähnlichkeit gesehen und dann vielleicht angefangen, Fragen zu stellen. Er war ein kluger Mann und sehr scharfsinnig. Ich war nicht davon überzeugt, dass ich ihn anlügen konnte, wenn er mir direkt ins Gesicht starrte.

Als ob sie die Last unserer Blicke spüren würde, dreht sich Megan auf der Couch um und murmelt: „Mami ..."

Ich laufe sofort auf sie zu und vergesse alles andere. „Mommy ist hier." Ich knie mich neben die Couch. „Hallo, Baby."

Megan reißt die Augen auf und schaut mich dann an. Ein verwirrtes Stirnrunzeln. „Echte Mami?“

Emotionen schnüren mir die Kehle zu. „Ja. Ich bin`s wirklich.“

Das Stirnrunzeln verwandelt sich in ein Lächeln und sie streckt ihre Arme nach mir aus. Ich ziehe sie näher zu mir heran und atme sie ein, genieße ihren Duft. Mein wunderschönes Baby.

„Ich habe dich vermisst, Mami.“

“Ich dich auch. So sehr.“ Jeannie hat recht. Ich habe das Gefühl, dass ich in den wenigen Tagen, in denen ich sie nicht gesehen habe, schon so viel verpasst habe. Und wenn meine Vorhersagen stimmen, wird es bei Genesis von nun an nur noch hektischer werden.

Ich muss mein Gleichgewicht finden, um zu überleben und herausfinden, wie ich auch für meine Tochter da sein kann.

Ich denke die ganze Nacht darüber nach, wie ich das schaffen kann, während ich mich zum Schlafen an Megan kuschle, aber als mich die Müdigkeit schließlich in den Schlaf wiegt, folgen mir die Gedanken nicht in meine Träume.

Stattdessen träume ich von Dillon. Von unserem Gespräch. Er grinst mich auf diese teuflische Weise an und zieht mich an sich.

Seine Lippen auf meinen, diese Hände, die meinen Körper hinuntergleiten.

Ich träume davon, Dillon zu sagen, dass Megan seine Tochter und er darüber überglücklich ist.

Aber sobald ich aufwache, erkenne ich es als das, was es ist: eine schöne unrealistische Fantasie.

An diesem Morgen ist Megan begeistert, als ich mit ihr frühstücke und sie zur Schule bringe. Natürlich endet ihre gute Laune vor dem Spielzimmer, als ich ihr sage, dass die Babysitterin sie abholen wird.

„Warum kannst du mich nicht abholen, Mami?“, fragt sie.

"Weil ich arbeiten muss, Baby.“

Ich kneife sie in die Wangen, aber sie schüttelt mich ab und verschränkt ihre winzigen Arme vor der Brust.

Der energische Zug um ihr Kinn und die Enttäuschung in ihren Augen brechen mir das Herz.

„Ich liebe dich“, flüstere ich und ziehe sie an mich. „Das weißt du doch, oder?“

Sie nickt, aber sie scheint nicht glücklich darüber zu sein.

Ich hasse jede Sekunde davon, aber ich zwinge mich, sie dort zu lassen und trotzdem zu gehen.

Kapitel 22 | Dillon

Nachdem sich Paul in einen Vollrausch getrunken hat, trage ich ihn über meiner Schulter in mein Auto und fahre ihn nach Hause. Sein Auto stand in einer ziemlich sicheren Gegend und ich hatte bereits Vereinbarungen mit dem Barbesitzer getroffen, so dass es wahrscheinlich in Ordnung gehen würde. Nachdem ich es irgendwie geschafft habe, seine Schlüssel zu finden und die Tür zu seiner Wohnung aufzuschließen, setze ich ihn auf seiner Couch ab. Er ist kaum noch bei Verstand und murmelt etwas von Rachel und einer Reise nach Florida, die sie eigentlich machen wollten. Ich will gerade gehen, aber dann entschließe ich mich, ihm noch eine Decke überzuwerfen und seinen Kopf auf der Couch abzulegen.

So. Alles schön eingekuschelt. Ich denke, ich habe die Pflichten eines Freundes für diese Nacht erfüllt.

Schließlich fahre ich nach Hause.

Als ich dort ankomme, versuche ich, das Gleiche für mich zu tun, aber das ist nicht so einfach. Mehrere Gedanken hielten mich in der Nacht wach: der Gedanke an den Fall Coolidge, dann an Paul und einige der anderen Fälle, mit denen wir uns gerade beschäftigen. Und trotzdem überhäufen uns weitere Anfragen, während wir in Arbeit ertrinken. Wir dümpeln im Erfolg.

Ich liebe es und hasse es zugleich.

Es ist bald klar, dass mein Körper mich heute Nacht nicht viel schlafen lassen wird, also stehe ich irgendwann auf. Ich gehe hinauf in den behelfsmäßigen Fitnessraum im

Dachgeschoss des Penthauses. Der Fitnessraum ist größtenteils leer und verfügt nicht einmal über die Hälfte der Geräte von Pauls Fitnessstudio, aber alles, was ich wirklich brauche, ist der Boxsack in der Mitte.

Ich ziehe meine Handschuhe an, gehe in die Hocke und bearbeite den Sack, bis ich ihn in meinen Muskeln spüre. Ich verfalle in einen lockeren Rhythmus, bei dem jeder Schlag ein entsprechendes Klirren erzeugt. Dabei tänzle ich um den Sandsack herum und warte darauf, dass die Erschöpfung meinen Geist beruhigt.

Tausend Gedanken pro Minute gehen mir trotzdem noch durch den Kopf.

Schließlich lasse ich mich müde auf den Boden fallen, aber mein Verstand arbeitet weiter wie eine Lokomotive und versucht, die Teile zusammenzufügen.

Pauls Fall wird ein Chaos werden, das spüre ich. Der Coolidge-Fall ist bereits kompliziert.

Ich muss morgen sofort loslegen, also brauche ich etwas Schlaf.

Ich gehe nach unten, dusche kurz und lege mich dann wieder ins Bett. Ich schließe meine Augen und atme tief ein.

Denke angenehme Gedanken, entspannende Gedanken. Denke an einen Strand auf einer Insel mit einer Frau mit hübschen braunen Augen.

Wie der Ruf einer Sirene meldet sich Emma sofort wieder in meinem Kopf. Ich denke an sie, wie sie auf dieser Insel war, fröhlich und frei.

Sie ist jetzt viel ernster, aber es gibt immer noch Momente, in denen ich die Frau von früher erahnen kann. Zum Beispiel, wenn sie ihr Essen genießt. Und wenn ich sie nach Hause fahre und sie aus dem Fenster starrt, mit einem fast wehmütigen Gesichtsausdruck, die Schultern entspannt.

Natürlich kehrte die ganze Anspannung schlagartig zurück, als wir bei ihr zu Hause ankamen.

Ich muss mir überlegen, wie ich sie bald aus dieser Wohnung herausbekomme. Ein weiterer Punkt auf meiner Tagesordnung.

Gegen zwei Uhr nachts schlafe ich endlich ein, nur um vier Stunden später wieder geweckt zu werden. Während ich mich für die Arbeit fertig mache, spiele ich im Geiste ein paar Ideen durch. Als ich kurz vor neun ins Büro komme, finde ich Paul dort vor, der bereits am Empfang auf mich wartet. Er ist der einzige Kunde, sitzt mit verschränkten Armen da und starrt ausdruckslos ins Leere.

„Paul."

Er entdeckt mich und erhebt sich. Seine Augen sind blutunterlaufen und er hat wahrscheinlich einen Kater, aber er hat sich Mühe gegeben, sich zurechtzumachen. Er trägt tatsächlich einen Anzug und sein Haar ist streng zurückgekämmt. Er hat sich heute Morgen nicht rasiert und sein Kinn ist übersät mit Bartstoppeln, aber ich denke, er hat sein Bestes gegeben.

„Ich will nicht lügen, doch habe ich nicht erwartet, dich hier zu sehen, Kumpel."

„Ich wusste nicht mehr, ob du mir helfen wolltest oder nicht", gesteht er. „Aber ich bin hierhergekommen, weil es noch mehr gibt, was ich dir sagen muss."

Ich nicke. „Lass uns zuerst etwas Kaffee in dich einfüllen. Du siehst aus wie der Tod."

Ich mache eine Geste in Richtung Empfangsdame, die uns verstohlen beobachtet. Sie erhebt sich sofort und ich sage zu Paul: „Komm mit."

Paul gehorcht und wir fahren mit dem Aufzug nach oben und kommen in meiner CEO-Suite an. Emmas Schreibtisch ist leer und ich erinnere mich, dass ich ihr wieder einmal den Vormittag frei gegeben habe. Ich schmunzle. George wird mir irgendwann den Arsch aufreißen, weil ich ihr zu viel Freizeit gönne, obwohl wir sie gerade erst eingestellt haben, aber technisch gesehen sollte dies sowieso ihre Probezeit sein. Außerdem habe ich bis jetzt noch keine Beschwerden über ihre Arbeit gehört. Sie war ein echter Profi, als es darum ging, in letzter Minute mit mir nach Houston zu fliegen und hat sich auf der Konferenz genauso verhalten. Es gibt keinen Grund für mich als Chef, sie dafür nicht zu belohnen.

Ich öffne meine Bürotür und gebe Paul ein Zeichen, sich zu setzen. Während er das tut, gehe ich zum Schrank und schenke mir ein Glas Brandy ein, bevor ich mich wieder an meinen Platz begebe.

Paul stöhnt, als er das Glas sieht und berührt seine Schläfe. „Ich kann keinen Alkohol mehr sehen. Ich fühle mich beschissen. Und ich erinnere mich nicht an viel von dem, was gestern Abend passiert ist."

„Nun, wenn du dich dann besser fühlst: es gibt auch nicht viel, an das du dich erinnern musst." Ich rekapituliere. „Du hast mir erzählt, dass deine Ex schwanger ist, dann hast du zwei volle Flaschen Scotch getrunken, geheult wie eine Schlampe, ich habe dich nach Hause getragen und dich dann hübsch zugedeckt."

Er blickt mich an und zeigt mir den Mittelfinger. Ich schmunzle.

„Deshalb musst du dich zurückhalten, mein Freund." Und als sein Freund darf ich seinen Kater ein wenig genießen. „Aber du musst zugeben, dass das lustig war, denn auf dem College war das Szenario normalerweise genau umgekehrt."

„Ja, ich erinnere mich", murmelt er und ich nehme einen Schluck von meinem Brandy.

„Wie auch immer", grinse ich. „Sag mir, was hast du noch herausgefunden?"

„Hast du beschlossen, mir zu helfen?"

„Es ist nicht so, dass ich dir nicht helfen will. Ich habe nur keine Ahnung, wie ich das anstellen soll." Das stimmt nicht ganz. Ich habe einige Ideen, aber die Pläne sind verworren und unübersichtlich und beinhalten eine achtzigprozentige Chance zu scheitern. Es wäre viel einfacher für mich, wenn ich Paul zur Vernunft bringen könnte und er die Sache auf sich beruhen ließe.

„Kannst du nicht einfach eine DNA-Probe der Mutter besorgen und sie testen lassen oder so?", fragt er. „Vielleicht eine Haarsträhne. Das ist doch möglich, oder?"

„Es müsste eine Blutprobe sein. Wie kommst du darauf, dass wir einfach so eine Blutprobe von deiner uneinsichtigen Ex-Frau bekommen?"

Er seufzt und lässt den Kopf wieder sinken.

„Es wäre viel einfacher, wenn wir sie dazu bringen könnten, es zuzugeben", fahre ich fort. „Aber du hast ja schon gemeint, dass sie dir nicht die Wahrheit sagen wird."

„Nein. Sie wird wollen, dass das Baby von ihm ist."

„Und das kannst du nicht zulassen."

Seine Augen weiten sich entsetzt. „Das ist mein Kind."

„Richtig, es könnte dein Kind sein", gebe ich zu bedenken. „Und selbst wenn es dein Kind ist, was soll das Ganze hier? Willst du wirklich für den Rest deines Lebens mit dieser Frau zusammenbleiben?"

Seine Augen verengen sich. „Die Alternative wäre, mein Kind bei ihr und Theodore zu lassen. Du hast mir gesagt, dass er ein Arschloch ist und ich bin mir nicht sicher, ob Rachel eine gute Mutter sein wird. Und selbst wenn sie es wäre, werde ich mein Kind nicht im Stich lassen." Sein Blick wird grimmig. „Das verstehst du einfach nicht."

Ich runzle die Stirn. „Was soll das denn heißen?"

„Ich meine, du hast nie Kinder gewollt. Wahrscheinlich wäre es dir sogar egal, wenn jemand dein Kind kriegt und versucht, es als das Baby eines anderen auszugeben."

Ich verdaue die Aussage. Obwohl ich nicht beleidigt bin und Paul nicht ganz unrecht hat, liegt sie mir schwer im Magen.

Es stimmt zwar, dass ich nie Kinder wollte, aber das heißt nicht, dass ich mein Kind im Stich lassen würde. Ich bin vielleicht nicht der geeignetste Vater, aber ich weiß, dass es da draußen noch viel schlimmere Menschen als mich gibt und ich würde mein Kind weder diesen noch dem Pflegesystem anvertrauen.

Doch der Gedanke, ein Kind zu haben, hat mich nie gereizt. Obwohl es sich nicht mehr ganz so schlimm anfühlt wie früher. Vielleicht werde ich alt und der Drang, mich fortzupflanzen, erwacht endlich in mir. Trotzdem habe ich nicht vor, diesem Drang nachzugeben. Ich würde einen schrecklichen Vater abgeben.

„Gutes Argument", sage ich schließlich. „Okay, ich werde dir helfen. Jetzt erzähl mir die andere Sache, die du entdeckt hast."

„Rachel fährt mit ihrem Freund zu einem weit entfernten Seminar", erzählt er. „Es geht um dieses neue Geschäft, das er aufmacht. Sie werden für einige Zeit in Asien sein und sie wird dort auch das Kind zur Welt bringen, was bedeutet, dass ..."

„Du erfährst nicht einmal, wann sie entbindet."

„Genau", nickt er.

Ich trommele mit den Fingern auf meinen Schreibtisch. „Weißt du, wo dieses neue Geschäft ist?"

Er schüttelt den Kopf. „Keinen Schimmer."

Verdammt. Aber dann frage ich mich plötzlich, ob das etwas mit Arthur Coolidge und Hector zu tun hat. Denn beide Fälle drehen sich um die Familie Darling und es ist verlockend zu denken, dass sie miteinander zusammenhängen.

Aber ich werde nicht auf diesen allzu häufigen Trugschluss hereinfallen. Nur weil zwei Dinge miteinander verbunden zu sein scheinen, heißt das nicht, dass sie es auch sind.

„Ich werde herausfinden, wo das Seminar stattfindet", verspreche ich ihm.

„Aber wie?", hakt er nach.

"Je weniger du über die Details und Methoden weißt, desto besser. Aber glaub mir, das werde ich. Und dann werde ich jemanden in Rachels Nähe platzieren, um zu sehen, was wir über die Schwangerschaft herausfinden können. Vielleicht gibt sie uns ja ein paar Hinweise." Obwohl das höchstwahrscheinlich nicht der Fall sein wird. Rachel ist sehr verschlossen und wird ihre Geheimnisse nicht vor einem Fremden ausplaudern.

Trotzdem ist es einen Versuch wert.

Paul nickt. „In Ordnung. Ich danke dir, Kumpel. Und wegen ... du weißt schon ... der Bezahlung ..." Er hustet in seine Faust, sein Gesicht rötet sich. „Ich weiß, dass du nicht gerade billig bist, aber mein Studio ist in letzter Zeit etwas unterbelegt und ich habe über einen Zahlungsplan nachgedacht ..."

Ich schenke ihm ein schelmisches Grinsen. „Wirklich? Du bietest mir ernsthaft Geld an?"

„Hör mal, ich weiß doch, dass das dein Job ist, also möchte ich unsere Freundschaft nicht ausnutzen ..."

„Nichts für ungut, Paul, und mir ist klar, dass du mit dem Fitnessstudio und allem anderen sehr gut zurechtkommst, aber du kannst dir wahrscheinlich nicht einmal meinen Vorschuss leisten."

„Das hättest du nicht sagen müssen, Arschloch", knurrt er und ich grinse.

„Wir sind seit Jahren befreundet. Verdammt, du hast mir praktisch das Leben gerettet, als Jimmy mich einmal überredet hat, mit ihm Klippenspringen zu gehen."

„Ich kann immer noch nicht glauben, dass du es getan hast. Du weißt, dass Jimmy pathologisch verrückt ist, oder?"

„Ja, aber ich war betrunken, also schien es damals eine gute Idee zu sein." Ich erinnere mich noch an den Schmerz, der meinen Arm durchzuckte und an das Gefühl, als die

Fluten mich nach unten zogen. Wenn Paul nicht hereingesprungen wäre und mich gerettet hätte; keine Ahnung, ob ich überhaupt noch am Leben wäre. „Wie auch immer, du hast mir das Leben gerettet, also betrachte das als Wiedergutmachung."

Paul kann seine sichtbare Erleichterung nicht verbergen. „Danke, mein Freund. Ich wüsste nicht, was ich ohne dich tun würde."

„Nicht das Geringste."

Er grinst schwach und erhebt sich. „Also gut, ich will nicht noch mehr von deiner Zeit in Anspruch nehmen."

„Gehst du zur Arbeit?" Ich stehe auf und begleite ihn zur Tür, die er aufreißt.

Nur um dann Emma gegenüberzustehen.

Sie steht davor, die Faust erhoben, als wolle sie klopfen.

„Oh, Entschuldigung", murmelt Paul. „Ich habe sie gar nicht bemerkt."

„Kein Problem", sagt Emma. „Ich wollte nicht stören. Ich habe mich nur gefragt, ob du heute Morgen noch etwas für mich zu erledigen hast, Dillon. Außerdem hast du heute Nachmittag ein Meeting und ich wollte dich darüber informieren."

„Richtig." Ich sauge sie in mich auf und mein Herz setzt bei ihrem Anblick einen Schlag lang aus. Schnell reiße ich meinen Blick von ihr los und bemerke, dass Paul mich neugierig ansieht.

„Emma, Paul", gestikuliere ich zwischen den beiden hin und her. „Paul, Emma."

Ein Schimmer von Interesse erscheint in Pauls Augen, aber es ist ein Beweis dafür, wie emotional zerstört er ist, dass er nicht einmal versucht, mich aufzuziehen, indem er mit Emma flirtet oder subtil auf unsere Beziehung anspielt.

Stattdessen sagt er: „Schön, Sie kennenzulernen, Emma."

„Gleichfalls", erwidert Emma.

„Wenn Sie mich entschuldigen, wir sehen uns später, Dillon."

„Bis dann und vergiss nicht, dir unten deinen Kaffee mitzunehmen."

Paul geht an Emma vorbei in Richtung der Aufzüge und lässt dabei die Schultern hängen.

„Alles okay mit ihm? ", fragt Emma, die seine Stimmung deutlich lesen kann.

Ich nicke, winke sie herein und schließe die Tür hinter ihr.

„Er kommt schon klar. Er hat uns gerade mit einer neuen Untersuchung beauftragt, bei der ich auf deine Hilfe hoffe."

Sie legt neugierig den Kopf schief. „Worum geht es dabei?"

„Hinterlist. Wie gut bist du im Lügen?"

Ein Aufflackern von Unbehagen huscht über ihr Gesicht. „Ähm ... ziemlich gut."

„Nun, dieses Mal musst du mehr als nur ziemlich gut sein", erkläre ich ihr. „Du musst dich an jemanden heranpirschen, sein Vertrauen gewinnen und ihm dann wiederholt und überzeugend ins Gesicht lügen, so lange es eben dauert, bis wir die benötigten Informationen haben. Meinst du, du schaffst das?"

„Ähm ..." Sie beißt sich auf die Lippen, Nervosität steht ihr ins Gesicht geschrieben. Sie weicht meinem Blick aus, während sie schwer schluckt. „Ich denke schon."

„Toll“, sage ich.

Ich bitte sie, sich zu setzen, während ich ihr einen Überblick über Pauls Fall verschaffe. Ich berichte ihr auch, was sie meiner Meinung nach tun muss und da verschränkt sie die Arme vor der Brust und schürzt die Lippen.

„Lass mich das kurz klarstellen“, entgegnet sie. „Du willst, dass ich mich dieser Frau nähere, indem ich mich als Freundin ausgebe, um herauszufinden, ob ihr Baby wirklich von Paul ist?“

„Ja“, bestätige ich. „Kannst du das machen?“

Sie schweigt ein paar Minuten lang und denkt nach. Dann zuckt sie zaghaft mit den Schultern. „Ich kann es versuchen.“

„Nein. Nicht versuchen. Ich will, dass du Erfolg hast. Also, schaffst du das?“

Diesmal sieht sie mir in die Augen. Wieder ist sie still, aber dann nickt sie langsam.

„Sehr schön.“ Ich klatsche in die Hände. „Das Wichtigste zuerst. Wir müssen einkaufen gehen.“

Kapitel 23 | Emma

„Einkaufen?“ Ich blinzle ihn an. „Was hat das denn mit dem Fall zu tun?“

„Alles hat miteinander zu tun.“ Er kommt zu mir hinüber, wo ich immer noch sitze und hält mir seine Hand hin. Widerwillig ergreife ich sie und er zieht mich auf die Beine. Mein Fuß knickt zur Seite, so dass ich nach vorne stolpere und mich mit einer Hand auf seiner Brust abstütze, direkt über seinem starken Herzschlag.

Ich sehe ihm in die Augen und er erwidert meinen Blick, ein Lächeln kräuselt sich um seine Lippen. „Siehst du, was ich meine?“

„Hm?“ Ich bin zu sehr damit beschäftigt, ihm in die Augen zu starren, um zu verstehen, was er sagt.

„Deine Schuhe sind abgetragen und sehr schlecht verarbeitet. Deshalb passiert dir das immer wieder. Ich sehe jetzt schon zum dritten Mal, dass du über deine Füße stolperst und ganz ehrlich, deine Waden müssen bei jedem Schritt, den du machst, ein gigantisches Training absolvieren. Aber irgendwann werden deine Sehnen und deine Knöchel abgenutzt sein und glaub mir, das ist das Letzte, was du willst.“

Heiße Röte breitet sich auf meinem Gesicht aus, als ich mich von ihm wegdrücke. Ich fühle mich ertappt und gedemütigt, aber natürlich lässt Dillon es nicht dabei bewenden.

„Du hast auch drei Tage hintereinander die gleichen zwei Kombinationen getragen. Dazu kaum Schmuck, keine

Accessoires, außer dieser Kette, die du immer um den Hals trägst."

Ich greife nach oben und berühre verlegen die Halskette. Die hatte ich gekauft, als Megan geboren wurde, ein Anhänger mit einem halben Herz. Megan trägt die andere Hälfte, weil sie die andere Hälfte meines Herzens ist.

„Sie hat sentimentalen Wert", verteidige ich mich.

„Ich weiß." Er schiebt seine Hand wieder unter mein Kinn und zieht meinen Blick zu sich. Seine Augen sind sanft, als er fortfährt: „Und es geht nicht darum, dich in Verlegenheit zu bringen oder dir ein schlechtes Gewissen zu machen, also sieh mich nicht so an."

„Geht es nicht?" Nun, das ist ihm jedenfalls gelungen.

Er schüttelt den Kopf. „Ich habe diese Dinge nur bemerkt, weil ich dich ständig beobachte. Weil ich nicht aufhören kann, dich anzuschauen, egal wie sehr ich es versuche. Du hast jeden meiner Gedanken verschlungen. Ich weiß nicht, ob du es bemerkt hast, aber ich finde dich umwerfend schön. Du wärst auch schön, wenn du nur einen Müllsack und ein Paar Holzschuhe an den Füßen tragen würdest."

„Oh." Meine Stimme ist plötzlich leise und mein Herz flattert. *Fall nicht darauf rein, Emma. Das gehört alles zu seinem Spiel.*

Aber warum sieht er so verdammt ehrlich aus?

Dillon unterbricht schließlich den Augenkontakt, indem er seinen Blick an meinem Hals entlangschweifen lässt, während seine Finger ihm folgen. Überall, wo er mich berührt, entsteht eine Gänsehaut, auch wenn mich seine Worte noch mehr erschaudern lassen. „Silber steht dir nicht.

Du solltest in Roségold, Diamanten und Perlen gehüllt werden. Deine Haut müsste mit Edelsteinen bedeckt sein, die so strahlend sind wie deine Augen und du solltest nur Kleider tragen, die deine Figur zur Geltung bringen. Ehrlich gesagt habe ich versucht, einen Weg zu finden, dir heimlich zu besorgen, was du brauchst, aber dafür habe ich keine Zeit, denn wir müssen die Show so schnell wie möglich auf die Beine stellen. Also kann ich dir nur sagen, wie ich das sehe."

Seine Worte schwirren mir im Kopf herum, aber ich konzentriere mich auf den letzten Teil. *Er sagt mir diese Dinge nur und kauft mir Kleidung für die Arbeit.* Alles andere meint er nicht ernst.

„Ich wollte nur ..." Ich bewege meinen Hals, um seine Hand loszuwerden und trete einen Schritt zurück. Dann schlinge ich meine Arme um meinen Oberkörper, denn mir ist ohne seine Berührung plötzlich kalt. „Ich fühle mich nicht wohl dabei, solche Dinge von Leuten anzunehmen, die ich kaum kenne."

Das streicht ihm das Lächeln aus dem Gesicht.

„Bin ich das für dich?", fragt er. „Jemand, den du kaum kennst?"

Ich höre den Schmerz in seiner Stimme und muss den Kopf schütteln.

Es wäre eine zu große Lüge, uns als praktisch Fremde zu bezeichnen, aber ich würde mich auch täuschen, wenn ich glaubte, wir stünden uns nahe. Die künstliche Verbindung, die wir auf der Insel hatten, wurde nur durch die Atmosphäre und unsere Lust konstruiert. Aber wir kennen uns nicht wirklich und das ist es, was alles durcheinanderbringt.

„Antworte mir." Dillon berührt mich wieder, dieses Mal an der Wange. Ich erwidere seinen Blick. „Sind wir einfach nur Fremde füreinander?"

„Wir hätten Fremde bleiben sollen", flüstere ich zurück. „Alles auf dieser Insel hätte nicht passieren dürfen." Ein einziger Moment der Impulsivität nach einem Leben unter strikter Kontrolle hat alles für immer verändert. Ich dachte, es wäre okay, mir eine Pause zu gönnen, nachdem ich mein ganzes Leben lang so hart gearbeitet hatte. Deshalb habe ich Dillons Angebot, mit ihm für eine Woche auf eine kleine Urlaubsinsel zu fliegen, auch nicht abgelehnt. Ich dachte, es würde ein harmloser Spaß werden.

Bis ich schließlich schwanger wurde und wieder allein war.

Trotzdem würde ich es nicht rückgängig machen wollen. Denn wenn ich das täte, hätte ich das Schönste in meinem Leben nicht mehr, nämlich meine Tochter.

Eine Tochter, die ich immer noch vor ihm verheimliche.

Es entbehrte nicht einer gewissen Ironie, dass Dillon mir einen Auftrag gab, bei dem es um eine Frau ging, die möglicherweise ihr Baby dem Vater vorenthielt. Es spiegelt so sehr das wider, was ich ihm angetan habe, dass Jeannie mir wahrscheinlich erklären würde, dass hier kosmische Gerechtigkeit im Spiel ist.

Ich glaube nicht an so etwas, aber die Schuldgefühle schmerzen, vor allem, wenn ich mich an das absolute Elend im Gesicht seines Freundes Paul erinnere.

Vielleicht habe ich deshalb zugestimmt, den Job zu übernehmen, um meine eigenen Schuldgefühle zu lindern. Nicht, dass ich von vornherein eine Wahl gehabt hätte.

Die Tür öffnet sich und ich weiche von Dillon zurück. Zu meinem Entsetzen und zu meiner Beschämung steht George in der Tür und runzelt die Stirn. „Störe ich bei etwas?"

„Was willst du?" Dillon fragt eher, als dass er antwortet und jede Spur von Sanftheit ist aus seinem Tonfall verschwunden, so dass ich mich frage, ob ich wirklich die Einzige bin, zu der er so ist.

„Unterschriften", erwidert George. Er ignoriert mich geflissentlich, als er hereinkommt, das Bündel Papiere auf Dillons Schreibtisch legt und dann geht, ohne noch etwas zu sagen.

Gott, was für ein schreckliches Timing.

Ich habe so sehr versucht zu beweisen, dass ich nicht hier bin, um mit dem Chef anzubändeln, doch George musste ausgerechnet dann hereinplatzen, als es genau danach aussah.

Ich war echt nicht sehr gut darin, ihm das Gegenteil zu beweisen.

„Wir müssen los", sagt Dillon, der sich offensichtlich nicht im Geringsten an Georges Verhalten stört. Er geht zur Tür und hält sie für mich auf.

Ich nicke und folge ihm.

Doch wieder einmal nimmt der Einkaufsbummel mit Dillon eine unerwartete Wendung.

Wir gehen nicht in ein Bekleidungsgeschäft oder gar in ein Einkaufszentrum. Wir fahren auch nicht in die Innenstadt. Stattdessen fährt er auf den Highway und nimmt eine Ausfahrt, die in eine Wohngegend führt, in der eine Reihe von Hochhäusern, klassischen Sandsteinvillen und gepflegten Parks die Straßen säumen.

Schließlich biegt er zu einem der Hochhäuser ab und das automatische Tor hebt sich, als sich sein Mercedes nähert, um seinen Wagen passieren zu lassen.

„Wo sind wir hier?“, frage ich und bewundere die sauberen Anlagen und die heitere Atmosphäre des Ortes. Ein weißer Betonboden und Alabaster-Skulpturen schmücken das Äußere, aber das Gebäude selbst besteht aus hellblauem Glas, das die gleiche Farbe wie der Himmel hat. Ein Wasserbrunnen begrüßt uns gegenüber dem Parkplatz, wo Dillon den VIP-Platz einnimmt.

Von dort aus entdecke ich etwas an der Ecke des Gebäudes, das wie eine Voliere aussieht und erkenne durch das Glas bunte Vögel auf Bäumen.

Megan würde dieser Ort gefallen, denke ich bei mir. *Sie liebt Vögel.*

Vielleicht kann ich es mir eines Tages leisten, sie zu einem Ort wie diesem mitzunehmen, wenn mein Unternehmen erfolgreich ist. Ich bin fest entschlossen, ihr ein Leben zu schenken, wie ich es nie hatte; ein Leben voller Liebe und Wohlstand, in dem es ihr an nichts fehlen wird.

„Windall Park“, sagt er, um meine Frage zu beantworten. „Mein Penthouse befindet sich in der obersten Etage.“

„Wir sind bei dir zu Hause?“ Endlich reiße ich meinen Blick von der atemberaubenden Anlage los und starre ihn an. „Ich dachte, wir gehen einkaufen.“

„Tun wir auch“, schmunzelt er. „Oder besser gesagt, die Einkäufe kommen zu uns.“

„Hm?“

Er steigt aus dem Auto aus, aber diesmal öffne ich meine Tür selbst, bevor er mir zuvorkommen kann. Er zwinkert mir zu, als wüsste er, was ich denke, legt mir aber trotzdem die Hand auf den Rücken und führt mich in eine große makellose Lobby, in der eine lächelnde Hostess steht und uns empfängt.

„Meine Stylistin ist auf dem Weg", erklärt er mir, während der Duft von beruhigendem Eukalyptus meine Nasenflügel umschmeichelt und mich entspannt. „Sie wird sich um alles kümmern, was du brauchst."

„Oh?", staune ich. „War es wirklich nötig, eine Stylistin zu holen?" Ich bin davon ausgegangen, dass wir nur ein paar Outfits für meine neue Rolle besorgen würden.

„Natürlich", beharrt er. „Du musst die Darlings davon überzeugen, dass du jemand Wichtiges bist. Diese Leute sind große Snobs. Sie werden dir nicht einfach glauben, nur, weil du ein paar Designerstücke trägst und mit ein bisschen Geld um dich wirfst. Nein. Sie müssen davon überzeugt werden, dass du Reichtum isst, schläfst und atmest; dass du den gleichen Lebensstil wie sie praktizierst. Das bedeutet, dass du alle Luxustrends kennen musst, auf die die Blaublüter so stehen. Wir reden hier nicht nur von Vintage Couture, sondern von Designern, von denen noch niemand etwas gehört hat."

„Oh." Jetzt, wo er es so ausdrückt, fühle ich mich ein bisschen eingeschüchtert. „Wenn ich es mir recht überlege, weiß ich nicht, ob ich das tatsächlich durchziehen kann."

„Natürlich kannst du das", versichert er mir, als wir den Aufzug betreten. „Ich hätte dir den Job sonst gar nicht erst angeboten. Du hast das Aussehen dafür, dieses klassische alte Hollywood-Flair. Wir müssen dich nur ein bisschen aufhübschen und sie werden es dir abkaufen."

„Man sagt, dass altes Geld anderes altes Geld riechen kann. Und ich rieche definitiv nicht danach. Ich rieche höchstens nach Neureich."

„Das ist perfekt, genau das, was wir darstellen wollen", fährt er fort. "Rachel ist auch neureich, also fühlt sie sich bei Theos Familie wahrscheinlich überfordert. Die Darlings können ganz schön anstrengend sein. Sie macht wahrscheinlich einen auf hart, ist aber insgeheim unsicher und versucht ihr Bestes, um sich anzupassen. Und ich kenne diese Familie. Es gibt absolut keine Chance, dass sie es ihr leicht machen werden, besonders wenn man bedenkt, dass sie schon einmal verheiratet war. Du wirst dich als jemand ausgeben, der genau in der gleichen Lage ist wie sie und theoretisch werdet ihr beide die besten Freundinnen werden und all eure Geheimnisse miteinander teilen und so weiter."

„Nur dass ich keinen blaublütigen Ehemann habe."

Er zwinkert mir zu. „Jetzt hast du einen."

Ich brauche eine Sekunde, um zu begreifen, was er meint. „Warte, *du* willst dich als mein Ehemann ausgeben?"

„Jep."

Der Aufzug hält in der obersten Etage und ein langer Flur liegt vor uns. Wir steigen aus und ich sage: „Aber weiß sie nicht, dass du mit Paul befreundet bist? Würde sie das nicht misstrauisch machen?"

„Wir kümmern uns um diese Baustelle, wenn wir dazu kommen. Aber es würde helfen, wenn du so tust, als würdest du mich nur wegen meines Geldes mögen. Sei so überzeugend wie du kannst."

Ich runzle die Stirn. Es ist ein komplizierter Trick und ein großer Teil von mir schreit, dass das niemals funktionieren wird.

Aber dann erinnere ich mich daran, wie traurig Paul beim Verlassen des Büros aussah und ich fasse wieder Mut.

Ich muss das durchziehen.

Aber was ist, wenn die Frau in der gleichen Situation ist wie du? Was, wenn sie ihr Kind aus einem bestimmten Grund vor ihm verheimlicht?

Der Gedanke quält mich, als Dillon seine Tür aufschließt und mit einem Finger auf der Flachbildschirmtastatur den Code eingibt.

„Fühl dich wie zu Hause", sagt er, als wir reinkommen. „Die Stylistin sollte gleich hier sein."

„In Ordnung." Ich schaue mich um und bewundere den großen Raum und die minimalistische Einrichtung. Es ist ein großes Penthouse mit einer Wendeltreppe in der Mitte, die anscheinend drei oder vier weitere Stockwerke hinaufführt. Holzschnitzereien zieren auch diesen Raum, aber besonders angetan bin ich von den bodentiefen Fenstern mit Blick auf den schönen Park auf der anderen Straßenseite. Als Dillon seine Jacke auszieht, sehe ich mich noch einmal um und bemerke den Grill in der Ecke.

„Du kochst?", staune ich.

„Manchmal", erwidert er. „Wenn mir danach ist. Warum? Soll ich dir etwas kochen?"

„Nein, nein", antworte ich ein wenig zu schnell.

Er schmunzelt. „Ich sag dir was. Wenn ich dir jemals eine Nachtschicht aufbrumme, dann mache ich dir als Entschädigung das beste Steak, das du je gegessen hast."

„Hmm“, murmle ich unverbindlich, obwohl der Gedanke verlockend ist. Allein mit ihm in dieser schönen Wohnung und ein saftiges Steak ... „Ich bevorzuge einen finanziellen Ausgleich.“

Er lacht. „Frechheit.“

Die Stylistin trifft bald ein, eine ältere Dame mit strengem Blick, die einen schwarzen Hosenanzug trägt. Sie bewegt sich hastig und redet sehr schroff. Nach einer kurzen Begrüßung Dillons stellt sie ihren Koffer im Wohnzimmer ab und lässt mich in der Mitte des Raumes zurück. Dann fängt sie an, weiche Stoffe herauszukramen, sie auf meiner Haut zu drapieren und gemurmelte Bemerkungen von sich zu geben. Sie spricht mich nicht an und scheint nicht einmal zu bemerken, dass ich da bin, denn ihre Augen sind auf meine Körpermitte gerichtet.

Sie arbeitet leise, während Dillon von seiner Couch aus zusieht, ein Glas Brandy in der Hand, das er lässig auf seinem Knie balanciert.

Die Sitzung wird unterbrochen, als mein Telefon klingelt, was in dem stillen Raum noch lauter zu sein scheint.

„Entschuldigung“, sage ich zu der Stylistin und eile zu meiner Handtasche, um es herauszuholen. Es ist Rumi's Daycare.

„Hallo?“, gehe ich ran.

„Ist dort Ms. Walsh?“

„Ja?“

„Es tut mir leid, Ihnen das mitteilen zu müssen, aber es gab heute einen kleinen Unfall beim Spielen. Megan ist vom Klettergerüst gefallen und hat sich wohl das Knie ausgerenkt. Wir haben sie gerade ins Krankenhaus gebracht; ich wollte Ihnen nur Bescheid sagen.“

Kapitel 24 | Dillon

Emmas Gesicht wird blass, ihr ganzer Körper versteift sich.

„Emma?" Alarmiert springe ich sofort auf und eile zu ihr. Aus dem Augenwinkel sehe ich, wie Anna, die Stylistin, uns neugierig ansieht, aber ich schenke ihr keinen Blick.

„Was ist los?"

Emma schüttelt den Kopf. „Wie schlimm ist es?" Ihre Stimme kippt zu einem entsetzten Flüstern. Sie redet nicht mit mir, sondern mit demjenigen, der am anderen Ende der Leitung ist.

Ich kann nicht hören, was die andere Person sagt, aber plötzlich schluckt sie und sagt: „Ich bin gleich da. Danke, dass Sie mir Bescheid gegeben haben."

Nachdem sie aufgelegt hat, fährt sie hoch und ist sichtlich überrascht, mich so nah bei ihr stehen zu sehen. Ich bin eher über die Panik in ihren Augen überrascht.

Sie versucht, mir auszuweichen, aber ich werde sie nicht ohne eine Erklärung gehen lassen, wenn sie so durcheinander ist. „Was ist denn los?"

„Ich muss weg."

„Nicht bevor du mir sagst, was los ist."

„Ich habe keine Zeit für so etwas, Dillon", schreit sie und ihre Stimme hallt durch den Raum. „Ich habe keine Zeit, dieses Spiel mit dir zu spielen. Ich muss jetzt sofort gehen."

Ich kann die Verzweiflung in ihrem Tonfall hören, aber ich bewege mich nicht vom Fleck.

„Darf ich dich daran erinnern, dass du im Dienst bist?“, beharre ich. „Und ohne meine Erlaubnis kannst du nicht einfach gehen.“

Ihre Augen funkeln mich sofort an und ein Teil ihrer Feindseligkeit verwandelt sich in Furcht. Ich hasse es, diese Karte zu ziehen, zumal ich sehe, wie verzweifelt sie ist, aber es ist der einzige Weg, den ich finden kann, damit sie mir sagt, was passiert ist.

Ihre Miene verfinstert sich und sie presst die Lippen aufeinander. Sie versucht, sich hinter einer Maske der Professionalität zu verstecken, aber die Panik schimmert immer noch durch, selbst als sie die Worte herauszwängt. „Das tut mir leid, *Boss*, aber ich muss gehen. Du kannst mir das Gehalt kürzen oder mich abmahnen oder mich sogar ... feuern, wenn du willst, aber ich werde jetzt gehen.“

„Ich will dich doch nicht feuern.“ Ich bin entsetzt, dass ihr das überhaupt in den Sinn kommt. „Ich möchte dir helfen. Bitte sag mir, was los ist.“

Sie schluckt, ihr Blick wandert zur Uhr und sie sagt: „Megan ... Jeannies Tochter. Sie ist vom Klettergerüst gefallen und hat sich das Knie ausgerenkt. Sie ist im Krankenhaus und fragt nach mir. Ich muss nach ihr sehen.“

„Warum fragt sie nach dir und nicht nach ihrer Mutter?“

„Weil ... wir beide uns sehr nahe stehen. Ich war bei ihrer Geburt dabei und habe sie praktisch zusammen mit Jeannie aufgezogen. Ich bin wie ihre zweite Mutter. Und Jeannie ist auf der Arbeit und kann sich nicht schon wieder freinehmen, sonst verliert sie ihren Job, also muss ich das machen.“

„In Ordnung." Ich nicke zustimmend. „Ich bringe dich hin."

„Das musst du nicht ..."

„Was willst du denn machen? Den Bus nehmen? Du hast kein Auto und es dauert ewig, von hier aus eine Bushaltestelle zu erreichen."

Sie schaut wieder auf die Uhr und ihr Gesicht verzieht sich vor Zorn. Dann nickt sie schließlich.

„Gut", sagt sie. „Lass uns gehen."

Ich nicke auch und sie stürmt zur Tür, bevor ich mich umdrehen kann, um mit Anna zu sprechen. „Wir machen ein anderes Mal weiter. Lassen Sie den Schlüssel in der Lobby."

„Ja, Sir", murmelt sie und ich folge Emma. Obwohl Anna zum ersten Mal für mich arbeitet, mache ich mir keine Sorgen, dass sie etwas stehlen könnte. Im ganzen Penthouse gibt es Kameras und alles wirklich Wertvolle ist in einem Safe eingeschlossen. Sie könnte sich höchstens mit ein paar Uhren und einem Parfüm aus dem Staub machen, aber das wäre nichts im Vergleich zu den Millionen, die ihr durch die Zusammenarbeit mit mir entgehen würden. Sie wäre eine Idiotin, das zu tun.

Und ich stelle keine Idioten ein.

Emma fährt praktisch aus ihrer Haut, als ich sie beim Warten auf den Aufzug einhole. Sie kaut auf ihren Fingernägel. Ich ziehe ihre Hand vom Mund weg und halte sie in meiner.

„Es ist nur ein ausgerenktes Knie", versuche ich sie zu beruhigen. „Sie wird schon wieder."

„Ausgerenkte Knie tun weh." Sie stöhnt auf. „Das ist schlimm. Mein kleines Mädchen hat sich noch nie verletzt und wenn ich einmal nicht da bin ..."

„Hey." Ich denke gar nicht darüber nach, dass sie so redet, als sei das Mädchen ihre Tochter. Offensichtlich hat sie eine enge Bindung zu Jeannies Kind und das ist wahrscheinlich der Grund, warum sie so über sie spricht. Aber ich muss sie wissen lassen, dass ihre Schuldgefühle unangebracht sind. „Es ist nicht deine Schuld. Kinder verletzen sich, weil sie gerne die Welt erkunden und Dinge tun, die sie nicht tun sollten. Aber sie kommen ziemlich schnell wieder auf die Beine. Du wirst überrascht sein, wie widerstandsfähig die Kleinen sind."

„Was weißt du schon von Kindern?", erwidert sie mürrisch.

„Du hast natürlich recht. Ich weiß fast nichts. Aber ich weiß, dass ich selbst einmal ein Kind war. Zugegeben, das ist Jahrzehnte her, also erinnere ich mich nicht mehr so genau, aber ich weiß noch, dass ich mir bei einem Stunt, den ich im Fernsehen gesehen habe, das Bein gebrochen habe. Ich dachte, es sei das Ende der Welt und weinte, als der Arzt mir einen Gips anlegte. Dann ging mein Kindermädchen mit mir Eis essen und alles war wieder gut." Ich drücke ihre Hand. „Kinder verletzen sich schon mal. Das ist Teil des Handbuchs für Heranwachsende. Die einzige Möglichkeit, das zu vermeiden, ist, sie einzusperren und sie nie wieder spielen zu lassen."

Sie blickt mich an und senkt den Kopf. „Es tut mir leid."

„Was denn?"

„Dass ich mich wie eine Zicke benehme, während du nur versuchst, mir zu helfen." Sie wendet ihr Gesicht gen Himmel. „Du erwischst mich immer wieder in meiner schlimmsten Phase."

Ich grinse. „Du musst denken, dass ich ziemlich zerbrechlich bin. Ist schon gut, Liebes. Du hast meine Gefühle nicht verletzt. Ich habe schon Haie mit größeren und weniger schönen Zähnen getroffen."

Das entlockt ihr tatsächlich ein Lächeln und sie ist nicht mehr so zappelig, als wir am Auto ankommen.

Aber sie entspannt sich nicht ganz, auch nicht, als wir endlich vor dem Krankenhaus halten. Sie öffnet die Autotür und rennt hinaus, bevor ich den Motor abstellen kann. Sie ignoriert meine Rufe und stürmt durch die Türen der Notaufnahme.

Ich hole sie schließlich im kühlen Wartezimmer der Notaufnahme ein, wo sie mit einer anderen Frau spricht, die ihre Handtasche umklammert und entschuldigend erklärt: „Es tut mir so leid. Ich habe mich für eine Sekunde weggedreht und das nächste, was ich weiß, ist, dass sie vom Klettergerüst fiel."

„Wo ist sie jetzt?", fragt Emma die Frau.

„Sie haben ihr Knie schon wieder eingerenkt. Sie hat die ganze Zeit geschrien und immer wieder nach ihrer Mutter gerufen, also mussten sie sie betäuben. Sie ist in einem Patientenzimmer. Ich bringe Sie hin."

Emma nickt und folgt der Frau durch die Flure. Am Ende zieht sie einen Vorhang zurück und entdeckt das kleine Mädchen, das in einem Krankenhausbett schläft.

Jetzt kann ich ihr Gesicht sehen, feenhaft, mit Porzellanhaut und puppenhaften Lippen. Sie sieht der Frau, die ich gestern kennen gelernt habe, nicht sehr ähnlich, aber vielleicht kommt sie nach ihrem Vater.

Aber auch etwas Vertrautes erkenne ich an ihr.

„Oh, mein Baby“, flüstert Emma und presst die Hand auf ihre Lippen. Sie lässt sich an die Seite des kleinen Mädchens gleiten und berührt ihre Stirn.

„Sie sagen, Sie können sie jederzeit mit nach Hause nehmen“, erklärt die andere Frau. „Die Tagesstätte hat die Krankenhausrechnungen übernommen, falls Ihre Versicherung nicht zahlt. Ich muss zurück in die Kita, aber nochmal: es tut mir sehr leid.“

„Ist schon gut“, sagt sie und als sie aufschaut, bemerkt sie endlich meinen Blick. Ihr Gesicht wird blass und sie scheint zu erstarren, während die andere Frau uns verlässt.

„Ähm“, stammelt sie, kann sich aber nicht durchringen, fortzufahren.

„Willst du mich nicht hier haben?“, rate ich.

„Nein, das ist es nicht. Aber Jeannie ... sie ist sehr darauf bedacht, wer Megan näher kommen darf.“

„Ist schon okay, ich verstehe das“, versichere ich ihr. „Ich warte draußen auf dich, falls du nach Hause gefahren werden möchtest.“

„Ähm ... ja? Wenn das für dich in Ordnung ist?“

„Natürlich“, sage ich. „Wann immer du bereit bist.“

„Okay. Ich danke dir.“

Ich gehe hinaus und ein paar Minuten später verlässt sie das Krankenhauszimmer mit dem schlafenden Kind, das sich an ihre Brust geschmiegt hat. Ich werfe ihr noch einen

Blick zu, bevor ich die beiden zu meinem Auto bringe und ihr die Tür öffne.

Während der Fahrt muss ich immer wieder das kleine Mädchen anschauen und wundere mich über die Ähnlichkeit, die ich sehe. Es ist fast unheimlich. Sie hat dunkles lockiges Haar, das unordentlich zusammengebunden ist. Und diese süße Knopfnase. Genau wie Emma.

Irgendwann wird sie unruhig und ihre Nase zuckt wie bei einem kleinen Kaninchen. Ich lächle.

Das Innere von Emmas Wohnung ist noch schlimmer, als ich anfangs dachte. Sie ist schön aufgeräumt, aber winzig; zu winzig für eine Person und vor allem für sie. Emma steigt eine wackelige Holztreppe hinauf, um das Mädchen auf ein Hochbett zu legen und kehrt dann erschöpft zu mir zurück.

„Es tut mir leid", sagt sie. „Aber ich glaube nicht, dass ich den Rest des Arbeitstages durchhalten kann. Ich muss bei ihr bleiben."

„Ich würde dich nie dazu zwingen", beteuere ich ihr.

„Wirklich nicht?"

„Ich bin beleidigt, dass du mich das überhaupt fragst. Ich habe vielleicht keine Kinder, aber ich bin kein herzloser Mistkerl. Ich hatte nicht vor, dich zu zwingen, das kleine Mädchen allein zu lassen."

Sie legt den Kopf schief und ein blasses Lächeln erscheint auf ihren Lippen. „Ich danke dir. Ich werde versuchen, meine Arbeit von zu Hause aus zu erledigen."

„Das musst du nicht", entgegne ich. „Konzentriere dich einfach darauf, dich um sie zu kümmern. Ich kann einen Tag ohne dich auskommen."

Emotionen sickern durch ihre Augen und sie schüttelt den Kopf. „Danke", flüstert sie. „Es tut mir leid. Es ist nur so, dass Megan mir so viel bedeutet."

„Das merke ich", lächle ich. „Auch wenn ich dich nie für den mütterlichen Typ gehalten habe."

Ein kleines Lächeln umspielt ihre Lippen. „Woher solltest du das auch wissen?"

„Stimmt." Wir haben auf der Insel nicht viel über Kinder gesprochen. Wir haben überhaupt nicht viel geredet.

Wir starren uns an und etwas geschieht in ihrem Gesicht. Und dann streckt sie die Hand nach mir aus und küsst mich.

Kapitel 25 | Emma

Das wird Konsequenzen nach sich ziehen.

In meinem Hinterkopf weiß ich das bereits. Dieses Wissen sollte ausreichen, um mich zum Aufhören zu bewegen, aber ich kann nicht. Stattdessen stürze ich mich in die Umarmung, halte Dillon am Kragen fest und lasse unsere Lippen miteinander verschmelzen.

Aber Dillon strahlt nicht die wütende Hitze aus, die ich erwarte. Stattdessen küssen seine Lippen mich unendlich sanft und langsam. Seine Hand berührt meinen Nacken, um mich von ihm wegzuziehen und mir in die Augen zu sehen.

Seine Augen sind zärtlich, als er fragt: „Bist du dir sicher?"

Nein, aber ich will nicht warten, bis ich mir sicher bin. Ich will auch nicht, dass er mich in diesem rücksichtsvollen Ton danach fragt.

Mein Kopf ist ein einziges Durcheinander und ich möchte ihn einfach zum Schweigen bringen, indem ich mich der einzigen Sache hingebe, von der ich weiß, dass sie mir ein gutes Gefühl verschafft. Zum ersten Mal seit langer Zeit will ich nicht an die Konsequenzen denken.

„Küss mich", verlange ich von ihm. „Bitte." *Das ist es doch, was er wollte, oder? Dass ich darum bettle und mein Widerstand im Angesicht meines eigenen Verlangens völlig zusammenbricht?*

Doch Dillon stürzt sich nicht auf mich. Stattdessen fährt seine Hand weiter über meine Wange und streichelt sie zärtlich. „Du bist im Moment sehr verletzlich. Vielleicht sollten wir das nicht tun."

Es dauert eine Sekunde, bis die Ablehnung den dichten Nebel meiner verzweifelt gegen das Elend ankämpfenden Lust durchdringt. Und als sie es tut, bin ich vor Überraschung wie erstarrt.

Die ganze Zeit über hatte ich das Gefühl, dass er ein Spiel mit mir spielt und nur versucht, mich dazu zu bringen, seinen Launen nachzugeben.

Und jetzt, wo ich es tue, ist er derjenige, der zögert?

Vielleicht will er dich gar nicht mehr, weil er das Spiel gewonnen hat.

Ich versuche, mich zu entfernen, aber Dillon zieht mich zurück. „Ich kann deine Gedanken auf deinem Gesicht lesen, Liebling. Das ist keine Zurückweisung. Verdammt, Emma, ich will dich so sehr, dass ich mir selbst in den Hintern trete, weil ich vorschlage, dass wir das nicht durchziehen, aber du sollst nichts tun, was du später bereust. Ich will dich nicht ausnutzen."

„Lass mich", murmle ich. *Das sagt er wahrscheinlich nur, damit du dich besser fühlst.*

Dillon zieht die Augenbrauen hoch und nimmt dann meine Hand, um sie über eine Erektion zu legen, die so groß und steif ist, dass ich fast glaube, er hätte einen Bowling-Pin unter seiner Hose. Meine Augen weiten sich und mein Mund bleibt offen stehen.

„So ist es immer, wenn ich in deiner Nähe bin." Das Verlangen in seiner Stimme ist nicht mehr zu leugnen, die Hitze in seinen Augen klar zu erkennen. „Und als du mich geküsst hast, hatte ich das Gefühl, ich würde vor Aufregung explodieren. Aber ich sorge mich mehr um dich, als dich ficken zu wollen, das kannst du mir glauben. Du bist traurig wegen des kleinen Mädchens und ich weiß, dass du im Moment nicht klar denken kannst. Es macht mir nichts aus, wenn du mich nur zur Ablenkung benutzen willst. Aber ich möchte, dass du dir ganz sicher bist, dass es das ist, was du wirklich willst."

Ich sorge mich mehr um dich, als dich ficken zu wollen. Aus irgendeinem Grund bleibt dieser Satz in mir hängen und geht mir immer wieder durch den Kopf. Hat er das ernst gemeint? Es gab für ihn keinen Grund mehr zu lügen. Er hat mich bereits genau da, wo er mich haben wollte. Ich bin bereit, mit ihm zu schlafen.

Was, wenn er es wirklich ernst meint? Was, wenn er sich doch für mich interessiert? Was dann?

Ich habe keine Antwort auf diese Fragen, aber ich habe eine Antwort auf seine.

„Ja", sage ich. „Ich bin mir sicher."

„Gott sei Dank." Seine Lippen liegen auf meinen, zwischen einem Atemzug und dem nächsten. Der minzige Geschmack seiner Zunge macht mich süchtig, während er meinen Mund erforscht; der sanfte Druck seiner Hand um meinen Hals ermutigt mich zum Mitmachen und verhindert meine Flucht. Nicht, dass ich fliehen wollte. Stattdessen schlinge ich meine Arme um ihn und küsse ihn zurück. Als der Kuss intensiver und eindringlicher wird, hält er kurz inne und saugt an meiner Unterlippe, knabbert neckisch daran. Dann taucht er wieder in meinen Mund ein, als könne er nicht anders.

Trotzdem macht er alles langsam und gleichmäßig.

Alle seine Bewegungen sind bis jetzt kontrolliert, aber in den subtilen Dingen liegt ein Hauch von Verzweiflung, wie das unwillkürliche Beugen seiner Hand hinter meinem Nacken und das Zittern seiner Finger, die an meinem Körper hinaufwandern und meine Brust bedecken.

Ich keuche in seinen Mund. Ich frage mich, ob er meine prallen Brustwarzen durch meinen BH hindurch spüren kann.

Er stöhnt.

„Scheiße." Sein Kopf fällt auf meine Schulter, schnelle Atemzüge treffen auf meinen Nacken. „Scheiße. Ich muss mich beruhigen. Ich will das nicht überstürzen."

„Es macht mir nichts aus", flüstere ich zurück. „Überstürzt klingt für mich fantastisch."

Aber er schüttelt den Kopf an meiner Schulter. Seine Hand, die meine Brust umschließt, öffnet sich wieder, doch ich kann nicht anders, als sie zurück in seine Hand zu drücken und um mehr zu betteln.

„Wir haben es schon einmal so eilig gehabt", beharrt er. „Dieses Mal möchte ich, dass wir uns Zeit lassen."

Er unterbricht jede Antwort, die ich gehabt hätte, indem er mit seinem Daumen über meine Brust streicht, genau dort, wo meine Brustwarze war. Ich verkneife mir ein Stöhnen, auch wenn ich nur einen Hauch von Gefühl verspüre. Das macht es irgendwie noch schlimmer, denn ich weiß nicht, ob ich es mir nur einbilde oder ob ich tatsächlich spüre, wie der neckische Finger an meinem Nippel reibt. Mein Kitzler kribbelt und ich presse meine Schenkel zusammen, um das Feuer zu schüren.

„Das ist es, was ich möchte“, sagt Dillon dann und ich öffne meine Augen, von denen ich nicht wusste, dass ich sie geschlossen hatte, um festzustellen, dass er mich beobachtete. Eine dunkle Befriedigung liegt in seinem Blick, als er fortfährt: „Ich will, dass du jede einzelne Sekunde spürst und jede Berührung auskostest. Ich möchte sehen, wie deine Augen glasig werden, wenn ich dir noch ein bisschen mehr davon gebe.“ Dazu zwickt er mir in die Brustwarze, so dass ich zusammenzucke und ein schmerzhaftes lustvolles Gefühl durch mich hindurchschnellt. Sein Lächeln ist animalisch, bevor er mir die Bluse bis zum Hals hochzieht. Mit der gleichen Präzision streift er mir den BH ab und betastet dann langsam meine freigelegte Brust, wobei er die Brustwarze mustert, die unter seinen Augen noch schmerzhafter erregt wird.

Und dann leckt er langsam, meinen Blick die ganze Zeit festhaltend, über die Spitze.

Wieder zucke ich zusammen. Ich kann es nicht verhindern. Das Gefühl ist zu intensiv, wahrscheinlich noch schlimmer wegen der Diskussion, die ihm vorausgegangen ist.

„Du gefällst mir“, flüstert er und leckt mit der feuchten klebrigen Hitze seiner Zunge über meine Nippel, die bis in meinen Unterleib ausstrahlt. „Ich möchte, dass du genau so aussiehst. Ich will, dass du hungrig und verzweifelt nach mir bist, so sehr, dass ein einziger Windstoß dich erregen könnte. Verstehst du das?“

Nein. Die Logik scheint mir in diesem Moment zu entgleiten, weil die Worte im Dunst der Lust durcheinander geraten. Ich weiß nur, dass ich seine Zunge auf mir und seinen Finger in mir haben will, oder besser noch seinen Schwanz. Ich wimmere und greife nach seinen Haaren, als er meine Brustwarze in den Mund nimmt, sie mit seiner Zunge umspielt und sinnlich daran saugt. Er hebt mich hoch und setzt sich, zieht mich auf seinen Schoß, so dass ich rittlings auf ihm sitze.

Eine weitere Einladung brauche ich nicht. Ich beginne, mich an seinem Schwanz zu reiben

"Fuck." Er stöhnt und seine Hand auf meinem Oberschenkel drückt zu. Er bewegt sich unter mir, mit subtilen Stößen, die mir zeigen, dass ich nicht die Einzige bin, die vor Lust fast verrückt wird.

„Ich will auch sehen, wie du die Kontrolle verlierst", flüstere ich ihm ins Ohr, bevor ich an seinem Ohrläppchen sauge.

„Jesus." Sein Kopf fällt zurück und ein weiteres Stöhnen erfüllt die Luft.

Ich greife zwischen uns hindurch und berühre seine Erektion, staune darüber, wie sie in meiner Hand pocht. Dillon beißt sich auf die Lippen und ich küsse ihn erneut, wobei ich seine Zunge mit meiner umspiele.

Plötzlich dreht sich die Welt.

Ich lande auf dem Rücken und Dillon ragt über mir auf; seine Iris ist so dunkel, dass man sie nicht von seinen Pupillen unterscheiden kann. Seine Hand umklammert meine Taille, während die andere meine beiden Handgelenke über meinem Kopf festhält. Er schließt für eine Sekunde die Augen, atmet tief ein und versucht offensichtlich, seine Fassung wiederzuerlangen, die ihm entglitten ist. Aber ich bin noch nicht fertig mit dem Spiel.

„Gibt es ein Problem?“, necke ich ihn und beuge mich vor, um erneut in seine Lippen zu beißen.

„Du spielst mit dem Feuer“, warnt er mit erstickter Stimme.

„Ich weiß“, antworte ich. „Ich mag Feuer.“

Seine Augen blitzen auf, die Hitze in ihnen ist unvorstellbar.

Ich wölbe mich gegen seine Hand, doch er lässt mich nicht, gibt nicht ein einziges Mal nach. Aber als er mich das nächste Mal küsst, ist es anders.

Er ist ganz und gar nicht mehr sanft und kontrolliert.

Es gibt kein Necken mehr, nur noch pures Verlangen. Wahrscheinlich beißen wir uns in unserer Leidenschaft gegenseitig die Lippen auf und es wird nur noch rauer, ungestümer und verzweifelter. Als unsere Zähne aufeinander prallen und ich in seinen Mund stöhne, bricht er schließlich ab.

„Langsam“, keucht er gegen meine Lippen und ich spüre, wie er sich verzweifelt die Hose herunterreißt. Im nächsten Atemzug wird mein Rock über meine Taille geschoben und mein Höschen heruntergerissen.

Ich lächle, genieße diese Wildheit und bin bereit, das Verlangen zu lindern, das einen schmerzhaften Höhepunkt erreicht hat.

„Bitte“, flehe ich.

„Pst.“ Er drückt seine Stirn gegen meine. „Tu das nicht. Nicht jetzt. Wenn du mich noch einmal anflehst, werde ich durchdrehen.“

„Bitte“, wiederhole ich und will ihn provozieren. Alles, damit er sich verdammt noch mal beeilt.

Es klappt.

Ich spreize meine Schenkel weit, um ihn aufzunehmen, als sein Schwanz mich plötzlich und unsanft bis zum Rand ausfüllt.

Ich schreie laut auf, wälze mich unter ihm und bettle um mehr. Dann stößt er mit voller Wucht in mich, so hart, dass wir beide von der Couch abprallen. Meine Augen weiten sich, als er es wieder und wieder tut und mich dem Vergessen immer näher bringt. Ich kann kaum noch atmen vor lauter Lust, die mir die Kehle zuschnürt.

Er wirft seinen Kopf zurück, seine Augen fallen zu.

„Scheiße“, röchelt er. „Verdammt.“

Sein ganzer Körper spannt sich an und zittert von der Energie, die in ihm aufsteigt. Sein Gesicht ist zu einem so vertrauten Knurren verzogen, dass ich es schmecken kann. Er ist kurz davor, abzuspritzen.

Er greift zwischen uns und drückt seinen Daumen gegen meinen Kitzler. Ich wölbe mich gegen die Couch, der Orgasmus überrascht mich. Dillon stöhnt wie ein Verrückter, als ich komme.

„Fuck ja.“ Seine Stimme ist so kehlig, dass man sie kaum erkennen kann. „Quetsch mich, Baby. So verdammt fest.“

Ich gehorche, spanne meine inneren Muskeln an und das nächste, was ich weiß, ist, dass er über mir bebt und zuckt. Ich spüre, wie er tief in mir abspritzt, aber er hört nicht auf, sich zu bewegen, winkelt seinen Schwanz an, um eine Stelle in mir zu treffen, die fast einen zweiten Orgasmus auslöst.

Es scheint ewig so weiterzugehen, bis er schließlich über mir zusammenbricht.

Als wir so daliegen und nach Luft schnappen, höre ich das Einzige, das mich in diesem Moment in Panik versetzen kann.

„Mami?“

Kapitel 26 | Dillon

Emmas ganzer Körper in meinen Armen wird steif. Panik springt in ihre Augen und ihr Mund öffnet sich zu einem stummen Hilfeschrei.

„Mami?", erklingt die kleine Stimme wieder. „Bist du da?"

Emmas Fingernägel graben sich förmlich in meine Schulter, als sie mit einer Stimme antwortet, in der kaum verhüllte Panik zu hören ist. „Megan, Süße, ich bin's. Bleib einfach, wo du bist, okay? Ich komme gleich." Dann wechselt ihr Tonfall sofort in ein Flüstern, als sie zu mir sagt: „Du musst gehen, sofort."

„Warum?", frage ich, weil ich aufrichtig neugierig bin. Ich vermute, dass sie nicht will, dass Jeannies Kind uns so zusammen sieht, aber ich könnte mich aufsetzen und meine Sachen zurechtrücken. Ich wüsste nicht, warum ich unbedingt gehen sollte.

„Weil es so ist." Schon rappelt sie sich auf und richtet ihre Kleider. Dann zerrt sie an meinem Arm. Ich komme ihr entgegen und stehe auf, gehe sogar mit, als sie mich zur Tür zieht, aber die kleinen Schritte hören nicht auf. Stattdessen läuft das Kind weiter die Treppe hinunter und gerade als Emma die Tür öffnet, um mich hinauszuschieben, ruft das kleine Mädchen erneut: „Mami?"

Deine Mutter ist nicht hier. Ich erwarte, dass Emma dem verwirrten kleinen Mädchen etwas in dieser Richtung sagt, aber sie tut es nicht. Stattdessen erstarrt sie, ihre Hände umklammern mein Hemd und ihr Kopf sinkt niedergeschlagen nach unten.

Während ich mich frage, was mit ihr los ist, drehe ich mich um und schaue an ihr vorbei zu dem kleinen Wesen, das jetzt am Fuß der Treppe steht und sich mit einer Hand am Geländer festhält. Sie stützt sich auf das Bein, dessen Knie nicht bandagiert ist und blinzelt mich mit Augen an, die grüner sind als Edelsteine.

Augen, die wie Emmas aussehen.

Dann wird es mir klar. Das kleine Mädchen, das Emma so unheimlich ähnlich sieht

Wie zur Bestätigung dreht sich Emma um und sagt: „Megan. Ich habe dir gesagt, du sollst im Bett bleiben. Du darfst dich nicht bewegen."

„Es tut mir leid, Mami." Das kleine Mädchen reibt sich die Augen. „Ich habe dich schreien gehört und wollte nur nachschauen, ob es dir gut geht."

Ich kann nicht einmal die heiße Röte genießen, die sich auf Emmas Gesicht ausbreitet, weil ich zu sehr damit beschäftigt bin, zu verarbeiten, was das kleine Mädchen gerade gesagt hat und damit meinen Verdacht bestätigte.

Hat sie Emma gerade *'Mami'* genannt?

Natürlich könnte sie durch den Schlaf oder die Beruhigungsspritze verwirrt sein, aber das erklärt nicht, warum Emma es nicht abstreitet und die beiden sich so unheimlich ähnlich sehen.

Ach du Scheiße.

Das Kind ist nicht Jeannies Tochter. Sondern Emmas.

Im Nachhinein betrachtet, hätte ich es wissen müssen. Sie sieht Jeannie überhaupt nicht ähnlich. Ihre Hautfarbe ist anders, aber ich dachte, dass Megan vielleicht nur wie ihr Vater aussieht, aber nein. Sie sieht aus wie ihre richtige Mutter.

Die Emma heißt.

Es fällt mir immer noch schwer, diese neue Information zu verarbeiten.

Während ich nach wie vor von dieser Wendung überwältigt bin, sagt Emma: „Nein, Megan. Mir geht es gut. Bitte komm her, Schatz."

Das Mädchen läuft weiter und Emma kommt ihr auf halbem Weg entgegen und nimmt sie in ihre Arme. Megan reibt ihr Gesicht an Emmas Haar.

„Es tut mir so leid, dass ich nicht da war, Schatz", entschuldigt sie sich bei ihr. „Es tut mir leid, dass du verletzt wurdest."

„Ist schon gut, Mami." Die Augen des kleinen Mädchens blinzeln mich immer noch an, selbst als sie ihre Arme um den Hals ihrer Mutter schlingt. „Wer ist das, Mami?"

Emma versteift sich und dreht sich dann zu mir um. Sie sieht ertappt aus. In ihrem Gesichtsausdruck vereinen sich Zerknirschung, Angst und Peinlichkeit. Sie drückt ihr Kind fester an sich, als wolle sie es vor mir beschützen, was mich verwirrt. Ich war noch nie dafür bekannt, ein Kinderschreck zu sein.

Noch verwirrender wird es, als sie mich vorstellt. „Das ist mein Freund Dillon."

Freund? Ich bin ihr Freund, aber sie hatte nicht einmal den Anstand, mir zu sagen, dass sie ein Kind hat?

Ich unterdrücke meine Verärgerung und die ganzen Fragen. Das kann alles später kommen. Im Moment fühle ich eine Menge, aber ich will das Kind nicht erschrecken oder Emmas Aufmerksamkeit von Megan ablenken.

Ich hebe meine Hand und winke unbeholfen: „Hallo, Gummibärchen."

„Hallo", sagt Megan schüchtern und versteckt ihr Gesicht hinter der Schulter ihrer Mutter.

Ok, sogar ich muss zugeben, dass das niedlich war.

Ich gehe näher an sie heran und ignoriere dabei, dass Emma sich dadurch noch mehr verkrampft.

„Bist du schüchtern, Kleine?", frage ich. „Hast du Angst vor mir?"

Sie schüttelt den Kopf und blickt dann auf, um mich anzuschauen.

„Gut", lächle ich. „Denn ich werde dir nicht wehtun. Das verspreche ich dir."

Megan denkt darüber nach und nickt dann.

Schließlich begegne ich Emmas Blick und ziehe die Augenbrauen hoch. „Nimm dir ein paar Tage frei," sage ich ihr. „Du kannst zur Arbeit kommen, wenn sie wieder gesund ist."

Schock zeichnet sich auf ihrem Gesicht ab. Sie öffnet den Mund, als wolle sie protestieren, doch dann schließt sie ihn wieder.

„Danke", murmelt sie leise.

Ich nicke und mache mich dann auf den Weg nach draußen.

***

In den nächsten zwei Tagen sehe ich Emma nicht wieder. Ich schaffe es auch ohne sie, indem ich einen mürrischen George und einige seiner Gehilfen für meine Zwecke nutze, aber es ist viel chaotischer als es sein sollte.

Endlich, am Freitagmorgen, öffnet sich meine Tür und ich rieche ihren Duft, auch ohne von meinem Laptop aufzuschauen.

Sie stellt sich gegenüber meinem Schreibtisch auf. „Guten Morgen."

Ich reagiere erst einmal nicht. Ich weiß immer noch nicht, wie ich mit dem umgehen soll, was sie getan hat oder mit den Lügen, die sie mir erzählt hat.

Aber ich bin neugierig, also frage ich: „Geht es dem kleinen Mädchen jetzt besser?"

„Ja, viel besser", antwortet Emma. „Laut der Ärzte war die Verrenkung gar nicht so schlimm und sie kann schon wieder laufen. Jeannie ist jetzt bei ihr."

„Gut." Ich gebe es schließlich auf, seelenlos auf meinen Bildschirm zu starren, klappe meinen Laptop zu und werfe ihr einen Blick zu.

„Bist du bereit zu reden?", frage ich.

Es ist ihr hoch anzurechnen, dass sie unter meinem Blick nicht zusammenzuckt, aber sie wirkt deutlich gestresst.

„Ja." Sie faltet die Hände vor ihrer Mitte. „Es tut mir leid. Ich hätte dich wegen Megan nicht anlügen dürfen."

Verdammt richtig, das hättest du nicht tun sollen. Es war einfach dumm, deswegen zu lügen. Vielleicht würde es ihr ein anderer Mann übel nehmen, aber ich spüre bereits, wie sich meine Irritation angesichts des echten Bedauerns auf ihren Zügen auflöst.

Ich schaue neugierig zu ihr auf. „Warum hast du gelogen?“

Sie schüttelt den Kopf und seufzt. „Ich hätte nicht gedacht, dass du mich einstellst, sobald du erfährst, dass ich ein Kind habe.“

Ich blinzle sie verblüfft an. „Ernsthaft?“ Nachdem ich sie praktisch angefleht habe, diesen Job anzunehmen, dachte sie, es würde mich stören, dass sie ein Kind hat?

Sie nickt. „Du hast mir erklärt, dass dieser Job viele lange Nächte und Reisen erfordert. Ich dachte mir, du würdest mir das nicht zutrauen, wenn du wüsstest, dass ich alleinerziehend bin.“

Entrüstung färbt meinen Tonfall, als ich sage: „Nun, vielleicht hättest du ein wenig mehr Vertrauen in mich haben sollen.“

Sie nickt wieder und nimmt die Schuld auf sich. „Du hast recht. Das hätte ich tun sollen. Aber meine Erfahrungen mit Vorstellungsgesprächen haben mir nicht gerade viel Vertrauen gegeben. Die wenigsten wollen eine alleinerziehende Mutter und das damit verbundene Chaos. Und ich kann es ihnen nicht ganz verdenken.“ Ihre Fingerknöchel werden weiß, als sie die Fäuste ballt. „Trotzdem hätte ich dir die Wahrheit sagen sollen und es tut mir leid, dass ich es nicht getan habe.“

Ich zögere und beobachte sie genau. Sie sagt die Wahrheit. Und ehrlich gesagt weiß ich genug über die Einstellungspraxis, um zu erkennen, dass sie in dieser Hinsicht wahrscheinlich stark diskriminiert wurde. Es ergibt Sinn, dass sie es verheimlicht und obwohl ich wünschte, sie hätte mir mehr vertraut, gab es keinen Grund dafür. Wir kannten uns ja nicht besonders gut.

Ich seufze. „Entschuldigung angenommen."

Ihre Augen blitzen mit einem Hauch von Überraschung auf und sie sagt leise: „Danke."

Aber ich bin nicht zufrieden. Mir gehen so viele Fragen durch den Kopf, die mich seit der Entdeckung von Emmas Tochter plagen, angefangen mit: „Wer ist der Vater?"

Emma wird blass und schluckt. „Bitte frag mich das nicht."

„Warum nicht? Nimmt er nicht am Leben deines Kindes teil?"

„Es ist …" Sie schüttelt den Kopf. „Das ist eine komplizierte Situation, die ich lieber nicht näher erläutern möchte, also frag mich bitte nicht weiter danach. Bitte."

Ich mustere sie und bin versucht, noch tiefer zu graben. Je unbehaglicher sie wirkt, desto mehr möchte ich die Ursache für dieses Unbehagen herausfinden und beseitigen. *Geht es um den Vater des Kindes? Macht er ihr das Leben schwer?* Denn ich kann mich mit ihm auseinandersetzen und ihn dazu bringen, sein eigenes Kind zu unterstützen, wenn es darauf ankommt.

Ich habe null Respekt vor Männern, die ihre Kinder im Stich lassen. Es ist ironisch, denn das ist fast das, was ich Paul vorgeschlagen habe, aber ich sage mir, dass dies eine völlig andere Situation ist. Bei Paul wusste ich, dass das Baby bei Theodore und Rachel sein würde, die vielleicht keine großartigen Eltern sind, aber das Kind finanziell mit allem Nötigen versorgen würden, so wie meine Eltern es bei mir getan haben. Es würde wie viele andere Kinder von Prominenten aufwachsen, wohlhabend und anspruchsvoll.

Außerdem wusste ich im Grunde meines Herzens, dass Paul auf diesen Vorschlag niemals eingehen würde und so war mein Gerede eigentlich nur eine halbherzige Formalität.

Aber dass Megans Vater nicht einmal in der Nähe war und sein Kind allein Emma überließ, die eindeutig damit zu kämpfen hat, über die Runden zu kommen ... Ja, er ist zweifellos ein Mistkerl.

Und vielleicht sind meine erhitzten Gefühle auch darauf zurückzuführen, dass ich mir nicht vorstellen kann, dass jemand dieses süße kleine Gummibärchen im Stich lässt.

„Ich hoffe, dass der Mistkerl wenigstens Unterhalt zahlen musst", knurre ich.

Emma sagt nichts dazu, was ich als Nein deute. *Verdammt noch mal, Emma.* Sie war viel zu nett und aufopferungsvoll. Ganz zu schweigen davon, dass sie viel zu unabhängig sein möchte und versucht, alles allein zu schaffen.

Ich nehme mir vor, herauszufinden, wer dieser Typ ist und ihm sofort den Unterhalt abzuknöpfen.

„Also gut", gebe ich auf. „Mach dir keine Sorgen deswegen. Aber du sollst heute gar nicht hier sein."

„Ich weiß", sagt sie. „Ich wollte nur vorbeikommen, um das hier abzugeben." Sie legt einen Stapel Akten ab. „George hat mir ein paar Sachen gemailt und ich habe mich darum gekümmert, während ich zu Hause war. Außerdem habe ich deinen Kalender angepasst. Außerdem wollte ich mich für diese ganze Situation entschuldigen. Ich weiß, dass du jemanden brauchst, der jeden Tag früh auf Arbeit ist und alles im Griff hat, ich habe das wirklich vernachlässigt."

Ich nicke. „Ist schon in Ordnung. Es ist nicht deine Schuld. Die Dinge liefen auch bei mir chaotischer als sonst."

„Ja, und deshalb hast du mich eingestellt. Um dir zu helfen. Aber ich war nicht in der Lage, meinen Teil der Abmachung zu erfüllen."

„Das würde ich so nicht sagen", murmle ich leise.

Dann starren wir uns beide an.

Ich habe das Gefühl, dass es so viel gibt, was wir noch nicht gesagt haben; Möglichkeiten, die wir noch nicht erkundet haben. Der Sex, den wir letzte Nacht hatten, bevor wir unterbrochen wurden, war intensiv. Und Sex mit ihr ist immer intensiv, aber das war eine ganz andere Ebene. Natürlich hatten wir keine Zeit, das näher zu erforschen, bevor Megan aufgetaucht ist, aber seitdem geht es mir nicht mehr aus dem Kopf.

„Und was passiert jetzt?", fragt Emma.

Irritiert runzle ich die Stirn. Ich hätte nicht gedacht, dass sie das so unverblümt fragen würde. Ich dachte eher, sie würde versuchen, so zu tun, als ob der Sex nicht stattgefunden hätte, aber vielleicht fühlt sie ja dasselbe wie ich.

Natürlich merke ich sofort, dass sie nicht auf der gleichen Wellenlänge schwimmt wie ich, als sie hinzufügt: „Ich meine wegen der Arbeit."

Erneut runzle ich die Stirn. „Was meinst du?"

Sie seufzt. „Du brauchst jemanden, der hundertprozentig für dich da ist und ich glaube nicht, dass ich das sein kann, wegen meiner Tochter. Ich möchte mehr

Zeit mit ihr verbringen und das wird nicht möglich sein, wenn ich diesen Job behalte. Ich habe schon so viele Arbeitstage verpasst und gerade erst angefangen. Ich kann nicht zulassen, dass dein Geschäft meinetwegen darunter leidet."

„Mein Geschäft wird nicht darunter leiden", versichere ich ihr. „Lass uns nichts überstürzen. Ich bin sicher, dass wir eine Lösung finden können."

„Ich wüsste nicht, wie." Sie lächelt traurig. „Megan ist alles für mich. Ich habe diesen Job angenommen, damit ich die Chance habe, ihr das Leben zu ermöglichen, das sie verdient. Aber dabei fange ich unbewusst an, sie zu vernachlässigen. Manchmal sehe ich meine Tochter tagelang nicht und das ist einfach nicht gesund für sie."

„Dann nimm sie doch mit zur Arbeit." Der Satz rutscht mir aus dem Mund, bevor ich überhaupt darüber nachdenken kann.

Sie schüttelt den Kopf. „So einfach ist das nicht."

„Doch, das ist es", ereifere ich mich. „Jemand kann im Büro auf sie aufpassen, während du arbeitest." So machte es mein Vater bei den seltenen Gelegenheiten, bei denen er „Zeit" mit mir verbringen wollte. Er ließ mich vom Kindermädchen herbringen und irgendwo in seiner Nähe mit mir spielen, während er arbeitete. Und sobald ich ihn genervt habe, was meistens nach etwa zehn Minuten der Fall war, schickte er mich nach Hause.

„Sie kann sogar mit uns reisen. Es wird wie Urlaub sein."

„Außer, dass ich arbeiten muss."

„Dann nimm Jeannie mit."

„Jeannie arbeitet auch." Sie lächelt amüsiert. „Vielen Dank für alles, dafür, dass du versucht hast, das hier zum Laufen zu bringen. Was auch immer passiert, ich werde dir stets dankbar dafür sein."

Etwas Weiches blüht in meiner Brust auf.

„Gern geschehen", antworte ich, während ich mich frage, was dieses Gefühl bedeutet. Und nachdem sie gegangen ist, massiere ich mir die Brust, während ich über die Dächer starre.

Kann ich es wirklich so enden lassen? Kann ich so einfach loslassen?

Nein. Die Antwort steht in meinem Kopf schon fest. Das kann ich nicht.

Irgendetwas muss passieren.

Eine Idee beginnt sich in mir zu formen.

Kapitel 27 | Emma

„Ich habe es dir ja gesagt“, beschwört mich Jeannie. Sie wirft sich eine Handvoll Popcorn in den Mund, während sie weiterspricht, die Augen auf den Fernseher gerichtet. „Ich habe dir gesagt, dass er es irgendwann herausfinden würde und es dir dann um die Ohren fliegt.“

„Ja, ja, das hast du“, seufze ich. „Du hattest recht und ich lag falsch. Du brauchst nicht so selbstgefällig zu sein.“

Sie zuckt mit den Schultern, aber trotzdem macht sich ein selbstgefälliges Lächeln auf ihrem Gesicht breit, während sie den Zeichentrickfilmfiguren im Fernsehen beim Tanzen zusieht. „Tut mir leid. Ich wollte nur klarstellen, dass ich dieses eine Mal recht hatte.“

„Was meinst du mit 'dieses eine Mal'? Du hast doch meistens recht“, entgegne ich.

Sie zwinkert mir zu. „Ich weiß. Ist das nicht toll?“

Ich schüttle den Kopf, kann mir aber das Lächeln nicht verkneifen, das meine Lippen kräuselt. Ich sehe mir den Zeichentrickfilm an, ebenso wie meine Tochter, die an meiner Seite, quasi unter meinem Arm eingeklemmt, sitzt. Aber ihre Aufmerksamkeit für den Zeichentrickfilm scheint kurz zu schwinden, während sie zu mir aufblickt und lächelt, als könne sie nicht ganz glauben, dass ich hier bin. Und jedes Mal, wenn sie es sich selbst bestätigt, strahlt sie und vollführt einen kleinen Freudentanz.

Jedes dieser Lächeln lässt mein Herz vor Sehnsucht und Bedauern schmerzen. Ich drücke sie wieder fest an mich. Ich habe sie so sehr vermisst, selbst in den wenigen Tagen, in denen ich sie nicht gesehen habe. Und jetzt, wo ich wieder bei ihr bin, bin ich überzeugt davon, dass ich die richtige Entscheidung getroffen habe. Ich habe das Richtige getan, als ich Dillon sagte, dass ich nicht mehr meine ganze Zeit der Arbeit widmen kann. Selbst wenn ich meinen Job verliere, war es das wert, solange ich bei Megan bleiben kann.

Und wenn ich meine Arbeitssuche wieder aufnehme, muss ich mein Bestes geben, um eine Stelle zu finden, bei der ich von zu Hause aus arbeiten kann oder zumindest etwas, bei dem ich meine Tochter vor dem Schlafengehen noch sehe.

Vielleicht sollte ich mich erkundigen, ob die Kindertagesstätte noch Leute sucht, frage ich mich und kichere vor mich hin. *In einer Kita arbeiten. Das wärs doch.*

Apropos Tagesstätte: Die haben mindestens fünfmal am Tag angerufen, um sich nach Megan zu erkundigen. Zuerst dachte ich, sie hätten Angst, ich würde sie verklagen oder eine negative Bewertung abgeben, was ich gar nicht vorhatte. Kinder sind nun einmal Kinder und Megan hat selbst zugegeben, dass sie wusste, dass sie nicht auf das Klettergerüst durfte, es aber trotzdem tat. Ich konnte der Kita keinen Vorwurf machen, da mir bewusst ist, wie ungeschickt meine Tochter sein kann.

Aber auch, weil ich das Gefühl habe, dass die Tagesstätte nicht nur deshalb nachgefragt hat. Laut Esther, die immer wieder angerufen hat, waren die anderen Kinder besorgt um Megan. Es scheint, dass meine Tochter einige Herzen gestohlen hat und ziemlich beliebt geworden ist.

Ich schaue noch einmal an ihr hinunter und analysiere ihre Pausbäckchen und ihre Augen. Warum sollte sie auch nicht beliebt sein, wenn sie so bezaubernd aussieht wie jetzt gerade?

Ein Klopfen an der Tür unterbricht diesen Gedanken und ich stehe auf, bevor Jeannie es tut.

„Ich gehe schon", sage ich.

„Ich wollte gar nicht widersprechen", grinst sie und stopft sich noch mehr Popcorn in den Mund. Als ich zur Tür komme, reiße ich sie auf und sehe Dillon vor mir stehen. Mein Herz rast in meiner Brust.

„Dillon." Warum klinge ich so atemlos?

Wahrscheinlich, weil er mit seinem vom Wind zerzausten Haar viel zu gut aussieht und ein Baumwollhemd und eine Leinenhose trägt. Eine goldene Kette schimmert über seinen Brustmuskeln, die ich durch den verlängerten Ausschnitt seines Hemdes deutlich sehen kann. Ich möchte mit meiner Zunge darüber fahren und dann die kräftige Linie seines Halses hinauflecken.

Der Mann besitzt einen unvergleichlichen Sexappeal.

Dillon grinst, als ob er wüsste, was ich denke. „Hast du jemand anderen erwartet?"

„Nein. Es ist nur ... was machst du hier?"

„Ich wollte dir ganz schnell etwas zeigen. Hast du Zeit für eine kurze Fahrt?"

„Ähm, ..." Ich werfe einen Blick zurück und sehe, dass Megan jetzt auf der Couch steht und mich mit diesem Blick anstarrt, als hätte sie Angst, dass ich wieder weggehen könnte. „Eigentlich nicht, nein. Ich kann Megan nicht hier lassen."

„Dann nimm sie mit", schlägt er vor. „Hey, Jeannie."

„Hey, Dillon", lächelt Jeannie von der Couch und er grinst zurück. „Sie sehen gut aus."

„Danke", antwortet er. Ich warte darauf, dass er mit ihr flirtet, wie es seine natürliche Veranlagung ist, aber er klingt einfach nur freundlich, als er sagt: „Wollt ihr alle drei einen kurzen Ausflug mit mir machen?"

„Nein, das geht nicht. Ich muss in zwei Sekunden zur Arbeit."

„Ach ja?" Ich drehe mich zu ihr um. Ich dachte, sie hätte den ganzen Tag heute frei.

„Ja", sagt sie und weicht meinem verkniffenen Blick aus, während sie von der Couch aufspringt und zur Tür geht. Megan folgt ihr, auf ihren kleinen Beinen tippelnd. „Ich wollte gerade los. Aber du und Megan könnt mit ihm fahren. Megan, willst du mit deiner Mami und ihrem Freund eine Spritztour machen?"

Megan nickt und drückt sich dann mit ihrem Körper an mein Bein, während sie zu Dillon hochblickt.

Er geht in die Hocke und schaut sie warm an. „Hallo, Gummibärchen. M, sehen wir heute aber hübsch aus."

Megan errötet und vergräbt ihr Gesicht erneut an meinem Oberschenkel.

„Danke", flüstert sie.

Ich betrachte sie amüsiert. Normalerweise ist Megan bei Fremden nicht so schüchtern, aber irgendetwas an Dillon muss das auslösen. Aber sie scheint auch keine Angst vor ihm zu haben, denn sie wirft ihm immer wieder kurze Blicke zu und schaut weg, sobald er sie dabei erwischt.

„Wir sehen uns später, Megs", Jeannie geht ebenfalls in die Hocke und drückt meiner Tochter einen Kuss auf den

Kopf. Dann schnappt sie sich ihre Jacke und umarmt mich, bevor sie sich auf den Weg nach draußen macht. An der Tür angekommen, zwinkert sie Dillon zu, der zurückzwinkert und dann schlendert sie pfeifend hinaus.

„Nun, was meinst du?“, fragt mich Dillon erneut. „Hast du Lust auf eine Autofahrt? Es ist nicht weit und wir sind zurück, bevor sie ins Bett muss.“

„Ähm, okay.“ Ich nehme an, er braucht meine Hilfe bei etwas, das mit der Arbeit zu tun hat. Meine Abwesenheit bringt ihn bestimmt in die Klemme und das Mindeste, was ich tun kann, ist, ihm zu helfen, nachdem er so verständnisvoll war.

„Das macht dir doch nichts aus oder, Megs?“, frage ich meine Tochter, nur um sicherzugehen. Sie schüttelt den Kopf.

Dachte ich mir schon.

Megan mag Autofahrten und als ich noch ein Auto besaß, hat sie die Fenster heruntergekurbelt und sich vom Wind die Haare zerzausen lassen, während wir durch die Gegend gebraust sind.

Jetzt, wo wir den Bus nehmen und meistens zu Fuß gehen müssen, vermisst sie dieses Gefühl sicher.

„In Ordnung“, sage ich zu Dillon. „Ich hole unsere Mäntel.“

Ein paar Sekunden später gehen Dillon und ich nach draußen und schließen die Tür hinter uns ab. Ich entdecke Ruth, die uns von der anderen Seite des Flurs aus beobachtet und winke ihr zu, aber sie reagiert nicht und eine Sekunde später fällt auch ihre Tür ins Schloss.

Das war seltsam. Aber ich verdränge es, als wir uns auf den Weg zum Wagen machen. Megan liegt in meinen Armen und ich bemerke, dass Dillon sie mehrmals anschaut. Jedes Mal, wenn er das tut, verkrampfe ich mich innerlich. Ich fürchte, er hat es vielleicht bemerkt. Ich dachte immer, dass Dillon die Ähnlichkeit zwischen ihm und Megan sofort erkennen würde, aber anscheinend hat er das noch nicht. Und obwohl es eine Erleichterung ist, ist es auch überraschend.

Vielleicht sehen sie sich doch nicht so ähnlich, wie ich dachte.

Oder vielleicht hätte Dillon einfach nie damit gerechnet, dass du ihn wegen seines eigenen Kindes anlügen würdest.

Eine Welle von Schuldgefühlen überwältigt mich, so sehr, dass ich heftig schlucke. Genauso wie er nie geahnt hat, dass ich ihn in Bezug auf die Tatsache, dass Megan Jeannies Kind wäre, angelogen habe. Er vertraut mir, obwohl er es nicht sollte; obwohl ich ihm keinen Grund dazu gegeben habe. Tatsächlich habe ich mich so erbärmlich verhalten, dass ich mich nicht einmal in Gedanken genügend dafür entschuldigen kann.

Dillon ist nicht der Bösewicht, für den ich ihn gehalten habe. Eigentlich war er es nie.

Ich bin es.

Und irgendwie muss ich das in Ordnung bringen. Ich muss ihm sagen, wer Megan wirklich ist und mit all den Lügen aufhören.

Deshalb habe ich mich geweigert zu antworten, als er mich fragte, wer Megans Vater ist. Es wäre so einfach gewesen, eine weitere Lüge über einen Versager zu erfinden, der nicht an ihrem Leben teilnehmen will. Aber ich möchte ihn nicht mehr anlügen. Er hat es nicht verdient.

Nun, es gibt keine bessere Zeit als die Gegenwart, um anzufangen, die Wahrheit zu sagen.

„Dillon", beginne ich und merke dann, dass dies ein schlechter Zeitpunkt dafür ist. Nicht mit meiner Tochter im Arm, die jedem Wort lauscht und nicht, wenn Dillon gerade auf einen schnittigen babyblauen Sportwagen am Straßenrand zusteuert. Jetzt wird mir endlich klar, warum sein Haar so zerzaust aussieht. Er ist mit einem Cabrio hier.

Megan schnappt sofort nach Luft, als wir zum Auto kommen und ihre Augen werden groß und gespannt. „So cool."

„Gefällt dir mein Auto, Gummibärchen?", fragt Dillon mit einem Lächeln.

Sie nickt schnell. „Werden wir damit fahren?"

„Na klar. Und ich sag dir was, wir können damit fahren, wann immer du willst."

„Juhu!" Megan klatscht erfreut in die Hände, aber ich sehe Dillon stirnrunzelnd an. Ich möchte nicht, dass er meiner Tochter Versprechungen macht, die er nicht halten kann, denn dann wäre ich diejenige, die mit ihrer Enttäuschung fertig werden muss.

Aber er zieht nur die Augenbrauen hoch und sieht mich unverwandt an. „Was?"

Ich schüttele den Kopf. „Nichts." Wir können das später besprechen. Ich möchte nicht vor Megan darüber reden.

Die nächste große Überraschung kommt, als ich einen Blick auf den Rücksitz werfe und dort einen rosa Autositz entdecke. Ich blinzle Dillon an und er lächelt. „Was?

Dachtest du, mir war nicht klar, dass du darauf bestehen würdest, deine Tochter mitzunehmen? Ich bin kein Idiot, weißt du."

„Natürlich nicht", grinse ich. Aber selbst wenn er geahnt hätte, ich würde Megan mitnehmen, hätte ich nie vermutet, dass er so aufmerksam ist, an einen Autositz für sie zu denken, geschweige denn, dass er ihr einen in ihrer Lieblingsfarbe besorgt.

Megan fängt an, auf meinen Armen zu zappeln; sie ist offensichtlich bereit, in den Autositz gesetzt zu werden, also sage ich: „Schon gut, schon gut. Es geht ja gleich los."

Dillon öffnet die hintere Tür und ich beuge mich hinunter, um Megan in den Sitz zu heben und sie dann fest anzuschnallen. Ich setze mich neben sie und werfe Dillon einen entschuldigenden Blick zu. Ich weiß, dass es ihm wahrscheinlich lieber wäre, wenn ich vorne säße, aber ich will nicht, dass meine Tochter allein auf dem Rücksitz ist, schon gar nicht in einem Cabrio.

Aber Dillon sieht nicht verärgert aus. Ganz im Gegenteil, er lächelt nachsichtig und schüttelt amüsiert den Kopf.

Dann schließt er die Tür und geht zum Fahrersitz. „Seid ihr alle bereit für eine lustige Fahrt?"

„Ja!", ruft Megan aus.

„Na gut." Er lässt sich hinter das Steuer gleiten, schnallt sich an und zwinkert uns im Rückspiegel zu. „Hallo, meine Damen und Herren, ich werde heute Ihr Fahrer sein. Ich hoffe, Sie genießen den Ausflug."

Megan kichert und ich lächle, während ich über seinen Akzent die Augen verdrehe.

Am Ende genießen wir die Fahrt tatsächlich, aber ich vor allem, weil ich die pure Freude im Gesicht meiner Tochter sehe, wenn der Wind ihr Haar umspielt. Jedes Mal, wenn sie lacht, schießt das Geräusch direkt in mein Herz und ich lache auch. Megans Freude muss ansteckend sein, denn ich bemerke, wie Dillon uns ein paar Mal herzlich angrinst. Und ein paar andere Male verweilen seine Augen auf Megan und etwas Sanftes taucht in ihnen auf.

Interessant.

Ich habe Dillon nie für den väterlichen Typ gehalten, aber die sanfte Art, mit der er meine Tochter anschaut, lässt mich meine Meinung ändern.

Dillon fährt uns zu seinem Apartmentkomplex. Als wir aus dem Auto aussteigen, entdeckt Megan sofort die Voliere und fragt: „Ist das ein großes Vogelhaus?"

„Ja, das ist es", sagt Dillon. „Willst du es dir ansehen?"

Sie nickt begeistert. Ihr vom Wind zerzaustes Haar hat sich um ihr Gesicht gewickelt, so dass es komisch aussieht. Dillon lacht.

„Na gut. Wir sehen es uns an, nachdem deine Mutter und ich uns unterhalten haben, in Ordnung?"

„Okay", meint Megan und klingt auch einverstanden. Als wir zum Aufzug gehen, schwenkt Megans Kopf herum und nimmt alles mit diesen großen staunenden Augen auf. Ihr Staunen macht mich glücklich. So etwas hat sie noch nie gesehen und das ist das Leben, das ich ihr schon immer bieten wollte.

Als wir endlich in Dillons Wohnung ankommen, schnappt Megan wieder nach Luft. „Hier wohnst du also?"

„Ja", sagt Dillon und schließt die Tür hinter uns. „Gefällt es dir?"

„Jaaaa." Sie blickt sich um. „Es ist wirklich groß."

Ich werde rot. Obwohl Dillons Wohnung wirklich riesig ist, muss sie ihr im Vergleich zu unserer gigantisch vorkommen.

„Das stimmt." Dillon deutet an, dass wir uns setzen sollen. Ich setze mich auf die Couch, immer noch mit Megan an der Hand. Ein Seufzer entweicht mir, als ich mich in die bequeme Couch zurücklehne, die genau richtig nachgibt. Es ist, als säße man auf einer Wolke.

Dillon setzt sich uns gegenüber und sein Blick ist plötzlich ernst.

„Ich möchte schnell etwas mit dir besprechen", beginnt er. „Und ich möchte, dass du unvoreingenommen bleibst und nicht ohne zu überlegen ablehnst."

„Worum geht es?" Plötzlich durchfährt mich Besorgnis.

Seine Hände verschränken sich ineinander und er nickt. „Was hältst du davon, in eine der Eigentumswohnungen in diesem Komplex zu ziehen?"

Ein Schock durchfährt mich. Das ist das Letzte, was ich von ihm erwartet habe.

„Ich habe es durchgerechnet", fährt er fort. „Und dabei herausgefunden, dass ich viel von zu Hause aus arbeiten kann, solange ich meine Assistentin in der Nähe habe. Casey, meine frühere Assistentin, wohnte gleich um die Ecke und das machte uns um einiges produktiver. Es war ganz normal, mitten in der Nacht rüberzugehen und bei einem späten Abendessen ein paar Verträge auszuhandeln. Aber jetzt, da du so weit weg wohnst, geht das nicht mehr." Er nickt erneut.

„Aber wenn du in diesem Komplex wohnen würdest, dann wäre alles viel einfacher. Und du könntest auch Zeit mit deiner Tochter verbringen, da du zumindest einen Teil der Arbeit von zu Hause aus erledigen würdest. Was hältst du davon?“

„Ich ...“ Mein Mund öffnet und schließt sich, ohne dass ein einziges Wort herauskommt. Ich kann dieses Angebot nicht fassen. „Ich ... ich weiß nicht, was ich sagen soll“,

Dillon redet weiter. „Ich weiß, es ist schwer zu begreifen, aber sieh es einfach als reine Effizienzmaßnahme. Wenn ich früher darüber nachgedacht hätte, hätte ich dieses Angebot bei der Ausschreibung der Stelle hinzugefügt. Denk bitte nicht, dass es nur an deiner Situation liegt, denn jeder, den wir nach dir einstellen, wird wahrscheinlich das gleiche Angebot erhalten. Die Stelle als Assistentin ist in Zukunft fest mit einer Wohnung in der Nähe des Geschäftsführers verbunden, die von der Firma bezahlt wird.“ Er hält inne und mustert mich. „Macht es das leichter für dich, das Angebot anzunehmen?“

„Nein.“ Ich schüttele den Kopf. „Dillon, das ist ein sehr großzügiges Angebot, aber ich weiß nicht, ob ich es annehmen kann. Dieser Komplex ... Es muss ein Vermögen kosten, hier zu leben.“

„So viel kostet es gar nicht“, versichert er mir. „Jeden Tag, an dem ich weniger produktiv bin, als ich sein könnte, verliere ich mehr Geld, als dieses Penthouse kostet. Wenn du dieses Angebot annimmst, hilfst du mir in Wahrheit sehr damit.“ Er schüttelt den Kopf. „Ich habe viel durchgemacht, um eine kompetente neue Assistentin zu finden, nachdem Casey gegangen ist. Es war die Hölle. So viele

Vorstellungsgespräche, so viele Aushilfskräfte und die einzige, die die Arbeit zu meiner Zufriedenheit erledigt hat, bist du. Du bist organisiert und selbstständig. Du weißt, wie du meine Bedürfnisse perfekt umsetzen kannst. Bitte, Emma. Ich brauche dich."

Ich brauche dich.

Diese Worte sind der letzte Nagel im Sarg. So sehr ich auch protestieren möchte und mein Stolz verlangt, dass ich das Angebot ablehne, muss ich mich fragen: „Warum?" Warum sollte ich es ablehnen und wozu?

Das Leben hat mir die Antwort auf alle meine Probleme quasi auf dem Silbertablett serviert. Wenn ich Dillons Angebot annehme, kann ich Zeit mit meiner Tochter verbringen und gleichzeitig Geld verdienen.

Außerdem ...

Ich blicke ich zu Megan hinunter, die zu mir hochschaut. Ich weiß nicht, ob sie verstanden hat, worüber wir gesprochen haben, aber ich denke schon. Und sie liebt diesen Wohnkomplex bereits, so wie ich es mir vorgestellt habe. Ich habe immer gewollt, dass sie ein Leben wie dieses führt. Wer bin ich, ihr das vorzuenthalten, wenn ihr Vater es ihr ermöglicht?

Ich kann nicht zulassen, dass mein Stolz ihrem Glück im Wege steht.

Und auf diese Weise kann Megan auch ihrem Vater näher sein. Ich erfahre aus erster Hand, was für ein Vater Dillon sein würde. Ist das nicht das Beste daran?

Das könnte so richtig in die Hose gehen, wenn du ihm die Wahrheit sagst.

Ich schlucke. Das ist mir durchaus bewusst, doch im Moment weiß ich, was ich tun muss.

Schließlich wende ich mich Dillon zu, der den Mund wieder öffnet, wohl ahnend, dass ich ihn erneut abblitzen lasse.

Aber ich halte meine Hand hoch und stoppe seine Worte in ihrem Lauf. „Schon gut. Du musst nicht länger Überzeugungsarbeit leisten." Ich lächle. „Ich nehme dein Angebot an."

Kapitel 28 | Dillon

Ich starre an die Decke und fürchte mich vor einer weiteren schlaflosen Nacht.

Mist. Warum fällt es mir immer schwerer, einzuschlafen?

Und das Ärgerliche daran ist, dass ich heute einen ziemlich guten Tag hatte. Ich konnte ein paar offene Fälle abschließen und obwohl der Coolidge-Fall immer noch läuft, hat sich auf Hectors Seite nichts getan, was bedeutet, dass er von den Darlings noch nicht bekommen hat, was er will. Natürlich bedeutet das auch, dass wir immer noch keine Ahnung haben, was er verlangt und wir auf Messers Schneide stehen und darauf warten, aufgeschlitzt zu werden, aber trotzdem. Das gibt uns Zeit, einen Plan auszuarbeiten, wie wir mit den möglichen Folgen von dem, was geschieht, umgehen können.

Das Wichtigste, was den heutigen Tag so großartig macht, ist, dass Emma zugestimmt hat, bei mir einzuziehen. Nun ja, sie hat einer Wohnung im Erdgeschoss zugestimmt, die in ein paar Tagen fertig sein wird, aber das ist fast wie zusammenleben. Sie wäre dann nur ein paar Stockwerke und einige Türen weiter.

Und im Moment schläft sie nur den Flur hinunter. Heute, während Megan spielte und dann ein Nickerchen machte, arbeiteten Emma und ich bis spät in die Nacht und nachdem ich ein Abendessen für uns bestellt hatte, gelang es mir, sie zu überreden, mit Megan hier zu schlafen. Zu meiner Überraschung stimmte Emma ohne Widerspruch zu. Sie muss von der Arbeit genauso müde sein wie ich oder sie hat gesehen, wie Megan geguckt hat, als sie dachte, sie müssten gleich gehen.

Wie auch immer, ich bin einfach froh, dass sie noch hier ist.

Und jetzt kann ich sie fast schon in dem rosafarbenen Slip sehen, den sie auf der Insel zu tragen pflegte, mit geschlossenen Augen und Haaren, die ihr zartes Gesicht umspielen, wenn sie schläft. Ich sehe auch die Wimpern auf ihren Wangen flattern; Mondlicht glitzert auf ihrer hochgezogenen Nase und ihren weichen Lippen und lässt sie wie eine verlorene Prinzessin erscheinen.

Scheiße, vielleicht kann ich deshalb nicht schlafen. Weil ich mir so einen fantasievollen Scheiß ausdenke.

Ich muss im Delirium sein.

Ich setze mich auf. Vielleicht hilft mir eine weitere Runde mit dem Boxsack auf dem Dachboden beim Einschlafen.

Natürlich bräuchte ich dann einen Energydrink, um das durchzustehen.

Ich grinse vor mich hin. Wahrscheinlich ist das ein Teil meines Problems. Zu viele Energydrinks und Kaffee bedeuten jede Menge Koffein in meinem Körper, das mich nicht schlafen lässt.

Ich seufze und quäle mich aus dem Bett, klatsche einmal, damit die automatische Schlafzimmerbeleuchtung anspringt, bevor ich hinunter in die Küche gehe. Vielleicht sollte ich es mit heißer Schokolade versuchen anstatt eines Energydrinks. Das hat mich früher beruhigt und ich habe immer etwas gemahlenen Kakao vorrätig, nur für den Fall.

Als ich unten ankomme, klatsche ich noch einmal, um das Licht im Wohnzimmer zu aktivieren.

Ich bringe Wasser in meinem Wasserkocher zum Kochen und nehme einen Becher, um mir eine heiße dampfende Tasse zuzubereiten. Nachdem ich den Kakao, etwas Sahne und ein paar Zuckerwürfel hineingetan habe, nehme ich die Tasse und stelle mich ans Fenster, um die Stadt mit ihren schönen glitzernden Lichtern zu beobachten.

Auf der Straße rasen immer noch Autos vorbei und ich bin mir sicher, wenn mein Penthouse nicht schalldicht wäre, würde ich die Geräusche des Lebens von draußen auch hören.

Aber die Vögel und alle, die es sich leisten können, schlafen wahrscheinlich schon, um sich auf den nächsten Tag vorzubereiten.

Warum zum Teufel kann ich mich ihnen nicht anschließen?

Ein Geräusch hinter mir lässt mich herumwirbeln und ich stelle fest, dass die Tür zum Gästezimmer auf der anderen Seite offen steht. Emmas Tochter hat eine Hand auf dem Türgriff und scheint zu überlegen, ob sie ganz herauskommen oder lieber bleiben soll, wo sie ist. Sie schüttelt den Kopf und beobachtet mich, bevor sie in den Ärmel ihres Zebramuster-Pyjamas niest, den Jeannie vorbeigebracht hat.

„Hey Gummibärchen“, sage ich mit leiser Stimme, um sie nicht zu erschrecken. Zu meiner Überraschung lässt sie die Tür los und kommt ein paar Schritte auf mich zu, bleibt dann aber auf halbem Weg stehen und verschränkt die Arme vor der Brust.

Ich gehe in die Hocke. „Was ist denn los? Kannst du nicht schlafen?“

Sie macht etwas Seltsames: sie nickt und schüttelt gleichzeitig den Kopf, wobei ihre Zöpfe an ihre Wangen klatschen.

Wie auch immer, ich deute die Bewegung als ein 'Ja'.

Ich frage mich, ob sie einen leichten Schlaf hat oder ob es ihr schwer fällt, in der neuen Umgebung einzuschlafen. Das Problem hatte ich als Kind auch.

„Schläft deine Mutter schon?“, frage ich.

Sie nickt wieder.

Ich schließe den Abstand zwischen uns und bewege mich dabei langsam, um sie nicht zu erschrecken. Als ich näher komme, wandert ihr Blick zu der dampfenden Tasse in meiner Hand und ihre Augen glänzen vor Interesse.

Ich halte sie hoch. „Soll ich dir eine heiße Schokolade machen?“

Sie zögert, bevor sie den Kopf schüttelt.

„Warum nicht?“, frage ich

„Ich darf vor dem Schlafengehen keine Leckereien haben“, erklärt sie mir. „Mama sagt, das würde mich wach halten.“

Ah, natürlich, wegen des Zuckers. Aber meine heiße Schokolade enthält nicht so viel Zucker und da sie sowieso schon wach ist, kann es auch nicht schaden.

„Aber diese 'Leckerei' kannst du ruhig trinken“, versichere ich ihr. „Das ist eine heiße Schokolade, also kannst du sie zu jeder Tageszeit trinken. Hier, probier mal.“ Ich berühre die Oberfläche der Flüssigkeit mit meinen Lippen und vergewissere mich, dass sie nicht zu heiß ist, bevor ich sie ihr vorsichtig reiche.

Megan hält ein paar Sekunden inne, in denen sie mit sich selbst ringt, bevor sie sich nach vorne beugt und den Becher mit ihren beiden kleinen Händen festhält. Ich lasse trotzdem nicht los, denn ich bezweifle, dass diese kleinen Hände das ganze Gewicht der Tasse halten können, als sie sich nach vorne beugt und einen Schluck nimmt.

Ihre Augen weiten sich wie die eines entzückten Kaninchens.

„Lecker, nicht wahr?“, frage ich und sie nickt.

Sie nimmt noch ein paar zaghafte kleine Schlucke, bevor sie sich wieder zurückzieht.

„Danke“, murmelt sie höflich und wieder ist es das Bezauberndste, was ich je gesehen habe. Ich schwöre, in diesem Moment ist es, als würde Amor einen Pfeil direkt in mein Herz schießen.

„Und warum bist du noch wach?“, fragt sie dann mit dieser süßen, höflichen kleinen Stimme.

„Ich kann auch nicht schlafen“, gebe ich zu.

„Warum?“, hakt sie nach.

Ich überlege kurz. „Ich bin mir nicht sicher“, sage ich schließlich.

„Wenn ich nicht schlafen kann, singt mir Mama normalerweise etwas vor. Aber ich glaube, sie ist heute zu müde.“

„Wahrscheinlich“, nicke ich. „Du willst doch nicht, dass ich sie aufwecke, oder?“

Sie schüttelt den Kopf. „Mami braucht Ruhe.“

„Genau." Was für ein rücksichtsvolles kleines Mädchen, viel zu reif für ihr Alter. Ich weiß nicht genau, wie alt sie ist, aber ich weiß, dass ich, als ich so klein war, ein anspruchsvoller vorlauter Scheißer war und meine Kindermädchen terrorisiert habe, um die Aufmerksamkeit meiner Eltern zu bekommen.

Im Nachhinein betrachtet, haben mich diese Kindermädchen mehr erzogen als die, deren DNA ich in mir trage.

„Wie wär's, wenn ich dir eine heiße Schokolade mache und wir uns dann hinsetzen und fernsehen, bis wir einschlafen können?"

„Darf ich?", fragt sie.

Ich bin mir nicht sicher. Hat sie eine feste Bildschirmzeit? Ist Fernsehen in der Nacht schlecht für Kinder?

Keine Ahnung, aber leider besitze ich keine Kinderbücher, die sie lesen könnte, es sei denn, sie interessiert sich irgendwie für Marketingprinzipien oder Regeln des Investierens.

„Klar doch", beruhige ich sie. „Ich kann dir gleich den Fernseher anmachen, es sei denn, du willst sehen, wie ich die heiße Schokolade zubereite."

Sie nickt begeistert.

„Prima." Ich richte mich auf und sie nimmt meine Hand, was mich schon wieder überrascht. Sie folgt mir in die Küche und dann ziehe ich einen hohen Hocker heran und setze sie darauf, damit sie die Arbeitsplatte sehen kann.

Ich hole meine Dose mit gemahlenem Kakao hervor. „Weißt du, was das ist?"

Sie schüttelt den Kopf.

„Das ist das Geheimnis der verdammt besten heißen Schokolade, die du je in deinem Leben getrunken hast."

Megan kichert, als ich anfange, ihr Getränk in der kleinsten Tasse zuzubereiten, die ich finden kann. Als ich fertig bin, gebe ich ein wenig Schlagsahne und ein paar Salzflocken oben drauf, damit sie etwas davon schmeckt. Und dann lasse ich sie einen Schluck nehmen, worauf sie noch ein kleines süßes „Danke" von sich gibt. Die Schlagsahne bildet einen kleinen Schnurrbart auf ihrem Gesicht und ich schmunzle, bevor ich ihn wegwische.

„Komm mit." Ich hebe sie vom Hocker und lasse sie dann los, um beide Becher vom Tresen zu nehmen und sie zur Couch zu tragen.

Wir machen es uns auf der Couch bequem, sie neben mir und ich schalte einen Sender ein, der Wiederholungen von Sitcoms zeigt, weil ich denke, dass das für Kinder ungefährlich genug ist.

Ich schaue nur halbherzig hin und achte vor allem auf das kleine Mädchen neben mir, das weiter an seiner heißen Schokolade nippt und auf den Fernsehbildschirm starrt. Als ihre Tasse schließlich halb leer ist, stellt sie sie wieder auf den Tisch, gähnt und lehnt sich auf der Couch zurück. Nach ein paar weiteren Minuten fallen ihr die Augen zu und sie lässt ihren Kopf gegen meinen Arm sinken.

Ich lächle. Sie schläft ein, aber ihr Körper scheint sich dagegen zu wehren, denn jedes Mal, wenn sie halbwegs weg ist, schreckt sie auf.

Doch langsam aber sicher gibt sie nach.

Was ich zu diesem Zeitpunkt nicht wusste, war, dass ich, während ich sie beobachtete, ebenfalls einschlummerte.

***

Ich weiß nicht, was mich aufweckt, denn es ist nicht das Geräusch von jemandem, der in Panik schreit: „Megan! Wo bist du, Megan?"

Dieses Schreien fühlt sich an, als käme es aus einem Traum und lässt mich noch weiter schlafen wollen.

Aber vielleicht ist es die Präsenz, die ich über mir spüre, die mich schließlich dazu bringt, meine Augen zu öffnen.

Als ich meine Augen aufreiße, sehe ich Emmas erschrockenen Blick.

„Oh, hey", flüstere ich und nehme sie in den Arm. Ihr Haar ist ganz zerzaust und sie trägt kein einziges bisschen Make-up, aber sie sieht so schön aus wie immer.

Und ganz entzückend ist ein Sabberfleck, der ihr seitlich an den Lippen herunterläuft.

Ich versuche, ihn abzuwischen, aber da spüre ich ein Gewicht auf meinem Arm, das mich daran hindert, ihn zu bewegen.

Ich blicke auf und sehe, dass Megan neben mir liegt und sich an meinen Arm klammert, den ich um sie gelegt habe.

Die letzte Nacht dringt stückweise wieder in mein Bewusstsein und plötzlich ergibt die Frage in Emmas Augen einen Sinn.

„Ich konnte nicht schlafen", beginne ich, bevor sie mich um eine Erklärung bitten kann. „Ich kam runter, um mir eine Tasse heißen Kakao zu machen und plötzlich stand

Megan vor mir, weil sie wohl auch nicht schlafen konnte. Wir wollten dich nicht wecken, also haben wir einfach ganz leise ferngesehen, bis wir beide eingeschlafen sind."

„Oh." Emma beugt sich hinunter und versucht, Megan hochzuheben, die beschwerdevoll stöhnt und sich immer noch an meinen Arm klammert.

„Das tut mir leid", murmelt Emma und wirft mir einen entschuldigenden Blick zu, bevor sie ihrer Tochter zuraunt. „Megan, Schätzchen, es ist Morgen. Du musst dich für die Kita fertig machen."

„Ich will nicht aufstehen", brummt sie und hält meine Hand fest umklammert.

„Kita?", hake ich nach. „Du meinst dieselbe, die auf sie aufpassen sollte, als sie sich das Knie ausgerenkt hat?"

„Es war nicht ihre Schuld", versichert mir Emma. „Wie du schon sagtest, bringen sich Kinder gerne selbst in Schwierigkeiten."

„Ja, aber das heißt nicht, dass du ihnen Megan noch einmal anvertrauen solltest." Ich empfinde einen seltsam Beschützerinstinkt für das Kind, das ich gerade erst kennengelernt habe. „Warum nicht ein Kindermädchen einstellen?"

Sie schenkt mir ein amüsiertes Grinsen. „Ich kann mir kein Kindermädchen leisten."

Aber ich, hätte ich fast gesagt, aber ich habe mich rechtzeitig zurückgehalten. Emma wird das nicht akzeptieren, nicht zu diesem Zeitpunkt. Es war schon schwer genug, sie dazu zu bringen, in eine Wohnung zu ziehen, die ich bezahle. Wenn ich jetzt darauf dränge, sich auch noch ein Kindermädchen von mir finanzieren zu lassen, könnte sie einfach abhauen.

„Lass sie doch hierbleiben“, schlage ich vor. „Wir werden sowieso von zu Hause aus arbeiten.“

„Ja, aber wenn wir umziehen wollen, muss ich langsam anfangen, die alte Wohnung zu räumen und ich muss mich auch mit dem Vermieter treffen.“

„Mach dir keine Sorgen“, erwidere ich. „Ich werde Möbelpacker beauftragen und mit dem Vermieter kannst du dich später treffen.“ Mit meiner freien Hand streiche ich ihr über die Wange und freue mich erneut über das Erstaunen in ihren Augen. „Ich werde mich um alles kümmern.“

***

Wie ich geplant hatte, arbeiten wir in den nächsten Tagen hauptsächlich von zu Hause aus. Wir verlassen das Haus nur ein paar Mal, um an Besprechungen im Büro teilzunehmen und einmal, um auf einer Dinner-Auktion in einem Museum in der Stadt Präsenz zu zeigen.

Wir gehen nur deshalb hin, weil ich erfahren habe, dass Theo Darling auch dort sein würde und ich dachte mir, dass dies eine gute Gelegenheit für Emma wäre, Rachel zum ersten Mal zu treffen.

Nachdem ich Jeannie gebeten habe, die Nacht über auf Megan aufzupassen, fahren wir mit meinem Wraith los.

„Okay“, sage ich zu Emma, als wir im Auto auf dem Museumsparkplatz sitzen. Wir sind etwas früher angekommen, haben aber gewartet, bis die Darlings vorgefahren waren. In der Ferne sehe ich Theo Darling und

Rachel aus ihrer Limousine aussteigen. „Du erinnerst dich an den Plan?"

Emma nickt. „Ja, ich erinnere mich."

„Gut. Dann geh du zuerst rein. Ich treffe dich dann dort."

Sie nickt, öffnet die Tür und steigt aus dem Auto. Mir bleibt augenblicklich der Atem im Hals stecken. Sie trägt eines der neuen Modelle von Roberto Cavalli, die ihr die Stylistin besorgt hat, ein wunderschönes, schlichtes, fließendes Kleid mit geradem Ausschnitt, das pure figurbetonte Eleganz verkörpert. Ihr Haar ist im Nacken zu einem kleinen Dutt gebunden, an dem goldene Nieten in der gleichen Farbe wie ihre glitzernde Handtasche blitzen.

Fast möchte ich die ganze Sache abblasen, wenn ich sie in diesem Kleid sehe, aber ich wische den Gedanken beiseite. Wir müssen arbeiten. Der Spaß kann warten.

Aber während sie sich von mir entfernt und nichts als Zuversicht und Sexualität ausstrahlt, muss ich mir auf die Faust beißen, um sie nicht zurückzurufen.

Vor allem, als sie den Eingang erreicht und sich neben das andere Paar stellt. Ich bemerke, dass Theo Darling sich umdreht und sie anstarrt und ich sehe, wie er sich sofort aufrichtet und sie mit Interesse betrachtet.

Oh nein, das tust du nicht, du Bastard, denke ich grimmig und funkele ihn an.

Sie gehört mir.

Kapitel 29 | Emma

Die Frau, die neben Theo Darling steht, mustert mich ausgiebig, während ich mich ihr nähere und ihr Blick hat etwas sehr Sanftes und Kalkulierendes an sich. Sie ist keine außergewöhnlich schöne Frau, aber mit ihrem zurückgesteckten Haar, den strengen Augen und ihrer selbstbewussten geraden Haltung übt sie eine unbestreitbare Anziehungskraft aus. Sie scheint jemand zu sein, der sich seinen Platz erst erkämpfen musste und nun Respekt genießt. Und obwohl ich spüre, dass sie grausam sein kann, wenn es nötig ist, glaube ich nicht, dass das unbedingt ihrer Natur entspricht.

Was sie allerdings zu sein scheint: intelligent und praktisch veranlagt.

Jemand wie ich.

Ich mag den Vergleich nicht, aber jetzt, wo ich Rachel von Angesicht zu Angesicht gegenüberstehe, muss ich zugeben, dass mir etwas an ihr vertraut vorkommt. Und das liegt daran, dass ich in ihrer abwehrenden Haltung ein wenig von mir selbst erkenne; den vorsichtigen Gesichtsausdruck, der mir sagt, dass sie trotz ihres polierten Äußeren ein hartes Leben hinter sich hat.

Trotzdem möchte ich nicht darüber nachdenken, wie ähnlich wir uns sind.

Denn unsere Gründe unterscheiden uns voneinander. Schließlich habe ich Dillon nie betrogen und ich halte sein Kind nicht aus finanziellen Gründen vor ihm geheim.

„Das tust du nicht?“

Ich zucke zurück ins Bewusstsein, als ich merke, dass die Stimme nicht in meinem Kopf war. Ich brauche eine Sekunde, um zu erkennen, dass sie von dem Mann kommt, der neben Rachel steht und dessen Haar in der Abendbrise weht. „Was tue ich nicht?“

„Gehen Sie nicht rein?“ Sein Ton ist sanft und kultiviert, mit einem undefinierbaren Akzent, als hätte er in mehreren europäischen Ländern gelebt und könnte sich nicht entscheiden, welchen Akzent er letzten Endes annehmen soll.

„Doch“, antworte ich. „In einer Minute. Ich warte auf meinen ...“ Ich drehe mich zur Seite und sehe ihn auf mich zukommen. Wieder einmal fängt mein Herz an zu rasen, weil er so gut aussieht in dem Anzug, der seinen schlanken muskulösen Körper umschmeichelt. Und als sich unsere Blicke treffen, umspielt ein kleines Lächeln seine Mundwinkel.

In mir dreht sich alles.

Gott, er sieht in diesem Moment so verlockend aus.

„Da ist er ja schon“, murmle ich, während Dillon mich erreicht, seine Hand um meine Taille legt und mich näher zu sich zieht.

Diese sanfte und besitzergreifende Bewegung lässt meinen Magen flattern und für eine Sekunde vergesse ich, dass noch jemand anwesend ist. Zumindest bis sich der andere Mann zu Wort meldet: „Dillon White?“

Dillon lässt sich Zeit, bevor er seinen Blick von mir abwendet und den Sprecher ansieht. „Theo Darling. Was für ein verrückter Zufall.“

„Tatsächlich. Obwohl es eine sehr kleine Stadt ist, so dass wir uns zwangsläufig irgendwann über den Weg laufen mussten."

„Hmm. Wir sind uns schon in Houston begegnet. Auf der Party."

„Ah, ja und das war dein Date." Die Augen des Mannes wandern wieder zu mir. „Ich wusste, dass ich sie von irgendwoher kenne."

Sein Blick tastet mich kühl ab, bevor sich ein winziges Grinsen auf seinen Lippen bildet. Ich runzle die Stirn. Wenn ich es nicht besser wüsste, würde ich denken, dass der Mann mich anbaggert.

Und anscheinend bin ich nicht die Einzige, die so denkt, denn Dillons Arm legt sich enger um mich.

„Vielleicht solltest du deine Augen wieder in den Kopf stecken, Darling?", sagt er in einem samtigen Tonfall, der die unterschwellige Bedrohung jedoch nicht verbergen kann.

Theo grinst. „Tut mir leid. Du weißt ja, wie das ist, vor allem, wenn man eine so schöne Frau sieht. Wir können gar nicht anders, als sie anzustarren." Dann wendet er sich wieder mir zu. „Hat Ihnen schon mal jemand gesagt, dass Sie wie ein Stummfilmstar aussehen?"

Ich widerstehe dem Drang, meine Augenbrauen spöttisch zu heben. Wirklich, Kumpel? Du willst mit mir flirten, während dein Date und die potenzielle Mutter deines Kindes genau neben dir steht?

Aber Rachels Gesichtsausdruck nach zu urteilen, ist das keine Seltenheit. Sie sieht verärgert, aber nicht übermäßig überrascht aus.

Dillon hingegen sieht mehr als nur verärgert aus, besonders als Theo meine Hand nimmt und sagt: „Tut mir leid, dass ich Ihren Namen nicht verstanden habe."

Ich werfe einen Blick auf Dillon, der nickt, bevor ich antworte. „Rachel Watson."

„Ah. Irgendeine Verbindung zu den Watsons aus Beverly Hills?"

„Nicht wirklich. Da gibt es nur ein Typ namens Joe Watson."

Er runzelt die Stirn und Rachel schnaubt. Ich sehe ihr in die Augen. Ihr Gesichtsausdruck wirkt herausfordernd, aber ich beruhige sie mit einem Augenzwinkern, um ihr zu zeigen, dass ich nicht weniger an ihrem Mann interessiert sein könnte.

„Wie auch immer", mischt sich Dillon ein. „Es ist kalt hier draußen, also sollten wir lieber reingehen."

Theo nickt und nimmt schließlich die Hand seines Dates. „Natürlich."

Sie drehen sich um und gehen vor uns die Treppe hinauf und durch den marmorverkleideten Eingangsbereich. Dillon und ich folgen ihnen und ich kam nicht umhin, den irritierten Gesichtsausdruck zu bemerken, mit dem er auf Theos Rücken starrte.

Ich kann mir ein Kichern nicht verkneifen. „Du erinnerst dich, dass das Teil deines Plans war, oder?"

„Ja. Ich hätte nur nie gedacht, dass dieser Bastard so angetan von dir sein würde."

Ich schüttle den Kopf. „Wenn es dich beruhigt, ich glaube, er wäre von allem angetan, was einen Rock trägt."

Dillon nickt und ich wende meine Aufmerksamkeit der Besichtigung des Museums zu, als wir eine große Halle mit kunstvoll dekorierten Tischen betreten, die vor einer Marmorbühne aufgestellt worden waren.

Ein ganz in schwarz gekleideter Platzanweiser empfängt uns und führt uns zu unserem mit Kerzen beleuchteten Tisch ganz vorne.

Nachdem wir uns niedergelassen haben, werfe ich einen Blick hinüber zu Theo und Rachel, die ebenfalls in der Nähe des vorderen Bereichs Platz genommen haben. Theo telefoniert, während Rachel ihn mit diesem halb gelangweilten, halb sehnsüchtigen Ausdruck anstarrt.

„Aber zum Glück kann ich die geile Natur deines Freundes zu unserem Vorteil nutzen“, sage ich zu Dillon. Er runzelt sie Stirn.

„Und wie?“, will er wissen.

Ich grinse. „Schau einfach zu.“

Kurz darauf füllt sich der Saal und die Gala beginnt mit einer Rede auf der Bühne, in der es um all das geht, was die Gäste im Laufe des Jahres mit ihren wohltätigen Spenden erreicht haben. Ich tue so, als würde ich der Präsentation Aufmerksamkeit schenken, aber in Wirklichkeit beobachte ich Rachel und Theo aus dem Augenwinkel. Ich bemerke einen scheinbar kurzen bissigen Streit zwischen ihnen, bevor Theo nach Rachel greift und sie ihm die Hand entreißt.

Und dann passiert es endlich. Sie erhebt sich und läuft durch den Saal, wahrscheinlich in Richtung Badezimmer.

„Ich bin gleich wieder da“, flüstere ich Dillon zu. Als ich aufstehe, nehme ich meine Handtasche mit und gehe ebenfalls in Richtung Badezimmer. Es befindet sich am Ende des Flurs und ich biege gerade um die Ecke, als sie hineingeht. Ich nehme mir ein paar Sekunden Zeit, bevor ich ihr ins Bad folge, dann gehe ich direkt zum Waschbecken und tue so, als würde ich mein Make-up auffrischen. Unsere Blicke treffen sich im Spiegel.

„Er ist ein Arsch“, sage ich schlicht.

Rachel antwortet nicht, sieht mich nicht an und zeigt nicht einmal, dass sie mich gehört hat. Natürlich wusste ich, dass das nicht so einfach sein würde. Sie scheint der Typ zu sein, der Probleme ignoriert, bis sie verschwinden.

„Ich wollte Ihnen nur Bescheid sagen, falls Sie noch Zweifel hatten“, fahre ich fort. „Ihr Freund ist ein echter Arsch.“

Sie lächelt bitter: „Kommt jetzt der Teil, in dem Sie mir sagen, dass ich besser mit ihm Schluss machen sollte? Und sobald ich das tue, schnappen Sie sich ihn?“

„Bitte.“ Ich verdrehe die Augen. „Ich bin mit Dillon zusammen, schon vergessen? Ich habe meinen eigenen betrügerischen Egomanen, mit dem ich fertig werden muss. Natürlich wird der Bastard eifersüchtig, sobald mir ein anderer Mann ein Kompliment macht, aber er kann mit so vielen Frauen anbändeln, wie er will.“

Rachel gluckst bitter auf. „Ist das nicht bei allen so?“

Ich nicke. „Ja, das ist es wohl.“ Dann seufze ich tief. „Aber ich weiß, warum ich mit Dillon zusammen bin und ich habe akzeptiert, dass unsere Vereinbarung eine zeitliche Begrenzung hat. Ich muss einfach so viel wie möglich aus ihm herausholen, damit ich wenigstens sagen kann, dass es den Schmerz wert war.“

In ihrem Blick lodert ein schwacher Anflug von Mitgefühl auf, der aber sofort wieder verschwindet und ihr Gesicht wird wieder kalt: „Hat Dillon Ihnen etwas über mich erzählt?"

„Nein. Warum?" Ich lasse Entsetzen auf meine Züge treten. „Oh Gott. Sag mir nicht, dass du auch mit ihm geschlafen hast?"

„Nein." Ein echtes Lächeln umspielt ihre Lippen. „Nicht in einer Million Jahren."

Ich stoße einen erleichterten Seufzer aus. „Gut. Das fände ich furchtbar, weil ich dich eigentlich mag. Ist doch okay, wenn wir uns duzen, oder?"

Sie antwortet nicht darauf, sondern lässt ihren Blick wieder zum Spiegel schweifen und nickt nur kurz.

„Ich war bis vor kurzem mit einem Freund von ihm zusammen", erklärt sie. „Wir waren sogar verheiratet."

„Oh?" Ich vergewissere mich, dass ich das richtige Maß an Überraschung und Interesse zum Ausdruck bringe. „Und was ist daraus geworden?"

Und dann, nur eine Sekunde lang, gerät ihre Fassung ins Wanken. Ein unerträglich trauriger Ausdruck übermannt ihr Gesicht, während sie ihre Hand auf ihren Bauch legt.

„Ich habe ihn nicht verdient", sagt sie leise. „Er war viel zu gut für mich und ich besitze die Angewohnheit, gute Dinge zu ruinieren." Sie lächelt traurig, mit leerem Blick. „Ich habe in meinem Leben viele Fehler gemacht, aber er war der schlimmste."

Was soll das heißen?, will ich fragen, aber ich darf nicht zu aufdringlich wirken. „Ich habe auch Fehler gemacht", gestehe ich ihr. „Nicht zuletzt habe ich mich mit diesem

Mistkerl eingelassen. Aber manchmal können selbst die schlimmsten Fehler in etwas Gutes verwandelt werden." Ich nehme meinen Lippenstift aus der Handtasche und schreibe meine Nummer auf den Tresen. „Wie auch immer, wenn du mal jemanden zum Reden brauchst, der dich nicht verurteilt, dann ruf mich an."

Sie wirft einen Blick auf die Nummer und nickt. Ich lächle und gehe dann.

Der erste Schritt ist, ihr Vertrauen zu gewinnen. Das wird nicht leicht sein, aber ich glaube, ich habe gerade eine kleine Ecke ihrer Mauer eingerissen.

***

In Dillons Apartmentkomplex zu leben war Himmel und Hölle zugleich.

Es war toll aus all den erwartbaren Gründen. Die Nachbarschaft ist sicher und wunderschön. Die Wohnung selbst ist so geräumig und mit allen modernen Annehmlichkeiten ausgestattet.

„Guck mal, Mami!", ruft Megan, als wir unser neues Zuhause betreten. „Es gibt einen großen Fernseher, wie der von Dillon."

„Das sehe ich, Schatz", bemerke ich. Es gab nicht nur einen riesigen Flachbildfernseher und Ledersofas, sondern auch elegante baumelnde Leuchten, die durch Klatschen gesteuert werden können und bodentiefe Fenster mit Blick auf die Stadt. So schick die Einrichtung auch sein mag, so kindersicher ist sie auch: Es gibt keine Glasmöbel und der

Balkon ist mit einem Netz versehen, um Unfälle zu vermeiden.

Ich frage mich, ob die Wohnung schon so war oder ob Dillon das alles hat einbauen lassen.

Wahrscheinlich letzteres. Dillon ist unerwartet gut darin, die Bedürfnisse eines Kindes zu erkennen und zwar in einer Weise, die ich ihm nie zugetraut hätte. Megans Zimmer wurde rosa gestrichen und auf einem Regal befinden sich eine Reihe von Spielsachen und Büchern, die nur auf sie warten.

Auf dem Tisch neben ihrem Bett steht ein kleines Vogelhäuschen, in dem ein Spielzeugvogel sitzt.

Megan ist begeistert und quietscht vor Freude, als sie das sieht und springt auf und ab. Ich lächle sie an. Es wärmt mir das Herz, meine Tochter so glücklich zu sehen, aber zu wissen, dass Dillon der Grund dafür ist, macht mich auch ein wenig traurig.

Denn das bedeutet, dass ich ihn völlig falsch eingeschätzt habe.

Und das ist die Hölle für mich hier ... ich muss mich meinen Fehlern und meinem Bedauern stellen.

Es bedeutet zu akzeptieren, dass ich Dillon und Megan so viel vorenthalten habe, weil ich mich geweigert hatte, ihm eine Chance zu geben und den Vertrag, den ich damals unterschreiben musste, so verstand, dass er nie Vater werden wollte.

Weil ich Angst hatte, er würde wie *mein* Vater sein.

Doch wenn ich ihn mit Megan beobachte, ist es unmöglich, die beiden überhaupt zu vergleichen.

Dillon geht offen und liebevoll mit Megan um, trägt sie und küsst ihre Pausbäckchen bei jeder Gelegenheit.

Natürlich ist er im Umgang mit ihr noch unerfahren, aber er lernt schnell. Wenn wir zu ihm nach oben gehen, damit ich etwas aufarbeiten kann, macht er ihr immer eine heiße Schokolade und die beiden beginnen dadurch eine Geheimsprache zu entwickeln. Und heute, als wir eine Pause von der Arbeit machten, nahm er uns mit zu der Voliere, um uns die Vögel anzusehen. Er hat Megan zu den verschiedenen Käfigen getragen, damit sie sie füttern konnte. Er erzählt ihr sogar lustige Fakten über die einzelnen Arten, was seltsam ist, weil ich ihn nie für einen großen Vogelkenner gehalten habe.

„Woher weißt du so viel über Vögel?“, frage ich ihn, als wir zu meiner Wohnung zurückkehren, während meine Tochter in seinen Armen schläft. Wenn ich die beiden sehe, wird mein Herz von einem bittersüßen Gefühl durchdrungen.

Sie sind perfekt zusammen. Aber ich habe ihnen so viel Zeit geraubt.

Doch ich habe nicht vor, ihnen noch mehr zu nehmen.

„Ich habe ein Buch darüber gelesen“, antwortet Dillon beiläufig, als er uns in die Wohnung lässt.

„Du hast ein Buch gelesen?“, staune ich ungläubig. „Wann hattest du denn dafür Zeit?“

Er zuckt unverbindlich mit den Schultern und trägt Megan weiter in ihr Schlafzimmer.

Ich sehe ihnen nach und bin überwältigt von meinen Gefühlen.

Ich kann nicht anders, als an Rachel und ihre Worte zu denken. Sie verfolgen mich nun schon seit Tagen, ebenso wie der Blick in ihren Augen, als sie über Paul sprach; diese bedauernde Traurigkeit. *Ich habe die Angewohnheit, gute Dinge zu ruinieren.*

Ich auch.

War das nicht der Grund, warum ich auf der Insel vor Dillon weglief? Weil ich Angst hatte, mich in ihn zu verlieben? Weil alles ein wenig zu schön war, um wahr zu sein?

Ich hatte Angst, uns eine Chance zu geben. Also lief ich weg.

„Hey."

Ich verscheuche meine Gedanken und sehe, dass Dillon zurück ist und auf mich zukommt. Er runzelt die Stirn, als er vor mir steht und meine Wange streichelt. „Was ist los?"

Plötzlich ist mir nach Weinen zumute. Ich muss es ihm sagen. Auch wenn ich dadurch alles ruiniere. Selbst wenn er mich danach hasst, muss er die Wahrheit erfahren.

Aber bevor ich sie aussprechen kann, küsst er mich.

Kapitel 30 | Dillon

Mist.

Ich hatte nicht vor, Emma zu küssen. Obwohl sie den ganzen Tag so umwerfend in diesem Sommerkleid aussah, strahlend, als hätte sie die Sonne verschluckt. Obwohl mein Körper die ganze Woche über so sehr auf den ihren eingestimmt war und der Hunger in meinem Bauch nur noch größer geworden ist. Obwohl ich mich über all diese neuen Gefühle wundere, die mit der Lust einhergehen; Gefühle, die ich noch nie zuvor hatte, die sich aber anschicken, meinen Verstand zu übernehmen.

Trotz alledem hatte ich wirklich nicht vor, sie zu küssen, ohne dass sie den Anstoß dazu gab. Ich wollte mich nach wie vor an das halten, was ich ihr geschworen hatte, als ich sie einstellte und so verdammt hart es auch war, bisher hatte ich gute Arbeit geleistet.

Bis ich aus Megans Zimmer kam und Emma dort stehen sah, so weich, verletzlich und traurig. Ihre Augen schrien danach, dass sie in den Arm genommen werden wollte.

Und nur das wollte ich dann auch machen. Doch ich musste sie einfach küssen. Weil ich nicht anders konnte.

Ich schlucke ihr überraschtes Geräusch hinunter, das sich in ein Stöhnen verwandelt, als ich sie näher zu mir heranziehe, dicht an meinen Körper. Und das ist alles, was ich jetzt wahrnehme. Es ist, als ob mein Verstand jedes andere Geräusch ausblendet und ihr Stöhnen zu meinem Universum wird. Ich kann ihren Herzschlag auf ihrer Zunge schmecken und er passt zu meinem.

Das ... ist nicht normal. Diese Gedanken, die ich habe, sind nicht einfach die fleischlichen Gelüste, an die ich gewöhnt bin. Ich will sie nicht nur ficken. Ich will sie ganz und gar verschlingen und ich möchte, dass sie bei mir bleibt, für immer.

„Warte", keucht Emma und zieht sich zurück. Ihre Augen sind bereits dunkel vor Verlangen, ihre Lippen geschwollen von meinem Kuss, ihr Atem drängend. „Es gibt da etwas, das ich dir sagen muss."

„Später", murmle ich und ziehe sie wieder zu mir. „Was auch immer wir zu besprechen haben, kann warten." In diesem Moment möchte ich mich nur diesen überbordenden Gefühlen hingeben. Zum ersten Mal in meinem Leben will ich nicht denken oder reden.

Nur fühlen.

Und ich spüre genau den Moment, in dem sie sich fügt und ihren Körper an meinen schmiegt. Sie fängt an, meine Küsse mit der gleichen Hingabe zu erwidern. Ihre Lippen verschlingen meine und ihre Zunge tanzt zu meiner Melodie.

Wie eine Droge steigt sie mir in den Kopf.

Und ich brauche mehr davon.

„Sei mein", flüstere ich rau und bedürftig gegen ihre Lippen. Die Bitte scheint irgendwo tief in mir aufzusteigen, von einer Stelle, von der ich vorher nicht einmal wusste, dass sie existiert. „Bitte. Sei einfach mein."

Sie gibt ein Geräusch von sich, das wie ein weiteres Stöhnen klingt und ich führe sie zur Couch. Gemeinsam taumeln wir vorwärts. Es gibt nicht viel Raum oder Zeit für

Finessen. Wir berühren uns einfach hungrig und versuchen, uns überall zu küssen.

Schließlich streife ich ihr das schöne Sommerkleid von der Schulter und lecke über ihren Körper. Gierig fülle ich meine Hände mit einem ihrer Hügel, zupfe und kitzle gleichzeitig ihre Brustwarzen, während meine andere Hand zu ihrem Slip wandert, ihn auszieht und sie ein ersticktes Stöhnen ausstößt, als ich ihre feuchten Locken erkunde.

Ich will einfach nur in ihr ertrinken und sie schmecken und sie überall gleichzeitig berühren. Es ist nie genug. Wenn meine Lippen ihren Hals entlang wandern, möchte ich wieder ihren Mund schmecken. Und wenn ich diese Lippen küsse, möchte ich, dass sich meine Zunge um ihre Brustwarze windet. Ich scheine nicht genug Hände oder Münder zu haben, um den Hunger in mir zu stillen und je mehr sie sich unter mir windet und keucht, desto stärker wird das Feuer in mir geschürt.

„Fuck", krächze ich, als ich ihre Schenkel grob auseinanderziehe und sie sich mit Hingabe spreizen. „Gott."

Emma beißt sich auf die Lippe und öffnet ihre Beine noch weiter. Sie hat sich noch nie gescheut, mir ihre Bedürfnisse zu zeigen und das ist eines der Dinge, die ich am meisten an ihr liebe.

Ich halte nicht einmal inne, um diesen Gedanken zu verarbeiten und ich weiß auch nicht, was er bedeutet. Ich bin zu sehr damit beschäftigt, ihren Schlitz zu lecken, mit ihrem Kitzler zu spielen und nach mehr zu verlangen. Ich versuche, das Feuer in mir zu zügeln, bevor ich durchbrenne, aber es funktioniert nicht sehr gut.

Trotzdem lehne ich mich zurück, um Luft zu holen und genieße das Bild, wie sie sich unter meinen Fingern windet. Ihr Stöhnen spornt mich an, mehr zu tun. Ich ergötze mich an ihrer Hitze und der Nässe, während ich tiefer in sie eindringe, meine Finger krümme und die Stelle treffe, die sie mit Sicherheit in den Wahnsinn treiben wird. Und es funktioniert. Sie strampelt wie verrückt, ihre Haare verteilen sich auf dem Kissen, während sie sich auf die Couch presst.

Und als sich ihre Lippen zu einem Keuchen öffnen, als ihr Orgasmus sie überrascht, möchte ich zum Himmel schreien. Ich bin derjenige, der sie so weit gebracht hat. Ich und niemand sonst. Sie ist bei mir. Und sie gehört mir und niemandem sonst.

Sie wird immer mir gehören.

Aber ich sage nichts von alledem.

Stattdessen verschlinge ich sie weiter und lasse nicht nach, während sie keucht und um Gnade fleht.

„Dillon." Sie schlägt mit der Hand auf die Couch und vergräbt sie dann in meinen Haaren und zieht daran. „Bitte, ich brauche dich in mir."

Aber ich schüttle den Kopf. Wenn ich jetzt in sie eindringe, kann ich nicht länger ihren Anblick genießen. Und so hart mein Schwanz im Moment auch ist, was ich wirklich will, ist zu sehen, wie sie unter mir zerfließt.

Ich will sehen, wie sie sich entfaltet.

Ich weiß, dass sie näher kommt, sobald sich ihr Brustkorb in immer kürzeren Abständen hebt und senkt, wenn ihre Augen zurückzurollen scheinen und sie seelenlos an die Decke starrt. Nachdem sie vor Verlangen geschrien und ihre Hüften nach oben gedrückt hat, vergrabe ich mein Gesicht erneut in ihrer Muschi.

„Dillon“, keucht sie, während ich mich an ihr reibe, lecke, sauge, stoße.

Und schon wieder versteift sich ihr ganzer Körper und sie kommt erneut auf mein Gesicht.

Später und ich weiß nicht, wie viel später, weil die Zeit keine Bedeutung mehr hat, liegen wir beide ausgestreckt auf der Couch und ich halte sie im Arm. Mein Schwanz ist immer noch hart, aber ich fühle mich trotzdem so verdammt befriedigt. Wir schweigen für Minuten, während ich mit ihrem Haar spiele.

„Dillon“, beginnt Emma dann und unterbricht die Stille. „Es gibt da wirklich etwas, das ich dir sagen muss.“

„Was denn?“, frage ich schläfrig.

„Es geht um Megan.“ Sie atmet tief ein, die Anspannung scheint sie fast zu zerreißen. „Sie ist deine Tochter.“

Kapitel 31 | Emma

Dillons Herzschlag blieb gleichmäßig unter meinem Kopf auf seiner Brust, aber nach meiner Ankündigung hat er sich für eine Sekunde verkrampft.

Seine Hand streichelt immer noch mein Haar, doch sein Körper versteift sich langsam, während er die Worte verdaut, die ich gerade gesagt habe.

Ich schlucke und schließe die Augen in Erwartung der kommenden Katastrophe. Die Folgen werden schrecklich sein, ich spüre sie schon. Es wird ihn verletzen und ich wünschte, ich könnte es sofort zurücknehmen und behaupten, ich hätte es nicht so gemeint. Ihm sagen, dass es nur ein furchtbarer Scherz war.

Aber das kann ich nicht. Ich habe mir geschworen, dass ich ihm auf jeden Fall die Wahrheit sagen und die Konsequenzen dafür auf mich nehmen werde.

„Wie bitte?" Der Schock ist noch nicht in seiner Stimme zu hören. Sein Ton ist noch zu stabil, zu normal angesichts der lebensverändernden Wahrheitsbombe, die ich gerade geworfen habe. Vielleicht denkt er, ich mache Witze. Vielleicht hat er noch nicht begriffen, dass das hier echt ist.

So oder so, ich kann ihn diese Nachricht nicht auf seiner Brust liegend verarbeiten lassen. Ich muss mich von ihm lösen, damit er es begreifen kann.

Ich setze mich auf und spüre so etwas wie Verlust, als seine Hand aus meinem Haar gleitet. Schnell ziehe ich die Bettdecke an meine Brust, um mich vor dem plötzlichen Frösteln in meinen Knochen zu schützen. Ich wende mich den Vorhängen zu und schaue ihn nicht an, wenn ich spreche, weil ich nicht ertragen kann, ihm in die Augen zu sehen, während ich ihm die Wahrheit sage.

„Nachdem ich von der Insel zurückkam", beginne ich, „dachte ich, alles sei in Ordnung. Meine Periode ist normalerweise nicht so regelmäßig und wir haben bei den meisten unserer Aktivitäten Vorsichtsmaßnahmen getroffen."

„Bis auf das eine Mal", murmelt er und ich nicke.

„Bis auf dieses eine Mal", stimme ich zu. Dieses „eine Mal" war eine leidenschaftliche Nacht gewesen, in der wir uns am Strand geliebt hatten. Dillon warnte mich, dass er kein Kondom dabei habe, aber das war mir egal. Ich flehte ihn an, mich trotzdem zu ficken, wölbte mich unter ihm, bis er die Kontrolle verlor und es tat. Und selbst im Anschluss daran, in seliger Befriedigung verstrickt, machte ich mir keine Gedanken darüber. Ich dachte, *ein* Ausrutscher könnte nicht schaden.

Aber das tat er und veränderte mein Leben für immer.

Als ich erfuhr, dass ich schwanger war, stand ich unter Schock und war zutiefst enttäuscht von mir selbst. Ich hätte nie gedacht, dass ich so unvorsichtig sein würde, mich in eine solche Situation zu bringen, nachdem ich ein Leben lang vorsichtig gewesen war. Es stellte sich heraus, dass ein einziger Ausrutscher genügte. Und was noch schlimmer war: Ich hatte Dillon auf der Insel versichert, dass ich mich darum kümmern würde, falls etwas passiert wäre.

„Keine Sorge, ich werde nicht schwanger", hatte ich ihm gesagt. Ich hatte zu diesem Zeitpunkt nicht einmal geglaubt, dass ich schwanger werden könnte, wenn man bedenkt, wie unregelmäßig meine Periode kam. Und Dillon hatte mich beim Wort genommen.

Ich dachte also, wenn ich ihm sagen würde, dass ich schwanger bin, würde er glauben, dass ich versuche, die Nicht-Vaterschaftsklausel des Vertrags zu umgehen, um Geld von ihm zu erpressen.

„Es dauerte weitere acht Wochen, bis ich überhaupt merkte, dass ich schwanger war“, fahre ich fort. „Und das auch nur wegen der morgendlichen Übelkeit, die plötzlich eintrat. Als ich in die Klinik ging, sagte mir der Arzt, wenn ich das Kind nicht behalten wolle, sei jetzt der beste Zeitpunkt, die Schwangerschaft abzubrechen, denn je länger ich wartete, desto komplizierter würde es werden. Und vielleicht war es nur der Zeitdruck oder die Angst, einen Fehler zu machen, aber ich konnte es nicht tun. Nicht in diesem Moment, nicht ohne vorher darüber nachzudenken.“ Ich schloss die Augen bei dem Gedanken daran und erinnerte mich an mein Entsetzen über das, was dieser unsympathische Arzt von mir verlangte. „Weißt du, früher dachte ich, eine Abtreibung wäre ein einfacher Eingriff. Es gab da eine Kollegin, die schon zwei hinter sich hatte und sie konnte am nächsten Tag zur Arbeit kommen, als wäre nichts gewesen. Es schien ihr Leben nicht zu beeinträchtigen und ich war immer der Meinung, dass Frauen das tun sollten, was das Beste für sie und ihren Körper ist. Aber in diesem Moment ... konnte ich es einfach nicht tun. Es fühlte sich nicht wie die richtige Entscheidung für mich an. Es fühlte sich an, als wäre da ein Leben in mir und ich konnte es nicht einfach auslöschen. Zumindest nicht in diesem Moment. Ich bat den Arzt um Bedenkzeit und er warnte mich erneut vor den Risiken, wenn ich den Eingriff nicht sofort vornehmen ließe. Damals beschloss ich, die Schwangerschaft nicht abzubrechen. Ich dachte mir, wenn ich ein Kind zur Welt bringe und nicht in der Lage bin, mich um es zu kümmern, könnte ich ein nettes Paar finden, das bereit wäre, mein Baby zu adoptieren."

Dillon sagt nichts. Ich traue mich nicht, ihn anzusehen, aber ich spüre die Spannung im Raum, in dem es jetzt so still ist, dass ich den Nieselregen leise an das Fenster prasseln höre.

„Also habe ich Megan ausgetragen." Ich schlucke und schüttle den Kopf. „In dem Moment, als ich sie erblickte, wusste ich, dass ich sie nicht mehr hergeben konnte. Sie war mein Baby. Es war mir egal, was ich tun oder wie hart ich arbeiten musste, um ihr das Leben zu ermöglichen, das sie verdiente; ich wusste, ich würde alles für sie tun. Denn von diesem Moment an gehörte sie mir, sie war das einzig Gute, was ich auf der Welt hatte."

Dillon schweigt noch immer. Ich höre jedoch die Frage in seinem Schweigen und beantworte sie, bevor er sie stellen kann.

„Der Vertrag, den ich unterschrieben habe, als ich auf die Insel kam ...", sage ich. „Es gab eine Klausel, in der ich versprechen musste, nicht schwanger zu werden. Ich hatte Angst, dass du mich auf Geld, das ich nicht habe, verklagen würdest, wenn du herausfindest, dass es doch passiert ist und ich das Baby bekommen habe oder noch schlimmer, dass du ..." Ich stolpere über die Worte, ängstlich sowohl bei dem Gedanken an seine imaginäre Vergeltung als auch wegen meiner Schuldgefühle, weil ich tatsächlich glaubte, er könnte so etwas tun. „Ich dachte, du würdest sie mir vielleicht wegnehmen. Dass du denken könntest, ich sei ungeeignet als Mutter."

„Warum zum Teufel sollte ich das denken?" Sein erster Satz hat ein gefährliches Brummen im Tonfall. Wut und eine Million anderer Emotionen spiegeln sich in den Worten wider, aber ich zucke nicht zusammen. Ich verdiene seine Wut. Ich verdiene Schlimmeres.

„Weil ich arm war", erwidere ich. „Und wegen meiner Vergangenheit ... mein Vater ..." Ich seufze und reibe mir über das Gesicht. „Er war kein netter Mann. Er war das Gegenteil, ein gemeiner Säufer, der meine Mutter jeden Tag beschimpfte, bis sie ihn schließlich verließ. Meine Mutter war auch alkoholabhängig und ist gegangen, als ich etwa fünf Jahre alt war. Diese beiden waren nicht gerade ein gutes Beispiel für Elternschaft und ich dachte, du würdest das vielleicht gegen mich verwenden. Ganz zu schweigen davon, dass ich vorbestraft bin. Das stammt alles aus der Zeit vor meinem achtzehnten Lebensjahr, also habe ich die Einträge inzwischen löschen lassen. Es ging dabei hauptsächlich um den Diebstahl von Lebensmitteln und als mir einmal Geld aus der Kasse an meinem Arbeitsplatz gestohlen wurde, hat man mir das angehängt. Aber ich war es nicht." Keine Ahnung, warum es mir so wichtig ist, das zu klären, wo ich ihm doch schon erzählt habe, dass ich als Teenager gestohlen habe. „Ich habe eine sehr bewegte Vergangenheit, Dillon. Eine, auf die ich nicht stolz bin. Ich dachte, wenn du angefangen hättest zu graben und diese Dinge herausgefunden hättest, wärst du zu dem Schluss gekommen, dass es besser für Megan wäre, bei dir aufzuwachsen. Und du wärst bestimmt auch in der Lage gewesen, einen Richter davon zu überzeugen, wenn du gewollt hättest."

„*Wenn* ich es gewollt hätte." Seine Stimme ist kalt und hitzig zugleich.

Ich nicke, ohne noch etwas hinzuzufügen.

„Bist du deshalb einfach von der Insel abgehauen?", fragt er weiter. „Wegen deiner bewegten Vergangenheit?"

Ich schlucke. „Nein, sondern weil ich mich in dich verliebt habe." Endlich kann ich es zugeben. Wenn wir schon alles offen ansprechen, kann ich mir auch gleich die Gefühle eingestehen, die ich seit dem Urlaub auf der Insel zu bekämpfen versucht habe, als ich herausfand, dass Dillon mehr als nur ein gut aussehender Charmeur war. Er war freundlich, wenn es nötig war und er war intelligent und gab mir das Gefühl, eine Prinzessin zu sein, obwohl ich wusste, dass ich nie eine sein würde. Ich wusste, dass ich es nicht verdiente, mit jemandem wie Dillon zusammen zu sein, aber ich ließ mich darauf ein und genoss für ein paar Wochen diese Illusion.

Aber als mein Herz jedes Mal höher zu schlagen begann, wenn er mir nur zuzwinkerte; als mir beim Gedanken daran, dass er mich verlassen würde, zum Weinen zumute war, wusste ich, dass es zu weit gegangen war. Es war Zeit, in die Realität zurückzukehren.

„Ich war dabei, mich in dich zu verlieben und ich durfte das nicht zulassen. Durch meine Vergangenheit hatte ich das Gefühl, dass ich jemanden wie dich nicht verdiene."

„Blödsinn." Dillons Stimme ist jetzt wütend und ich spüre, wie er sich vom Bett erhebt. Als ich ihn schließlich ansehe, zittert sein ganzer Körper vor Erregung, seine Augen funkeln vor Wut, während er auf und ab geht und sich mit den Händen über den Kopf fährt.

„Das war alles Schwachsinn. Deine Vergangenheit wäre mir scheißegal gewesen."

„Das weiß ich jetzt auch", sage ich und sein Blick trifft meinen. Die Wut in ihm lässt mein Herz rasen, jedoch nicht aus Angst, dass er mir körperlich wehtun könnte. Ich weiß, dass Dillon nie Hand an mich legen würde, aber ich habe ihm mehr als genug Munition und mehr als genug Gründe gegeben, mich mit Worten niederzuschmettern.

Und das Schlimmste daran ist, dass ich es verdient habe.

Doch er schweigt wieder. Seine Augen funkeln nur vor Wut und seine Lippen sind zu einer strengen Linie zusammengepresst. Dann öffnet er den Mund, um etwas zu sagen und ich stähle mich für die kommende Explosion.

Aber sie kommt nicht.

Stattdessen flucht er leise vor sich hin, schnappt sich sein Hemd vom Boden und wirft es über. Grob zieht er sich auch seine Hose an und stolziert dann aus der Schlafzimmertür.

„Dillon", rufe ich ihm nach, aber er antwortet nicht. Ich höre, wie sich die Wohnungstür hinter ihm schließt, aber nicht laut genug, um Megan zu wecken. Selbst jetzt denkt er noch an sie.

Er ist weg.

Ich fahre mir mit der Hand über das Gesicht und atme rasselnd aus. Gott, wie konnte ich nur so viel Mist bauen? Wie konnte ich zulassen, dass meine Angst mich dazu gebracht hat, einen unschuldigen Mann zu bestrafen?

Ich blicke um mich, in den Raum, der sich plötzlich kalt und leer anfühlt. Ich frage mich, wo Dillon hingegangen ist oder ob ich ihm nachgehen sollte. Nein. Wahrscheinlich will er mich im Moment nicht sehen. Er braucht Freiraum. Wenn ich jetzt zu ihm renne und ihn anflehe, mir zu verzeihen, dann nur, um mein Gewissen zu beruhigen und das wäre egoistisch.

Ich atme tief durch. Ich muss ihn das alleine verarbeiten lassen. Aber ich bin beunruhigt. Ein kurzer Blick zeigt mir, dass er sein Handy auf dem Nachttisch liegen gelassen hat. Was, wenn ihm etwas zustößt?

Meine Brust krampft sich vor Angst zusammen und ich greife nach dem Telefon. Ich gebe den Passcode ein, den er mir gegeben hat und blättere durch seine Kontakte, bis ich Pauls Nummer finde.

Ich lasse es klingeln und lausche dem Freizeichen, meine Finger zittern.

„Hallo?“ Paul klingt groggy, als er abhebt.

„Paul, hier ist Emma“, sage ich. „Tut mir leid, dass ich so spät noch anrufe, aber ich brauche Ihre Hilfe.“

„Was ist los?“ Er ist sofort hellwach.

„Es geht um Dillon. Er ist wütend von zu Hause weggegangen und hat sein Telefon nicht dabei. Ich habe Angst, dass ihm etwas zustoßen könnte.“

„Warum ist er abgehauen? Was ist passiert?“

Ich zögere und entscheide dann, dass Paul wahrscheinlich die ganze Geschichte hören muss, um es zu verstehen. „Ich habe es so richtig vermasselt.“

In den nächsten zwei Minuten erzähle ich ihm die Kurzfassung von allem. Als ich fertig bin, ist Paul ruhig, aber ich kann sein Urteil durch das Telefon spüren.

„Ich werde sehen, ob ich ihn finden kann", sagt er kurz angebunden.

„Danke", will ich antworten, aber ich bringe das Wort nicht heraus, bevor ich das Klicken höre, das den Anruf beendet. Ich schlucke und lege das Telefon zurück auf den Tisch. *Ich schätze, das habe ich verdient.*

Verzweifelt streiche ich mir mit den Händen über das Gesicht und lasse einen weiteren zittrigen Atemzug los. Es klopft an der Tür.

Ich springe aus dem Bett und werfe mir eine Bluse über, während ich zur Tür eile, in der Hoffnung, dass Dillon zurückkommt und nur seine Schlüssel vergessen hat.

„Dil ..."

Aber als ich die Tür öffne, steht nicht Dillon vor mir. Sondern Rachel.

Kapitel 32 | Dillon

Ich fahre hundert in einer 50er-Zone.

Obwohl seltsamerweise nur sehr wenige Autos unterwegs sind, klammere ich meine Hände fester um das Lenkrad, nehme den Fuß vom Gaspedal und verlangsame mein Tempo. Ich möchte nicht versehentlich jemand anderen oder mich selbst umbringen. Obwohl der letzte Teil ... Ich bin mir nicht sicher, ob es besser oder schlechter wäre, mich selbst umzubringen, als mit dem emotionalen Aufruhr fertig zu werden, den ich gerade empfinde.

Es fühlt sich an, als würde mich jemand in Stücke reißen und mein Innerstes nach außen kehren.

Ich weiß nicht, welcher Teil von dem, was Emma gesagt hat, mich am meisten erschüttert hat. Der Teil, dass ich eine Tochter habe, von der ich nichts wusste oder die Tatsache, dass sie mir das jahrelang verheimlicht hat. Drei Jahre, um genau zu sein. Megan muss schon drei Jahre alt sein, was seltsam ist, weil ich sie viel jünger geschätzt habe, da sie so winzig ist. Ich hätte bemerken müssen, wie vertraut mir ihr Lächeln mit diesen kleinen Grübchen auf der Wange und ihre schelmischen Augen vorkamen. Verdammt, sogar die Tatsache, dass sie Schlafprobleme hatte. Das hätte der größte Hinweis sein müssen. Aber dieses Mal war ich nicht auf der Suche nach Hinweisen gewesen.

Ich hätte nie im Leben damit gerechnet, dass Megan meine Tochter ist, weil ich nicht gedacht hätte, dass Emma mir diese Information verheimlichen würde.

Die absolute Ironie. Ich bin ein Mann, der es gewohnt ist, Indizien zu einem Gesamtbild zusammenzufügen, schmutzige Taten anderer aufzudecken und Ergebnisse zu meinem Vorteil zu manipulieren. Aber das hier hat mich völlig überrumpelt. Weil ich Emma vertraut habe. Ich habe ihr mehr vertraut als jemals jemand anderem in meinem Leben.

Nur um festzustellen, dass mir ein verdammtes Messer in den Rücken gestoßen wurde.

„Fuck." Ich weiche auf den Seitenstreifen aus und höre, wie hinter mir gehupt wird, als ich abrupt anhalte. Ich atme tief ein, um mich zu beruhigen und merke, dass ich wieder zu schnell gefahren bin. In meinem jetzigen Zustand sollte ich mich nicht hinters Steuer setzen. Ich muss runterkommen, bevor ich noch jemanden verletze.

Vielleicht sollte ich auf der Brücke spazieren gehen.

Aber dann könnte ich in Versuchung geraten, mich von ihr zu stürzen.

Denk nicht so einen Blödsinn. Du hast jetzt ein Kind, um das du dich kümmern musst.

Diese Erkenntnis setzt sich über den Schmerz, den ich empfinde hinweg und verblüfft mich. Ich habe ein Kind. Megan, das entzückende kleine Mädchen, das in letzter Zeit meistens in meinen Armen eingeschlafen ist, ist meine Tochter.

Ich weiß nicht, was ich mit dieser Information anfangen soll.

Das Klingeln ertönt aus meinen Lautsprechern und zieht sofort meine Aufmerksamkeit auf sich. Ich runzele die Stirn und schaue dann auf den Flachbildschirm. Ich taste meine Taschen ab und stelle fest, dass ich vergessen habe, mein Handy mitzunehmen. Zum Glück ist das Auto mit einer Technologie ausgestattet, die es mit meinem Handy verbindet und meine Kontakte sind alle auf die Computerfestplatte hochgeladen. Im Moment zeigt mir der Bildschirm an, dass Paul anruft.

Ich möchte nicht antworten, tue es aber trotzdem.

„Ich bin nicht in Stimmung."

„Komm mir nicht mit diesem Mist. Wo bist du?" Seine Stimme ist angespannt. Ich seufze.

„Irgendwo auf der Brücke. Warum?"

„Bleib genau dort. Ich komme zu dir."

Ich lächle ironisch, als mir klar wird, was passiert ist. Emma hat ihn wahrscheinlich angerufen, nachdem sie gemerkt hat, dass ich mein Handy vergessen habe.

„Sie hat dich angerufen, oder?"

Ich kann ihn im Hintergrund joggen hören und das Geräusch, als sich eine Autotür öffnet. „Sie macht sich Sorgen um dich. Du bist einfach abgehauen, ohne etwas zu sagen."

"Hat sie dir auch erzählt, warum? Hat sie dir gesagt, was sie mir offenbart hat?" Ich lache düster und beobachte die Wassertropfen auf meiner Windschutzscheibe. Es nieselt nicht mehr, aber der Himmel ist immer noch abgrundtief grau. „Ich habe ein Kind, Paul. Sie ist drei Jahre alt und ich wusste bis vor ein paar Wochen nicht einmal, dass sie existiert. Verdammt, wenn ich nicht diese Stellenausschreibung für eine neue persönliche Assistentin gepostet und sie nicht darauf geantwortet hätte, dann hätte ich nie erfahren, dass Megan überhaupt existiert. Sie hatte nie vor, mir zu sagen, dass ich eine Tochter habe."

Paul ist für ein paar Sekunden still, aber ich höre das leise Brummen, als sein Auto anspringt. „Ja, das hat sie mir erzählt. Ich ... ich weiß nicht, was ich sagen soll, Mann. Es tut mir so leid."

Ich lache wieder; ein weiteres raues Lachen ohne Humor. „Das muss es nicht. Du solltest mich lieber verspotten. Ich schätze, in gewisser Weise habe ich das verdient, oder? Ich meine, da labere ich dich voll und ermutige dich, dein potenzielles Kind Rachel und Theo Darling zu überlassen, als wäre das keine große Sache und jetzt, wo ich herausfinde, dass mir so etwas angetan wurde, könnte ich jemanden umbringen."

"Nein, ich verstehe schon." Paul fährt jetzt. „Der Verrat trifft einen anders, wenn er von jemandem begangen wird, dem man vertraut; jemanden, in den man verliebt ist."

Die Aussage trifft mich wie ein Blitz. "Ich bin nicht verliebt in ..."

„Oh bitte. Versuch jetzt nicht, es zu leugnen. Du würdest nicht in deinem Auto sitzen und Trübsal blasen, wenn du nicht in sie verliebt wärst. Du wärst auf dem Weg zum Büro deines Anwalts, um sie auf das Sorgerecht zu verklagen, zusammen mit etwas Extrageld für deinen Schmerz und das Leid."

Ich presse meine Lippen grimmig aufeinander. Paul hat recht. Bei jeder anderen wäre das ein unverzeihliches Unrecht gewesen. Ich würde hier sitzen und meine Rache planen, ohne das Gefühl zu haben, dass mir das Herz aus der Brust gerissen wird.

„Also, was zum Teufel soll ich jetzt tun?" Ich fahre mir mit der Hand übers Gesicht und lehne meinen Kopf auf dem Sitz zurück. Denn so wütend ich auch auf Emma auch bin, ich möchte ihr nicht wehtun. Ich wünschte, die Dinge könnten wieder so sein wie vor ein paar Stunden, als ich diese Gefühle, die ich für sie habe, einfach akzeptieren konnte.

Ein Teil von mir ist traurig, weil das alles ein Happy End hätte haben können. Wenn sie mir diese Information früher mitgeteilt hätte oder wenigsten als sie zu mir kam, um für mich zu arbeiten, dann hätte ich es leichter schlucken können. Ich hätte es akzeptiert und sie gefragt, ob sie mich heiraten will. Wir wären eine Familie geworden, eine glückliche.

Aber jetzt ...

Ich grinse. Bisher habe ich die Ehe nie als Happy End betrachtet, aber die letzten Wochen mit Emma haben mir die Augen geöffnet. Neben jemandem aufwachen, das Leben mit ihm teilen. Und unsere bezaubernde Tochter. Das will ich. Ich will, dass wir für immer zusammen sind.

Aber wie zum Teufel kann ich ihr je wieder vertrauen? Wie konnte sie mir das antun?

„Warte einfach auf mich", sagt Paul. „Bin gleich da."

Er bleibt in der Leitung, aber es ist für die nächsten Minuten still, bis sich meine Beifahrertür öffnet und Paul atemlos auf den Sitz neben mir fällt.

„Okay", seufzt er. „Lass uns darüber reden."

„Worüber reden?" Ich drehe mich zu ihm um. „Die Tatsache, dass ich jetzt ein Kind habe?"

„Ja, damit können wir anfangen", nickt er. „Wie fühlst du dich dabei?"

„Ich fühle … verdammt, ich weiß im Moment nicht einmal, was ich fühle." Ich wollte nie ein Kind, aber die Vorstellung, dass Megan meine Tochter ist, stört mich nicht. Es ist eher die Tatsache, dass ich nicht von Anfang an von ihr wusste und sie drei Jahre ihres Lebens ohne mich verbracht hat. "Gott, ich habe so viel verpasst. Ihr erstes Wort, ihren ersten Schritt. Sie hat mich nie Daddy genannt."

„Du kannst noch so viel Zeit mit ihr verbringen. Sie kann dich auch immer noch Daddy nennen."

"Ja, aber warum zum Teufel hat Emma mir das verschwiegen, Paul?"

Er überlegt. „Sie sagte, du hättest sie damals dazu gebracht, eine Art Vertrag zu unterschreiben?"

"Der Vertrag." Ich lache düster, als ich mich erinnere. „Ja." Es war ein Vertrag, den jede Frau, mit der ich mich verabredet habe, unterschreiben musste, bevor wir uns trafen, als Vorsichtsmaßnahme. Eine Vertraulichkeitsvereinbarung mit einigen zusätzlichen Schutzklauseln war unter anderem notwendig, um die Diskretion meines Unternehmens zu wahren. Ich habe nie viel darüber nachgedacht. Normalerweise kümmerte sich meine Assistentin Casey darum und schickte sie den Frauen im Voraus zu. Ich habe nie mehr als einen flüchtigen Blick darauf geworfen und konnte mich kaum erinnern, was darin stand, weil ich darauf vertraute, dass Casey alles im Griff hatte. Alles, was darin aufgeführt war, sollte mich und das Unternehmen schützen. Und jetzt hatte dieser Scheiß-Vertrag alles zerstört.

„Sie hätte es mir trotzdem sagen müssen", beharre ich. „Sie hätte wissen müssen, dass ich sie nicht wegen so etwas Dummen wie einem Stück Papier wie Scheiße behandeln würde. Ich hätte ..."

"Woher sollte sie das denn wissen?", hakt Paul mit ruhiger und bedächtiger Stimme nach. "Sie kannte dich kaum. Und sie wirkt wie eine Frau, die Männern nicht so schnell vertraut."

Ich schweige. Plötzlich erinnere ich mich daran, was sie über ihren Vater gesagt hat. Selbst auf der Insel vermutete ich bereits, dass sie eine nicht ganz so ideale Kindheit hatte, allein aufgrund der Dinge, die sie hier und da erwähnte, aber mir war nicht bewusst gewesen, wie vielschichtig es tatsächlich ist. Ich hätte nie gedacht, dass sie mit zwei unfähigen Elternteilen zu kämpfen hatte.

In so jungen Jahren mit etwas fertig werden zu müssen, kann das Vertrauen eines Menschen ernsthaft schädigen.

Ich hatte auch nicht gerade die besten Eltern, also kann ich das nachempfinden. Aber meine Eltern waren zumindest ganz normale Upper-East-Side-Snobs, die die Kinderbetreuung komplett wechselnden Kindermädchen überließen. Für Emma war es viel schlimmer.

„Ich weiß, dass das, was sie getan hat, falsch war", fährt Paul fort. „Aber wir alle machen Fehler. Ich habe vor kurzem selbst Mist gebaut."

"Was hast du gemacht?"

Er seufzt. „Wir sollten jetzt zu dir nach Hause fahren. Ich erzähle es dir auf dem Weg."

Ich bin mir nicht sicher, ob ich schon nach Hause will, aber wir können nicht ewig hier bleiben. Also gebe ich nach. “Besser, du fährst.“

Kapitel 33 | Emma

„Rachel?" Ich wische mir über die Augen und blinzle sie an, weil ich nicht glauben kann, dass sie hier vor mir steht.

Aber die Erscheinung verschwindet nicht und Rachel sieht so schick aus wie immer, in ihrem Burberry-Mantel und ihren Overknee-Stiefeln.

Ihre scharfsinnigen Augen wandern über mein Gesicht und an meiner Bluse hinunter, während sie fragt: "Ist das ein schlechter Zeitpunkt?"

Ja, aber das möchte ich ihr erst sagen, wenn ich weiß, warum sie hier ist. Stattdessen frage ich: „Woher wusstest du, dass ich hier bin?"

Sie zuckt mit den Schultern. „Nur geraten. Ich erinnerte mich, dass dies Dillons Hauptwohnsitz ist. Paul, mein Ex, hat mich manchmal mitgenommen, um ihn zu treffen und wir hätten uns hier fast selbst eine Wohnung genommen, aber dann konnten wir sie uns nicht leisten."

„Ah." Nicht zum ersten Mal frage ich mich, wie viel diese Wohnungen genau kosten. Paul sah nicht so aus, als hätte er auch nur im Geringsten zu kämpfen und alles an Rachel schreit nach Reichtum. Warum konnten sie sich die Wohnung also nicht leisten?

Eine Wohnung, die Dillon dir für umsonst überlässt.

Es hat keinen Sinn mehr, gegen die Schuldgefühle anzukämpfen, die in mir aufsteigen. Es wird nur noch schlimmer, wenn ich an all die netten Dinge denke, die Dillon für mich getan hat. Also lasse ich mich einfach in die

Depression ziehen, während ich Rachel frage: „Was machst du hier?“

„Darf ich reinkommen?“, bittet sie.

„Klar“, sage ich und trete einen Schritt zurück. Ihre Absätze klappern auf den Dielen, als sie elegant in das geräumige Wohnzimmer schreitet. Ich sehe, wie ihr Blick überall hin schweift, während sie ihren Mantel ablegt, bevor sie sich zu mir umdreht.

„Ich habe vorhin eine lustige kleine Geschichte von Paul gehört“, beginnt sie.

„Paul?“ Ich tue so, als wäre ich verwirrt und neige den Kopf.

„Ja, Paul.“ Ein leichtes Lächeln huscht über ihre Lippen. „Du kennst meinen Ex-Mann.“

„Oh.“

“Und du musst auch nicht so tun, als würdest du ihn nicht kennen“, fährt sie fort. „Ich weiß bereits, worum er euch gebeten hat.“

“Wie bitte?" Obwohl ihre Worte mich eiskalt erwischen, lasse ich mir nichts anmerken. Ich will nicht, dass sie mich ins Schwitzen bringt, vor allem, weil mir nicht klar ist, wie viel sie weiß. Ich muss meine Rolle weiterspielen, bis ich es herausgefunden habe.

„Ich war bei Paul“, erzählt sie mir und lässt sich elegant auf die Couch sinken, ohne dass ich sie dazu auffordern muss. “Ich weiß nicht, aber was du da im Badezimmer gesagt hast ... Ich glaube, ich wollte mich einfach bei ihm für alles entschuldigen, was ich getan habe. Und er hat mir verraten, dass er von meiner Schwangerschaft weiß und auf jeden Fall herausfinden würde, ob es von ihm war oder nicht. Da habe ich eins und eins zusammengezählt und festgestellt, dass unser Treffen letzte Woche ganz sicher kein Zufall war."

„Und wie kommst du darauf?"

"Weil dein lieber Freund, wenn wir ihn so nennen wollen, die Einladung bereits vor einem Monat abgelehnt hat. Und dann hat er plötzlich Roger, den Organisator, angerufen und seine Meinung geändert. Roger fand das sehr interessant, denn normalerweise würde Dillon nur eine Spende schicken und die Gala auslassen. Aber dieses Mal hat er sich entschieden, mit einer neuen Frau am Arm teilzunehmen. Einer Frau, die sich anscheinend so sehr für mich interessierte, dass sie mir auf die Toilette folgte und mich nach meinem Liebesleben ausfragte und dabei so tat, als könnten wir Freundinnen sein. Das lässt mich vermuten, dass ihr beide nur zu dieser Gala gekommen seid, weil ihr wusstet, dass Theo auch dort sein würde. Ihr seid hingegangen, um mich zu treffen und der einzige Grund, den ich mir dafür vorstellen kann, ist, dass Paul herausfinden will, ob dieses Baby von ihm ist."

Verdammt. Sie ist wirklich schlau, viel schlauer, als Dillon ihr zugetraut hat.

Ich spüre, wie widerwillig Respekt in mir aufsteigt, aber ich weigere mich, mehr zu tun, als sie ungläubig anzustarren und den Kopf zu schütteln. „Rachel, das ist absurd."

„Seid ihr zwei überhaupt wirklich zusammen?" Sie legt den Kopf schief. "Ich habe gehört, dass du für ihn arbeitest. Ich war versucht zu glauben, dass ihr nicht einmal eine echte Beziehung habt, aber dann habe ich bemerkt, wie er dich den ganzen Abend angesehen hat und ich bin mir nicht sicher, ob selbst Dillon das so gut vortäuschen kann."

„Rachel, ich habe keine Zeit für so etwas“, antworte ich ihr. „Ich weiß, ich habe gesagt, dass du mich anrufen kannst, wenn du reden möchtest, aber jetzt ist kein guter Zeitpunkt für ... was auch immer das ist. Ich habe gerade selbst genug Probleme.“

Ihre Augen mustern mich erneut und ohne eine Spur von Mitgefühl schlussfolgert sie: “Lass mich raten, Dillon hat dich abserviert.“

Ihr Satz trifft mich mitten ins Herz, aber ich weigere mich, ihr zu zeigen, dass sie mich durchschaut hat und ziehe stattdessen die Augenbrauen hoch. „Wir machen gerade eine schwierige Zeit durch. Dinge, die ich lieber nicht mit dir teilen möchte, also wenn du bitte ...“

Ich deute zum Ausgang, aber sie zuckt nur mit den Schultern. „Ach Mädchen, ich dachte echt, du wärst schlauer, als diesem Mann zu vertrauen. Er musste es einfach irgendwann vermasseln; das liegt einfach in seiner Natur.“

„Er hat gar nichts vermasselt“, erwidere ich plötzlich gereizt, weil ich es hasse, wie sie über ihn spricht. “Ich bin diejenige, die ihm wehgetan hat. Und er ist zu recht sauer auf mich, aber ich werde ihn nicht so einfach aufgeben. Nicht, wenn ich es verhindern kann.“

Ihre Augenbrauen heben sich bei der Heftigkeit meines Tons und sie fragt leiser: „Was ist denn passiert?“

„Wie gesagt, ich möchte nicht darüber reden.“ So sehr ich Rachel widerwillig auch respektiere, bin ich mir immer noch nicht sicher, ob ich sie mag und außerdem geht sie das nichts an. „Und deshalb möchte ich dich jetzt bitten, zu gehen. Was auch immer da zwischen Paul und dir läuft, macht das unter euch aus ...“

„Mami?"

Oh nein.

Ich drehe mich zum Gästezimmer um und sehe, wie sich die Tür öffnet und meine Tochter herauskommt, während sie sich den Schlaf aus den Augen reibt.

"Mit wem sprichst du da?", murmelt sie, während sie ins Wohnzimmer watschelt.

„Mit niemandem, Schatz." Ich öffne meine Arme und sie läuft direkt hinein. Ich streiche ihr mit den Lippen über das Haar und atme ihren kindlichen Duft ein.

Als ich mich wieder erhebe, stelle ich fest, dass Rachel aufgestanden ist und meine Tochter schockiert ansieht.

"Du und Dillon, ihr habt ein Kind?", staunt sie und ich zucke zusammen. Ich hätte nicht gedacht, dass sie die Ähnlichkeit so schnell bemerken würde, aber andererseits ist sie sehr scharfsinnig.

Dillon hätte es auch bemerkt, wenn er genauer hingeschaut hätte.

Er hat einfach nicht darüber nachgedacht, weil er sich nicht vorstellen konnte, dass ich ihm sein Kind vorenthalten würde.

„Es ist kompliziert", sage ich zu Rachel.

Sie runzelt nachdenklich die Stirn.

„Er weiß es nicht, oder?"

Ich seufze. „Jetzt weiß er es."

Megan schaut zwischen uns beiden hin und her und als ihr Blick auf Rachel fällt, winkt sie: „Hallo, Fremde."

„Hallo", sagt Rachel zu Megan und ich bemerke, dass ihr Gesicht ein wenig weicher wird. Ich möchte nicht, dass

Megan das restliche Gespräch mitbekommt, also bringe ich sie zurück ins Schlafzimmer.

„Ich bin gleich wieder da, Schatz", verspreche ich ihr und sie nickt, während ich sie unter die Decke stecke.

Als ich zurückkomme, hat Rachel ihre Lippen zusammengepresst und die Mundwinkel amüsiert nach oben gezogen.

„Hast du etwas zu sagen?"

Sie schüttelt den Kopf. „Ich hätte nur nicht gedacht, dass so etwas in dir steckt. Ich habe dich wohl falsch eingeschätzt."

„Und umgekehrt", erwidere ich. "Kommen wir zur Sache, Rachel, da die Karten jetzt offen auf dem Tisch liegen. Was du getan hast, ist nicht besser als das, was ich getan habe. Ich weiß, du glaubst, das Richtige für dein Kind zu tun, indem du den Mann mit mehr Geld wählst, aber ich sage dir, dass du einen Fehler machst. Glaub mir. Wenn dir Paul auch nur ein bisschen wichtig ist, wirst du ihm die Wahrheit sagen."

Sie lächelt traurig. „Denkst du, ich lüge ihn an und gebe dieses Kind als Theos Kind aus, um an das Vermögen seiner Familie zu kommen?"

Das dachte ich, aber jetzt bin ich mir nicht mehr so sicher. „Etwa nicht?"

„Der Reichtum dieses Arschlochs ist mir scheißegal", erwidert sie aufgebracht. „Ich habe selbst genug Geld. Der einzige Grund, warum ich mit ihm zusammen bin, ist der, dass es nun mal sein Kind ist."

Ich betrachte sie genauer und sie schüttelt den Kopf. "Mein Gott, wenn es Pauls Kind wäre, denkst du nicht, dass ich versucht hätte, zu ihm zurückzukehren? Glaubst du, ich hätte sein Angebot, das Scheidungsverfahren abzubrechen, nicht angenommen?"

„Was meinst du damit?"

Sie blickt zur Zimmerdecke und schluckt, bevor sie weiterspricht.

"Ich habe eine Art, die meisten guten Dinge in meinem Leben selbst zu sabotieren, besonders Beziehungen. Ich mache das ständig und ich wusste, dass es auch mit Paul passieren würde, aber ich habe mich so sehr bemüht, es endlich einmal richtig zu machen. Ich habe versucht, die Frau zu sein, für die er mich hielt und nicht die, die alles kaputt macht, was sie anfasst." Sie seufzt. „Ich wusste, dass ich einen Fehler machte, als ich Paul betrog. Dass das, was ich tat, mich und ihn zerstören würde. Aber das hielt mich nicht davon ab. Als Theo mich anmachte, dachte ich, es sei sein Charme, dem ich nicht widerstehen könnte, aber er ist nicht halb so charmant wie mein Ehemann. Trotzdem gab ich nach, weil ich insgeheim das, was ich mit Paul hatten, zerstören wollte. Und dann, nachdem es passiert war, gab ich allen anderen die Schuld dafür: Theo, weil er zu hartnäckig gewesen war und Paul, weil er zu viel arbeitete. Aber in Wirklichkeit war ich die Einzige, die Schuld trug. Und ich weiß auch, warum ich das getan habe."

"Warum?", flüstere ich. Ihre schonungslose Selbstreflexion macht mich ebenfalls emotional, besonders nach meinem Gespräch mit Dillon. "Warum hast du das getan?"

Sie lächelt bitter. „Weil ich tief im Inneren wusste, dass ich Paul nicht verdiene. Ich dachte, früher oder später würde er es herausfinden und das Beste, was ich für ihn tun konnte, war, ihn zu verlassen. Also bin ich gegangen. Und seitdem geht es mir schlecht." Tränen steigen ihr in die Augen und laufen über ihre Wangen. Sie wendet sich ab, bevor sie mit zitternder Stimme den letzten Satz sagt. „Nachdem ich Paul verlassen hatte, habe ich auch mit Theo Schluss gemacht. Aber er hat mich gefunden und ich war so verdammt deprimiert, dass ich wieder einen Rückfall hatte. Dann habe ich herausgefunden, dass ich schwanger bin und Theo hat mir versprochen, mich zu heiraten. Ich dachte, ich sollte es tun, schon allein, um dem Kind den Anschein einer stabilen Familie zu geben. Ich bin mit einem alleinerziehenden Elternteil aufgewachsen. Das war nicht lustig."

Ich nicke, irgendwie unglaublich berührt und mit Verständnis für ihre Rolle in dieser hässlichen Geschichte.

„Ich verdiene Dillon auch nicht", gestehe ich ihr. "Was ich ihm angetan habe, war schrecklich. Ich schätze, ich sabotiere mich ebenfalls selbst. Aber ich werde ihn nicht aufgeben, bis er mir sagt, dass er mich nicht mehr will. Selbst dann werde ich noch um ihn kämpfen; meine eigenen Dämonen bekämpfen und jeden Fetzen Glück festhalten, den ich mit dem Mann finden kann, von dem ich jetzt weiß, dass er die Liebe meines Lebens ist. Ich schlage vor, du machst dasselbe."

„Rachel ..."

Die Stimme kommt von der Eingangstür, ich drehe mich um und schnappe nach Luft.

Sowohl Dillon als auch Paul stehen mit schockierten Gesichtsausdrücken in der offenen Tür.

Kapitel 34 | Dillon

Ich weiß nicht, was mich mehr überrascht: Rachels Anwesenheit, ihre Erklärung oder Emmas Reaktion.

Und als die Frauen sich umdrehen und uns schockiert anstarren, bin ich froh, dass Paul die Tür leise genug geöffnet hat, damit sie nicht bemerken, dass wir hier sind.

Ich bezweifle, dass einer von uns das alles sonst hätte hören können.

Paul sieht aus, als hätte er gerade einen Schlag in die Magengrube bekommen. Sein Mund steht offen, aber er hält praktisch den Atem an, seit wir hier angekommen sind und Rachel im Wohnzimmer stehen sahen. Seine Augen sind so auf sie fixiert, dass er gar nicht merkt, dass noch jemand im Raum ist.

Sein Gesicht verzieht sich zu einem Ausdruck von Schmerz und Sehnsucht, der mich überrascht. Selbst nach allem, was sie ihm angetan hat, liebt Paul Rachel immer noch.

Egal, wie sehr ich und viele unserer Freunde versucht haben, ihn davon abzubringen; seine Hingabe blieb bestehen und hielt sogar noch nach ihrer Scheidung an.

Diese Art von dauerhafter Liebe ist mir immer unglaublich vorgekommen. Und auch unglaublich dumm. Wie kann man jemanden noch lieben, der einen so sehr verletzt hat?

Dann drehe ich mich um und schaue Emma in die Augen, erinnere mich an die Worte, die sie gesagt hat und spüre, wie sich mein Herzschlag noch einmal beschleunigt.

Es stellt sich heraus, dass es wirklich sehr einfach ist.

Denn selbst jetzt, wo ich weiß, was Emma getan hat, spüre ich, wie sich meine Wut in Luft auflöst. Ich will sie nicht mehr anschreien oder gar mit ihr streiten. Ich möchte sie einfach nur in den Arm nehmen und ihr sagen, dass ich ihr verzeihe.

Das hat nicht einmal ein paar Stunden gedauert, du erbärmlicher liebeskranker Trottel.

Ja, ich wusste schon immer, dass die Liebe mich in ein riesiges Weichei verwandeln würde.

Trotzdem halte ich mich zurück und erlaube Paul, den ersten Schritt zu tun.

„Rachel“, krächzt er heiser. Rachel dreht sich nicht um, aber ihre Schultern versteifen sich. Sie zittern ein bisschen und obwohl sie die Arme vor der Brust verschränkt hat, wirkt ihre Haltung nicht abwehrend, sondern als würde sie versuchen, alles in sich hineinzufressen, damit es nicht nach außen dringt.

Auch wenn sie keinen Ton von sich gibt, kann jeder, der ein bisschen Grips hat, erkennen, dass sie weint.

Und obwohl Rachel noch nie mein Lieblingsmensch auf dieser Welt war und es wahrscheinlich auch nie sein wird, möchte ich auch nicht dabei zusehen, wie sie zusammenbricht.

Ich stupse Paul an und er nickt, weil er verstanden hat, was ich meine. Er geht auf sie zu und ihr Körper versteift sich noch mehr, aber sie bleibt stehen, selbst als er seine Hände auf ihre Schultern legt.

„Ich glaube, es ist Zeit, dass wir reden“, flüstert er.

Sie verharrt noch eine Sekunde lang in ihrer Position, doch dann erschlafft sie plötzlich.

Sie nickt langsam und Paul nimmt ihre Hand.

Als sie an uns vorbeigehen, neigt Rachel den Kopf, damit ich ihr Gesicht nicht sehe. Ich schließe die Tür, nachdem sie draußen sind und bin mit Emma allein.

Im Gegensatz zu Rachel begegnet Emma meinem Blick. In ihrem glänzt immer noch Bedauern und ihr Mund öffnet und schließt sich, als wollte sie etwas sagen, aber sie ist sich nicht ganz sicher, was. Ihre Arme sind vor ihrer Brust verschränkt und sie scheint sich auf eine Konfrontation vorzubereiten, aber sie wirkt trotzdem offen und verletzlich, als wolle sie mich wissen lassen, dass sie sich nicht mit mir streiten wird.

Und sie erzählte Rachel, dass sie für mich kämpfen würde. Sie stand einfach da und entblößte ihr Herz, nicht nur vor mir, sondern auch vor Rachel, die praktisch eine Fremde für sie ist und der gegenüber sie keinen Grund hat, zu lügen. Heißt das, ich sollte ihr glauben? War sie ehrlich?

Ich gehe näher an sie heran und strecke meine Hand aus, aber Emma zuckt ein wenig zurück. Die Bewegung löst in mir ein unangenehmes Gefühl aus. Ich lege meine Hand auf ihre Wange und sie lehnt sich dagegen, wobei Hoffnung in ihren Augen aufflackert.

„Erzähl mir von ihm“, sage ich.

„Von wem?“

„Deinem Vater.“

Ihre Augen schließen sich für eine Sekunde und ihr Gesichtsausdruck verkrampft sich. Ich kann sehen, dass sie das nicht möchte. Sie will aus dieser Situation fliehen und sich nicht mit ihrer schmerzhaften Vergangenheit auseinandersetzen müssen, aber ich brauche eine Erklärung. Ich versuche zu verstehen, warum sie getan hat, was sie getan hat; warum sie mir nicht vertraut hat und wie sie so leicht das Schlimmste von mir annehmen konnte, obwohl wir tagelang jede Sekunde zusammen verbracht haben.

Und ich habe das Gefühl, dass die Antwort auf meine Fragen bei ihrem Vater liegt, der wahrscheinlich der erste Mann war, der sie betrogen und ihr das Herz gebrochen hat.

Wahrscheinlich erwartet sie deshalb von allen anderen Männern, dass sie dasselbe tun.

Emma seufzt schließlich resigniert. „Was willst du wissen?"

„Du hast gesagt, er war Alkoholiker."

„Nicht immer", gibt sie zu. „Als ich jünger war, hat er getrunken, aber nicht übermäßiges. Am Anfang war er kein schlechter Vater und ich glaube, er hat wirklich versucht, sich um mich zu kümmern. Aber dann gab es immer wieder Tragödien in seinem Leben. Er verlor seine Eltern, danach seinen jüngeren Bruder und dann wurde er verletzt und verlor seinen Job. Er musste Sozialhilfe beantragen, was für einen so stolzen Mann nicht einfach war. Und dann verließ ihn schließlich meine Mutter. Und er saß mit mir fest, einem Kind, das er nie wollte, für das er sich aber trotzdem verantwortlich fühlte."

„Hat er dich misshandelt?", frage ich in ruhigem Ton. Trotzdem möchte ich den Mann finden und ihn dafür bezahlen lassen, dass er ihr diesen Schmerz zugefügt hat, den ich selbst nach so vielen Jahren noch in ihren Augen erkennen kann.

Emma schüttelt den Kopf. „Nicht wirklich. Ein paar Beschimpfungen hier und da, aber er hat mich eher vernachlässigt. Es war ihm egal, ob ich aß oder zur Schule ging. Wenn ich um Geld für Kleidung oder Bücher bat, wurde er wütend und nannte mich eine Schmarotzerin. Also habe ich gelernt, die Dinge selbst in die Hand zu nehmen. Ich kochte für mich selbst, machte meine Hausaufgaben allein, stand jeden Morgen pünktlich auf und ging alleine zur Schule. Nebenan wohnte eine nette Nachbarin, die mich manchmal dafür bezahlte, dass ich ihr bei der Gartenarbeit half und von diesem Geld kaufte ich mir dann oft das, was ich brauchte. Damals lernte ich den Wert von harter Arbeit kennen. Es war befreiend, Geld verdienen zu können und niemanden um etwas bitten zu müssen. Also besorgte ich mir im Alter von sechzehn Jahren einen gefälschten Ausweis und damit eine Reihe von Jobs, die mir Geld einbrachten. Ich hätte fast die Schule abgebrochen, habe mich aber gerade so durchgekämpft. Ich hatte nicht vor, aufs College zu gehen, also dachte ich, das war's." Sie atmet tief durch. „Doch dann hatte ich plötzlich zu viel Zeit und geriet in Schwierigkeiten, in die falschen Kreise und wurde vorbestraft. Zum Glück habe ich nichts allzu Schlimmes getan, bevor ich wieder zur Vernunft kam. Ich ging auf die Volkshochschule und machte einen Abschluss. Und dann habe ich mich durch mehrere Assistentenstellen gearbeitet, eine Menge Erfahrung gesammelt und bin schließlich bei Jetz gelandet." Sie grinst. „Ich denke also, dass ich meinen Erfolg in gewisser Weise meinem Vater zu verdanken habe."

Oh nein, das hast du verdammt nochmal nicht. Du schuldest diesem Arschloch gar nichts.

Ich konzentriere mich auf das, was sie darüber gesagt hat, dass ihr Vater mit ihr „festsaß". Sie hat es so gesagt, als wäre es normal, dass ein Vater so empfindet, weil sie immer noch darauf besteht, dass er kein schlechter Vater war, obwohl der Bastard nichts für sie getan hat und ihr das Gefühl gab, eine Last für ihn zu sein.

Dachte sie, ich würde Megan auch so behandeln? Nur, weil ich ihr gesagt hatte, dass ich keine Kinder wollte?

Ein Hauch von Schuldgefühlen bahnt sich seinen Weg durch meine Empörung.

Nun, ich habe ihr nie einen Grund gegeben, etwas anderes zu denken. Und die Wahrheit, die ich mir jetzt eingestehen kann, ist, dass ich mich zwar auf der Insel in sie verliebt habe, aber zu dumm war, es zu erkennen und zu feige, es zuzugeben, selbst wenn ich es gewusst hätte.

Ich ziehe sie mit einer Hand in meine Arme, streiche mit der anderen über ihre Wange und erkläre ihr: „Ich sage es dir nur ungern, Schatz, aber dein Vater war ganz sicher ein Arschloch. Er war nie ein guter Mann oder ein guter Vater, wenn er dich so etwas durchmachen ließ. Kein anständiger Mensch würde jemals einem Kind die Schuld für das geben, was in seinem Leben passiert, auch nicht einem Kind, das er ursprünglich nicht wollte." Ich lehne meine Stirn gegen ihre und füge hinzu. „Das würde ich Megan nie antun."

Sie schenkt mir ein wässriges Lächeln und ich bemerke, dass ihre Augen geschwollen sind, als hätte sie geweint. „Ich weiß. Tief im Inneren habe ich immer gewusst, dass du nicht wie mein Vater bist, aber ich hatte solche Angst und dachte, ich … ich muss Megan beschützen …"

„Shhh", beruhige ich sie und streichle ihren Rücken, weil ich merke, dass sie sich wieder aufregt.

„Du hast das alleine gemacht, weil du dich selbst bestrafen wolltest", stelle ich fest. „Du hättest es mir sagen können und ich hätte mich um dich und unsere Tochter gekümmert, aber du hast es vorgezogen, dich dem allein zu stellen, anstatt darauf zu vertrauen, dass ich für euch da sein würde." Weil du dachtest, dass sich niemand um dich kümmern *will*.

Sie nickt, ihr Blick löst sich von meinem. „Nun, ich war nicht ganz allein. Jeannie und ihre Familie haben mir sehr geholfen. Ich habe ihnen viel zu verdanken."

„Ich auch", sage ich. „Ich bin froh, dass sie sich um dich gekümmert haben. Aber ich wünschte, du wärst auch zu mir gekommen, um dir helfen zu lassen."

Sie lächelt. „Es gab eine Zeit - nachdem ich meinen letzten Job verloren und Angst hatte, dass wir obdachlos werden - da habe ich darüber nachgedacht, es dir zu sagen. Eigentlich wollte ich dich mit dieser Information sogar erpressen, damit du mir Geld gibst und wir wieder auf die Beine kommen."

„Gut", schmunzle ich. „Das hättest du tun sollen." Es wäre das Klügste gewesen. Vielleicht dachte sie, ich würde mich darüber ärgern, aber ich habe schon lange akzeptiert, dass Emma eine hinterhältige Seite hat.

Mein Telefon klingelt im Schlafzimmer und obwohl ich Emma nicht verlassen will, frage ich mich, ob es vielleicht Paul ist, der anruft. Vielleicht ist er ein emotionales Wrack, nachdem Rachel ihn verlassen hat und braucht meine Hilfe.

Ich kann ihn nicht guten Gewissens seinem Schicksal überlassen, da er mich an meinem Tiefpunkt begleitet hat.

„Bin gleich wieder da." Ich streiche mit meinen Lippen über Emmas und spüre, wie sie überrascht ausatmet. Dann gehe ich ins Zimmer, hole mein Handy vom Nachttisch und überprüfe die Anrufer-ID.

Es ist nicht Paul, der anruft. Es ist George.

Ich seufze, gehe aber trotzdem ran, bereit, ihm zu sagen, er solle mit dem, was immer es ist, ohne mich fertig werden.

Aber er lässt mich nicht zu Wort kommen.

„Wir haben ein ernstes Problem, Dillon", platzt er heraus.

Nun, aufgrund der Art unserer Arbeit haben wir immer ernste Probleme. "Was ist es?"

„Hector Diamante wird in ein paar Stunden eine Pressekonferenz abhalten und droht damit, alle Informationen, die er über MaxiParts hat, online zu veröffentlichen."

Kapitel 35 | Emma

Dillon kommt langsam und mit finsterer Miene aus dem Schlafzimmer.

Er blickt noch düsterer, je länger die Person am anderen Ende der Leitung spricht. Seine Augenbrauen ziehen sich tief in die Stirn und seine Lippen sind zusammengepresst. Seine Augen flackern in Abständen auf und vertiefen die Falten und Linien in seinem Gesicht.

Als er mich erreicht, widerstehe ich dem Drang, die Hand auszustrecken und sie zu glätten, um seinem Gesicht wieder das sanfte Lächeln zu schenken, mit dem er gegangen ist.

Sein Gesichtsausdruck ist wie ein kalter Wasserstrahl, der mich in die Realität zurückholt. Davor befand ich mich im Rausch der Gefühle, weil Dillon mich noch einmal in den Arm genommen hatte. Trotz allem, obwohl ich seine Tochter vor ihm geheim gehalten habe, hat er mich festgehalten, als wäre ich das Wertvollste auf der Welt. Er hat mich sogar geküsst und mir gesagt, dass er mich liebt und ich es verdient habe, geliebt zu werden.

Und obwohl ich nicht unbedingt an den letzten Teil glaube, ist es schwer, den ersten zu ignorieren, wenn er mich mit diesen sanften Augen ansieht und mir vergibt, was ich getan habe.

Hat er mir wirklich so schnell verziehen? Liebt er mich?

Der Teil von mir, der von Natur aus misstrauisch gegenüber jeder guten Sache in meinem Leben ist, versucht, sich zu melden und mir zu sagen, dass ich auch hier vorsichtig sein soll. Was, wenn das alles ein Komplott ist? Was, wenn Dillon seine Rache für das, was ich getan habe, plant und dies der erste Schritt ist? Was, wenn er versucht, mir das Sorgerecht zu entziehen?

Aber Dillon wird mir das nicht antun. Ich bete mir diesen Satz immer und immer wieder in meinem Kopf vor, damit er sich einprägt. *Er liebt mich.*

Außerdem muss er gar nicht um das Sorgerecht kämpfen. Ich hatte bereits geplant, ihm das Teil-Sorgerecht zu überschreiben und ich habe ihm genug Munition gegeben, um das volle Sorgerecht einzufordern, wenn er will.

Ich werde also nicht zulassen, dass die Stimmen und mein natürliches Misstrauen das zerstören, was ich habe. Ich erkenne jetzt, dass ich die gleichen selbstzerstörerischen Tendenzen wie Rachel besitze und Menschen wegstoße, wenn sie mir zu nahe kommen, weil ich Angst habe, verletzt zu werden. Ich versuche im Alleingang, meine Beziehungen zu zerstören, damit ich die sich selbst erfüllende Prophezeiung vorwegnehmen kann, dass sich niemand für mich interessiert. Deswegen treffe ich schlechte Entscheidungen, um zu beweisen, dass ich kein erfolgreiches glückliches Leben verdient habe.

Dillon sollte auch eine dieser schlechten Entscheidungen sein.

Stattdessen war er am Ende die beste, die ich je getroffen habe.

„Mal sehen, was ich tun kann", brummt er schließlich und legt auf. Dann atmet er laut aus und starrt in die Ferne. Ich lege meine Hand auf seinen Arm, um seine Aufmerksamkeit zu erregen.

„Was ist denn los?“, frage ich leise.

„Hector Diamante. Er sagt, dass er später am Tag eine Pressekonferenz abhält, um alles, was er über MaxiParts weiß, zu enthüllen. Es ist unmöglich, die Medien dazu zu bringen, das zurückzuhalten und er wird auch Dokumente online stellen. Er behauptet, dass es die größte Enthüllung des Jahrhunderts sein wird, bei der eine Menge prominenter Akteure in der Branche entlarvt werden, darunter auch mein Klient.“

Ich kann die Sorge in seinen Augen lesen, die den Ernst der Lage verdeutlichen. „Und es gibt keine Möglichkeit, ihn aufzuhalten?“

Er schenkt mir ein schiefes Lächeln. „Es sei denn, man tötet ihn? Nein. Und selbst wenn ich es wollte, hat er sich durch diese Publicity so gut wie unangreifbar gemacht. Alle Augen werden jetzt auf ihn gerichtet sein. Kluger Mann.“

„Und wir haben es trotzdem nicht geschafft, herauszufinden, was er will.“

„Nö. Aber ich bin mir ziemlich sicher, dass er es bekommen hat.“ Dann runzelt Dillon die Stirn und sagt: „Warte mal.“

Er schlendert zur Haustür und öffnet sie. Am Eingang hält er inne, als er feststellt, dass Rachel und Paul immer noch dort stehen, ein Stück den Flur entlang.

Pauls Körper blockiert Rachels und sie scheinen in ein ziemlich intensives Gespräch vertieft zu sein, denn keiner von ihnen dreht sich um.

„Paul“, ruft Dillon.

Es herrscht einen Moment lang Stille, bevor Paul in einem verärgerten Tonfall antwortet: „Was?“

„Ich unterbreche nur ungern, was auch immer ihr da drüben macht, aber ich muss mit Rachel reden."

„Ich glaube nicht, dass sie in der Stimmung ist, mit dir zu reden, Mann."

„Ja, und das verstehe ich, aber ich muss *wirklich* mit ihr reden. Es geht hier um Leben und Tod."

„Dillon ..."

Seine Worte werden augenblicklich unterbrochen, als hätte Rachel ihn aufgehalten.

Nach ein paar weiteren Takten der Stille tritt er zögernd zur Seite. Rachel erscheint und ich bin fast schockiert, wie sie aussieht. Wimperntusche ist auf ihren tränenüberströmten Wangen verschmiert, ihr Gesicht rot und fleckig und ihre Augen tränen noch immer. Auch ihre Nase ist rot und ihre Lippen sind geschwollen.

Als Paul sich umdreht, um Dillon anzusehen, muss ich nicht fragen, warum.

„Was ist los?" Rachels Stimme klingt heiser, aber ich sehe, wie sie sich bemüht, ihren normalen hochmütigen Tonfall beizubehalten.

Ich möchte zu ihr gehen und sie fragen, ob es ihr gut geht, aber ich weiß, dass sie es nicht akzeptieren würde, wenn man sie auf ihren Gefühlszustand ansprache. Deshalb ist es wahrscheinlich besser, dass Dillon es nicht einmal zu bemerken scheint und direkt zur Sache kommt.

„Weißt du, ob Carl oder einer der Darlings Hector Diamante kennt?"

Sie runzelt die Stirn. „Ich kenne den Namen nicht."

„Warte mal." Dillon holt sein Handy hervor und tippt ein paar Mal auf den Bildschirm, bevor er es Rachel hinhält.

„Dieser Typ", sagt er. „Kennst du den?"

Sie kommt näher, um auf das Display zu schauen. „Ja. Ich kenne ihn. Theo hat sich mit ihm auf der Party unterhalten und ich glaube, sie haben sich danach noch ein paar Mal getroffen."

„Theo? Nicht Carl?" Er war mit Carl von der Party weggegangen, obwohl wir in Carls Hintergrund nichts gefunden haben, was dieses Treffen rechtfertigen würde.

Sie schüttelt den Kopf. „Ich glaube, Theo hat Carl gesagt, er solle ihn holen, aber Carl hat sie kurz darauf alleingelassen."

Aha. Also wollte Theo nicht in der Öffentlichkeit mit Hector gesehen werden. Kluger Mann.

Aber Hector war auch ein guter Schauspieler, denn er hat nicht einmal gezuckt, als ich auf der Party Theos Namen erwähnte.

„Warum? Was haben die beiden denn miteinander zu tun?"

Rachel legt den Kopf schief. „Warum willst du das wissen?"

„Nun ..." Ich sehe, wie Dillon mit einer Erklärung ringt. Ich weiß, er will nicht verraten, dass er eine Krisenmanagementfirma besitzt, da ein großer Teil seiner Arbeit Geheimhaltung erfordert.

Aber Rachel ist viel zu neugierig, um nicht nach einer Erklärung zu verlangen.

„Hör zu, ich kann dir nicht sagen, warum ich das wissen muss, aber ich muss es wissen. Bitte, Rachel, wenn du irgendetwas über ihre Treffen weißt, irgendein Detail, dann sag es mir bitte."

Rachel blinzelt und schenkt ihm ein schiefes Lächeln. „Ich glaube, das ist das erste Mal, dass du dieses Wort mir gegenüber benutzt hast und dann gleich zweimal."

„Das sollte dir zeigen, wie ernst die Sache ist", werfe ich ein und sie schaut mich an und dann wieder auf das Bild.

„Gut", sagt sie. „Aber nur, weil ich deine Freundin mag. Ehrlich gesagt weiß ich nicht viel über ihre Beziehung, ich war nur bei ein paar Treffen dabei. Ich weiß nur, dass er eine wichtige Rolle in diesem neuen Unternehmen spielt, das Theo aufbaut."

„Ein Autoteilegeschäft?", hake ich nach. „Reist er deshalb nach Asien? Um seinen Lieferanten zu treffen?"

Sie schaut mich irritiert an. „Woher weißt du das?"

Das passt. Dillon und ich tauschen einen Blick aus und er nickt, zweifellos denkt er dasselbe wie ich.

„Okay", sagt er. „Und wird er es in nächster Zeit auf den Markt bringen?"

Sie nickt. „Höchstwahrscheinlich in den nächsten paar Wochen. Er hat es geheim gehalten, weil sein Vater es nicht billigt und außerdem mag sein Vater Theos stille Geschäftspartner nicht. Es gibt Gerüchte, dass sie möglicherweise Verbindungen zur Mafia haben und versuchen, Theo zu benutzen, um ihr Geld zu waschen."

Dillon nickt wieder und verdaut die Information. „Irgendwelche Namen?"

Sie schüttelt den Kopf. „Das weiß ich nicht. Nur, wie sie aussehen. Einer von ihnen hat eine Glatze und der andere einen Bart."

„Toll. Ich danke dir, Rachel. Ich würde dich auf der Stelle küssen, wenn dein Ex-Mann und die Liebe meines Lebens nicht hier wären."

Ihr Lächeln wird breiter. „Ist schon okay. Mir wäre es lieber, du würdest es lassen."

Dillon schmunzelt und lässt dann seinen Blick zwischen ihr und Paul hin und her springen. „Dann lassen wir euch mal wieder allein." Er schließt die Tür hinter ihnen und dreht sich zu mir um, wobei seine Augen vor Aufregung glänzen.

Ich weiß schon, was ich zu tun habe, bevor er überhaupt gefragt hat.

„Ich werde James anrufen."

„Gut. Sag ihm, er soll Theo Darlings Geschäftspartner gründlich durchleuchten. Außerdem soll Arthur eine Erklärung vorbereiten. Wir können den heranziehenden Sturm vielleicht nicht aufhalten, aber wir könnten eventuell mit den Nachwirkungen fertig werden."

Ich nicke und mache mich auf den Weg ins Schlafzimmer, halte aber inne, als sich die Tür des Gästezimmers wieder öffnet. Dillon und ich beobachten Megan, die aus dem Zimmer kommt und blinzelt.

Zu meiner Überraschung geht sie nicht auf mich zu. Sie geht direkt auf Dillon zu und streckt erwartungsvoll ihre Hände aus. Ohne eine Sekunde zu verlieren, beugt er sich zu ihr hinunter und drückt ihr einen Kuss auf die Wange. Und dann schaut er sie einfach nur liebevoll und stolz an.

Mein Herz setzt wieder einmal aus.

Wie konnte ich nur nicht denken, dass er kein guter Vater sein würde? Ich hätte es von dem Moment an wissen müssen, als er Megan kennenlernte.

Megan sieht mich stirnrunzelnd an.

„Du hast gesagt, du würdest zurück ins Zimmer kommen, Mommy." Ihre Stimme ist anklagend. „Ich habe gewartet und gewartet, aber du bist nicht gekommen."

„Ich weiß und es tut mir leid, Baby." Ich hatte vergessen, wie ungeduldig mein kleines Mädchen sein kann. „Die Arbeit kam dazwischen."

Megan stößt einen dramatischen leidgeprüften Seufzer aus, der Dillon zum Lächeln bringt. „Ist schon okay."

Ich beobachte sie und überlege nur eine Sekunde lang, was ich als Nächstes tun soll, bevor ich mich entscheide.

„Wo wir schon mal hier sind, möchte ich dir noch etwas sagen."

„Was, Mami?"

Ich werfe Dillon einen Blick zu und sehe, wie seine Augen aufleuchten, als er versteht, was ich vorhabe.

Er nickt und erlaubt mir damit, es zu tun.

Ich lächle und sage: „Dillon ist dein Daddy."

Megan nickt. „Ja. Das weiß ich."

„Wirklich?" Ich kann den Schock nicht aus meiner Stimme halten.

Sie nickt wieder. „Ja, weil wir zu Dillon gezogen sind. Lacey sagt, so hat sie ihren Daddy bekommen. Er ist bei ihr aufgetaucht und hat ihre Mami gebeten, bei ihm einzuziehen und dann wurde er ihr Daddy."

„Ah", lächle ich. „Ja, aber es ist ein bisschen anders als bei Lacey, Süße. Die Wahrheit ist, dass Dillon schon immer dein Daddy war. Er hat es nur nicht gewusst."

Ihr Gesicht ist eine Sekunde lang verwirrt, dann sagt sie langsam. „Wie bei Eddy aus den Krötengeschichten?"

„Ja. Wie bei Eddy aus den Krötengeschichten."

Sie wendet sich wieder Dillon zu, mit aufkeimender Hoffnung in den Augen. „Du bist wirklich mein Daddy?"

Dillon grinst. „Ja. Ich bin wirklich dein Daddy."

„Juhu!" Ihr kindlich-unschuldiges Kichern und Klatschen macht mich so glücklich, dass ich weinen könnte. „Du wirst mich nicht wieder verlassen?"

„Niemals." Dillons Stimme ist schwer und gefühlvoll, während er sie festhält. „Ich werde dich nie wieder verlassen."

Kapitel 36 | Dillon

Informationen über die Geschäftspartner von Theo Darling sind gut hinter Gerüchten und Vermutungen versteckt, aber ich habe so ziemlich jeden fähigen Privatdetektiv im Land auf die Suche danach angesetzt.

Wenn es etwas Feuer hinter dem Rauch gibt, werden wir es finden. Hoffentlich innerhalb der nächsten paar Stunden.

Und wenn nicht, müssen wir unsere Kampagne zur Image-Säuberung starten.

Ich stürme durch die Bürotür, weil ich es unbedingt hinter mich bringen will, damit ich nach Hause zu meiner Familie gehen kann.

Meine Familie ... Die Worte klingen fantastisch und es schockiert mich, wie sehr ich jetzt bei ihr sein möchte. Früher habe ich für die Arbeit gelebt. Sogar wenn ich mit jemandem zusammen war, stand die Arbeit für mich immer an erster Stelle. Bisher war sie meine große Liebe gewesen.

Aber das ist jetzt vorbei. Jetzt habe ich etwas Besseres, für das ich leben kann.

Ich treffe George in meinem Büro, er steht hinter meinem Schreibtisch und tippt auf seinem iPad herum.

„Irgendetwas?“, frage ich.

„Noch nicht. T minus 50 Minuten, bevor Hector Diamante auf Sendung geht.“

„Hast du mit Arthur gesprochen?“

“Ja. Die sind ganz aus dem Häuschen, aber ich habe ihnen versichert, dass wir alles im Griff haben. Auf jeden Fall nehmen sie Kontakt zu ihren Teilhabern und allen

Beteiligten auf, um sie auf den kommenden Sturm vorzubereiten."

„Gut. Wende dich auch an die Wohltätigkeitsorganisation, die wir vor Monaten von Arthurs Spende überzeugt haben. Wir brauchen vielleicht ein Statement von ihnen."

„Schon erledigt." George hört kurz auf, auf seinem iPad herumzutippen und blickt mich an. „Du siehst irgendwie aus."

„Tue ich das? Inwiefern?"

Er zuckt mit den Schultern und mustert mich dann genauer. „Wo ist deine Assistentin?"

„Zu Hause."

Georges Lippen ziehen sich missbilligend zusammen, aber er sagt nichts und schaut wieder auf sein iPad hinunter.

„Gibt es ein Problem?", frage ich.

„Du weißt, was das Problem ist", antwortet er. „Auch auf die Gefahr hin, meinen Kopf und meinen Job zu verlieren, finde ich, dass du dieser Frau viel zu viele Chancen gibst."

Mein Instinkt will Emma sofort in Schutz nehmen, aber ich beruhige mich und bemerke die Besorgnis auf Georges Gesicht. Er will mir das nicht sagen und er würde es auch nicht tun, wenn er nicht denken würde, dass ich einen Fehler mache. Und er hat recht, auch wenn es nicht Emma ist, auf die er sauer sein sollte. Sondern auf mich.

„Ich verstehe. Und George, ich werde dich nie feuern, weil du mir die Wahrheit gesagt hast. Ich mag es, dass du ehrlich zu mir bist."

Er runzelt die Stirn. „Okay … jetzt benimmst du dich noch seltsamer."

Ich grinse. Ich schätze, er ist es nicht gewohnt, dass ich ihm Komplimente mache.

„Du hast recht. Ich *habe* Emma viele Chancen gegeben. Aber sie ist wirklich eine fleißige Angestellte. Es ist nur schwierig, weil sie ein Kind hat. Mein Kind. Und ich liebe sie und dieses Kind sehr."

Georges Reaktion enttäuscht mich nicht. Ihm klappt der Kiefer nach unten. „Sie ist was?"

„Ja. Das ist eine lange Geschichte, die ich dir erzählen kann, wenn das alles vorbei ist, aber die Quintessenz ist, dass ich in Emma verliebt bin." Die Worte zaubern ein Lächeln auf mein Gesicht und eine unnatürliche Freude durchströmt mich, so intensiv, dass ich lachen muss. „Ich liebe sie, George. Und ich werde ihr immer wieder eine Chance geben, weil ich liebeskrank bin und es wahrscheinlich schon war, bevor ich es merkte. Du liegst zwar nicht ganz falsch, aber du musst verstehen, dass Emma mir wichtiger ist als du und sogar wichtiger als diese Firma. Und sie tut alles, was sie kann. Ich bitte dich um Kooperation und dein Verständnis. Und wenn du ein Problem mit ihr hast, komm zuerst zu mir. Behandle sie niemals respektlos. Verstanden?"

„Ich habe kein Problem mit ihr", stammelt er. „Im Gegenteil, ich ... mag sie sehr."

Ich ziehe drohend die Augenbrauen hoch und George hebt abwehrend seine Hände.

„So ist das nicht. Sie ist gut in ihrem Job und sehr effizient. Ich habe mir nur Sorgen gemacht, dass wir uns durch euer Techtelmechtel um eine gute Assistentin bringen könnten."

„Ah." Überlassen wir es George, pragmatisch zu denken.

„Aber vielleicht ist es das wert, eine Assistentin zu verlieren. Ich glaube, sie könnte gut für dich sein."

„Warum sagst du das?"

Er öffnet den Mund, scheint aber in Erklärungsnot zu geraten. Dann sagt er mit einem kleinen Grinsen: „Du strahlst förmlich."

„Wirklich?"

Er nickt. „Du siehst außerordentlich glücklich aus, obwohl wir die Krise des Jahrhunderts vor uns haben."

„Ich würde das nicht die Krise des Jahrhunderts nennen", winke ich ab. „Im schlimmsten Fall lernt Arthur eine Lektion darüber, dass man den kleinen Mann nicht herumschubst und MaxiParts büßt eine Zeit lang etwas Geld ein, aber dann werden die Leute es vergessen und die Dinge werden sich wieder normalisieren."

„Oder wenn Hector genügend Beweise hat, könnte es zu einer Gefängnisstrafe führen und das Unternehmen für immer zum Einsturz bringen."

„Oder das." Aber selbst auf dieses Szenario habe ich mir schon eine Antwort zurechtgelegt. Zumindest in meinem Kopf.

Plötzlich klingelt das Telefon.

Ich werfe einen Blick auf die Anrufer-ID und kann mir ein dämliches Grinsen nicht verkneifen, bevor ich antworte: „Hallo?"

„Hey", Emma klingt atemlos, als sie antwortet. „Ich glaube, wir haben es geschafft."

„Was geschafft?"

„Wir haben herausgefunden, wer einer der Typen ist, mit denen Theo Geschäfte macht. Rachel hat sich gerade daran erinnert, wie Theo einmal erwähnte, dass er ein paar Diamantenminen besitzt. Wir haben etwas nachgeforscht und mit Hilfe des Zeichners, den du uns besorgt hast, herausgefunden, dass sein Name Philip Wentworth ist und er eine sehr dunkle Vergangenheit hat. Und ich meine wirklich dunkel. Es wird für die Darlings nicht gut aussehen, mit ihm in Verbindung gebracht zu werden."

„Wäre Rachel bereit, vor Gericht zu bezeugen, was sie weiß?"

Es herrscht eine Sekunde lang Schweigen, dann sagt Emma: „Sie sagt, sie würde es tun. Sie kennt auch Theos Passwort und wir sind in seine Cloud eingedrungen. Es gibt hier etwas, das nach einem Plan aussieht, um jemanden loszuwerden, vielleicht aber auch nicht. Es ist als Schachspielanleitung getarnt, aber am Ende steht, dass man den Bauern opfern muss."

Hector.

„Perfekt. Schick es mir per E-Mail. Sag Rachel, dass sie fantastisch ist und ich alles Schlechte zurücknehme, was ich jemals über sie zu Paul gesagt habe."

„Sie hat dich gerade gehört. Und Paul auch."

„Ich weiß", grinse ich. „Ich liebe dich. Bye."

Nachdem ich aufgelegt habe, frage ich George. „Können wir Hector irgendwie erreichen?"

„Ich glaube nicht, dass er im Moment Anrufe entgegennimmt. Er isoliert sich bestimmt."

„In seinem Haus? James ist doch noch in Houston, oder? Sag ihm, er soll sofort dorthin fahren und nicht aufgeben, bis er Hector sein Telefon geben kann. Er soll seinen ganzen Charme einsetzen, um sicherzustellen, dass

Hector mit uns redet. Oder zumindest seine E-Mails abruft. Ich schicke ihm gerade etwas."

George nickt und tut es.

Es dauert ein bisschen, aber schließlich stellt James uns zu Hector durch.

Als er antwortet, sage ich: „Hector, mein Freund."

Er schweigt kurz. „Wer sind Sie?"

„Das ist nicht wichtig. Wichtig ist jetzt, was Sie mit den Informationen machen, die ich Ihnen gerade geschickt habe. Haben Sie sie gelesen? Sie wurden von Theos Cloud weitergeleitet, wie Sie gesehen haben."

Hector schweigt erneut. „Woher weiß ich, dass sie echt sind?"

„Das müssen Sie selbst entscheiden. Alles, was ich Ihnen über Theo erzähle, wird Sie nicht überzeugen. Ich bin mir sicher, er hat Ihnen gesagt, wie sehr er Sie schätzt. Aber lassen Sie mich Ihnen etwas über seine Geschäftspartner verraten. Sie sind in eine Menge zwielichtiger Sachen verwickelt.

Sie werden Sie benutzen, um ihre Konkurrenten loszuwerden und dann werden sie mit *Ihnen* das gleiche machen. Ich kann Ihnen Theos Passwort schicken, damit Sie selbst auf seine Cloud zugreifen und es nachlesen können. Aber selbst wenn Sie mir nicht glauben, die Polizei tut es. Wir haben bereits alles, was wir haben, an das FBI weitergeleitet. Theo Darling und seine Geschäftspartner werden untergehen. Und Sie könnten durch Ihre Beteiligung da mit hineingezogen werden, was ich Ihnen gegenüber nicht fair finde."

Hector schweigt wieder, aber ich merke, dass ich ihn am Haken habe. Ich fahre fort. „Hören Sie zu Hector, ich weiß, dass Arthur Coolidge ein Arschloch ist. Das sind die meisten reichen Leute, mich eingeschlossen. Und ich weiß, dass Theo es irgendwie geschafft hat, Sie davon zu überzeugen, dass er anders ist und Ihnen helfen will, Gerechtigkeit für all das zu bekommen, was Arthur Ihnen angetan hat. Aber Theo ist nicht der, der er zu sein scheint. Ich werfe Ihnen nicht vor, dass Sie darauf reingefallen sind. Schließlich hat er auch eine der klügsten Frauen, die ich kenne, dazu gebracht, ihren Mann zu verlassen. Aber Theo interessiert sich nur für sich selbst und seine egoistische Familie. Und wenn Sie denken, dass Arthur Coolidge schlimm ist, dann kennen Sie die Darlings nicht. Lassen Sie sich nicht von ihnen benutzen. Nehmen Sie das Geld, das Coolidge Ihnen anbietet, sogar das Doppelte, als Schmerzensgeld und ziehen Sie sich an einen schönen Strand zurück. Oder Sie spenden es für wohltätige Zwecke, was immer sie wollen."

Hector schweigt immer noch am anderen Ende der Leitung, so lange, dass ich versucht bin zu glauben, er hätte aufgelegt. Aber ich weiß, dass er es nicht getan hat. Für Hector geht es nicht um Geld. Er sieht nicht wie ein Mann aus, der viel für sich ausgibt.

Ihm geht es um die Respektlosigkeit, die ihm bei MaxiParts entgegengebracht wurde und ich habe aus erster Hand erfahren, wie arrogant und bösartig Arthur sein kann.

Theo hat Hector wahrscheinlich das Gefühl gegeben, respektiert zu werden und deshalb hat Hector beschlossen, ihm zu helfen, indem er Geschäftsgeheimnisse und Insiderinformationen weitergab.

Aber was Hector jetzt vorhat, wird Arthur Coolidge nicht schaden. Es wird nur den Leuten schaden, die für ihn arbeiten.

Ich gebe Hector Zeit, das alles zu verarbeiten. Nach einer vollen Minute hat er immer noch nichts gesagt, also fahre ich fort: „Ich werde Arthur kontaktieren, damit er Ihnen das Geld schickt und zwar das Doppelte seines ursprünglichen Angebots. Sie müssen nur verschwinden. Eine Weile untertauchen, bis sich die Wogen wieder geglättet haben."

„Und Sie sind sich sicher, dass sie mich nicht finden werden?" Jetzt höre ich die Angst in seiner Stimme.

„Wer, Theo? Er wird keine Zeit haben, nach Ihnen zu suchen. Er wird zu sehr mit den Bullen beschäftigt sein. Und Sie sind frei."

Wieder herrscht langes Schweigen, aber ich sage: „Schauen Sie sich noch einmal an, was ich Ihnen gerade geschickt habe, bevor Sie mir Ihre Entscheidung mitteilen."

Ich starre George an und er starrt zu mir zurück. Ein zufriedenes Lächeln umspielt seine Lippen.

Und so einfach lösen wir den Fall.

***

Das FBI arbeitet schnell mit den Informationen, die George ihnen schickt, aber bis sie sich an Theo Darling wenden, ist Hector wahrscheinlich schon auf irgendeiner Insel und genießt seine freie Zeit und ich bin wieder zu Hause bei meiner Familie.

„Daddy!“, ruft Megan, als ich hereinkomme und mein Geist belebt sich, während die Müdigkeit aus meinem Körper weicht. Ihr Willkommensschrei ist das schönste Geräusch, das ich je gehört habe.

Ich nehme sie in die Arme und küsse sie auf die Wange, als Emma hinter ihr aus der Küche kommt.

„Hey“, begrüßt sie mich. „Wie ist es gelaufen?“

„Großartig.“ Ich gehe zu ihr und ziehe sie zu einem tiefen Kuss heran und verlängere ihn dann noch. „Danke für deine Hilfe. Ich liebe dich.“

„Ich liebe dich auch.“ Sie lächelt, die Hoffnung in ihren Augen ist groß. Hoffnung für die Zukunft.

Ich weiß, wie viel Angst sie davor hat, zu hoffen und sie befürchtet wahrscheinlich immer noch, dass ihr das Ganze um die Ohren fliegt.

Aber sie ist bereit, es zu versuchen und dafür liebe ich sie.

Wir starren uns an und es gibt noch so viele Fragen, die beantwortet werden müssen, aber ich weiß, dass wir es schaffen werden, egal was.

Wir müssen einfach.

„Können wir jetzt Cartoons gucken?“, bettelt Megan und bricht das Schweigen. „Mit Maca und Nuggets?“

Glücklich grinse ich meine Tochter an. Ich weiß zwar nicht, was Maca ist, aber wenn meine Tochter das möchte, sorge ich dafür, dass sie es bis heute Abend hat. Ich würde ihr sogar den Mond vom Himmel holen, wenn sie darum bitten würde. „Ja, wir können jetzt Cartoons gucken.“

Epilog | Emma

„Bist du bereit?“, fragt mich Jeannie und lehnt sich in ihrem ledernen Bürosessel zurück. Ich weiß noch, wie aufgeregt sie war, als sie den Stuhl bekam und wie sie mich anflehte, ihn in unser Budget aufzunehmen und auch für mich einen zu kaufen. Es war einer dieser Gaming-Stühle, die maximalen Komfort bieten. Das war auch gut so, denn wir haben viel Zeit in diesen Sesseln verbracht, um unsere Zahlen und unser Marketingmaterial zu prüfen und die Vorbereitungen für unseren Relaunch zu treffen.

Und jetzt, wo der Tag gekommen ist, sieht sie trotz der Tränensäcke unter ihren Augen so glücklich und munter aus wie immer.

„Ja“, antworte ich. „Vielleicht kannst du nach dem hier endlich etwas schlafen. Du siehst schlecht aus, meine Liebe.“

Sie schnaubt. „Schau dich mal an, Süße. Du siehst aus, als hätte dir jemand wiederholt ins Gesicht geschlagen. Und Krähenfüße hast du auch.“

„Habe ich nicht“, widerspreche ich und berühre verunsichert mein Gesicht.

„Nein, hast du auch nicht. Ich habe dich nur verarscht. Du hast diesen glücklichen strahlenden Blick einer Frau, die bald verheiratet sein wird.“

Ich grinse sie an und strahle wie ein Honigkuchenpferd, auch wenn sie mir einen angewiderten Blick zuwirft. „Danke.“ Und Gott sei Dank hat Dillon zugestimmt, die Hochzeit zu verschieben. Ich kann mir nicht vorstellen, wie man auch noch diesen Stress bewältigen kann, während man gleichzeitig einen Neustart plant.

Ich möchte nicht, dass wir unsere Verbindung überstürzen, so sehr ich mich auch darauf freue, seine Frau zu werden. Ich möchte mir Zeit nehmen und unsere Hochzeit und unsere Flitterwochen genießen.

Und ich wollte den Neustart nicht verzögern, denn das war sowohl für mich als auch für Jeannie wichtig.

Und wir haben auch eine ganze Weile gebraucht, um an diesen Punkt zu gelangen.

Eigentlich begann alles mit Dillon.

An irgendeinem Nachmittag, während wir fernsahen und Megan zwischen uns schlief, meinte Dillon: „Ach übrigens, ich habe den Buchhalter erwischt, der dich bestohlen hat."

Ich blickte zu ihm auf. „Was?"

Er grinste. „Ja. Ich habe einige meiner besten Privatdetektive auf ihn angesetzt und sie haben ihn auf Phuket aufgespürt, wo er wie ein König residierte."

Ich blinzelte Dillon verblüfft an. Zwar habe ich ihm irgendwann einmal erzählt, dass unser damaliger Buchhalter uns alles gestohlen hatte, doch er machte nicht den Eindruck, als würde er etwas dagegen unternehmen wollen.

Er hatte mich zwar nach dem Namen des Mannes gefragt, aber ich dachte, es sei reine Neugier. Und jetzt sagt er mir, dass er den Kerl gefunden hat. „Dillon, das hättest du nicht tun müssen."

„Doch, musste ich." Seine Stimme wurde plötzlich streng. „Niemand legt sich mit meiner Frau an und kommt damit durch."

Jetzt war es an mir zu grinsen. „Deine Frau? Sind wir etwa Höhlenmenschen?"

„In dieser Hinsicht, ja." Er drückte mir einen Kuss auf den Kopf. „Dieser Mann hat dich fast obdachlos gemacht. Er kann von Glück reden, dass ich ihn nicht verprügeln ließ."

„Das hast du nicht?"

„Nein. Ich habe das Geld von ihm zurückbekommen und er geht ins Gefängnis, aber das war's auch schon."

„Du hast das Geld zurückbekommen?"

Er nickte. „Es sollte jetzt auf deinem Konto sein ..." Er schaute auf die Uhr, die über dem Flachbildfernseher hing. „Ja."

Im selben Augenblick vibrierte mein Telefon und ich schaute darauf. Meine Augen weiteten sich. „Das sind ein paar Nullen mehr, als er genommen hat."

„Ja, vielleicht dachte ich, dass du eine zusätzliche Entschädigung bekommen solltest. Immerhin hat er mit deinem Geld einige ziemlich kluge Investitionen getätigt und lebte gut, als ich ihn aufspürte."

„Darauf wette ich." Ich wollte gar nicht daran denken, wie er den Mann in diesem Fall dazu gebracht hatte, das Geld zurückzugeben. „Danke, Dillon."

„Gern geschehen", sagte er und küsste mich erneut.

Da das Geld nun auf meinem Konto lag, musste ich mir überlegen, was ich damit machen wollte.

Und nach einem Tag Nachdenken und einem Gespräch mit Jeannie wusste ich genau, was wir tun würden.

Es war an der Zeit, es noch einmal mit Regal zu versuchen.

Als erstes habe ich meinen Job bei Dillon gekündigt. Es war eine schwierige Entscheidung, aber ich hatte nicht das Gefühl, dass ich der Rolle als Assistentin wirklich gerecht werden konnte und ich wollte keine halben Sachen machen, vor allem, weil George in letzter Zeit so nett und verständnisvoll war.

Dillon verdiente eine Assistentin, die sich voll und ganz seiner Arbeit widmen konnte, und das war bei mir momentan einfach nicht der Fall.

Und Dillon hatte überhaupt nichts dagegen, dass ich kündigte. Er lächelte einfach und sagte: „Natürlich. Als meine Frau brauchst du überhaupt nicht zu arbeiten, Baby."

„Ich höre nicht bei dir auf, weil ich nicht arbeiten will", informierte ich ihn. „Ich bereite mich darauf vor, Regal neu zu starten."

„Wirklich?" Seine Augen weiteten sich vor Überraschung.

Ich nickte und seine Lippen verzogen sich zu einem stolzen Lächeln.

„Das ist toll", freute er sich und drückte mir einen Kuss auf die nackte Schulter. „Und wenn du dabei Hilfe brauchst, egal welche, sagst du es mir?"

Ich nickte. „Das werde ich."

Und am Ende brauche ich tatsächlich Hilfe, vor allem beim Marketing. Bei unserem ersten Start waren wir mit dem Marketing sehr konservativ umgegangen und haben uns nur auf die sozialen Medien konzentriert, weil ich nicht zu viel von meinem Geld dafür ausgeben wollte.

Aber Dillon riet uns, unser Budget aufzustocken.

„Man muss oft Geld ausgeben, um mehr Geld zu verdienen", erklärte er mir. „Und du hast Glück, dass dein Mann eine Menge Geld hat, das du ausgeben kannst."

Ich verdrehte die Augen. Ich war ihm zwar dankbar, aber ich war auch entschlossen, alleine klarzukommen. Er hat mir schon genug geholfen. Doch Dillon hatte scheinbar kein Problem damit, auf etwas hinterhältige Weise Geld in unsere Firma zu schmuggeln, vor allem durch Jeannie, die es nur zu gern annahm.

„Ach was", winkte sie ab, als ich darauf bestand, dass sie es nicht annahm. „Er ist stinkreich und wird bald dein Ehemann sein. Ich werde ihn *nicht* zurückweisen, nur weil du zu stolz bist."

Und nach einigem Nachdenken entschied ich, dass sie recht hatte. Aber ich erklärte Dillon, dass es sich nur um ein Darlehen handeln würde und ich es ihm zurückzahlen werde, sobald ich die entsprechenden Gewinne einfuhr.

Er schenkte mir ein wehmütiges, aber auch trauriges Lächeln und sagte: „Ich weiß, dass dir deine Unabhängigkeit wichtig ist und ich verstehe das. Aber ich hoffe, du verstehst auch, wie sehr ich es genieße, mich um dich zu kümmern. Nimm mir das nicht weg. Lass mich dich zumindest ein bisschen verwöhnen."

Seine Worte brachten meinen sturen Stolz endgültig zum Schmelzen.

Danach konnte ich ihn nicht mehr abweisen und musste zugeben, dass die Dinge mit seiner Hilfe viel einfacher waren.

Und das blieb nicht die einzige Art, auf die er mir geholfen hat. Er machte mich mit der berühmten Casey bekannt, einer sympathischen älteren Frau, die sowohl über eine Marketingvergangenheit als auch über eine Vorliebe für Luxushandtaschen verfügte.

Nach einem Gespräch mit dieser Frau konnte ich verstehen, warum Dillon sie so sehr mochte. Sie verstand es, ein Thema auf den Punkt zu bringen und auf mögliche Probleme hinzuweisen, ohne dabei grob zu werden. Außerdem war sie eine großartige Zuhörerin und ich ertappte mich dabei, wie ich ihr meine gesamte Lebensgeschichte erzählte, bevor ich überhaupt wusste, was los war.

Irgendwann während unseres Besuchs empfahl Casey Dillon auch einen neuen Assistenten, ihren Neffen Sean, der gerade das College abgeschlossen hatte. Ich habe den Jungen seitdem ein paar Mal getroffen und er hat die gleiche Verbissenheit und den gleichen Ehrgeiz wie Dillon.

Aber trotz ihrer Ähnlichkeiten verbindet die beiden etwas, das ich als Hassliebe bezeichnen würde. Wahrscheinlich, weil sie beide stur sind und sich nicht scheuen, ihre Meinung zu sagen.

So oder so, Dillon kommt nach Hause und beschwert sich über Sean, aber genauso oft kommt er zurück und lobt ihn.

Und da nun endlich das Thema meiner Anstellung geklärt war, verbrachte ich die meiste freie Zeit damit, mit Jeannie den Neustart unserer Firma zu planen. Und wenn ich das nicht tat, genoss ich die Momente mit meiner bezaubernden Tochter und meinem Mann, der seine Arbeitsstunden reduziert hatte, um sich mehr um die Kinderbetreuung zu kümmern.

Als ich ihn fragte, ob ihn das störe, sagte er: „Nein, ich kümmere mich gern um unsere Megan. Ich habe in meinem Leben bereits zweimal Karriere gemacht. Vielleicht ist es an der Zeit, dass ich mich zurücknehme und dir zusehe, wie du dein Ding machst. Außerdem habe ich so viel Zeit mit meiner Tochter verpasst, dass ich die verlorenen Jahre wieder aufholen möchte."

Damals konnte ich nur staunend den Kopf schütteln und sagen: „Du bist der beste zukünftige Ehemann der Welt. Weißt du das?"

Er grinste. „Ich weiß."

Aber all diese Anstrengungen gipfelten heute in der Vorstellung unserer neuen Kollektion.

„Also gut, los geht's", sagt Jeannie. „In fünf, vier, drei ..."

Ein Klopfen unterbricht ihren Countdown und Dillon steckt seinen Kopf durch die Tür unseres neu angemieteten Büros. „Habe ich es verpasst?"

„Fast", bemerkt Jeannie und wirft ihm einen Gruß zu. Er kommt leger gekleidet mit Megan auf der Hüfte herein, die ein hübsches Designer-Sommerkleid trägt.

„Mami!"

„Hi, Baby!" Sie hält mir ihre Hand hin, als ich zu ihr gehe, sie in meine Arme ziehe und sie auf die Wange küsse.

„Paul hat mir erzählt, dass Rachel versucht hat, dich zu erreichen, um dir zu deinem Neustart zu gratulieren."

„Oh." Ich runzle die Stirn und ziehe mein Handy aus der Tasche. „Shit, ich glaube, mein Telefon ist kaputt. Schade. Ich war so beschäftigt, dass ich es gar nicht bemerkt habe."

„Ist schon okay. Wir treffen sie sowieso zum Abendessen."

Paul und Rachel leben zusammen, aber sie sind noch nicht offiziell wieder ein Paar. Sie haben noch viel in ihrer Beziehung zu klären, aber seit Theo Darling aus dem Land geflohen ist (nachdem seine Geschäftspartner erwischt wurden), hat Paul sich um Rachel und ihr Kind gekümmert.

Rachel ihrerseits geht zur Therapie, um ihre Probleme zu bewältigen und Paul zurückzugewinnen. Paul ist sich immer noch nicht sicher, ob er ihr je wieder vertrauen kann, aber er ist bereit, mit ihr gemeinsam das Kind großzuziehen.

Ihre Geschichte ist so traurig, aber seltsamerweise auch irgendwie schön. Hoffentlich klappt es.

Plötzlich stößt Jeannie den lautesten Schrei der Welt aus und zieht unsere Aufmerksamkeit auf sich.

„Was?“, frage ich erschrocken. „Was ist passiert?“

„Ich glaube, wir haben gerade alles verkauft.“

„Was?“, wiederhole ich und verdrehe die Augen. „Schon klar. Wie lange ist das her, fünf Sekunden?“

Sie wendet sich mir zu und ihr Blick spricht Bände. „Ja. Und wir haben gerade verdammt nochmal restlos alles verkauft.“

„Oh mein Gott.“ Ich schlage mir die Hand vor den Mund, während sie vor Aufregung kreischt. Dann schreie ich auch und sie springt von ihrem Sitz auf, um meine Hand zu ergreifen, bevor wir zusammen herumspringen und Megan kichernd in meinen Armen liegt.

„Ich werde meinen Eltern ein Haus kaufen“, schreit Jeannie.

„Und ich werde meinem Mann noch eins kaufen.“ Ich drehe mich zu Dillon um, der mich wie verrückt angrinst und küsse ihn.

„Wie fühlt es sich an, der zukünftige Ehemann einer erfolgreichen Frau zu sein, Liebster?“

„Es fühlt sich toll an“, sagt er. „Glückwunsch, du Liebe meines Lebens.“

Printed in Poland
by Amazon Fulfillment
Poland Sp. z o.o., Wrocław

45732220R00206